# Der Werwolf in der Badewanne

~

## Eine Vollmondlektüre



ANNA WINTER

ISBN-13: 978-1500174095
ISBN-10: 1500174092

~ Kein Buch mehr verpassen

durch den Newsletter auf der Homepage ~

http://annawinter.de

Email: write@annawinter.de

Facebook:
https://www.facebook.com/Anna.Winterromane

Lektorat: Dorothea Kenneweg

# WIDMUNG

*Für meinen Mann,*
*den ich nicht in der Badewanne kennenlernte*
*und den ich immer wiedererkennen würde.*
*All of me loves all of you.*

♥

# KAPITEL 1

Es roch nach nassem Hund. Ich schnupperte kurz und rümpfte die Nase. Hatte ich vergessen die Wäsche aufzuhängen, und müffelte diese nun vor sich hin? Hier in diesem alten Haus mischten sich noch andere Gerüche – etwa vom Holz oder Polituren – in meine Wahrnehmung.

Ich seufzte, weil ich keine Lust hatte, mich nach diesem schrecklich langen Arbeitstag um die Wäsche zu kümmern. Draußen prasselten noch immer taubeneigroße Regentropfen herunter und erzeugten seltsame Klänge an den Fensterscheiben und Dächern. Ich schüttelte mich und fasste meine klammen Haare über der Schulter zusammen.

Meine Schuhe hatten die Nässe aufgesogen und obwohl es Mai war, hatte der Regen die Luft so sehr abgekühlt, dass ich in meinen leichten Sachen schauderte. Ich streifte meine Schuhe von den Füßen und freute mich auf nichts mehr, als mich in die Wanne zu legen. Das Wasser wäre schön heiß und dampfend. Ich wollte Berge von Schaum um mich haben und den lieblichen Duft von Vanille, der so satt und schwer war, dass er mich alles vergessen lassen konnte.

Sogar einen Tag wie heute.

Ich sah in den Spiegel über der Garderobe. Vom Regen klebte mein rotblondes Haar wie Schnittlauch am Gesicht. Unter meinen grünen Augen waren kleinere Spuren von Mascara gelandet und ich wischte sie mit dem Finger fort. Die getönte Tagescreme vom Morgen war inzwischen verblasst und dadurch kamen die Sommersprossen auf meinem Nasenrücken zum Vorschein. Dem Himmel sei Dank war ich keine dieser Rothaarigen, die am ganzen Körper damit übersäht waren. Mein Haar war sowieso nicht tiefrot, sondern hatte blonde Einflüsse. Trotzdem war ich als Kind zu oft wegen der Sommersprossen in meinem Gesicht gehänselt worden, als dass ich sie hätte liebgewinnen können. *»Emily hat Vogeldreck auf der Nase«* gehörte noch zu den netteren Bemerkungen.

Für einen Moment hielt ich mich an der Garderobe fest, legte den Kopf in den Nacken und machte die Augen zu. Heute hatte ich den Geschenkartikelladen alleine schmeißen müssen. Mein Chef hatte wegen einer Familiensache keine Zeit gehabt und meine Kollegin Wendy hatte behauptet, unpässlich zu sein. Natürlich kamen genau an so einem Tag zu viele Kunden mit zu vielen Fragen, die mir keine Pause ließen. Gab es diese Vase oder jenes Fotoalbum nicht auch in rot oder blau? In groß oder klein? Und führten wir nicht damals ein bestimmtes Porzellansparschwein, das so ähnlich aussah, nur ohne die Kleeblattapplikation?

Ich massierte meine Schläfen. Gemeine Kopfschmerzen waren unter meiner Stirn eingezogen und schienen mit einer Häkelnadel an meiner Schädeldecke entlangzukratzen. Als ob das alles noch nicht reichen würde, war genau heute der Jahrestag meiner Trennung von Dillon. Schon ein Jahr Single. Ein Jahr ohne Dates. Warum machte mir das bloß zu schaffen? Es war so lange her und eigentlich empfand ich doch nur noch Bedauern darüber, dass wir überhaupt zusammen gewesen waren.

Ich öffnete die Augen und verwischte die unliebsamen Erinnerungen. Als ich tief durchatmete stieg mir dieser Geruch erneut in die Nase. Früher hatte es hier wirklich manchmal nach nassen Hunden gerochen. Ich hatte das Haus von meinen Großeltern geerbt und mein Opa besaß damals Jagdhunde. Das war auch der Grund, weshalb er das große Bad gleich neben der Hintertür bei der Küche gebaut hatte. Von seinen Ausflügen kamen sie oft verschmutzt zurück, und so war er mit ihnen vom Garten aus direkt ins Bad geschlüpft, um sie abzubrausen.

Auf nackten Sohlen lief ich zu meinem Wäscheraum. Er lag dem Bad gegenüber. Doch als ich das Licht einschaltete und mich bereits einem Berg nasser Kleidung gegenüber wähnte, war alles in Ordnung. Ich drehte mich um. Ein unwirkliches Licht strahlte von draußen durch die Fenster. Der Regen hatte zwar alles grau gemacht, doch hinter den Wolken schien noch immer die Sonne. Ein gelber Schimmer lag in der Luft, als gäbe es in der Nähe Schwefelquellen.

Das Haus sah so friedlich aus. Die alten Möbel, an denen ich wenig verändert hatte, riefen Kindheitserinnerungen in mir wach. Auch damals war ich durch die Zimmer gestreift und hatte beispielsweise nach dem gestiefelten Kater gesucht, von dem ich glaubte, dass er sich hier versteckte. Weder unter dem Bett noch in den Schränken hatte ich ihn je gefunden.

Ich lächelte und schloss die Tür des Wäscheraums hinter mir. Zwar war ich froh, dass ich nicht vergessen hatte, die Waschmaschine zu leeren, aber dem Rätsel um den Geruch war ich nicht auf die Spur gekommen. Noch einmal schnupperte ich und fand, dass der Duft hier intensiver war. Mein Blick fiel auf den Holzboden und ich bemerkte nasse Flecken darauf. Mit dem Finger tippte ich in eine der kleinen Pfützen und konnte Spuren von Erde daran finden. Ich wischte es an meiner Jeans ab und schaute zur Hintertür.

Ein Verdacht beschlich mich und ich stand auf und kontrollierte, ob ich sie abgesperrt hatte. Ich brauchte sie nur anzutippen und sie bewegte sich quietschend. Na, toll. Unlängst hatte ich einen Waschbären in meiner Küche gefunden, der denselben Weg gewählt hatte, und dabei war, mit den Tatzen im Kuchen zu wühlen, den ich zum Abkühlen am Fensterbrett abgestellt hatte. Vermutlich hatte der Duft ihn angelockt.

Konnte es sein, dass er sich diese Futterquelle gemerkt hatte und nun erneut zum Plündern vorbeigekommen war? Mit den Augen folgte ich den Spuren am Boden, doch sie führten nicht zur Küche, sondern zum Bad. Was wollte er denn dort? Mochte er etwa meine Vanilleseife? Bei Waschbären dachte ich automatisch daran, wie sie fröhliche Waschtage verbrachten. In Gedanken sah ich ihn meine Seife über ein Waschbrett reiben, was natürlich Unsinn war.

Kurzerhand drückte ich die Klinke zum Bad herunter.

Zu diesem Moment kam es mir nicht einmal seltsam vor, dass die Tür nicht nur angelehnt war. Die kleinen Tierchen waren kräftiger, als man meinen mochte. Doch der Anblick, der sich mir bot, hatte wenig mit einem mit der Seife spielenden Waschbären zu tun.

Was war das?

Gänsehaut raste über meinen Rücken wie ein Schnellzug und alles in mir wollte schreien und fliehen. Stattdessen blieb ich starr, als hätte mich der Blick der Medusa versteinert. Obwohl mein Körper weiterhin aus Fleisch und Blut bestand und nicht aus Granit, war ich in keiner Weise in der Lage, mich zu rühren. Aus meinem Schrei wurde ein klägliches Keuchen. Es war wie ein mentaler Käfig, der mich daran hinderte, körperlich zu reagieren, während ein Sturm der Gefühle in mir tobte.

In meiner Wanne saß etwas. Ich konnte es kaum „jemand“ nennen. Bei seinem Anblick wurde mir unendlich kalt, doch nur meine Unterlippe zitterte. Es war groß und massig. Über unzähligen Muskeln und Sehnen sprossen dunkelbraune Haare ... Fell. Von der Nässe glänzte es beinahe schwarz. Der Koloss saß im Wasser. Haufenweise Eiswürfel schwammen darin herum, doch sein Blick wirkte wie im Fieber. Statt zu frieren, schien er vielmehr zu dampfen. Der Geruch von nassem Hund hüllte das Bad wie eine Glocke ein.

Ich konnte nicht von seinen Augen fortsehen. Mal sahen sie blau aus, mal türkis, dann gesprenkelt. Sie schienen sich in einem fort zu verwandeln wie in einem Kaleidoskop aus Meereswellen und Himmel. Hin und wieder blitzten Schattierungen von Indigo und Lapislazuli durch. Mal wirkten sie dumpf, dann wieder strahlend. Ständig kippte die Farbe.

Ich blinzelte und sah Hände, die wie Pfoten auf dem Wannenrand lagen, mit langen Krallen und noch mehr Fell. Doch die Pfote hatte keine tierische Form, sondern besaß die Konturen menschlicher Hände. Der Nasenrücken war schwarz und zu stark geschwungen, und als er seine Lippen bleckte, konnte ich Zahnreihen erkennen. Wolfsfänge.

„Oh, Gott“, flüsterte ich. Immer wieder murmelte ich dieselben Worte. Ich wollte nur davonrennen, doch ich war wie gelähmt. Die Starre schien nicht allein aus meinem Inneren zu kommen.

„Keine Angst“, brummte er mit einer Stimme, die kaum zum Reden gemacht zu sein schien.

Allerdings traf mich der Umstand, dass er überhaupt reden konnte. Dass er meine Sprache sprach. Mich verstand. Irgendwie machte es ihn weniger furchtbar, wenn ich auch weiterhin Schwierigkeiten hatte, ihn mir als Menschen vorzustellen. Er hatte sogar Fell im Gesicht. Sein Mund war ein Maul.

Ich träumte. Das musste einfach ein Traum sein. Bestimmt war ich eingeschlafen und all dies geschah gar nicht wirklich. Denn das war nicht möglich, oder? Ich wollte mich zwicken, aber die Reglosigkeit hatte mich fest im Griff.

„Was bist du?“

Meine Stimme klang fremd. Nichts hiervon konnte real sein, und dass mein Körper mir nicht mehr gehorchte, war sicher ein Teil meines Albtraums. Ich war Alice im Wunderland. Doch das weiße Kaninchen hatte sich in den bösen Wolf verwandelt und badete nun in meiner Wanne. All das Fell darin war so nass. Er hatte Dreck ins Haus getragen und ich wollte ihn nur hinausjagen, meinen Boden blank schrubben und das schmutzige Wasser ablassen. Sämtliche Spuren, die er hinterließ, sollten mit der Dusche durch den Abfluss gespült werden.

„Kannst du nicht erraten, was ich bin?“, fragte er mich.

Ich schluckte und stutzte. Er sah wölfisch aus, allerdings nicht auf herkömmliche Weise. Dafür war er zu groß und redete zu viel. Himmel, ich hatte keine Ahnung! Wenn das ein Traum war, konnte er jedes Fabelwesen sein, das mir einfiel. Nicht unbedingt eine Bachnymphe. Aber trotzdem.

„Der große böse Wolf?“, schlug ich zögernd vor.

Nervös benetzte ich meine Lippen und kaute darauf herum. Das brachte mich auf eine Idee. Möglicherweise konnte ich mich nicht zwicken, aber ich konnte mich beißen, oder nicht? Also tat ich es. Fest. Ich quiekte auf, als der Schmerz in meiner Lippe brannte, und Tränen schossen mir in die Augen. Es fehlte nicht viel und ich hätte geweint.

„Scheiße“, murmelte ich und leckte über die Stelle. Sie fühlte sich wund an und schmeckte etwas metallisch.

„Was machst du da?“, fragte er entsetzt.

Er lehnte sich in meine Richtung und Wasser schwappte über den Wannenrand. Ein paar Eiswürfel klirrten auf die Fliesen. Alles wirkte verdammt echt.

„Was *ich* hier mache?“

Meine Stimme war ein hysterisches Fiepsen. Natürlich war es möglich, sich im Schlaf zu beißen. Viele dumme Dinge konnten passieren, wenn man selbst auf Standby geschaltet war. Bloß hätte mich das aufwecken müssen. Wenn das hier ein Traum war, dann einer, aus dem ich nicht erwachen konnte. Und falls es kein Traum war, stand ich vermutlich halluzinierend in meinem Badezimmer. Ich konnte mich nicht entscheiden, was schlimmer war: in einer Traumwelt festgekettet zu sein oder einen an der Waffel zu haben.

Doch mir dämmerte, dass ich jenes mögliche Träumen zu viel analysierte. Wer zerlegte bitte gedanklich den Traum, den er träumte? Und diese Überlegung katapultierte mich ins Hier und Jetzt.

„Verdammt!“ Meine Stimme zitterte. „Ich will nicht halluzinieren.“

Er legte den Kopf schräg und sein Blick wurde schmal. „Du denkst, dass du halluzinierst?“

„Was denn sonst? Und offensichtlich unterhalte ich mich auch noch mit meiner Wahnvorstellung.“

Ich wollte nichts mehr, als meine Hände an die Schläfen zu drücken, doch mein Körper spielte nicht mit. Hitzewellen siedeten auf meiner Haut. Ich war in mir selbst gefangen. Mein Körper schien sich in Narkose zu befinden, während mein Verstand überdrehte.

„Du bist nicht verrückt.“

Ich schniefte und Tränen rollten heiß über meine Wangen. Diesmal konnte ich sie nicht stoppen. „Ganz richtig bin ich aber auch nicht.“

„Hey, wer von uns beiden hat hier das Fell?“, zog er mich auf, und der Umstand, dass er scherzte, war beinahe zu viel.

Ich versuchte zu schreien. Abermals versagte meine Stimme. Sie schien betäubt wie alles andere an mir.

„Ich kann mich nicht bewegen“, schluchzte ich. „Ich kann nicht schreien.“ Vom Weinen und Schlucken tat mein Hals weh.

„Nein, das kannst du nicht“, bestätigte er. Ich blinzelte

ihn verwirrt an. „So kann ich dich nicht gehen lassen."

Furchen gruben sich in meine Stirn. Bloß mein Gesicht funktionierte noch. „Was meinst du damit?"

„Ich kontrolliere dich."

„So ein Quatsch! Du liegst in meiner Wanne."

„Ich bin ein Werwolf, Emily."

Ein Kloß klebte in meiner Kehle. Es war leichter, das harmlosere der beiden Themen anzuschneiden, daher fragte ich ihn: „Woher kennst du meinen Namen?"

„Er steht auf deinem Briefkasten. Und wenn du in keiner Kommune lebst, bist du das wohl."

Okay, er konnte also obendrein lesen. Was war er? Der Sprachgelehrte der Wölfe? Ich atmete tief durch und korrigierte mich selbst. Werwölfe. Ich dachte an Filme wie »Underworld« oder »Van Helsing«.

„Es gibt keine ... Werwölfe", stammelte ich.

Er schnitt eine Grimasse, was ziemlich grotesk aussah. „Und was bin ich dann?"

Ich schüttelte den Kopf, soweit es meine Starre zuließ. „Einer dieser Wolfsmenschen. Da gab es mal einen Bericht. Ihr seid sehr haarig, auch im Gesicht. Das muss es sein."

Sein farbwechselnder Blick traf mich, als hätte ich gerade versucht ihm zu erklären, dass er der Weihnachtsmann war. Er zeigte auf seine Zähne und schien sich einen weiteren Scherz zu erlauben, indem er begann, Sätze aus Rotkäppchen zu verwenden.

„Und warum habe ich so große Zähne?"

Ich wollte die Schultern zucken, doch das ging nicht. „Vielleicht ein künstliches Gebiss."

Er deutete auf seine irritierenden Augen. „Und warum habe ich so merkwürdige Augen?"

„Kontaktlinsen?“, fragte ich mit wenig Überzeugung.

„Sind die batteriebetrieben? Ich habe mich vorhin in deinem Spiegel gesehen.“ Er wies mit einer der Pfotenhände zum Waschbecken mit dem Spiegelschrank. „Ich hänge in meiner Transformation fest. Deshalb sind auch meine Augen nicht so, wie sie sein sollten.“

„An dir ist doch überhaupt nichts so, wie es sein soll“, fand ich. Eigentlich hatte ich ihm die Worte entgegenschleudern wollen, aber sie klangen unsicher.

„Und warum habe ich das hier, wenn ich nur ein Wolfsmensch bin?“

Er erhob sich so kraftvoll aus dem Wasser, dass es erneut überlief, und stand in voller Größe vor mir. Ich wollte gern mein Gesicht mit den Händen bedecken, doch noch immer waren meine Bewegungen blockiert. Vorsichtig blinzelte ich und schaffte es nicht fortzuschauen, als würde nun nicht einmal mehr das gehen.

„Sieh mich an“, verlangte er.

Also tat ich es. Alles in mir gehorchte seinen Befehlen. Ich konnte mir nicht erklären, warum. Er war so behaart, dass ich seine Nacktheit nur erahnen konnte. Das Fell verbarg auch einen Teil seines Körpers vor mir, der ihn eindeutig als männlich ausgewiesen hätte. Dafür konnte ich etwas anderes ganz deutlich wahrnehmen. Er drehte sich um und bot mir seine Kehrseite dar, während er mich über die Schulter hinweg beobachtete.

Als Fortsatz seines Pos hing ein langer buschiger Schwanz an ihm herunter. Ich hatte noch nie einen Menschen mit Rute gesehen. Er wedelte damit demonstrativ an seinen muskulösen Schenkeln entlang.

Dann drehte er sich zurück zu mir. Wasser tropfte von seinem Fell in die Wanne und erzeugte dieselben Geräusche wie ein halbes Dutzend undichter Wasserhähne. Es war, als tropfte auch die Zeit davon. Plitsch. Platsch. Und es fiel mir immer schwerer, mir einzureden, dass er nur einer dieser besonders haarigen Leute mit Wolfsmensch-Syndrom war.

„Und wenn ich nur ein Mensch bin, warum kann ich dich dann bannen, wie ich es tue?"

„Bannen?", flüsterte ich.

„Heb doch deinen Arm für mich." Er klang nicht selbstgefällig. Es schien eher so, als ob ihm dieser Teil auch nicht besonders viel Spaß machte. „Schrei, Emily, so laut du nur kannst." Ich schluckte hart. „Renne, wenn du es so gern möchtest. Ich spüre, dass du es versuchst, und ich halte dich hier. Das musst du doch merken."

„Wieso?"

„Weil ich dich nicht gehen lassen kann. Niemand soll das hier erfahren."

Ich keuchte, weil mich ein grauenvoller Verdacht beschlich. „Was wirst du dann mit mir machen? Ich habe dich doch schon gesehen."

Etwas, das man ein Lächeln hätte nennen können, formte sich auf seinem Gesicht.

„Ich tue dir nichts. Du brauchst dich nicht zu fürchten."

„Aber ..."

„Du wirst all das vergessen ... Mich vergessen."

„Und wie, bitte? Ich glaube nicht, dass ich so etwas Verrücktes vergessen kann."

Er zitterte wie im Fieber und setzte sich zurück in die Wanne. Als das Eiswasser ihn umfing, stöhnte er zufrieden auf.

„Ich kann dich dazu bringen. So wie ich dich zwingen kann, dich nicht zu bewegen, kann ich auch deine Erinnerung an mich beherrschen.“ Sein Blick, der sich noch immer auf keine Farbe festlegen konnte, fixierte mich. „Du *wirst* mich vergessen. Das verspreche ich dir.“

Die Vorstellung, dass er in meinem Kopf herumgrub und mich einfach bestahl, machte mir Angst. Das sollte er nicht. „Was, wenn ich das nicht möchte?“

Er zuckte mit den Schultern und nahm einige Eiswürfel mit einer Klauenhand auf, um sie sich an die Stirn zu drücken. Wohlig seufzte er auf.

„In diesem Punkt gibt es keine Wahl, Emily. Wir leben im Geheimen und verstecken uns vor euch.“

„Wir?“

Sein Blick wirkte befremdet. „Ja, natürlich. Dachtest du, es gibt nur mich?“

„Keine Ahnung“, gab ich zu. „Bis ich ins Zimmer kam, habe ich mir darüber nie Gedanken gemacht.“

Er nickte. „Das ist gut. Das sollst du auch nicht.“

Ich stieß frustriert die Luft aus. „Bitte, lass mich doch wieder frei. Ich kriege Beklemmungen!“

Eine Weile sagte er nichts dazu. Dann nickte er langsam. „Ich lasse dir die Kontrolle über einen Arm.“

„Den Linken?“, fragte ich hoffnungsvoll. Ich war Linkshänderin.

„Wenn du möchtest.“ Er machte eine simple Handbewegung wie ein Römer, der einem Gladiator erlaubte, dass ihm ein kleiner Wunsch gewährt wurde.

Tatsächlich konnte ich meinen Arm plötzlich benutzen. In meinen Fingerspitzen kribbelte es, als wären die Nerven eingeschlafen. Ansonsten funktionierte alles normal. Sofort begann ich damit, mich überall zu berühren. Ich konnte meine Hand auf mir spüren und gleichzeitig konnte ich unter meinen Händen fühlen, dass sich der Rest meines Körpers nicht bewegte. Kein einziger Muskel zuckte. Ich fasste in mein Gesicht, und das Gefühl, sich von beiden Seiten zu regen, war unbeschreiblich. Als hätte jemand eine Folie von mir abgezogen, in die der Rest meines Körpers noch verpackt war.

Ich rieb mehrmals über mein Gesicht, massierte mit dem Daumen meine Schläfe und sah ihn dankbar an.

Er nickte mir zu und erklärte: „Mit einem Arm kannst du nicht weglaufen, also ist es okay."

Stöhnend drückte er sich einen Handballen gegen die Stirn. Sonderlich gut schien es ihm nicht zu gehen. Ich wunderte mich über mehrere Dinge.

„Was machst du in meiner Wanne? Was willst du mit den Eiswürfeln? Und wieso bist du überhaupt in meinem Haus?"

„Alles gute Fragen."

„Aber du beantwortest sie mir nicht."

„Doch." Er zuckt mit den Schultern. „Ich nehme dir die Erinnerung daran sowieso, und da ich hier noch eine Weile liegen werde, habe ich nichts gegen eine Unterhaltung. Die letzten Stunden waren nicht besonders unterhaltsam."

„Stunden?" Wie lange war er denn schon in meinem Haus?

„Ich bin in deiner Wanne, weil ich mich abkühlen muss. Mein Körper steckt in der Verwandlung fest und davon habe ich Fieber. Das beantwortet auch deine zweite Frage nach den Eiswürfeln. Je kälter das Wasser ist, umso besser."

„Du steckst in deiner Verwandlung fest", wiederholte ich seine merkwürdigen Worte. „Was soll das heißen?"

Er seufzte, aber bei ihm klang es fast wie ein Knurren. Seine Stimme war so rau, dass ich vom Zuhören Halsweh bekam. Ich hatte dergleichen noch nie gehört.

„Normalerweise bin ich ein Mensch. Genau wie du. Du würdest mich unter Hunderten nicht als Sonderling erkennen. Außer ich verwandele mich."

Das klang nicht sehr wahrscheinlich. Ich leckte konzentriert über meine Lippen. Zwar hörte ich ihm zu, doch ich hatte die Idee von einer vorgegaukelten Einbildung noch nicht aufgegeben. Brauchte ich am Ende einen Seelenklempner?

„Und jetzt klemmst du in deiner Verwandlung fest?"

„So könnte man es nennen."

„Wieso lässt du es dann nicht bleiben? Werde doch einfach wieder ein Mensch."

Das Wesen stieß ein Geräusch aus, das an ein kehliges Grunzen erinnerte.

„Ich stecke fest, Emily. Egal, in welche Richtung."

Langsam nickte ich. Falls ich ihm half, sich zu „entklemmen", würde er dann gehen?

„Wieso steckst du fest?"

„Weil ich mich eigentlich verwandeln muss. Es gibt Zeiten, da kann ich es, und dann kann ich auch jederzeit zurück in meine menschliche Gestalt. Und es gibt Zeiten, da kann ich nicht frei darüber entscheiden, so wie du gerade deinen eigenen Körper nicht mehr beherrschst."

„Ich verstehe das noch nicht so ganz. Wieso musst du dich gerade verwandeln?"

„Weil Vollmond ist."

Innerlich rollte ich mit den Augen. Der alte Klassiker. Bloß hatte ich keinen Vollmond gesehen.

„Bist du sicher?“

Er sah mich vielsagend an. „Natürlich bin ich mir sicher. Ich stecke schließlich fest. Außerdem weiß jeder Werwolf, wann Vollmond ist.“

Irgendwie war ich nicht für diese Art von Konversation gemacht. Das alles erschien so absurd, ich war obendrein müde und meine Wanne war belegt. Ich hatte definitiv schon bessere Tage erlebt.

„Aber wenn doch Vollmond ist, warum kannst du dich dann nicht verwandeln?“ Ich hatte das Gefühl, der Lösung seines Problems – und damit meiner Freilassung – kein Stück nähergekommen zu sein.

„Weil der Mond blockiert ist. Ich weiß, es klingt merkwürdig, aber so ist es nun mal.“ Er zeigte mit seiner Pfotenhand zum kleinen Fenster. Eine weiße Gardine aus gehäkelter Spitze verdeckte nur notdürftig den Ausblick. Noch immer schien dieses seltsame Licht durch den Regen. „Eigentlich verwandele ich mich erst bei Nacht. Das ist auch die Antwort auf deine Frage, was ich in deinem Haus mache. Sonst passiert mir das tagsüber nicht. Daher habe ich nicht damit gerechnet. Als das mit mir losging“, er deutete auf seinen haarigen Körper, „war ich gerade in der Gegend unterwegs. Damit ich am helllichten Tag nicht die halbe Stadt erschrecke, bin ich einfach in ein Haus rein. Ich brauchte ein Versteck und weil ich Hitzeausbrüche davon bekam, dass ich meine Transformation nicht beenden kann, habe ich deine Wanne benutzt und dein Eisfach geplündert.“

Ich versuchte, seine Informationen zu verdauen, und

etwas mit dem Wirrwarr dieser fremden Welt anfangen zu können. Was genau sorgte denn nun dafür, dass er endlich verschwand?

„Und was blockiert den Mond?“

Er zuckte mit den Schultern. „Der Tag. Die Wolken.“

„Wenn die Sonne untergeht, klappt es dann?“

„Ja, ich schätze schon. Das ist jede Vollmondnacht so.“

„Auch bei Wolken?“

Er nickt. „Ja. Es ist wohl die Kombination aus Mond bei Tag und Wolkendecke. Das schirmt die Wirkung des Mondes zu stark ab. Bloß nicht stark genug, dass er gar nicht wirkt.“

Ich atmete erleichtert durch und warf einen Blick auf meinen Arm, den ich nun wieder bewegen konnte. Die kleine Uhr daran zeigte mir, dass es gleich halb acht war.

„Wann wird die Sonne untergehen?“

„21:09 Uhr.“

Wow, er wusste sogar die exakten Minuten. Bloß was machte ich die nächsten eineinhalb Stunden mit ihm in meinem Haus?

„Solange kann ich hier doch nicht stehen. Mein Kreislauf ist im Keller. Erst der Schock, dich hier zu finden, und jetzt das ganze Stehen nach einem anstrengenden Arbeitstag. Ich brauche eine Pause.“

Er dachte darüber nach und nickte dann. „Wenn du magst, kannst du dich auf den Wannenrand setzen.“

Ich sollte ihm näherkommen? Er schien mir meinen Unwillen anzusehen.

„Stehen oder Wannenrand“, stellte er klar.

Nun war es an mir, darüber nachzudenken. Bisher hatte er mir nichts getan. Das hätte er zweifellos gekonnt, denn er hatte mir bereits demonstriert, dass er sich erheben, stehen und drehen konnte. Es wäre also eine Kleinigkeit für ihn gewesen, die zwei Meter, die uns trennten, zu überbrücken und mir die Kehle aufzureißen. Das taten Wölfe doch üblicherweise. Eigentlich wirkte er nett. Nicht, weil er mich gerade beherrschte, sondern weil er meine Fragen beantwortete und mir mit dem Arm entgegengekommen war. Es bedeutete mir viel, dass ich wenigstens einen Teil von mir bewegen konnte. Falls er mich zur Wanne gehen ließ, würde das auch für den Rest meines Körpers zutreffen.

Ich nagte an meiner Lippe. Eigentlich war das nicht schlecht. Denn wenn er nur eine Einbildung war, müsste ich durch ihn hindurchfassen können. Falls nicht, musste ich meinem Weltbild ein paar Dinge hinzufügen. Wozu hatte ich meine ziemlich verrückte Freundin Jill, die mir sicher dabei helfen konnte? Am Ende würde ich wenigstens sitzen können. Mittlerweile fühlte sich mein Kopf völlig leer an, was kein gutes Zeichen für meinen Blutdruck war.

Also nickte ich als Antwort. Vermutlich konnte ich durch seinen Bann nicht umkippen, allerdings wollte ich nicht herausfinden, wie sich der Rest von mir fühlte, während ich weiter in aufrechter Position blieb.

Erneut erfüllte mich jenes Prickeln in den Nervenbahnen, wie ich es von der Hand schon kannte, und mir war klar, dass er mich freigegeben hatte. Ich schlang die Arme um meinen Körper und genoss es, mich normal zu spüren.

Kurz haderte ich mit mir, ob ich nicht lieber einen Satz nach draußen machen sollte. Letztlich war es sein Blick, der den Ausschlag gab. Er ließ mich nicht aus den Augen. Ich war mir sogar sicher, dass er mit einem

Fluchtversuch rechnete, und er würde mich scheitern lassen. Sein Bann war schon beim ersten Mal so schlagartig über mich gekommen, dass ich nicht einmal mehr die Zeit zum Schreien gehabt hatte.

Ich schluckte und nahm die andere Richtung. Es fühlte sich falsch an, auf ihn zuzugehen, allerdings nicht, weil ich mich dabei wie seine nächste Beute fühlte. Natürlich wusste ich nicht, was Werwölfe eigentlich in ihrer Freizeit taten. Bloß wenn der wölfische Teil ihrer Natur über sie siegte, gehörte Jagen wohl dazu.

Die ganze Situation spannte mich an. Auf ihn zuzugehen, ließ ihn noch größer wirken. Ich brauchte keine Brille, aber Dinge sahen aus zwei Metern Entfernung anders aus als auf Armeslänge. Dinge und eben auch Wesen wie er. Meine Beine fühlten sich wacklig an und ich war dankbar, als ich mich auf den Wannenrand setzen konnte. Ich spürte einige Tropfen kaltes Wasser durch meinen Jeansstoff sickern. Er hatte die Wanne ein paar Mal zum Überschwappen gebracht und ich hatte keinen Gedanken darauf verwendet, den Rand trockenzuwischen.

Er setzte sich auf und ich schnappte wie ein Fisch nach Luft. Beruhigend drehte er mir die Handflächen entgegen. Ich starrte auf die Linien in dem, was seine Hände waren, und fand ledrige Schwielen vor. Dazwischen wuchsen ein paar Fellbüschel. Bei näherer Betrachtung war die Innenfläche wie eine Tatze, nur die Finger hatten sich noch nicht stark genug zurückgebildet, um als Pfote durchzugehen. Er steckte tatsächlich zwischen zwei Erscheinungen fest.

Es war wie ein Unfall, der vor meinen Augen passierte. Einerseits war es scheußlich und man wollte lieber wegsehen, andererseits siegte die Faszination, und ich legte den Kopf schief, um seine Hände genauer zu betrachten.

„Tut das weh?“, fragte ich ihn. „Dieses Verwandeln? Oder das Feststecken?“

Er schluckte und blinzelte. Seine Mimik war durchaus menschlich. Das war der Teil seines Gesichts, der mir vertraut vorkam. Der Teil, der mich ertragen ließ, dass noch etwas Fremdes anwesend war.

Ich begann mich zu fragen, ob am Ende tatsächlich ein paar Leute den Yeti gesehen hatten – so wie ich nun ihn sah. Was war Wirklichkeit und was Fiktion?

„Das Verwandeln schmerzt sonst nicht, auch wenn es sich anfühlt, als würde man das Innerste nach außen gestülpt bekommen. Das Feststecken ist ... als würde jemand zu viel Strom durch meinen Körper leiten. Es brennt.“

„Das tut mir leid“, sagte ich und streckte die Hand nach seinem Knie aus. Ich griff nach ihm, um zu sehen, ob er nur Einbildung war. Alles in mir rechnete damit, dass meine Hand durch ihn hindurchfassen würde. Stattdessen landete sie auf seinem Körper. Er hatte recht gehabt: Es fühlte sich an, als würde ein Stromschlag durch meine Nerven surren. Sein Fell war nass, aber seidig, und obwohl er in kaltem Wasser lag, dampfte es unter seinem Körper. *Er* fühlte sich heiß an. Und er sah beinahe so geschockt aus, wie mir zumute war. Ich schaffte es nicht, die Hand fortzunehmen. Ich konnte nicht einmal sagen, ob ich es überhaupt versuchte oder ob er mich nur daran hinderte.

Sein Blick brannte wie Feuer und wechselte noch schneller als zuvor die Farbe. Seine Augen strahlten und blitzten und nahmen mich gefangen. Dort, wo ich ihn berührte, prickelte meine Haut, als würde ich Magie spüren können. Obwohl diese Szene unwirklicher war als alles, was mir je widerfahren war, fühlte sie sich so real an, so haarscharf, als würde ich sie unter einem Elektronenrastermikroskop in Zeitlupe erleben. Alles, wirklich alles, brannte sich in mein Bewusstsein ein. Wie er roch. Wie er sich anfühlte. Das Zucken eines Muskels unter meiner Handfläche. Ich sah seine Haut, seine Poren, seine Haare und das Staunen in seinem Blick, als würde es nicht nur mir so gehen. Er hatte lange Wimpern. Es ist komisch, dass gerade das mir auffiel, aber sie waren dicht und schwarz und keine Frau mit Mascara konnte annähernd so aussehen.

Seine Nase bebte. Er sog meinen Duft ein, als würde er Witterung aufnehmen. Für Wölfe war das vermutlich nichts Ungewöhnliches, doch die Männer in meiner Umgebung schnüffelten sonst nicht so. Und ja, er war ein Mann. Ein Teil von mir realisierte das jetzt. Er war ein Mann im Wolfspelz. Ein Werwolf in der Badewanne. In *meiner* Badewanne. Das waren die Dinge, die nie passieren sollten. Und wenn ich seinen Ausdruck richtig deutete, passierte auch ihm das sonst nicht.

Die Momente tröpfelten dahin, so viel langsamer als die Sekunden auf einer Uhr. Mehr und mehr hatte ich das Gefühl, meinen freien Willen wiederzuerlangen. Vielleicht gab er mich ein Stück weit frei. Möglicherweise hätte ich nun davonlaufen können. Doch das tat ich nicht. Ich dachte nicht einmal darüber nach. Stattdessen blieb ich und zupfte mit Fingerspitze und Daumen an seinem nassen Fell entlang. Seine Hand krallte sich um den Wannenrand und jetzt war er es, der mich anstarrte wie einen Flaschengeist.

„Hey, ich bin Emily“, murmelte ich und hielt ihm die Hand hin.

Er sah verwirrt darauf und begegnete schließlich meinem Blick mit Augen voller Fragen. Aber er nahm meine Hand in seine. Ich spürte die weichen Ballen, das Fell und Finger mit Krallen, die meinen Griff erwiderten.

„Hallo Emily.“ Seine Stimme rieb rau an meinen Nerven. Er ließ mich nicht los und die Berührung fühlte sich an, als hätte jemand eine Wunderkerze zwischen unseren Händen entzündet. Als er nichts mehr sagte, fragte ich nach seinem Namen. Ich musste ihn einfach wissen, doch er schüttelte den Kopf.

„Du kannst mich Hunter nennen, denn das ist es, was wir tun: Wir jagen ... draußen in der Steppe, in den Wäldern, an den Flüssen.“

„Heißt du denn Hunter?“

„Nein.“

Ich leckte über meine Lippen. „Ich würde lieber deinen richtigen Namen kennen.“

Er schüttelte den Kopf und rieb sich mit der freien Hand über das Gesicht. Mit der anderen berührten wir uns noch immer. „Lieber nicht.“

„Weswegen?“

„Weil du ihn ja sowieso wieder vergessen musst.“

Ich zog meine Hand aus seinem Griff und sein Blick wirkte resigniert. Ich fand es feige von ihm, mich in dem Punkt auf Abstand zu halten. Wir hatten uns berührt. In meiner Vorstellung hatte das die Dinge verändert. In seiner wohl nicht.

„Mir gefällt »Hunter« nicht.“

„Was würde dir gefallen?“

Ich wollte lieber einen Namen, der mich an den menschlichen Part seiner Persönlichkeit erinnerte.

Ich zuckte mit den Schultern. „Keine Ahnung. Joe vielleicht?“

„Joe ist so gut wie alles andere. Wenn es dir hilft.“

Ich rieb mir etwas verlegen über den Arm. „Na ja. Es hört sich menschlicher an. Ich will mir nicht vorstellen, dass ein Jäger in meiner Wanne liegt, der Tiere reißt oder sonst was tut.“

„Es stößt dich ab.“

Ich runzelte die Stirn. „Das ist es nicht. Es macht mir nur ... Sorgen. Du bist ein fremder, behaarter Kerl in meiner Wanne. So fremd, dass ich nicht mal deinen Namen erfahren darf. Du kannst mich dazu bringen, dass ich mich nicht mehr bewege. Du sagst, ich werde mich nicht mal an dich erinnern. Im Moment fühle ich mich machtlos. Wenn ich dich Joe nenne, macht mir das alles weniger Angst.“

Er knurrte. Ich hatte nicht viel Erfahrung damit, das Knurren von Wolfswesen zu deuten, doch in meinen Ohren klang es frustriert.

„Sobald ich mich verwandeln kann, bin ich weg und du wirst schlafen und nichts mehr wissen.“

„Genau das macht mir Angst. Ich will nichts vergessen müssen.“

„Tut mir leid. So ist der Deal.“

Das war kein Deal, sondern eine Forderung, die in keiner Weise berücksichtigte, was ich wollte. Ich leckte über meine Lippen und kratzte meinen Mut zusammen.

„Denn eigentlich ist es auch aufregend und geheimnisvoll.“

Sein Blick war unergründlich. „Wie eine

Kuriositätenshow mit Monstern?“

Sah er sich selbst so?

„Nein“, stellte ich klar. Ich hatte zwar einen Waschbären erwartet und einen Werwolf bekommen, aber trotzdem. „Ich finde dich nicht abartig.“

Von allem, was ich sagte, schien ihn das am meisten zu überraschen. Dann nickte er langsam. „Du gehörst zu der Sorte.“

„Zu welcher Sorte?“

„Wesen, wie ich, faszinieren dich wohl. Sonst findest du mich nur zwischen Buchdeckeln und jetzt liege ich ausgestreckt in deiner Wanne.“

Sicherlich spielte das eine Rolle. Ich konnte nicht mal ansatzweise so gut lügen, um diesen Aspekt abzustreiten. Gefahr, Abenteuer und eine gehörige Prise Fantasie in meinem Alltag. Als Kinder hatten meine Freundin Jill und ich so getan, als würden wir Hexenrituale abhalten. Es waren Spiele gewesen, die nicht funktioniert hatten, auch wenn wir einen feierlichen Ernst an den Tag legten. Er toppte jenes Probieren aus Kindertagen, fühlte sich echter und deutlicher an als alles zuvor, war aus Fleisch und Blut und sehr viel Fell.

„Vielleicht“, gab ich daher zu uns sah direkt in seine blau funkelnden Augen, die gerade die Schattierung eines Abendhimmels angenommen hatten. „Womöglich gefällst du mir auch einfach nur.“

Er lachte laut auf. Wasser schwappte über den Wannenrand und kleckste auf mein Bein. „Glaub mir eins, meine Hübsche: Im echten Leben – damit meine ich das, das für dich normal ist – da stehst du nicht auf Typen wie mich.“

Sein Gesicht verdunkelte sich. Mein Blick glitt zum

Fenster. Das Licht wich unaufhörlich davon. Es war noch nicht Sonnenuntergang, doch der Wolkenhimmel verfinsterte alles, als wäre es schon soweit. Ich konnte kaum noch den Busch an meiner Grundstücksgrenze sehen, und er stand nicht besonders weit weg. Als ich zu ihm zurückschaute, breitete sich das Fell allmählich aus. Seine Verwandlung schritt voran.

„Wieso finden wir das nicht heraus?", schlug ich hektisch vor. Wenn er jetzt ging, wäre er fort, und mit ihm meine Erinnerungen.

Er legte den Kopf schief und betrachtete mich nachdenklich. „Wieso nicht?"

Seine Stimme klang nur noch nach einem Knurren. Er richtete sich langsam auf. Ich wollte einen Schritt zurückweichen aus Angst, dass er meinen Kopf bestahl, aber meine Beine gehorchten mir nicht mehr. Es war, als hätten meine Füße sich mit den Fliesen unter mir verbunden. Ich fühlte mich mehr wie ein Teil des Hauses als wie ein Mensch. Er hatte mich erneut mit seinem Bann belegt.

Zögernd nickte er und Hoffnung keimte in meinem Bauch auf. „Heißt das, du nimmst mir nicht meine Erinnerungen?"

Er schüttelte den Kopf. Seine Augen brannten wie Saphire im Feuer. „Nein, das heißt es nicht. Es bedeutet, dass ich dir eine Chance gebe, mich dort draußen zu bemerken. Wenn ich dir als Mann gefalle und du so, wie ich sonst bin, eine Beziehung mit mir eingehen würdest, dann werde ich mich dir offenbaren und ich werde dir die Erinnerung an heute Abend zurückgeben."

Ich schluckte. „Und wenn nicht?"

Das Blau in seinen Augen begann umzuschlagen,

verfärbte sich ins Braune, als würde man Whisky in Blue Curacao mischen.

„Dann wirst du nicht wissen, dass es mich gibt, und all das hier ist nie passiert."

„Werde ich wissen, dass ich nach dir suche?", flüsterte ich.

Meine Zeit tickte davon. Am Ende war er doch nicht bis zum Sonnenuntergang im Haus gefangen. Erst hatte ich geglaubt, die Zeit bis dahin würde nicht vorbeigehen, und nun verrann sie viel zu schnell.

„Nein."

Das Wort kam fast als Kratzen aus seinem Hals. Fell bedeckte seinen ganzen Körper. Jetzt waren seine Augen nur noch braun. Sie pulsierten nicht mehr. Das Fieber war aus ihnen gewichen und das Licht der Dämmerung war verbrannt. Dunkle Schatten hüllten uns ein. Er stieg aus der Wanne. Wasser tropfte von seinem riesigen Körper voller Muskeln und seidigem Fell. Jetzt als Wolf war er vollkommen schwarz. Selbst sein Gesicht glich dem eines Tieres.

Er sprach mit einer Stimme, die nicht dafür gemacht war, Worte zu bilden. Es klang rau und wild und stellte sämtliche Haare auf meinem Körper auf.

„Ich konnte dir meinen Namen nicht sagen, Emily, sonst könnte ich jetzt nicht tun, was ich tun muss."

„Du musst das nicht."

„Doch. Und nun schlaf, Prinzessin."

Er strich über meine Augen. Und einfach so war es nur noch ein Traum ...

# KAPITEL 2

Irgendwo ertönte das penetrante Geräusch einer Kettensäge und riss mich aus dem Schlaf. Mein Nachbar Phil machte seinen Baumschnitt etwas anders als andere Leute. Murrend zog ich mir das Kissen über den Kopf und wälzte mich im Bett herum. Auch ohne dass meine morgendliche Sonntagsruhe von Gartenlärm gestört wurde, hatte ich einen Brummschädel. Während ich mir unter dem Kissen die Schläfen rieb, ging mir auf, dass ich wohl einen Kater hatte. Oh, Himmel! Was hatte ich gestern denn getrunken?

Ich wühlte in meinem Gehirn nach einer Antwort, doch ich erinnerte mich an absolut gar nichts. Langsam und ächzend setzte ich mich auf und strich mir das wirre Haar aus dem Gesicht. Vorsichtig blinzelte ich gegen das Sonnenlicht an. Offensichtlich war ich gestern Nacht so indisponiert gewesen, dass ich sogar vergessen hatte, die Vorhänge zuzuziehen. Das passierte mir sonst eigentlich nicht, denn im Mai ging die Sonne gegen fünf Uhr auf.

Ich war noch nie ein Mensch gewesen, der mit den Hühnern aufstand.

Wieso hatte ich überhaupt einen Kater? Das letzte Mal hatte ich mich an Silvester vor drei Jahren betrunken, und wenn ich es recht bedachte, war es auch das einzige Mal gewesen. Bekam ich eine Grippe? Nein, es fühlte sich eigentlich mehr wie mein Kater von damals an.

Erneut setzte Phil seine Säge an und wieder knatterte der Motor direkt unter meiner Schädeldecke los. Ich schleppte mich aus dem Bett, doch als ich meinen Morgenmantel überziehen wollte, stellte ich fest, dass ich gar kein Nachthemd trug, sondern die Kleidung vom Vortag. Mit aller Kraft versuchte ich mich zu erinnern, was ich gestern gemacht hatte. Ich war von der Arbeit nach Hause gekommen und es hatte in Strömen gegossen. Nun war der Himmel sonnig und klar. Der Gegensatz hätte kaum größer sein können, aber das Wetter spielte gern Karussell, und ich hatte schon stärkere Veränderungen erlebt.

Okay, was dann? Ich war heim gekommen und ... nichts. Frustriert atmete ich aus. Mir fiel nicht die kleinste Kleinigkeit ein. Das war absolut nicht normal und es beunruhigte mich. Im Wohnzimmer fand ich neben meinem Fernsehsessel eine fast leere Flasche Wein. Das war merkwürdig, denn ich trank sonst keinen. Ich behielt nur welchen auf Vorrat für den Fall, dass ich Gäste hatte, aber ich hatte gestern niemanden eingeladen. Verwirrt räumte ich den Wein weg und stellte das Glas in die Spüle. Im Moment mochte ich nicht einmal daran riechen.

Mein Kopf fühlte sich an, als würde er gleich knallen. Daher ging ich aus dem Haus und lief die zwanzig Meter hinüber zu meinem Nachbarn auf der Südseite. Als er gerade eine Pause beim Sägen machte, rief ich ihm zu: „Hey, Phil!“

Er nahm die Schutzbrille ab und blinzelte mich gegen die Sonne an. „Emily.“

„Ich glaube, ich bekomme eine Grippe. Mein Kopf tut furchtbar weh. Meinst du, du könntest etwas weniger Lautes in deinem Garten erledigen?“

Er runzelte die Stirn und nickte dann. „Klar, das kann ich schon machen.“

Phil rieb sich mit der Hand durch das graue Haar und merkte dabei, dass er noch seine Lederhandschuhe trug. Er zog sie aus, steckte sie sich zusammen mit der Brille in die Hosentasche und kam an seinen Zaun gelaufen.

„Grippe, hm?“, fragte er und beäugte mich gründlich. „Gegen Schädelweh solltest du dir etwas Kaltes draufpacken. Ich halte nichts von dieser Medizin. Nimm lieber einen Beutel gefrorene Erbsen.“

Phil war um die siebzig, aber gebaut wie ein fünfzigjähriger, stämmiger Kerl. Er kleidete sich allerdings nicht so. Mit den Daumen ließ er seine Hosenträger schnippen. Das graue Haar stand in starkem Kontrast zu seiner gebräunten Haut, die mehr Altersflecken aufwies als ich Sommersprossen hatte. Seine buschigen Augenbrauen ließen ihn wie eine Eule wirken.

„Okay, danke für den Tipp.“

„Hast du noch Erbsen? Ich kann dir sonst welche bringen.“

Ich schüttelte den Kopf und bereute die Bewegung sogleich. Schmerzhaft verzog ich das Gesicht und hielt meine Stirn fest. Mir fiel ein, dass ich schon gestern im

Laden bei jedem Geräusch das Gefühl gehabt hatte, dass jemand kleine Kieselsteine an meine Schädeldecke werfen würde. Die Erklärung mit der Grippe kam mir plausibler vor als die Geschichte mit dem Wein. Jedoch konnte ich nicht abstreiten, dass eine offene und fast leere Flasche im Wohnzimmer gestanden hatte. Ich konnte mir aber auch keinen Reim darauf machen.

„Nein, schon gut. Ich habe alles da."

„Dann kuriere dich gründlich aus. Ihr jungen Dinger müsst besser auf euch achten. Meine Lory war fast nie krank."

Zumindest solange nicht, bis sie eines Tages tot umgefallen war. Das war auch der Grund, weshalb ich zu Phil immer nett war, egal wie viele gute Tipps zu viel er anderen gab. Er war Witwer und ich hatte seine Frau seit meiner Kindheit gekannt. Wann immer ich damals meine Großeltern besucht hatte, gab sie mir und meinen Geschwistern warmen Apfelkuchen. Sie hatte die Äpfel von dem Baum gehabt, an dem Phil nun herumsägte. Er verstand nicht wirklich etwas von Gartenarbeit. Das hatte seine Frau immer erledigt. Sogar das Sägen der Äste. Nun machte er das und die Bäume sahen etwas sonderbar aus. Manchmal kam mir sein Garten traurig vor, weil das falsch geschnittene Holz mich daran erinnerte, dass Lory nicht mehr da war. Aber irgendwie war es auch, als würde sie durch die skurril anmutenden Gehölze weiterleben, als bewahrte der Garten dadurch ihren Geist.

Wir verabschiedeten uns und ich lief wieder ins Haus. Mit einer Sache hatte Phil recht gehabt: Es könnte sich tatsächlich gut anfühlen, wenn ich mir etwas Kaltes auf den Kopf packte. Also ging ich in die Küche und direkt zu meinem Eisfach, doch als ich es öffnete, waren keine Eiswürfel da.

„Wo zum Henker ...?"

Ich rieb mir die Schläfen und fühlte mich wie ausgespuckt. Es konnte doch nicht sein, dass mein ganzer Eisschrank leer war. Ich hätte schwören können, dass ich noch ein Fach voll gehabt hatte. Aber was stritt ich deswegen mit mir herum? Es war nichts mehr da, also musste ich mich irren. Wie wahrscheinlich war es denn bitte, dass jemand in mein Haus eingebrochen war und Eiswürfel gestohlen hatte, während alles andere unverändert aussah?

Man konnte ja vielleicht aus Elektronikgegenständen und Schmuck einen Vorteil schlagen und natürlich auch aus Geld, aber Eiswürfel schmolzen und es gab sie überall. Das war doch verrückt. Meine Schläfe pochte und ich hatte das unbestimmte Gefühl, dass ich nicht zum ersten Mal glaubte, verrückt zu werden. Allerdings erinnerte ich mich nicht daran, weshalb es mir so ging.

Ohne Elan versorgte ich mein Eisfach. Ich füllte die Beutel mit Wasser auf und packte sie in den Schrank. Dasselbe tat ich mit meinen Eiswürfelbehältern. Es würde Stunden dauern, bis ich wieder Eis hatte. Hätte ich bloß Phils Erbsen angenommen, doch jetzt wäre ich mir dumm vorgekommen, zu ihm zurückzulaufen und danach zu fragen. Zwar besaß ich eine Eiswürfelmaschine, denn im Sommer konnte es über vierzig Grad heiß werden, aber leider machte der Kompressor einen Höllenlärm und war nicht besser als die Kettensäge. Daher beschloss ich, gegen Phils wohlgemeinten Rat, auf gute alte Kopfschmerztabletten zurückzugreifen. Getreu dem Motto »viel hilft viel«

spülte ich drei auf einmal herunter.

Manchmal hatte ich darüber nachgedacht, etwas Essbares im Eisschrank zu deponieren. Das wäre nun nützlich, weil ich es mir an den Kopf drücken könnte. Allerdings konnte ich kein bisschen kochen und meistens besorgte ich mir nach der Arbeit etwas im Einkaufszentrum. Dort gab es viel Auswahl und vor allem schmeckte es deutlich besser. Das Einzige, was ich hin und wieder tat, war backen. Kuchen, Muffins und andere Gebäcke gelangen mir ganz gut.

Um nicht so auszusehen, wie ich mich fühlte, machte ich mich im Badezimmer zurecht. Ich benutzte die Tagescreme gegen meine Sommersprossen und etwas Mascara, weil meine Wimpern sehr hell waren. Am Körper war es ein Vorteil, nicht wie ein haariger Affe auszusehen, weil ich so feine blasse Härchen hatte, aber an den Augen bedurfte es Nachhilfe. Gerade war ich damit beschäftigt, meine Haare zu kämmen, als das Telefon klingelte.

Ich lief zur Couch und nahm ab. „Kincade", meldete ich mich.

Dabei wanderte meine freie Hand ganz automatisch zum Notizblock und ich begann darauf herumzukritzeln, wie ich es immer tat, wenn ich telefonierte. Ich zeichnete nichts Bestimmtes, meist waren es Schnörkel oder Blumen, Dinge mit geometrischen Linien. Heute malte ich Schneckenhäuser, eine kleine Windung nach der nächsten.

„Ja, hier auch Kincade. Em, ich bin's, Elaine." Meine Schwester klang munter und gut gelaunt. Sie schien keine Kopfschmerzen zu haben. Das war beneidenswert. „Hör mal, ich hab die Johnson-Kinder und wollte mit ihnen in den Zoo. Willst du mitkommen?“

Elaine war dreiundzwanzig, wohnte noch bei unseren Eltern und verdiente sich etwas mit Babysitting dazu, während sie Agrarwissenschaften studierte. Es gab Kinder, die ich mochte, und solche, die ich furchtbar fand. Die Johnsons waren eigentlich in Ordnung.

Zwar fühlte ich mich nicht fit, allerdings gehörte ich zu den Leuten, denen schnell die Decke auf den Kopf fiel. Am liebsten war ich draußen in der freien Natur und ging spazieren.

„Okay, bin dabei. Treffen wir uns dort?“

„Prima.“

Wir hatten uns ein paar Tage nicht gesehen und Elaine war eine Plaudertasche, allerdings eine sehr liebenswerte. Es gab nun mal Themen, die sie schlecht mit Kindern besprechen konnte, auch nicht mit den netten. Wir verabredeten uns für zehn Uhr. Bis dahin würden die Tabletten sicher wirken.

Ich machte mich gemütlich fertig. Es war mein einziger freier Tag diese Woche und ich wollte ihn so gut es ging genießen. Ich fand, dass man sich besser fühlte, wenn man auch gut aussah, und so wählte ich ein moosgrünes Shirt, um ein wenig zu strahlen. Dazu trug ich Stiefel über Jeans. Ich liebte diesen Rodeo-Look.

Letztes Jahr hatte Billy Bonnet, der mit meinem Bruder Michael in eine Klasse gegangen war, den dritten Platz in der kanadischen Rodeo-Meisterschaft geholt. Ich hätte mir liebend gern einmal den Abschluss einer Meisterschaft live angesehen. Dass ich Billy Bonnet noch nie begegnet war, schmälerte in keiner Weise mein Gefühl, um die Ecke herum eine berühmte Persönlichkeit zu kennen.

Rodeo war wie Eishockey ein typisch kanadischer Sport und ich war genügend typisch kanadisch, um beides zu lieben. Hier in Saskatchewan, wo man von der Natur umgeben war und Hamburger mit Elch- oder Bärenfleisch kaufen konnte, gab es viele Farmer und Wrangler, die sich um Pferde und Rinder kümmerten. Mein Bruder Michael war einer von ihnen und die halbe Zeit führte er Touristen herum. In jüngeren Jahren war er selber Rodeo geritten, doch nach einem Abwurf war er böse auf dem Rücken gelandet und es war besser für ihn, den Sport an den Nagel zu hängen. Er war als Wrangler nicht unglücklich. Daher lag nie der Schatten zerstörter Hoffnungen über ihm. Michael war einer dieser pragmatischen Typen, die wussten, wann etwas vorbei war, und die genügend Bodenständigkeit besaßen, um sich der nächsten Aufgabe zuzuwenden. Ich liebte ihn über alles.

Als ich schließlich das Haus verließ, sah ich Phil, der dazu übergegangen war, ganz lautlos – wofür ich ihm wirklich dankbar war – den Gartenzaun zu streichen. Das tat er jedes Frühjahr, denn sein Zaun war weiß. Es war keine gute Farbe, wenn man bequem war. Dann sah es schnell schmuddelig aus. Dazu ließ er es allerdings nicht kommen.

„Hey, Emily. Geht es dir besser?"

„Ja, ein wenig." Die Tabletten schlugen langsam an.

„Das mit den Erbsen hilft jedes Mal", fand er und sah dabei ganz feierlich aus. „Wohin möchtest du denn?"

„In den Zoo."

Er warf einen prüfenden Blick in den Himmel und blinzelte gegen das Sonnenlicht an.

„Dann nimm lieber Sonnencreme, sonst siehst du

nachher wie ein Hummer aus.“

Rötliche Haare plus rote Haut konnte man wohl als Hummer durchgehen lassen, obwohl diese weder das eine noch das andere besaßen. Es waren Schalentiere.

Ich nickte, als würde mir sein Tipp unschätzbar wertvoll sein. Er war einfach so ein guter Kerl und es gab genügend Leute, die von seiner fürsorglichen Art genervt waren. Das fand ich schade, wenn ich es auch nachvollziehen konnte. Niemand wollte ständig Ratschläge bekommen, schon gar nicht, wenn sie entweder völlig offensichtlich waren oder zur absonderlichen Kategorie gehörten. Aber Phil war ein herzensguter Mensch, der es ebenso gut meinte, und ich fand, dass es vor allem darauf ankam.

„Danke, das mache ich.“

Er nickte zufrieden und ich winkte ihm zu. Im Auto kramte ich erstmal meine Sonnenbrille aus der Konsole, denn das grelle Licht legte sich mit meinem Kopfschmerz an.

Der *Saskatoon Forestry Farm Park & Zoo* befand sich auf derselben Seite des Flusses wie mein Wohngebiet, allerdings am anderen Ende der Stadt im Norden. Ich fuhr am Golfplatz vorbei und bedauerte nicht zum ersten Mal, dass ich dem Golfsport nichts abgewinnen konnte, denn der Platz wirkte sehr einladend. Ich hatte sogar gleich zwei Plätze in der Nachbarschaft. Im Osten befand sich noch *The Willows*. Der Rasen sah stets so grün und saftig aus, dass ich mir manchmal vorstellte, wie schön es sich dort als Kuh leben müsste. Natürlich ohne die Sache mit den Melkmaschinen und dem Schlachter.

Ich fädelte mich durch den gemütlichen Sonntagsverkehr, kam am Einkaufszentrum vorbei, wo ich arbeitete, und musste noch ein ganzes Stück weiter nordwärts. Was ich an Saskatoon wirklich liebte, waren die vielen Bäume, die das Stadtbild besonders in Flussnähe auflockerten. Immer wieder durchzogen unzählige kleine Parks die bebauten Gebiete.

Wenn man den Zoo erreichte, konnte man vergessen, dass man in der Nähe einer Stadt war. Alles wirkte idyllisch, die Straßen teilweise sandig. Eigentlich war es mehr ein Park als ein Zoo und dort befanden sich fast nur einheimische Tiere, was den Vorteil hatte, dass sie im Winter draußen bleiben konnten. Das war nicht ganz unwichtig, denn da im Norden keine Gebirgskette verlief, die arktische Luftmassen eindämmen konnte, fielen die Temperaturen auf bis zu fünfzig Grad unter null. Dazu wehte oft ein eisiger Wind. Das war kein Wetter für tropische Tiere. Und ziemlich oft, wenn ich dann mit rot gefrorener Nase nach Hause kam, dachte ich, dass es im Grunde auch kein Wetter für Menschen war. Es gab Touristen, die enttäuscht waren, dass unser Zoo nicht mehr Vielfalt bot, aber keiner von denen kam im Winter her und setzte sich in eines der Gehege. Und immerhin hatten wir Löwen. Meistens jedenfalls. Zurzeit waren sie irgendwohin ausgeliehen.

Ich erreichte den Parkplatz fünf Minuten zu spät, weil ich so langsam gefahren war wie eine tote Oma. Elaine wartete bereits an ihrem blauen Pickup und sah mich überrascht an, da sie sonst diejenige von uns beiden war, die zuletzt kam. Sie trug sandfarbene Chinohosen und eine blaue Sommerbluse. Es waren um die zwanzig Grad und sie kostete den sonnigen Tag in vollen Zügen aus. Sie war größer als ich mit ihren einssiebzig. Ich war schlank, aber sie war grazil. Wir hatten beide grüne

Augen, doch ihr Haar war tiefrot und gewellt, statt wie meines blass und glatt. Trotzdem hatte ich von uns beiden die Sommersprossen, während sie mit einem Porzellanteint daherkam. Wahrscheinlich gab es bei Schwestern immer eine Schönere. Manchmal wollte ich ihr einen Fischschwanz verpassen, weil sie aussah wie Arielle, die Meerjungfrau. Ich fragte mich, wieso sie Agrarwissenschaften studierte. Sie hätte Moderatorin im Fernsehen werden können.

Die beiden Johnson-Jungen liefen Fangen spielend über den Parkplatz. Es waren blonde Zwillinge, die sich erstaunlich gut verstanden. Mit ihren acht Jahren hatten sie oft Unsinn im Kopf, aber eigentlich traf das auf alle Kinder zu und, wenn man ehrlich war, auch auf viele Erwachsene.

Elaine strahlte mich zuckersüß an und drückte mich, als ich bei ihr ankam. Sie nahm mich kritisch unter die Lupe.

„Hey, schon gehört? Gute Laune hebt die Stimmung."

Ich verdrehte die Augen. In dem Punkt war sie nicht besser als Phil. „Das ist mir wirklich neu."

Amüsiert hob sie eine ihrer schwungvollen Brauen. Manchmal fragte ich mich, was sie in mir sah. Ich war siebenundzwanzig und damit vier Jahre älter als sie. Trotzdem war sie erfolgreicher, machte bald ihren Master, während ich nichts gelernt hatte und einfach nur Verkäuferin war. Es hatte mich nie zur Uni gezogen. Ich war kleiner als sie mit meinen einsfünfundsechsig. Eigentlich war sie mir in allen Punkten eine Länge voraus. Dennoch hatte ich nie mit ihr tauschen wollen. Ich war zufrieden mit meinem Leben und stolz auf sie.

„Lass uns eine Runde die Pumas erschrecken und

plaudern“, schlug sie vor und hakte sich bei mir unter. „Steve, Rodney, da geht’s lang.“

Sie nickte mit ihrem Kinn zum Eingang und die Jungs rannten lachend vor uns her. Irgendwann war ich auch mal so jung gewesen. Das war zu einer Zeit vor dumpfen Kopfschmerzen, toten Großeltern und anderen Dinge, die man gerne ändern würde, falls die Wunschfee einen mal besuchen sollte.

„Ich hab gedacht, wir laden sie nachher auf dem Spielplatz ab und plaudern, bis wir Halsweh kriegen oder einer der Jungs vom Gerüst fällt.“

Sie zwinkerte vergnügt und ich wusste genau, dass sie immer ein Auge auf die Rabauken haben würde, weil sie das Babysitten nicht auf die leichte Schulter nahm, egal welche Sprüche sie machte. Dafür war ich sehr dankbar. Es war ihr Job und nicht meiner, und mein Kopf war zwar betäubt von den Tabletten, jedoch keineswegs fit. Ich hatte die Reflexe einer Schnecke und darum war es gut, dass ich die Aufsicht nicht sicherstellen musste.

„Ich zahle“, erklärte Elaine rigoros.

„Aber ...“

Sie hob eine Hand, um mich zu stoppen. „Die Johnsons zahlen für die Jungs und mich und ich lade dich ein. Ganz einfach. Immerhin bist du mein Unterhaltungsprogramm.“

Ich musste lächeln, weil Elaine immer sagte, was sie dachte, ganz gleich ob das nun taktvoll war oder nicht. Während sie den Eintritt löste, nahm ich mir einen Parkplan. Inzwischen hatte ich bestimmt zwanzig Stück zu Hause. Manche Leute sammelten Kinokarten oder die Bordkarten von den Flügen, die sie gemacht hatten. Seit Elaine Kinder hütete, steckte ich jedes Mal einen Plan ein, wenn wir hierher kamen.

Die Karte war süß gemacht. Man sah einen trinkenden Elch darauf und den Hinweis: »Vögel ziehen jährlich tausende Meilen, um wärmeres Wetter zu finden. Fledermäuse verwenden Ultraschall, um ihren Weg in der Dunkelheit zu finden. Schmetterlinge erinnern sich an den Duft bestimmter Blüten. Du bist kein Vogel, keine Fledermaus und kein Schmetterling, also verwende bitte diese Karte.«

Natürlich kannte ich die Wege inzwischen auswendig. Der Mensch war ein Gewohnheitstier. Trotzdem schaute ich automatisch auf die Karte, so wie ich zu malen begann, wenn ich telefonierte.

Wenn man wollte, konnte man den ganzen Tag hier verbringen. Alles war sehr weitläufig und es gab viele schöne Attraktionen, zu denen ich gerne zurückkehrte. Romantisch fand ich den Hochzeitsgarten, in dem man seine Feierlichkeiten ausrichten konnte. Gegenüber befand sich das Gewächshaus und der Schmetterlingsgarten. Es war eine tolle Kulisse für Fotos nach der Zeremonie.

Selbstredend hatten die Johnson-Jungen keine Lust darauf. Sie wollten zu den wilden Tieren. Wenn wir mit Mädchen hergingen, waren das Schmetterlingshaus oder der Rosengarten stets beliebt.

„Also erzähl mal, wieso du so furchtbar aussiehst“, eröffnete Elaine das Gespräch. Eigentlich konnte sie ganz reizend sein, doch sie wusste es durchaus zu verbergen.

Ich schob die Brille Richtung Nasenspitze und sah sie über den Rand der Gläser hinweg an. Sie schien das als gedankliches Autsch zu verbuchen, was wohl meinen

Augenringen geschuldet war. Dann brachte ich die Brille wieder in Position.

„Keine Ahnung“, gab ich ehrlich zu. „Heute Morgen bin ich aufgewacht und habe mich völlig zerschlagen gefühlt.“

Sie kaute auf ihrer Unterlippe und nickte mitfühlend. „Alles okay bei dir, Herzchen? Oder macht dir etwas Kummer?“

Ich wusste, in welche Richtung sie mit ihren Worten deutete, und schüttelte den Kopf.

„Das ist es nicht, Lainy.“

„Es ist ein Jahr her.“

Ich betrachtete die anderen Menschen, die sich im Zoo befanden, und meist vergnügt und ausgelassen ihren Sonntagsausflug bestritten. Dann wanderte mein Blick zu den Johnsons, die sich lange Nasen drehten, wenn einer den anderen gefangen hatte, und anschließend weiter um die Bäume jagten. Alles sah so normal aus. Trotzdem hatte die Trennung von meinem Exfreund Dillon gestern Jahrestag gehabt. Die Welt drehte sich weiter und ich war aus purem Trotz der Meinung, dass mir diese Episode nichts mehr anhaben konnte. Nur waren die Dinge nicht immer so, wie sie vom Kopf her sein sollten.

Zum Glück hatte ich den gestrigen Tag nicht frustriert und allein zu Hause verbracht. Der Arbeitsmarathon ohne Hilfe von meinem Boss oder meiner Kollegin war aber auch nicht unbedingt ein toller Ersatz gewesen.

„Eben, es ist ein Jahr her. Ich bin darüber hinweg.“

„Du fühlst dich also nicht schlecht deswegen? Mir könntest du es wirklich sagen.“

„Das weiß ich. Gestern war grässlich, aber aus anderen

Gründen. Ich habe von früh bis spät gearbeitet, bin im strömenden Regen nach Hause gekommen und hatte tierische Kopfschmerzen."

Elaine hakte sich bei mir ein und streichelte meinen Arm. „Hast du dich zeitig schlafen gelegt?"

„Keine Ahnung", gab ich zu. „Ich erinnere mich überhaupt nicht mehr an den Abend. Heute Morgen lag ich in meinem Bett und trug die Sachen von gestern."

„Falls du geweint hast, würde das deine Augen erklären."

Ich wusste es nicht. Es fehlte Eis in meinem Gefrierfach und der Wein hatte herumgestanden. Falls ich mich wirklich damit betrunken hatte, wollte ich es Elaine nicht sagen. Offensichtlich hielt sie mich so schon für ein emotionales Wrack, das mit einer äußerst unangenehmen Trennung zu kämpfen hatte. Man könnte sagen, dass Dillon eine Geliebte gehabt hatte. Das stimmte sogar. Bloß dass ich diese Rolle in seinem Leben gespielt hatte, ohne es zu wissen. Denn er hatte bereits eine andere Beziehung geführt, als er das mit uns nebenher begann. Das hatte alles entwertet, was einmal zwischen uns bestand.

Wir bummelten weiter und fröhliches Vogelgezwitscher drang an meine Ohren. Der Tag war zu schön, um sich auf die schlechten Dinge zu besinnen.

„Lass uns lieber von dir reden", drehte ich den Spieß um. „Was gibt es Neues?"

Einen Moment lang sah sie mich an, als müsste sie darüber nachdenken, ob wir wirklich das Thema wechseln sollten. Schließlich zuckte sie mit den Schultern.

„Der übliche Wahnsinn. Hast du schon gehört, dass

Michael eine Art Event für seine Farm plant? Er will sich Billy Bonnet dazu holen. Quasi ein ‚Meet and Greet' mit *dem* lokalen Star des Rodeo." Elaine sah mich mit klimpernden Augen an. „Wäre der nicht was für dich?"

Ihre Frage irritierte mich. „Wieso? Wäre der Kartenverkäufer vorne vom Zoo etwas für mich? Oder mein Chef? Oder jeder andere beliebige Mann zwischen dreißig und vierzig?"

Sie rollte mit den Augen. „Nein, das ist Unsinn. Aber Billy Bonnet ist ein prominenter Mann, der mit Michael in einer Klasse war. Ein begehrter Typ und wie man hört ein echtes Sahneschnittchen. Zu blöd, dass ihn noch so viele andere anschmachten."

„Das macht das Szenario nicht attraktiver", bestätigte ich. Auf die harte Tour hatte ich gelernt, dass ich keinen Mann mit einer anderen Frau teilen wollte.

Elaine schien es sich in den Kopf gesetzt zu haben, meinen Blick für andere Männer wieder zu öffnen, eventuell mal zu flirten. So wie ich gerade aussah, würde sich da garantiert nichts ergeben. Sie wirkte aber selbst ganz angetan von dem Gedanken, *den* Billy Bonnet zu treffen.

„Ach, ich weiß nicht. Was kann Billy schon dafür? Vielleicht sehnt er sich nach einer festen Bindung und alle Weiber springen immer ab, weil sie denken, dass sie nicht gut genug für ihn sind. Ich meine, gegen so ein banales Problem ließe sich etwas unternehmen."

Da war ich sicher. Elaine hatte genug Selbstvertrauen, um Konkurrenz auszublenden. Außerdem war sie kein gebranntes Kind und sie sah anders aus als ich, obwohl ich an besseren Tagen als heute nicht unansehnlich war. Wir hatten immerhin dieselben Augen.

„Nur, um das richtig zu verstehen: Ist er jetzt für mich oder für dich?“

Sie kicherte unbeschwert. „Wenn du ihn willst, lasse ich ihn dir“, gab sie sich großmütig. „Es kann aber sein, dass er mitreden will.“

„Davon gehe ich schwer aus. Sonst wäre das echt lustig. *‚Hallo Billy, ich bin Emily und deine neue Freundin. Du hast zu dem Thema nichts zu sagen.‘* Ja, ich sehe es geradezu vor mir.“

Symbolisch plakatierte ich mit den Händen ein Bild in die Luft.

„Was für eine gute Sache, dass die Emanzipation das Mitspracherecht der Männer abgeschafft hat“, gackerte sie.

Genau, und Äpfel fallen neuerdings nicht mehr herunter, sondern herauf. Billy Bonnet! Klar, warum nicht gleich einen Ölscheich mit fliegendem Teppich?

Die Jungen kamen lärmend auf uns zu.

„Elaine, Elaine! Können wir ein Eis haben?“, riefen sie.

Sie lachte und nickte. Mit den Händen gab sie sich geschlagen. „Hier habt ihr ein paar Dollar. Macht was Schönes damit.“

„Ja!“, klang es begeistert und schon waren die Brüder wieder fort.

„Echte Wirbelwinde“, fand sie.

„Wenn man dich beobachtet, sieht das nie schwer aus.“

Sie zwinkerte mir zu. „Das Geheimnis liegt darin, dass du sie wieder abgeben kannst.“

„Sind die Johnsons denn mit Eis einverstanden?“

„Klar“, erwiderte sie. „Mit diesen Ökoeltern schlage ich mich nicht mehr rum. Hast du schon gehört, dass diese Veganer nicht mal *irgendwas* von Tieren essen?“

Diese bösen Veganer! Was trauen die sich eigentlich? Ich grinste Elaine an.

„Das ist mir schon zu Ohren gekommen."

„Und dann gibt es diese Frutarier!" Sie warf die Hände in die Luft. „Stell dir mal vor, du würdest bloß noch Obst essen. Davon wird man doch nicht satt. Verdammt, ich würde nie auf meine Burger verzichten."

Elaine sah aus wie ein Model, aber sie futterte wie ein Bauarbeiter. Manche Dinge schienen sich nicht an die üblichen Naturgesetze halten zu wollen. Bei mir funktionierte das leider nicht. Ein bisschen verwandter hätten wir in diesem Punkt ruhig sein dürfen.

„Sei ganz beruhigt. Ich wage mal zu behaupten, dass in den nächsten hundert Jahren – und vermutlich darüber hinaus – niemand in Kanada ein Gesetz erlässt, das den Verzehr von Burgern verbietet."

„Phhh! Sonst wandere ich aus." Sie verschränkte demonstrativ ihre Arme vor der Brust. Doch keine zwei Sekunden später riss sie sie wieder hektisch vor, um weiterzuplappern. „Oh, hast du schon gehört? Rachel Zelinski hat einen Braten in der Röhre."

„Rachel wer?", fragte ich verdattert.

Sie rollte mit den Augen. „Na, die kleine Blonde mit der Zahnlücke, die immer mit mir beim Aerobic war."

Fassungslos sah ich Elaine an. „Woher sollte ich die kennen?"

„Ich hab dir sicher ein paar Mal was über sie erzählt."

„Du erzählst mir über die halbe Welt etwas."

Sie setzte ein unschuldiges Lächeln auf. „Was kann ich dafür, dass all diese Infos an mein Ohr purzeln? Du wolltest doch selber wissen, was Neues los ist." Sie seufzte und probierte es noch mal. „Rachel war doch die,

die mit dem Rasenmäher im Rückwärtsgang den Cadillac ihrer Mutter geschrottet hat."

Elaine machte ein quietschendes Geräusch und beschrieb mit ihren Händen eine Kollision. Stimmt, bei der Geschichte dämmerte etwas bei mir. Rachel hatte mir dabei definitiv mehr leid getan als der Cadillac. Sie war wohl kein besonders selbstsicheres Mädchen.

„Das ist doch eine gute Nachricht für sie, oder?", fand ich. Babys waren etwas Schönes.

„Das kommt drauf an. Sie wohnt noch bei den Eltern."

„Hat sie keinen festen Freund?"

„Nein. Wie es heißt, klammert sie ziemlich und er hat die Flucht ergriffen."

„Bevor oder nachdem er von dem Baby wusste?"

„Vorher."

„Dann kommen sie vielleicht wieder zusammen."

Elaine strich sich eine Haarsträhne hinters Ohr. Ihre rote Mähne leuchtete in der Sonne wie ein Feld Mohnblumen.

„Ich könnte dir nicht mal sagen, ob ich das an ihrer Stelle wollen würde. Wenn ein Kerl nicht wegen dir selbst mit dir zusammen ist ... Kann das überhaupt halten? Und haben nicht alle etwas Besseres verdient als das?"

„Rachel einen anderen und ihr Ex eine andere? Vielleicht."

„Ja, oder das Kind. Ich meine, du kommst zur Welt und sollst der große Kleber für eine Liebe sein, die nicht da ist. Bisschen viel Druck für so ein armes Würmchen."

Offensichtlich gab es auf der ganzen Welt Probleme. Ich wollte meine eigenen gern als unwichtig begraben. Dann wusste ich eben nicht mehr, was gestern Abend los war. Vielleicht hatte ich aus lauter Trotz Wein getrunken und weil ich mich praktisch nie betrank, hatte ich das nicht gut überstanden. Am Ende hatte ich mir gestern wohl alle Eiswürfel in den Nacken gepresst und war müde und zerschlagen schlafen gegangen. Das war die plausibelste Lösung. Es gab nicht immer einen komplizierteren Grund. Manchmal waren die Dinge ganz einfach. Warum biss mein Bauchgefühl nicht an?

Die beiden Jungen schleckten fröhlich an ihrem Eis und wir liefen zu den Käfigen der Tiere und betrachteten die Grizzlybären und einheimischen Luchse. Elaine versuchte den Kindern alles über die Tiere zu vermitteln, was sie auf den Infotafeln lesen konnte, und ihnen bei der Gelegenheit etwas beizubringen. Es war erschreckend, wie viele Arten gefährdet waren. Die Kapuzineräffchen Tarzan und Ma waren unheimlich putzig und Elaine und die Jungs versuchten, Grimassen zu schneiden und ihre Aufmerksamkeit zu bekommen. Doch die kleinen Primaten interessierten sich nur für ihr Futter und mümmelten geschäftig daran herum. Sie taten alles flink. Kein Handgriff und keine Bewegung wirkte überflüssig oder träge. Dann machte Tarzan seinem Namen alle Ehre und tollte im Gehege herum.

Unsere Löwen waren zwar ausgeliehen, aber die Berglöwen waren noch da und hatten malerisch schöne Gesichter mit Augen, die sich jeder Hypnotiseur nur wünschen konnte. Sie waren das ganze Gegenteil der geschäftigen und drolligen Äffchen, verkörperten Anmut und Kraft. So makellos und so gefährlich. Die Natur war ganz eigentümlich in ihrer Vielfalt und wie immer, wenn ich durch den Zoo ging, konnte ich kaum glauben, dass wir alle Kinder desselben Planeten waren und so unterschiedlich geworden waren. Nicht zum ersten Mal war ich dankbar dafür, nicht als Ameise auf die Welt gekommen zu sein. Ich hatte unfassbar viel Glück in meinem Leben als Mensch in einem Land ohne Krieg, mit Einkommen, Wohnung, Selbstbestimmung, medizinischer Versorgung und all den Annehmlichkeiten der modernen Welt.

Dann stand ich vor dem Gehege von Buddy und Zep, den Grauwölfen. Ich hatte sie schon unzählige Male gesehen, war an ihnen vorbeigegangen. Nie hatte ich mich besonders für sie interessiert, doch heute war das anders. Sie faszinierten mich auf eine unerklärliche Weise. Ich nahm die Sonnenbrille ab und beobachtete Buddy dabei, wie er faul unter einem Baum lag und manchmal blinzelte. Zep streunerte mal hierhin, mal dorthin. Ich fing seine Bewegungen auf. Er war ungezähmter, als man das von Hunden kannte. Die Wildheit war ihm anzusehen wie den Berglöwen zuvor.

All das hatte ich schon gesehen und gleichzeitig sah ich etwas, das ich sonst nie wahrgenommen hatte. Seine braunen Augen betrachteten mich und riefen etwas in mir wach. Nur ein papierdünner Vorhang schien über der Erinnerung an etwas Vertrautes zu liegen. Während ich den Wolf beobachtete, rieb ich meine Stirn und versuchte krampfhaft, etwas aus meinem Kopf zu befreien, das in seinem ganz eigenen Gehege steckte. Ich hatte die Erinnerungen und das Wissen in mir nie zuvor wie einen Zoo betrachtet, in dem alles sortiert war, und das man erreichen konnte, wenn man dorthin ging. Doch was immer es war, das ich gerade nicht fand, es schien so verschwunden zu sein wie die Löwen, die gerade in einem anderen Zoo weilten. Dabei konnten meine

Gedanken nicht in das Bewusstsein einer anderen Person entliehen worden sein. Sie mussten noch da sein und ich ließ frustriert meinen Kopf im Nacken kreisen.

Zep war vor mir stehengeblieben und starrte mich an, als hätte ich ihm Futter mitgebracht. Es war nichts Bedrohliches an ihm. Er wirkte erwartungsvoll. Warteten wir beide darauf, dass mir einfiel, was mit mir los war? Das war absurd, doch ich konnte die Verbindung zwischen ihm und mir nicht leugnen. Er legte den Kopf schief und starrte mich an. Ich spiegelte seine Bewegung und tat es ihm gleich. Das schien ihm zu gefallen. Er neigte seinen Kopf in die andere Richtung und ich machte es nach. Auf eine verdrehte Weise hätte ich schwören können, dass er lächelte. Buddy, der bisher faul unter dem Baum gelegen hatte, stand auf und gesellte sich zu Zep. Nun starrten mich zwei Wölfe an, der eine aus braunen, der andere aus blauen Augen.

„Das ist unheimlich", flüsterte Elaine neben mir.

Ich hatte sie gar nicht bemerkt.

„Irgendwie schon, oder?", stimmte ich zu.

„Was machst du mit denen?"

Ratlos zuckte ich die Schultern. „Gar nichts."

„Kommuniziert ihr auf eine lautlose Art miteinander?"

„Falls ja, habe ich keine Ahnung, was sie von mir wollen."

Mein Magen zog sich zusammen und meine Kopfhaut kribbelte. Das Gefühl zog sich meinen ganzen Körper Rückenwirbel für Rückenwirbel abwärts bis zu den Fingerspitzen und Zehen. Ich ließ sie so gut es ging in den Stiefeln wackeln, um diesen Tumult zu verdrängen, der aufdringlicher war als das Kribbeln, wenn man im Winter von der Kälte ins Warme trat.

„Ist das irgendein Trick?“, fragte Elaine.

„Ich mache gar nichts, aber mir ist echt komisch zumute.“

Unsicher hielt ich mich an einem Zaun fest. Die Johnsons hatten sich neben mich gestellt und starrten zu den Wölfen. Sie schleckten an ihrem Eis und versuchten sie dazu zu bringen, zu tun, was sie taten, indem sie mal den Kopf bewegten und mal eine Hand hoben. Keine Ahnung, ob sie wirklich glaubten, dass die Wölfe deshalb eine Pfote hochnahmen, als würden sie Männchen machen, aber es waren definitiv keine Hunde und sie ignorierten die beiden Jungs komplett. Sie hatten nur Augen für mich. Das war mir noch nie passiert.

Ich schüttelte den Kopf, um diese Trance von mir abzuschütteln, und Buddy und Zep schüttelten ebenfalls ihre Köpfe. Die Jungen kicherten.

„Guck mal, guck mal! Sie machen, was Emily macht“, sagte einer der beiden. Ich kannte ihre Namen, aber ich wusste nicht, wer von beiden wer war. Eineiige Zwillinge stellten mich in diesem Punkt vor eine unüberwindbare Herausforderung.

Im Moment machte ich mir eher einen Kopf über die Verbindung, die sich zwischen mir und den Wölfen ergeben hatte. Sie schien mir so launenhaft wie eine Windhose, die ganz unvermittelt irgendwo entstand und einsam über den Boden wirbelte. Dann formte sich für kurze Zeit eine Röhre zwischen Himmel und Erde. Dieses Starren und Imitieren konnte nichts Mystisches an sich haben. Daran glaubte ich einfach nicht. Eine wissenschaftliche Erklärung für die Beziehung zwischen Buddy, Zep und mir hatte ich allerdings auch nicht parat.

„Als ob sie etwas von dir erwarten." Meine Schwester klang geradezu ehrfürchtig.

„Und was?"

„Vielleicht sind sie einsam."

Es sollte durchaus einsame Wölfe geben, aber die hier waren zu zweit.

„Ja, und jetzt? Soll ich ihnen ein Lied vorsingen?"

„Keine Ahnung, was sie wollen. Ich bin doch keine Telepathin."

Ich runzelte die Stirn, denn das Gefühl war zurück, dass eine Erinnerung in mir darauf wartete, freigegeben zu werden. Es war etwas, das Elaine gesagt hatte. Telepathie? Das gab es nicht. Warum löste das Wort dann diese Empfindung in mir aus, als würde Strom unter meiner Haut knistern.

Enttäuscht drehte ich mich um und hielt meinen Kopf zwischen den Händen. Elaine blickte auf die Wölfe hinter meinem Rücken.

„Sie wirken gerade ziemlich angespannt", informierte sie mich. „Ich schwöre es dir, sie haben ihre Ohren aufgestellt und den Rücken durchgedrückt."

„Ich war schon so oft hier. Wieso ist das früher nie passiert?"

„Was fragst du mich?", wollte sie wissen und studierte die Tafel am Gehege.

Ich rieb müde meine Schläfen und kramte die Sonnenbrille wieder hervor. Das grelle Licht stach mir in die Sehnerven wie Nadeln. Mein Kopf fühlte sich wund an. Als ich mich zu den Wölfen umdrehte, hatte ich ihre ganze Aufmerksamkeit. Sie wirkten irritiert über meine Brillengläser. Ich winkte ihnen zum Abschied und sie schienen zu nicken. Dann trollten sie sich und ich ging ebenfalls weiter. Elaine und die Jungs klebten an meinen Fersen.

„Das war so cool“, fand der eine. „Zeigst du uns, wie das geht?“

„Kannst du auch mit ihnen tanzen?“, wollte der andere wissen.

„Nein und nein“, antwortete ich. „Mir ist das auch noch nie passiert, also weiß ich nicht, wie das geht. Und wenn ihr glaubt, dass ich ernsthaft da hineinklettere, um ein Tänzchen zu vollführen, solltet ihr weniger fernsehen.“

Ich war doch nicht Kevin Costner in einem Indianerfilm.

Wir betrachteten noch die Wapiti, Karibus, Stachelschweine, Adler, Eidechsen, Schlangen und viele andere Tiere. Bei keinem von ihnen passierte mir dasselbe noch einmal. Vermutlich würde es auch nicht mehr geschehen, falls ich nun zu Buddy und Zep zurückging, doch das wollte ich nicht ausprobieren.

Aber als wir im Geschenkladen standen, ertappte ich mich dabei, wie ich einen der Plüschwölfe herausnahm und sein weiches Fell streichelte. Es fühlte sich flauschig an wie bei jedem anderen Kuscheltier auch. Keine Ahnung, weshalb ich erwartete, dass es heiß war. Das war natürlich Unsinn und es hatte mich auch kein Stromschlag bei der Berührung getroffen. Das Tier in meinen Händen enthielt keine Überraschungen. Eigentlich war ich aus dem Alter heraus, in dem man Plüschtiere kaufte, trotzdem ging ich mit ihm an die Kasse.

Während ich anstand, studierte ich ein Schild, das über Tierpatenschaften informierte. »Spenden an die

Saskatoon-Zoo-Gesellschaft haben nie mehr Spaß gemacht: Adoptiere ein Tier« hieß es dort. Ich starrte auf den Wolf in meinen Händen. Als ich an der Reihe war, fragte ich die Frau an der Kasse danach.

„Entschuldigung, kann man auch Wölfe adoptieren?"

Sie lächelte mich liebenswert an. „Na klar." Dann holte sie ein Formular unter ihrem Tresen hervor. „Wenn Sie möchten, können Sie für einen unserer Wölfe eine Patenschaft übernehmen. Für nur fünfundzwanzig Dollar im Jahr unterstützen Sie damit den Zoo und die Pflege Ihres Lieblings."

Meines Lieblings? Ich starrte auf den Wolf und kraulte über seinen weichen Kopf. Meine Freundin Jill würde das toll finden. Sie stand auf Mystisches und hätte es wohl als Zeichen gewertet.

„Okay", hörte ich mich selbst sagen.

Ich bezahlte das Kuscheltier, füllte das Formular aus und gab es der Frau zurück.

„Na, was haben wir denn da?", fragte mich Elaine belustigt, als ich aus dem Laden kam.

Ich zeigte ihr den Wolf und sie kicherte. „Außerdem habe ich eine dieser Patenschaften abgeschlossen."

„Da haben die beiden einen bleibenden Eindruck hinterlassen."

„Muss wohl so sein." Ich zuckte mit den Schultern und klemmte mir den Wolf unter den Arm.

„Wer weiß, am Ende haben ihnen nur ein paar Tierpfleger diesen Trick beigebracht, um Patenschaften an Land zu ziehen. Weißt du, jetzt, wo du diese Affinität zu Wölfen hast, könntest du dir ein zweites Standbein als Wolfsflüsterin aufbauen. Du arbeitest eh zu viel in diesem Einkaufszentrum."

Sie zwinkerte mir zu und mir war klar, dass sie es nicht ernst meinte. Sie machte sich oft genug über Jills okkultes Hobby lustig.

„Ich arbeite doch ganz normal."

„Als ob! Gestern warst du von früh bis spät dort. Das hast du selbst gesagt."

„Schon, es war eben sonst keiner da. Das war eine Ausnahme und Matthew brauchte mich im Laden."

Elaine zupfte sich einen Fussel von ihrer Bluse und rümpfte die Nase. „Der Langweiler mit seinen Rautenpullis. Ernsthaft, ist seine Brille nicht scheußlich?"

„Er soll ja keinen Schönheitswettbewerb gewinnen. Dafür ist er nett und kommandiert mich nicht herum. Außerdem ist er viel mehr dort und hilft, wo es geht."

„Es ist ja auch sein Geschäft. Ist doch klar, dass er will, dass es rund läuft."

Meine Schwester mochte ihn nicht sonderlich, dabei tat er keiner Fliege was zuleide.

„Das würdest du auch wollen, wenn du einen Laden hättest. Nicht jeder wohnt noch bei den Eltern", erinnerte ich sie. „Andere müssen Rechnungen zahlen. Und er hat die Verantwortung für Wendy und mich. Wenn er nichts verdient, kann er unsere Gehälter nicht zahlen. Also ist es mir recht, wenn er sich anstrengt."

Sie sah mich säuerlich an. „Glaub mir, so toll ist es nicht, bei den Eltern zu wohnen. Manchmal treiben sie mich in den Wahnsinn. Sobald mein Studium fertig ist, ziehe ich aus."

Ich streichelte ihr mit dem Wolf über den Arm. „So war das nicht gemeint. Ich weiß doch, dass du ein kleiner Freigeist bist."

Elaine lächelte versöhnt und hielt mir eine Tüte mit Futter hoch. „Während du ein Kuscheltier gekauft hast, habe ich uns Vogelfutter besorgt. Damit können wir die Piepmatze füttern."

Selbst die Jungen mochten diese Idee und so streuten wir leckere Krumen. Die Enten stürzten sich begeistert auf die Mischung. Am Teich standen einige Angler, denn am Zooeingang konnte man von Mai bis August Angellizenzen erwerben. Jeder musste seine Ausrüstung selbst mitbringen und durfte zwei Fische fangen. Dabei wurden die kleinen zurück ins Wasser geworfen. Gerade für die Kinder war Angeln ein besonderer Spaß im Zoo. Überhaupt war alles sehr familienfreundlich gestaltet. Es gab Bereiche für Picknick und Barbecue, einen tollen großen Spielplatz und sogar einen Kricketplatz. Es war weit mehr als nur ein Zoo, es war ein Erlebnispark.

Wir verbrachten mindestens zwei Stunden bei den Klettergerüsten und Schaukeln. Drüben im Hochzeitsgarten fand sogar eine Trauung statt und während die Jungen spielten, saßen wir plaudernd auf einer Bank und behielten bei Sonnenschein und Vogelgesang die Zeremonie im Auge. Die Stimmung war so ausgelassen, dass ich eine Zeitlang sogar meine Kopfschmerzen vergaß. Das Leben konnte großartig sein, und hier an diesem Ort war alles voller Leben und Vielfalt. Sollte ich beruflich jemals etwas anderes machen wollen, würde ich mich hier bewerben. Dann würde ich mich dafür einsetzen, dass der Zoo Pinguine bekam, denn die mochte ich am meisten.

„Wann haben du und Michael denn mal Zeit für einen gemütlichen Abend?"

Sie grinste mich an. „Hey, ich sehe ihn so selten wie

du. Und wenn er das mit Billy Bonnet macht, wird er wohl ziemlich beschäftigt sein.“

Ich runzelte die Stirn. Das war allerdings ein Problem, denn ich unternahm gerne etwas mit meiner Geschwistern. Unverheiratet und kinderlos wie wir waren, hatten wir auch Zeit füreinander. Aber manchmal hatte ich das Gefühl, dass Michael, gerne eine eigene Familie hätte. Er war einunddreißig und der Älteste von uns.

„Weißt du was?“, juchzte ich. „Wir besuchen ihn einfach.“

Sie klatschte in die Hände und nickte. „Genau. Ich war ewig nicht mehr draußen. Am besten finde ich raus, wann Billy sich bei ihm einquartiert, dann können wir zwei Fliegen mit einer Klappe schlagen.“

Ich schüttelte den Kopf. „Himmel, Elaine, du hast dich doch zu Schulzeiten nie für Billy interessiert.“

Ihre Augen wurden groß. „Entschuldige mal. Ich bin acht Jahre jünger als Michael. Damals war ich ein bisschen zu minderjährig, um auf Jungs aus seiner Klassenstufe zu stehen.“

Auch wieder wahr.

Von Zeit zu Zeit erneuerten wir unseren Sonnenschutz und rieben auch die Jungs ein. Als sie wieder fort waren, zückte Elaine ihr Smartphone und tippte Billys Namen ein. Es erschienen haufenweise Fotos von ihm auf Pferderücken. Ich fühlte mich wie ein kleines Mädchen, als wir kichernd die Köpfe zusammensteckten und ihn unter die Lupe nahmen.

Es gab gerade keine Männer in unserem Leben und die Aufregung, die einen packte, wenn man an eine neue Romanze dachte, hatte etwas Erfrischendes an sich.

Elaine legte ihren Fokus auf seinen Po, von dem es allerdings nicht allzu viele Bilder gab. Ich betrachtete lieber sein Gesicht. Er wirkte frech und selbstbewusst, sympathisch und wie der Junge von nebenan.

Ich versuchte mir vorzustellen, was Michael sagen würde, wenn er uns so sähe und von unseren Plänen wüsste, ihm einen Besuch abzustatten, während er rein zufällig einen anderen Gast hatte. Ich war etwas älter als Elaine und hatte damals durchaus einen Blick auf die Jungen aus Michaels Jahrgang geworfen, doch Billy war mir nicht in Erinnerung geblieben. Ich konnte mir auch jetzt nicht recht vorstellen, dass er mein künftiger Freund sein sollte. Besonders nicht, wenn Elaine und ich im Doppelpack auftauchten. Sie war zu schön, und an ihrer Seite konnte ich spielend leicht übersehen werden. Daher hegte ich keine ernsthaften Absichten gegenüber dem Rodeo-Wunderknaben.

„Hast du morgen frei?“, wollte Elaine wissen.

Meistens arbeitete ich nur fünf Tage pro Woche und da der Samstag häufig dabei war, hatte ich dann oft den Montag frei. Diesmal war es eine Ausnahme.

„Nein. Heute ist mein einziger freier Tag.“

Sie machte einen Schmollmund. „Ich sag doch, der Rautenpulli mit der Hornbrille lässt dich zu viel schuften.“ Dann kam ihr eine Idee. „Aber, hey, vielleicht bekommst du dann mal an einem Samstag frei und wir könnten ein ganzes Wochenende zu Michael.“

„Falls Billy dann da ist?“, erkundigte ich mich unschuldig.

„Ganz genau. Das finde ich so was von raus.“

Da hatte ich keine Zweifel.

# KAPITEL 3

*Seine schillernden Augen nahmen mich gefangen. Es war nicht einfach eine Farbe wie Blau oder Grün. Das Funkeln darin erinnerte mich an Sonnenlicht auf Kristall. Er sah mich an und ich konnte nicht fortblicken, wollte es auch gar nicht.*

*Ich legte den Kopf auf die Seite und beobachtete den Wolf, der nah und fern, vertraut und fremd zugleich war. Weiches Fell bedeckte die Muskeln seines Körpers, ein Gefühl, als würde ich Watte streicheln. Seine Nase witterte meinen Duft und die Verbindung zwischen uns schien vorbestimmt. Wir waren zwei Wesen von unterschiedlicher Art und von gleichen Herzen. Unsere Ketten lagen unsichtbar in der Luft zwischen unseren Augen. Ich stand in seinem Bann und er in meinem.*

*Mein Puls tobte in mir wie Wellen in der Brandung, kleine Strudel, die meine Fingerspitzen summen ließen. In einem Spiegel konnte man sein Ebenbild sehen, in seinen Augen fand ich meine Seele.*

*»Ich kenne dich« schrie jede Faser meines Körpers. Du warst bei mir, es ist nur Momente her. Zeit spielte keine Rolle. Es würde immer erst Momente her sein. Auch nach Jahren würde nur ein Wimpernschlag dazwischenliegen.*

*»Wo bist du?«*

*Er legte den Kopf auf die andere Seite. Es bedurfte keiner Worte, damit er mich verstand. Langsam machte er einen Schritt auf mich zu. Als ich zu Boden blickte, schien ein Graben aus Wasser zwischen uns zu sein, doch er tauchte hindurch. Eiskristalle hingen in seinem Fell, als er sich vor mir daraus erhob. Sie dampften unter seinem Körper und Nebel schien uns einzuhüllen. Ich konnte eine Mauer sehen, die uns umgab. Als ich nach oben blickte, strahlte der Mond über uns. Sein Licht waberte durch Wolkenfetzen.*

*»Wo sind wir?«, dachte ich.*

*Seine Worte entstanden direkt in meinem Kopf und rollten wie ein tiefes Knurren durch seine Kehle.*

*»Wir sind im Vergessenen.«*

*»Aber ich sehe dich.«*

*Er schüttelte den Kopf. »Du wirst mich vergessen. Das verspreche ich dir.«*

*»Versprich nichts, was du nicht halten kannst.«*

*Er runzelte nachdenklich die Stirn. »Warum träumen wir?«*

*Träumen?*

*Ich streckte meine Hand nach seinem Arm aus und sengende Hitze traf mich wie ein Bolzen in den Kopf. Alles wurde grell ...*

... und ein schrilles Fiepen riss mich zurück wie eine Leine. Ich schlug die Augen auf und sah direkt in das

Gesicht eines Wolfes.

Mit einem Ruck hechtete ich zurück und warf dabei den bimmelnden Wecker zu Boden, der nun unter dem Bett weiterlärmte. Ich sah auf den Wolf und plötzlich erinnerte ich mich wieder, woher ich das Stofftier hatte. Wir waren im Zoo gewesen und ich hatte ihn zusammen mit einer Patenschaft für die Wölfe gekauft.

Ich kniff die Augen zusammen und strich mir die Haare aus dem Gesicht. Das Klingeln des Weckers machte es mir unmöglich zu denken. Es jagte alle Gedanken fort und ich sprang aus dem Bett, legte mich flach auf den Boden und streckte den Arm nach ihm aus. Mit den Fingerspitzen ertastete ich ihn, zog ihn in meine Hand und drückte den Lärm aus. Ich fühlte mich kein Stück erholt. Eben hatte ich etwas absolut Merkwürdiges geträumt, doch wie so oft, wenn man seine Träume in der Realität einfangen will, entglitten sie mir vollends.

Matt stieß ich den Atem aus und stellte den Wecker zurück auf den Nachttisch. Dann erhob ich mich und sah auf das völlig zerwühlte Bett, in dem ich geschlafen hatte. Der Plüschwolf lag auf dem anderen Kopfkissen und blickte in meine Richtung.

Ich war so dermaßen aus dem Alter heraus für Kuscheltiere im Bett, doch ich hatte ein Andenken an die wölfische Begegnung gestern haben wollen. Meine Kopfschmerzen waren etwas besser, aber noch nicht verschwunden. Trotzdem beschloss ich, es heute ohne Tabletten zu versuchen. Ein paar Sekunden reckte und streckte ich mich und ließ meinen Nacken kreisen. Ein freier Tag in der Woche schien mir deutlich zu wenig zu sein. Wie hatten die Menschen das im Mittelalter nur ertragen, tagein, tagaus zu arbeiten?

Mit ein paar Handgriffen schüttelte ich das Bett auf und schlug es zurück. Nun sah es eindeutig besser aus. Es war ein Jammer, dass ich mit mir nicht dasselbe tun konnte. Einfach aufschütteln und fertig – das schien mir ein ideales Rezept zu sein. Innerlich fühlte ich mich zerknittert. Zum Glück fand ich im Badezimmer keine Anzeichen davon, als ich mein Gesicht im Spiegel betrachtete und fast erwartete, dass meine Haut aussah wie ein geriffelter Muschelrücken.

Zu müde für Innovationen spulte ich mein übliches Morgenprogramm ab: Toilette, Zähneputzen, Duschen, Schminken, Föhnen und Rühreier in der Pfanne brutzeln. Während die Eier auf dem Teller abkühlten, nahm ich die Zeitung zur Hand und setzte mich damit an den Tisch. Dann las ich die Annoncen und aß eher mechanisch als genussvoll, denn am liebsten wollte ich zurück in mein Bett. Ich war ein echter Morgenmuffel. Die kleinen Gesuche aus der Zeitung – ob man nun einen Lebenspartner wollte, einen Hund abzugeben hatte oder seine Heimwerkerdienste offerierte – boten eine kurzweilige Unterhaltung, ohne mich allzu sehr zu fordern. Hin und wieder schnitt ich mir interessante Coupons aus, die ich je nach Lust und Laune im Laden einlöste oder nicht. Die reduzierte Heckenschere von heute sprach mich nicht an.

Ich brauchte nicht wirklich etwas. Mein Leben war schwer in Ordnung. Ich liebte das alte Haus, auch wenn es an manchen Ecken renovierungsbedürftig war, ich hatte einen Job, ein Auto, Versicherungen und eine reizend bekloppte Familie. Natürlich wäre es mit siebenundzwanzig Lenzen, in denen ich mich nicht immer wie der blühende Frühling fühlte, schön, wenn ich eine Beziehung gehabt hätte. Die üblichen Wünsche vom Heiraten, Kind und dem Häuschen mit weißen Zaun kannte ich durchaus. Das Haus ohne den Zaun, den ich sowieso nicht streichen wollte, hatte ich bereits. Und jetzt? Sollte ich mich mit Billy Bonnet verkuppeln lassen? Das würde sowieso nicht klappen. Wie wahrscheinlich war es denn bitte, dass ich meine große Liebe in einem Schulfreund meines Bruders fand, der mich zuvor nie interessiert hatte? Oder ich ihn.

Ich stellte meinen Teller in die Spüle. Elaine hatte recht gehabt, dass ich schon ein Jahr allein war. Der Kerl war es nicht wert gewesen, ihm überhaupt nachzutrauern, doch Gefühle bemaßen sich nicht nach solchen Werten. Es ärgerte mich, dass Dillon mir noch zu oft durch den Kopf spukte. Nicht, weil ich ihn wiederhaben wollte. Es war eher so, dass ich manche Fehler zu sehr bedauerte. Er war so ein Fehler gewesen. Ich hatte einen Bauch voller Gefühle wegen diesem Betrüger gehabt und gedacht, es könnte bis zum Lebensabend reichen.

Eigentlich hatte ich mich nie als Person mit rosaroter Brille gesehen, und am Ende hatte ich sie trotzdem aufgehabt. Es kränkte mein Ego und meinen Verstand, dass ich mich derart hatte an der Nase herumführen lassen. Selbst wenn ich nicht mit Billy Bonnet auf einem seiner wilden Pferde in den Sonnenuntergang durchbrennen würde, konnte ich einen Mann in meinem Leben brauchen. Einen echten Mann. Sozusagen einen mit Eiern in der Hose.

Ich schmunzelte und faltete die Zeitung zusammen. Jetzt war erstmal die Arbeit dran, doch ich könnte für den Abend etwas mit Jill ausmachen. Vorfreudig steckte ich mir Kreolen in die Ohren und band mir einige Klimperarmbändchen um. Ich hatte sie einmal auf einem Zigeunerfest erstanden. Man nannte sie Bettelarmbänder. An einem feinen Metallkettchen waren Sonne, Mond und Sterne angehängt. An einem anderen hingen Schuhe, Einhörner, Schlösser und Fische. Das mit den Fischen hatte ich nie verstanden. Der Rest schien mir brauchbar.

Als ich aus dem Haus trat, war der Morgen frisch und mild zugleich. Er versprach einen sonnigen Tag mit weißen Wölkchen und ich verzichtete darauf, eine Jacke über meinen Lieblingslook aus Shirt, Jeans und Stiefeln zu ziehen. Die Fahrt zum Einkaufszentrum verbrachte ich damit, laut einen alten Song mitzusingen, den ich immer wieder von vorne spielen ließ. Ich trällerte die Zeilen von »Fly me to the moon« und bekam Sehnsucht und Fernweh. Urlaub war keine schlechte Idee. Elaines Vorschlag, unseren Bruder zu besuchen, gefiel mir immer besser, auch wenn der Aspekt mit Billy Bonnet ziemlich bescheuert war. Ich fragte mich, wie viele jüngere Schwestern von nahen und fernen Bekannten ihm in letzter Zeit so aufgelauert hatten. Vermutlich bekäme er blaue Flecken an den Fingern, wenn er das abzählen würde. Vor seiner Zeit als Rodeostar hatte er sicher mehr Ruhe gehabt. Wir Frauen konnten ein schräges Völkchen sein.

Mit einer schwungvollen Drehung des Lenkrads setzte ich den Wagen in eine Parklücke nahe beim Eingang und nahm meine Tasche. Im Moment war sie recht leer, doch bevor ich zum Laden ging, würde ich mir einen Kaffee und süße Teilchen als Verpflegung besorgen. Die Tage konnten lang werden, wenn viel los war, und oft fehlte mir die Zeit für eine längere Pause. Meine Kollegin Wendy ließ sich von solchen Dingen nie abhalten, aber ich war etwas gewissenhafter als sie. Manchmal dachte ich, dass sie nur zum Arbeiten kam, weil es ihr sonst zu Hause langweilig würde.

Der Mann vom Donutstand kannte mich und meine Vorlieben schon. „Hey, Emily. Wieder zwei Himbeerdonuts?“

Ich nickte selig. Die fruchtige Füllung und die zuckrige Glasur liebte ich. Manche Dinge schmeckten einfach zum Träumen köstlich. Ich rundete beim Bezahlen auf und steckte die kleinen Glücklichmacher in meine Tasche.

Der Kaffeemann kannte meine Vorlieben nicht, denn zum einen hatte ich keine, sondern wechselte gerne die Geschmacksrichtungen, und zum anderen gab es hier mehr Angestellte und damit zu viele verschiedene Gesichter auf beiden Seiten des Tresens. Diesmal entschied ich mich für einen extragroßen Vanille-Latte und lief dann zum Geschäft.

Als ich dort ankam, war mein Boss bereits da. Matthew Brantford sah tatsächlich aus, wie Elaine ihn beschrieben hatte. Eigentlich war ich den Anblick gewöhnt, doch nach ihren gestrigen Kommentaren, fiel es mir stärker auf. Da war diese Brille, die nicht ganz so schlimm anmutete wie jene Hornbrillen aus dem letzten Jahrtausend. Trotzdem war der Rahmen viel zu grob und umfasste seine Augen auf eine Art, die ihn wie einen Maulwurf aussehen ließ. Und ja, er trug diese Rautenpullis. Er hatte sie in kurz- und langärmliger Form. Man könnte meinen, er hätte ein Patent darauf angemeldet, so begeistert schien er davon zu sein. Auf einen Golfplatz würde er damit bestens passen. Außerdem sah er wie ein Chef aus, obwohl er nur schnapszahlfreundliche dreiunddreißig Jahre alt war.

„Hallo, Emily“, grüßte er mich, als er von einem Karton aufblickte und sich das dunkelbraune Haar aus der Stirn strich.

Ich stellte meine Tasche an der Verkaufstheke ab und ging auf ihn zu. Wenn ich neben ihm stand, war er einen halben Kopf größer, was seinem durchschnittlichen Aussehen eine durchschnittliche Größe verlieh.

„Hey, Matthew.“ Ich rieb mir die Schläfe und musterte die neue Ware. Es lagen einige Partyartikel im Karton, die das ganze Jahr über gut liefen, weil immer jemand Geburtstag oder etwas anderes feierte. Trotzdem florierte der Verkauf vor Silvester besser.

„Alles okay bei dir?“, erkundigte er sich. Sein Blick war aufmerksam.

„Bloß Kopfweh, wird schon wieder.“

„Hast du Probleme mit dem Wetter?“

Ich zuckte die Schultern. „Eigentlich nicht.“ Ich wollte ihm nicht von meinem Blackout erzählen. So vertraut waren wir nicht. Daher schob ich einen anderen Grund vor. „Ich habe bloß nicht so gut geschlafen.“

Er runzelte die Stirn, sagte aber nichts dazu. „Drüben habe ich noch ein paar andere Kartons mit neuen Sachen stehen. Würdest du sie vielleicht ins Regal räumen?“

Ich fand es nett, dass er fragte, denn genau genommen bezahlte er mich dafür, das zu tun. Sicher gab es genügend Vorgesetzte, die mir einfach aufgetragen hätten, es zu machen. „Na klar.“

Das Regal, zu dem er mich schickte, stand nur fünf Meter entfernt, sodass wir uns weiter unterhalten konnten. „Wie lief es denn am Samstag?“, wollte er wissen.

Ich nahm ein Teppichmesser und ließ die Klinge ein Stück ausfahren. „Es war viel los. Ich bin nicht so sehr zum Auffüllen der Bestände gekommen, aber dafür habe ich einiges verkauft.“

Er nickte. „Die Lücken in den Regalen habe ich gesehen. Das ist toll.“

„Dann freust du dich bestimmt so richtig, wenn du nachsiehst, was du alles eingenommen hast.“

Er zwinkerte wissend. „Habe ich schon gemacht. Ich bin seit einer Stunde da.“

Das überraschte mich. Sonst trudelte er eine halbe Stunde vor mir oder zur gleichen Zeit ein. „Hast du nicht schlafen können?“

Daraufhin zuckte er nur die Schultern und starrte in seinen Karton. „Doch, alles okay. Ich wollte bloß mein Fehlen vom Samstag aufarbeiten.“

„Hast du die Familiensache gut überstanden?“

Er nickte und sortierte die Artikel auf der Theke. „Klar, Nathan und John – das sind meine Brüder – haben mich zu einem Kajakausflug mitgenommen. John hatte Geburtstag.“

Matthew trug einige Sachen zum Regal und ich machte mich mit dem Messer am Karton zu schaffen. Was ich darin vorfand, überraschte mich auf eine Art, die ich kaum benennen konnte. Verpackt wie Kugeln für Weihnachtsbäume wickelte ich den ersten Artikel aus dem weichen Papier und es kam eine Schneekugel zum Vorschein. Nun war das an sich nichts Ungewöhnliches, aber im Inneren befand sich ein indianischer Wolf.

Ich starrte auf die Kugel und schüttelte sie vorsichtig.

Der Schnee verwirbelte in silbernen Sprenkeln. Es hätte auch Regen sein können. Oder Zauberflocken. Ich konnte nicht genau sagen, was mich an dem Anblick so fesselte. Es ging mir ähnlich wie mit dem Wolf im Zoo. Ich betrachtete die Figur im Wasser und hatte das unbestimmte Gefühl, dass ein Teil in mir sich an etwas erinnern wollte. So vage wie ein Windhauch an der Tür. Ich schloss die Augen und legte den Kopf in den Nacken.

Himmel, was war nur mit mir los? Ich hatte schon so viele Schneekugeln in Regale geräumt und ganz sicher auch schönere als diese. Im Grunde war es doch nur ein kitschiger Touristenartikel. Ich atmete tief durch. Es war, als könnte ich Waldboden und Moschus riechen und …

„Emily, alles okay?"

Ich fuhr zu Matthew herum und ließ beinahe die Kugel fallen. Seine Hände landeten um meine und hielten beides fest – mich und die Kugel. Ich blinzelte verwirrt und lockerte meine Schultern, um wieder in der Wirklichkeit anzukommen.

„Alles okay?", fragte er noch einmal.

Ich presste die Lippen aufeinander, während ich auf unsere Hände starrte. Dann sah ich zu ihm auf. Seine hellbraunen Augen betrachteten mich unter den Brillengläsern und sahen aus wie Karamellbonbons.

„Tut mir leid", murmelte ich.

Seine Hände drückten mich kurz – er war wohl sicher, dass ich die Kugel nun festhielt – und ließen mich dann los. Matthew trat einen Schritt von mir fort und nickte.

„Kein Problem. Ich wollte dich nicht erschrecken."

„Ich bin nur etwas müde." Ich starrte auf die Kugel und sah den Flocken dabei zu, wie sie auf den Wolf rieselten.

„Magst du die neuen Schneekugeln?“

„Ich glaube schon.“

Er legte den Kopf schief. Seine Augen schienen mich zu untersuchen. „Wenn du dich hinsetzen willst, ist das okay, Emily. Trink ruhig einen Kaffee.“ Er lehnte sich vertrauensvoll vor. „Wendy macht das ständig.“

Wie es aussah, hatte sich die Arbeitsmoral meiner Kollegin bis zu meinem Chef herumgesprochen. Seine Art, damit umzugehen, war wirklich liebenswert. Mir war egal, dass Elaine ihn nicht mochte, nur weil er aussah wie Chuck Norris als Streber. Na ja, nicht ganz so alt und auf eine fast langweilige Art normal. Die einen waren reizend, die anderen sahen so aus. Matthew gehörte zur ersten Sorte. Mein Ex hatte zur zweiten gehört. Wann stimmte schon das ganze Paket?

Ich starrte in seine Augen und übte mich einmal mehr darin, nicht nachzudenken, bevor ich sprach. „Hast du eine starke Sehschwäche?“

Mein Themenwechsel verwirrte ihn, trotzdem spielte er mit und antwortete. „Ich sehe ungefähr so gut ohne Brille wie das Tier, dem ich mit Brille ähnle.“

Das entlockte mir ein Lächeln. „Wieso nimmst du kein anderes Modell, wenn du weißt, dass du damit wie ein Maulwurf aussiehst?“

Eine steile Falte richtete sich auf seiner Stirn ein. Diplomatie war an diesem Morgen definitiv keine meiner Stärken. „Maulwurf? Ich dachte mehr an eine Brillenschlange.“

Punkt für ihn. Er ging gut mit meinem unpassenden Kommentar um.

„Tut mir leid. Ich wollte nicht beleidigend klingen.“

Er hob abwehrend die Hände und lächelte mich entwaffnend an. „Nein, nein. Maulwurf ist gut. Eigentlich ist das viel netter als eine Schlange, oder?“

„Ähm ...“

„Was für eine Brille würde mir denn deiner Meinung nach stehen?“

Ich hatte keine Ahnung davon. Allenfalls suchte ich mir mal eine Sonnenbrille für den Sommer aus. „Ich hätte nichts sagen sollen.“

„So wie alle anderen Frauen?“ Sein Blick war undurchdringlich. „Ich weiß, dass ich nicht wie Brad Pitt rüberkomme. Ich kenne den Unterschied zwischen attraktiven Männern und mir.“

„Warum trägst du dann das da?“ Unnötigerweise zeigte ich mit dem Finger auf die Brille.

Er zuckte die Schultern. „Manchmal denke ich, es macht keinen Unterschied, was ich trage und ...“

„Halli Hallöchen“, flötete Wendy beim Eintreten.

Ihre blondierten Haare wippten im Takt ihres Hüftschwungs in den Laden. Sie trug Röhrenhosen und eine geknotete Bluse, die einen Streifen ihres flachen Bauchs freigab. Mit ihren rot lackierten Nägeln nahm sie die Sonnenbrille aus ihrem Haar, klappte sie zusammen und steckte sie in ihre Lacktasche. Ihre Beine sahen mit den hohen Absätzen atemberaubend lang aus. Ein wenig erinnerte sie an diese Pin-up-Damen aus den Fünfzigern, nur dass sie nicht im Badeanzug hereinspaziert kam. Zum Glück sah sie nicht lasziv aus. Sie trug einfach eine Tonne Charisma mit sich herum. Mit ihren sorgsam ausgemalten Lippen schenkte sie uns ein Tausend-Watt-Lächeln.

„Hallo Wendy“, grüßten Matthew und ich unisono.

„Na, was haben wir denn da?“, fragte sie und kam näher, um die wölfische Schneekugel in Augenschein zu nehmen. Skeptisch schüttelte sie sie und sah uns belustigt an. „Was die Leute alles kaufen?“ Sie imitierte ein Wolfsheulen, das wohl lustig klingen sollte, mir aber sämtliche Härchen aufstellte. Dann drückte sie mir die Kugel mit einem Grinsen zurück in die Hand. „Sollen wir irgendeinen Mythos erzählen, wenn wir sie verkaufen?“

„Kennst du denn einen?“, wollte unser Chef wissen.

Sie zuckte mit den Schultern. „Wenn der Wahrheitsgehalt keine Rolle spielt, *kenne* ich ganz viele Dinge. Gab es hier nicht einen Häuptling Weißkäppchen in der Nähe? Vielleicht hatte der ja einen Wolf.“ Sie kicherte. „Oder vielleicht war er sogar einer.“ Erneut schickte sie ein Heulen hinterher.

„Es ist erstaunlich, wie politisch inkorrekt du schon vor dem Frühstück sein kannst“, murmelte ich. „Es war Häuptling Wapahaska, was sich eher mit Schaumkrone übersetzen lässt als mit Weißkäppchen.“

Sie unterdrückte ein Gähnen. „Das ist spannend.“

„Ja, das ist es“, stimmte ich zu. „Er hat mit seinen Leuten entlang unseres Flusses gejagt und zeigte schließlich dem Prediger John Lake dieses Land, wo der mit seiner Gemeinschaft die Siedlung gründete, aus der das heutige Saskatoon hervorging. Er war sozusagen unser Stadtvater. Und ohne den Häuptling wäre er nicht auf den Ort aufmerksam geworden.“

Wendy rollte mit den Augen. „Na, wenn schon? Dann hätte ein anderer die Stelle gefunden und eben zehn Jahre später ein paar Hütten daraufgestellt. Mir ist das doch egal, ob unser Stadtvater nun John Lake oder Bruce Wayne heißt. Worüber du dich immer aufregen kannst. Die sind doch eh alle tot. Also soll ich jetzt was zu diesem Wolf erfinden?“

Die letzte Frage richtete sie an Matthew. Er schüttelte zum Glück den Kopf. „Nein, lass mal, Wendy. Ich hab so das Gefühl, dass es manche Leute verstören könnte, was du dir ausdenkst.“

Sie grinste und wackelte mit den Augenbrauen. „Wie kommst du bloß darauf?“ Gut gelaunt lief sie nach hinten, um ihre Tasche abzustellen.

Ich stieß die Luft aus. Sie war wie eine frische Brise, aber manchmal wollte ich einfach nicht, dass sie mir um die Nase wehte. Ich empfand Achtung vor der indianischen Kultur und ein paar grundlegende Geschichtskenntnisse hätten Wendy sicher so wenig geschadet, wie das Aufhellen ihrer Haare bleibenzulassen.

„Lass dich nicht immer von ihr provozieren“, riet mir Matthew.

Ich schüttelte den Kopf mindestens so sehr über mich selbst wie über die Situation. „Das müssen die Kopfschmerzen sein. Da bin ich zu dünnhäutig.“

Sein Blick war wie eine aufmunternde Berührung an meiner Schulter. „Warum bringst du nicht deine Sachen nach hinten und gönnst dir einen Kaffee?“

Dankbar lächelte ich ihn an. „Ist eine gute Idee.“

„Welche Geschmacksrichtung hast du denn heute? Vanille?“

Erstaunt hob ich die Brauen. „Woher weißt du das?“

„Nur geraten. So viele Sorten gibt es auch nicht. Ich räume das weiter ein.“

Er hielt mir die Hand hin und ich legte die Schneekugel hinein. Dann nahm ich meine Tasche und ging in den Personalraum, wo Wendy gerade dabei war, sich die Lippen nachzuziehen, obwohl der Tag erst begonnen hatte und die Farbe unmöglich schon abgewischt sein konnte.

„Du bist doch nicht sauer wegen dem alten Häuptling, oder?", wollte sie wissen und rieb die Lippen übereinander. Sie prüfte ihr Äußeres. Bevor Wendy eingestellt wurde, hatte hier noch kein Spiegel gehangen. Danach hatte es nicht lange gedauert.

„Nein, schon okay. Ich bin einfach nicht gut drauf. Mein Wochenende war zu kurz."

„Ja, richtig", sagte sie mitfühlend und drehte sich zu mir um. „Du hattest ja Samstag Dienst. Wie lief es denn?"

„Als wäre Ostern und jeder würde meinen, die Eier lägen alle hier. Es sind so viele Leute hergekommen, dass ich irgendwann aufgehört habe, sie zu zählen."

„Du Ärmste." Sie schien sich daran zu erinnern, dass sie behauptet hatte, krank zu sein. „Also ich hatte auch ein elendes Wochenende, das kann ich dir versichern. Muss irgendein Magen-Darm-Virus gewesen sein. Das war schlimmer, als Matthews Zeug zu verkaufen."

Ja, klar. Und ich war die Schneekönigin. Da ich keine gute Lügnerin war, verkniff ich mir Kommentare wie: „Nein, wie schlimm" oder „Wie hast du das nur ausgehalten?" Ich wettete große Scheine darauf, dass sie mit einem Schirmchen im Getränk an einer Bar gestanden und Spaß mit Freundinnen oder einem Kerl gehabt hatte.

Das erinnerte mich daran, dass ich selbst ausgehen wollte, also nutzte ich die Gelegenheit und tippte eine SMS an meine Freundin Jill, während ich an meinem

Kaffee nippte, der meine Lebensgeister langsam wachrief.

Ihre Antwort kam prompt. *»Sollen wir ins Kino gehen?«*

Das war ein toller Vorschlag, denn Popcorn vertrug sich wesentlich besser mit einem Werktag als Alkohol. Nach der Weinflasche in meiner Wohnung war ich bei dem Thema ohnehin kritisch.

*»Gerne. Holst du mich ab?«*

Im Einkaufszentrum befand sich ein Kino, daher bot es sich an, dass wir uns hier trafen. Jill kannte meinen Arbeitsplatz und schneite regelmäßig herein, wenn sie Geschenke für praktisch jeden in ihrer Bekanntschaft suchte. Sie nannte diese Kombination aus einem Besuch bei mir und dem Stöbern nach einem Mitbringsel „Geschenke totschlagen".

*»Spitze. Sieben Uhr?«*

Leider wurde mein Arbeitstag durch die Abendvorstellung wieder lang, aber einen Tod musste man bekanntlich immer sterben. Trotzdem hatte ich das Gefühl, dass Wendy seltener Tode starb. Vermutlich war sie eine Katze und hatte mehr Leben als Tode.

Ich bestätigte Jills Nachricht und machte mich wieder nützlich. Die nächsten Stunden verbrachte ich mit dem Einräumen von Waren oder dem Beraten von Kunden. Wendy hielt sich am liebsten an der Kasse auf, wo ein bequemer Stuhl stand und sie alles nur noch eintippen musste.

Als sie nach einer ihrer Pausen nach vorne kam, sagte sie: „Ich glaube, dein Handy hat gebimmelt." Mit diesen Worten verschwand sie zurück an die Kasse und da gerade nichts zu tun war, begann sie damit, sich die

Nägel zu lackieren. Konnte sie noch mehr Klischees erfüllen?

Ich hatte noch keine Mittagspause gemacht, also ging ich nach hinten und kramte mein Handy zusammen mit einem der Donuts aus der Tasche. Elaine hatte versucht mich anzurufen. Ich wählte ihre Nummer, schaltete auf Freisprechen und biss in mein Gebäck. Die Glasur zerging in meinem Mund und die fruchtige Füllung rief mir in Erinnerung, wie schön das Leben doch war, wenn es Zeit für Pausen ließ.

„Ems?“, meldete sie sich. Ich gab ein zustimmendes Geräusch von mir und kaute weiter. Ihre Stimme nahm einen tadelnden Tonfall an. „Machst du jetzt erst deine Mittagspause? Ich höre dich doch essen. Es ist halb drei!“

Wie die Zeit verging.

„Das ist toll“, fand ich. „Dann habe ich ja bald Feierabend. Was gibt es denn?“

„Also, das Thema mit deiner unregelmäßigen Ernährung ist noch nicht durch, aber ich habe gerade etwas Spannenderes zu erzählen.“ Sie klang aufgeregt wie früher, als sie mir von neuen Verehrern erzählte. Ich sah sie noch genau vor mir. Sie war schon damals eine Augenweide gewesen. „Ich habe mit Michael telefoniert. Er bekommt schon dieses Wochenende Besuch von Billy Bonnet. Daher habe ich so getan, als wäre das ganz schade, weil wir ihn spontan auch mal besuchen wollten.“ Sie kicherte, als wäre das ein raffinierter Schachzug gewesen, doch ich würde mal wieder große Scheine wetten, dass Michael das Ganze durchschaut hatte, als würde er durch fein geschliffene Brillengläser spähen. „Und weil er uns noch nie etwas abschlagen konnte, meinte er, dass er beide Treffen unter einen Hut bringen könnte. Billy ist ja kein Fremder, sondern ein ehemaliger Mitschüler. Der wird das nicht so tragisch finden."

„Wenn er dich sieht, findet er sowieso nichts mehr tragisch. Aber lass Michael auch Zeit mit ihm. Er will schließlich ein Projekt voranbringen."

„Ja, ja, ja." Sie klang, als wäre das völlig zweitrangig. „Keine Sorge. Irgendwann muss ich auch mal schlafen."

„Oder aufs Klo."

„Genau. Da kommt er sicher nicht mit."

Ich verdrehte die Augen und biss vom Donut ab. Was warf ich Elaine eigentlich vor? Wenn es um Teigkringel mit Glasur ging, konnte ich selbst nicht widerstehen. Natürlich war Billy kein Teigkringel. Ich gab zu, dass der Vergleich etwas hinkte.

Jemand räusperte sich und ich brauchte eine Sekunde, um dieses merkwürdige Geräusch nicht Elaine zuzuordnen, und fuhr erschrocken herum. Matthew stand hinter mir und deutete mit dem Finger zur Küchenzeile.

„Hey, stört es dich, wenn ich den Wasserkocher benutze?"

Ich legte den Donut auf die Unterlage, schüttelte den Kopf und nahm das Telefon ans Ohr. „Nein, schon gut, ich schalte die Freisprechfunktion aus. Mach ruhig."

„*Mach ruhig*", äffte Elaine mich nach.

„Danke", sagte Matthew und füllte sich Wasser ein.

Ich überging ihren bissigen Kommentar, da ich in seiner Gegenwart schlecht darauf reagieren konnte.

„Wir fahren also am Wochenende zu Michael", griff ich ihr früheres Thema auf.

„Ja, genau. Freitag geht's los, also sage dem Langweiler gleich mal, dass du freihaben musst. Los!"

Elaine war wirklich gut im Kommandieren. Das musste ich neidlos anerkennen.

„Hey, Matthew."

Er drehte sich zu mir um.

„Sag Bescheid, wenn er sich mit Wasser bekleckert", gab Elaine glucksend von sich. Ich hielt das Telefon zu, damit ich ihn in Ruhe fragen konnte.

„Wäre es in Ordnung, wenn ich Freitag und Samstag nicht arbeite? Elaine und ich würden gerne unseren Bruder besuchen."

Er nickte, ohne zu zögern. Vermutlich, weil ich ziemlich selten nach Urlaub fragte. „Kein Problem. Du bist schon Samstag eingesprungen. Nimm dir ruhig frei."

„Dankeschön." Ich hielt das Handy wieder ans Ohr. „Es klappt."

„Juhu!", jubelte Elaine. „Das ist nett von deinem Chef, auch wenn er eine Schlaftablette ist."

Als ich diesmal zu Matthew sprach, deckte ich das Telefon nicht ab. Mit süßer Stimme säuselte ich: „Elaine bedankt sich herzlich bei dir. Sie findet, du bist ein toller Typ."

Sie kreischte mir förmlich in den Hörer. Zum Glück war mein Handy grundsätzlich leiser gestellt, weil ich Lärm nicht mochte. So hörte Matthew wenigstens nichts davon.

Er wurde doch tatsächlich rot. Bestimmt erinnerte er sich an meine Schwester. Das ging den meisten Männern so.

„Ähm ... danke." Er wirkte fast schüchtern, als er sich zum Wasserkocher zurückdrehte.

„Das zahle ich dir heim“, verkündete Elaine.

„Du holst mich ab?“ Ich verhörte mich absichtlich. „Das finde ich prima.“

„Dich abholen? Du hast diesem Langweiler gesagt, ich fände ihn toll.“

„Zehn Uhr? Ja, das würde mir prima passen.“

„Mir würde auch ganz viel passen. Ich drehe dir am Freitag den Hals um. Das ist dir klar, oder?“

„Oh, aber gern probiere ich auf der Fahrt von deinen neuen Muffins. Bring sie einfach mit.“

„Da wäre Gift drin. Und dich wollte ich mit Billy verkuppeln! Das kannst du jetzt vergessen.“

Sie wollte ihn doch sowieso die ganze Zeit für sich selbst. Elaine konnte so süß sein, wenn sie vorgab, dass sie etwas nur tat, weil man es selbst nicht anders gewollt hatte. Sie mochte ja aussehen wie ein etwas rötlich geratener Engel, aber innen drin versuchte sie gerne, andere zu manipulieren. Michael und ich kannten das zur Genüge und fanden es unterhaltsam.

„Ich muss jetzt Schluss machen, meine Pause ist gleich um.“

„Aber wir telefonieren doch kaum.“

„Wegen mir musst du nicht aufhören“, fand Matthew. „Telefoniere ruhig.“

Doch ich winkte lächelnd ab.

Elaine meinte: „Ja, genau. Telefoniere ruhig. Wann hast du schon Zeit für mich?“

„Freitag um zehn“, erwiderte ich. „Bis dann.“

Bevor sie noch etwas sagen konnte, legte ich auf und steckte das Telefon zurück in die Tasche. Nach Gesprächen mit ihr fühlte ich mich oft, als hätte ich einen Dauerlauf hinter mir.

Matthew brühte sich Instant-Kaffee auf und ich verzog das Gesicht. „Trinkst du das Zeug immer noch?“

Vor einer Weile hatten wir einen Mitarbeiter, der diese Jumbo-Packung angeschleppt und sie nicht mitgenommen hatte, als er nach nur zwei Wochen wieder ging. Es schien, als hätte er es nirgends lange ausgehalten, was eigentlich ganz tröstlich war, weil Wendy und ich es auch kaum mit ihm ausgehalten hatten. Er war ein ziemlicher Besserwisser gewesen, der leider nie wirklich etwas besser wusste.

Mein Boss warf einen Blick auf die Dose. „Es ist noch viel drin.“

„Matthew, da wird auch in fünf Jahren noch viel drin sein. Und glaub mir, es wird dadurch nicht besser schmecken.“

„Aber anderswo hungern Menschen und ...“

„Und dieser künstliche Kaffee würde sie auch nicht satter machen als Wüstenstaub. Ganz ehrlich.“ Ich stand auf, nahm die Packung und hatte das Gefühl, mehr als fünf Kilo in den Armen zu halten. „Heb mal den Deckel vom Mülleimer hoch“, forderte ich ihn auf. Er sah beinahe erleichtert aus, als er es tat.

„Okay, zusammen“, sagte ich. „Drei, zwei, eins ...“ Mit einem lauten Scheppern landete der Bottich aus gruseligem Imitat-Kaffee in der Tonne. „Deckel wieder drauf.“

Matthew tat, was ich sagte, und ich klatschte in die Hände. „Jippi, ist das nicht toll? Nichts mehr da von dem Zeug. So, jetzt nehme ich dich mal mit zu meinem Kaffee-Dealer an der Ecke. Da schmeckt es himmlisch und nicht so, als würde man sich etwas aus dem Sandkasten aufbrühen.“

Ich schob mir den Rest vom Donut in den Mund und ging mit Matthew zum Kaffeestand. Das war sogar für mich ganz praktisch, denn der Vanille-Latte hatte den Vormittag nicht überlebt. Diesmal suchte ich mir einen Cappuccino mit Haselnussaroma aus und mein Boss nahm dasselbe und bestand darauf, beide Getränke zu bezahlen.

„Danke." Ich brachte eine Pappmanschette an meinem Becher an. Der Kaffee war zu heiß, um ihn zu halten, und es war keine Lösung, ihn schnell auszutrinken, nur um ihn nicht mehr festhalten zu müssen. Allerdings entdeckte ich immer wieder Leute, die genau das probierten und hinterher schmerzhaft das Gesicht verzogen. Oft folgte ein Kommentar wie „Scheißkaffee", dabei lag es wirklich nicht am Getränk.

Wir bummelten zurück zum Laden.

„Hoffentlich hat Wendy alles unter Kontrolle", murmelte ich und nippte am Becher.

„Wenn wir lautes Wolfsgeheul hören, verkauft sie wohl gerade eine Schneekugel."

Ich musste kichern. „Das klang zu gruselig, um zum Kauf anzuregen."

„Mir hat es sämtliche Nackenhaare aufgestellt." Er rieb sich demonstrativ über seinen Nacken.

„Ja, genau." Ich fand es lustig, dass es ihm genauso gegangen war. „Wie ist dein Kaffee?"

„Deutlich besser als bisher." Er nickte und gab sich geschlagen. „Das war eine gute Idee."

„Ja, so bin ich. Voller guter Ideen. Wobei mir etwas einfällt. Am Samstag war eine Frau im Laden und hat sich nach einem Job erkundigt. Sie wollte unbedingt mit dem Chef sprechen."

„War sie brauchbar? Ich hätte nichts gegen gute Hilfe."

Womit er wohl sagen wollte, dass er keine zweite Wendy einstellen würde.

„Eher nicht. Sie war ..." Ich wusste einfach nicht, wie ich es besser sagen sollte. „In keinem guten Zustand. Ich meine nicht so sehr die Kleidung."

„Sondern?"

„Sie roch nach Alkohol. Ich glaube, sie wusste das und hat immer an mir vorbei gesprochen, aber ich habe es trotzdem gerochen."

„Was hast du ihr gesagt?"

Schuldbewusst zuckte ich die Schultern. „Dass wir niemanden brauchen würden. Ich habe es nicht über mich gebracht, sie auf das andere anzusprechen."

Er tat es mit einer flüchtigen Handbewegung ab, als würde er das Thema durchwinken. „Das ist auch nicht dein Job. Mach dir keine Gedanken deswegen."

„Ja, es ist nur, dass sie wiederkommen will. Sie meinte, sie will das vom Chef hören und nicht von mir. Ich glaube, sie hielt mich für eifersüchtig, weil sie eine Frau ist."

Matthew stieß ein ungläubiges Geräusch aus. „Himmel, du und eifersüchtig? Das habe ich ja noch nie erlebt."

Er starrte etwas zu lange auf seinen Becher und mied meinen Blick. Ich wusste nicht, was ich dazu sagen sollte. Wir gelangten beim Laden an. Es war, als würden wir damit eine imaginäre Linie überschreiten, die unser Gespräch beendete. Wendy sah mich stirnrunzelnd an und Matthew ging nach hinten.

„Wo warst du denn mit ihm?"

Ich hielt meinen Becher hoch. „Kaffee holen. Meiner

war alle.“

„Ach so. Nett von dir, ihn mitzunehmen. Mir wäre das unangenehm gewesen.“

Ich wusste, was sie meinte. Sie wollte nicht mit einem Mann im Rautenpulli und mit dicker Brille gesehen werden, damit niemand dachte, sie stünde ihm nahe. Es war ähnlich wie Elaines Verhalten, aber das mochte ich in diesem Punkt schließlich auch nicht. Wir waren doch alle nichts Besseres.

„Und was machst du gerade?“, fragte ich sie, denn sie blätterte in einem bunt bedruckten Prospekt. Mir wäre es unangenehm, wenn mein Boss mich damit bei der Arbeit antreffen würde, und ich hätte wohl versucht, das Ding unter der Theke zu verstecken.

„Fernweh“, seufzte sie und hielt mir das Deckblatt unter die Nase. Darauf war ein Palmenstrand mit einem Reisebüroaufkleber zu sehen.

„Du machst Urlaub?“

Erneut seufzte sie. „Schön wär’s. Im Moment träume ich nur davon. Leider fehlt ein reicher Mann in meinem Leben, der mich dazu einlädt.“ Dabei tippte sie auf die Palme und das Meer.

„Du lässt dich zu so was einladen?“ Die Idee war mir noch nie gekommen. Warum sollte ein Mann das für mich bezahlen?

„Sonst schon, klar.“ Wendy lehnte sich verschwörerisch über die Verkaufstheke und meinte: „Stell dir vor, mein letztes Date hatte bloß eine Mietwohnung und fährt einen Buick Roadmaster!“ Sie verzog das Gesicht. „Wie unsexy ist das denn?“

Ich wölbte eine Braue und versuchte diplomatisch zu sein. „Also ich mag den Job hier, aber mal ehrlich

Wendy: Was haben wir denn selbst vorzuweisen?“

Sie richtete sich auf und warf ihre blonden Haare über die Schulter zurück. Ihr Kinn wirkte elegant, sie hatte einen tollen Schwung im Körper und das nötige Selbstbewusstsein, um ihren Standpunkt klar zu vertreten. „Na ja, Emily, ich habe mein Aussehen. Das sollte Männern schon etwas wert sein. Ich möchte keinen armen Schlucker.“

„Er hatte eine Wohnung und ein Auto“, fasste ich ihr letztes Date zusammen. „Er ist kein armer Schlucker.“

Sie warf die Hände in die Luft. „Er ist aber auch nicht reich. Ich will einen Mann mit Geld, der mir etwas bieten kann.“

„Aber Glück kann man nicht kaufen“, erinnerte ich sie. „Was ist mit Romantik? Oder Liebe?“

Sie belächelte mich, als wäre ich aus dem Kindergarten ausgebrochen. „Von Romantik kann ich mir auch nichts kaufen. Von Geld aber schon.“

Matthew kam nach vorne und brachte aus dem Lager eine neue Palette mit. „Könntet Ihr das dort drüben einräumen?“, bat er.

Ich nickte und lächelte ihn an. „Klar.“

Ich fand es wie immer nett, dass er fragte. Als er wieder hinten war, sah mich Wendy mitleidig an. „Er ist schon ein komischer Vogel.“ Ihr Daumen folgte der Richtung, in die er verschwunden war. „Eulenbrille und diese Zickzack-Stricksachen. Schrecklich. So bekommt er nie eine Frau.“

Ich zuckte mit den Schultern. „Das wundert mich, Wendy. Du baust ja nicht auf Romantik und Geld hat er doch wenigstens.“

Sie sah mich an und ich konnte ihren Blick nicht

deuten. Ich glaubte, sie beleidigt zu haben, und setzte innerlich bereits zu einer Entschuldigung an. Doch sie sagte: „Wirklich? Er sieht nicht aus, als hätte er Geld. Schließlich trägt er nicht mal Anzüge.“

Das stimmte. Matthew trug meist Jeans oder robuste Stoffhosen, die mehr an einen Heimwerker erinnerten. Aber er kroch ja auch teilweise auf dem Boden entlang, um Dinge zu verschrauben, und hantierte mit Warenlieferungen. Das konnte staubig zugehen.

Ich lief zu den Kartons herüber, die Matthew uns gebracht hatte, und öffnete den ersten.

„Der Laden läuft gut. Er hat mal erwähnt, dass er ein eigenes Haus hat, und sein Wagen ist doch nicht billig.“

Sie runzelte die Stirn und stellte sich mit verschränkten Armen neben mich. Das Thema schien sie zu interessieren, denn ohne Weiteres war sie nicht von ihrem Stuhl an der Kasse fortzulocken. „Er fährt einen Geländewagen.“

„Der hat auch Geld gekostet. Unsere Gehälter kann er sich jedenfalls leisten.“

Sie kaute auf ihrer vollen Lippe und schien zu grübeln. „Wenn ich so drüber nachdenke, hast du recht.“

Da sie nicht von sich aus begann, mir zu helfen, drückte ich ihr die ersten Sachen aus dem Karton zum Einräumen in die Hand. Sie betrachtete die beiden Vasen, als wären sie eben vom Mars hergebeamt worden.

„Was ist das denn Scheußliches?“

„Man tut Blumen rein. Es nennt sich Vasen. Ich halte es für eine praktische Erfindung, damit die Sträuße nicht verdursten.“

Sie zog eine Braue hoch, als hätte ich mir die Bemerkung sparen können. „Witzig, Emily, ich meinte, dass es potthässlich ist.“

Sie hielt schlichte, weiße Gefäße in den Händen. Ich konnte keinen Verarbeitungsfehler finden. „Was ist falsch an ihnen?“

„Oh, Gott!“, jammerte sie und hätte am liebsten wieder die Hände in die Luft geworfen, aber die Vasen hinderten sie daran und ich war froh, dass nichts kaputtging. „Was daran falsch ist? Du magst auch Rautenstrick, oder?“

„Ich habe nicht ...“

„War ein Scherz.“ Sie warf einen listigen Blick zum Lager. „Dann ist heute wohl sein Glückstag.“

„Was hast du vor?“

Sie stellte die Vasen ab und schob ihre Brüste zurecht. Ich hatte mich immer gefragt, warum Frauen das eigentlich machen. Man konnte an der Schwerkraft überhaupt nichts ändern. Entweder sie hielten oder nicht. Wollte sich Wendy vergewissern, dass sie noch da waren?

„Du machst das hier doch, oder?“ Sie deutete auf die Kartons.

„Was? Wendy, er ist unser Boss!“

„Na und? Es kommt doch ständig zu Verhältnissen am Arbeitsplatz. Ich meine, frag dich mal, weshalb er mich eingestellt hat?“

Ich sah sie an, als hätte sie Tinte verschluckt. „Wie wäre es mit Auspacken und Einräumen?“

Sie lächelte mich mitleidig an. „Süße, dafür hat er dich eingestellt. Nichts für ungut. Aber ein Mann, der mich einstellt, hat sicher keine Arbeit im Kopf.“

Ich überging ihre Bemerkung über mein Äußeres. „Selbst wenn: Sollte dich das dann nicht stören?“

Sie kicherte. „Der Herr hat es gegeben, der Herr hat es genommen. Ich beschwere mich sicher nicht über mein Aussehen. Das ebnet mir den Weg zum Geld."

„Aber ..."

„Ja, ja, Romantik. Ich schicke dir eine Postkarte von Barbados, wenn du hier in vielen Jahren immer noch versauerst."

„Von Barbados", wiederholte ich. „Etwa mit ihm?" Ich ließ nun auch meinen Daumen Richtung Lager deuten.

„Du hast doch gesagt, er hat Schotter."

Eben hatte sie nicht mal einen Kaffeebecher mit ihm kaufen wollen. Eigentlich hatte ich nichts gegen Wendy, allerdings hoffte ich inständig, dass ihr Plan in die Hose ging. Ich wollte sie nicht als Chefin. Sie kommandierte mich ja schon als Kollegin herum.

„Bestimmt nicht genug für Barbados", versuchte ich nun zurückzurudern.

Sie wackelte mit den Augenbrauen. „Wir werden sehen." Bei den letzten Worten senkte sie ihre Stimme, denn Matthew kam zurück in den Verkaufsbereich und lief zur Kasse.

Wendy warf mir einen »Jetzt schau mal, wie man das macht«-Blick zu und wackelte mit ihren Hüften vor zum Tresen. Innerlich rollte ich mit den Augen und packte weiter Waren aus. Doch so wie man automatisch hinsah, wenn irgendwo ein Unfall geschah, schaffte ich es nicht, den Blick von ihr abzuwenden.

„Hey, Matthew", sagte sie mit lieblicher Stimme und lehnte sich vor. Ich war mir sicher, dass sie Einblicke in ihren Ausschnitt so berechnend gewährte, wie man Äpfel auf dem Markt präsentiert.

Er blickte von seinem Geschäftsbuch auf und rückte

die Brille auf der Nase hoch. Ich hatte schon bemerkt, dass er sie meist tiefer trug, wenn er etwas las. Ich selber hatte nie eine Brille gebraucht und es faszinierte mich, wie er sie kaum zu bemerken schien, obwohl er sie ständig bewegte.

„Wendy." Er sah sie irritiert an und schaute dann in meine Richtung. Ich stellte eine weitere Vase ins Regal. Es war offensichtlich, dass wir mit dem Ausräumen noch nicht fertig waren. „Was kann ich für dich tun?"

Sie lächelte und zog eine Schulter hoch, während sie ihren Kopf in seine Richtung neigte. „Ich wollte dir nur sagen, wie toll ich die neuen Vasen finde."

Ich hatte Mühe, dass mir nicht der Kiefer herunterklappte.

„Vielen Dank. Schlichte Dinge verkaufen sich besser als knallige Produkte."

Ich biss mir auf die Lippen, als ich Wendy in ihrer roten Bluse mit den weißen Punkten betrachtete. Sie war eindeutig knallig.

„Du hast eben viel Geschmack", fand sie. „Könntest du mir vielleicht behilflich sein?"

Er blinzelte verwirrt. „Ist einer der Kartons zu schwer?"

Mühsam verkniff ich mir ein Kichern. Als ob Wendy das je feststellen würde.

„Ach, nein, nicht so was. Aber ich habe am Samstag keine Begleitung zu einer Feier und da dachte ich, dass du womöglich ..."

„Samstag muss ich arbeiten."

„Oh, habe ich Samstag gesagt? Wie dumm von mir. Ich meinte Sonntagnachmittag."

„Da geht es auch nicht." Er seufzte etwas gequält. „Ich

würde das für keine gute Idee halten, mit dir auszugehen. Ich bin dein Boss, Wendy."

„Es wäre doch kein echtes Date", tat sie es ab, doch ich hörte förmlich, wie wenig ihr seine Abfuhr gefiel. Sie war das sicher nicht gewohnt und schon gar nicht von Männern, die ihrer Meinung nach unter ihr standen.

„Was wäre es denn dann?" Der Klang seiner Stimme machte deutlich, dass er ungern für blöd gehalten wurde.

„Du würdest nur einspringen."

„Für wen?"

Sie warf die Arme in die Luft, jetzt, da sie keine Vasen mehr in den Händen hielt. „Für irgendwen. Himmel, ich suche doch nur eine Begleitung."

„Warum tun wir nicht einfach so, als hätte dieses Gespräch nicht stattgefunden, und du machst mit den Kartons weiter? Es ist ja nichts passiert, Wendy."

Vermutlich kochte sie innerlich, besonders weil er wieder seinen Kopf in die Bücher steckte und ihr damit zu verstehen gab, dass das Gespräch beendet war. Ich hatte ihn noch nie so abweisend erlebt. Sonst waren seine Manieren deutlich besser. Anscheinend hatte Wendy etwas getan, was ihm gegen den Strich ging. Wir hatten doch alle unsere Achillesfersen. Sie kam mit säuerlicher Miene zu mir zurück und tuschelte ganz leise: „Wer hätte das gedacht? Er ist schwul."

Wie bitte? Sie konnte doch nicht glauben, dass jeder Mann, der sie nicht wollte, automatisch schwul war. „Ähm ..."

Bevor ich etwas sagen konnte, erklärte sie: „Ich muss mal aufs Klo."

Damit verschwand sie nach hinten und ließ mich mit der Arbeit allein. Ich warf einen Blick zu Matthew. Er beobachtete mich und ich schluckte unsicher. Mir tat es leid, dass ich ihm Wendy geradezu auf den Hals gehetzt hatte. Das Ganze entstammte einer weiteren Episode aus meinem Leben, welche die ewige Überschrift »Vorm Reden nicht nachgedacht« trug.

Als ich glaubte, es könnte nicht schlimmer werden, betrat die seltsame Frau von Samstag das Geschäft. Innerlich wand ich mich. Das hatte gerade noch gefehlt. Sie war ordentlich gekleidet, doch ihr Blick wirkte glasig, als sie damit in den Laden stierte und sich schließlich auf Matthew zubewegte.

„Oh, Sie müssen der Chef sein. Das erkenne ich gleich." Sie strahlte ihn an und er sah aus, als hätte er genug von falschen Komplimenten. Sie kam zur denkbar schlechtesten Zeit herein.

„Ja, bin ich", meinte er knapp.

„Gut ... gut." Sie sah sich mit wippendem Kopf um und schließlich schaute sie genau in meine Richtung. Ihre Augen wurden schmal, dann riss sie sich von mir los und stierte auf die Ware vor mir. „Ich sehe da Kartons stehen. Ich könnte beim Einräumen helfen." Ihr Kopf schwenkte zurück zu Matthew. „Ich suche nämlich Arbeit."

„Tatsächlich?"

Sie nickte eifrig. „Ich kann alles machen."

Den Satz hatte ich schon immer für anmaßend gehalten, denn hieße »alles« nicht auch, dass sie selbst den Job vom Vorgesetzten machen könnte? So, als wäre der nicht sonderlich schwer. Oder so, als würde sie ihn bestens ersetzen können und insgeheim schon mit seiner Position liebäugeln.

Matthews Stimmung befand sich auf einem Allzeittief

und er verbarg es nicht, als er unumwunden fragte: „Welche gesundheitlichen Einschränkungen haben Sie?“

Die Frau sah ihn schockiert an. Ich hatte das Gefühl, sie würde in sich zusammenfallen. „Dürfen Sie mich so was überhaupt fragen?“

Er verschränkte die Arme vor der Brust. „Ich muss Sie nicht einstellen. Sie sind zu mir gekommen. Wir können das Gespräch direkt beenden.“

„Nein, nein“, wehrte sie ab.

„Okay, also welche Einschränkungen? Es gibt ja von A wie Alkoholsucht bis Z wie Zöliakie alles Mögliche.“ Er zuckte nicht einmal mit der Wimper.

„Das ist eine Frechheit!“, schimpfte die Frau. „Was unterstellen Sie mir da?“

„Wieso?“, fragte er scheinheilig. „Ich habe nie behauptet, dass Sie Zöliakie haben.“

Er wusste so gut wie ich, dass sie sich nicht über die Zöliakie aufregte. Wütend stapfte sie aus dem Laden und hinterließ mit einer Reihe von Flüchen über feine Pinkel und dumme Männer auch einen aufdringlichen Alkoholgeruch.

Obwohl ich froh war, dass sie hier nicht anfing, stellte ich ihn zur Rede. „Also wirklich, das war nicht sehr feinfühlig.“

Er seufzte, stemmte die Hände auf den Tresen und schüttelte den Kopf. „Stimmt. Sie roch drei Meilen gegen den Wind, aber das ist kein Grund. Ich habe meine schlechte Laune an ihr ausgelassen. Gleich erzählst du mir, dass sie ein armes Wesen ist, das alle nur missverstehen und verurteilen.“

Ich ließ meine Hände sinken und legte den Artikel, den ich eben auspacken wollte, zurück in den Karton. „Das will ich nicht sagen. Sie weiß selber, dass sie Probleme hat, und nutzt das Taktgefühl anderer dafür aus, es nicht zugeben zu müssen. Aber du bist doch sonst nicht so."

Matthew rückte seine Brille auf der Nase zurecht und strich sich mit der Hand über den Nacken. „Das mit Wendy hat mich kalt erwischt."

Mich erwischte seine Aussage ziemlich kalt. Stand er etwa auf sie? „Oh, das tut mir leid. Ich wusste nicht, dass du Gefühle für sie ..." Bevor ich weitersprechen konnte, unterdrückte der Blick, den er mir zuschoss, jedes Gestammel.

„Ich stehe nicht auf sie."

„Okay."

„Ich war mir einfach nur sicher, dass ich mir keinen Kopf um Wendy machen muss. Es reicht, dass sie faul ist. Ich mag es nicht, dass sie mich anbaggert und dabei Dollarzeichen in den Augen hat."

Schuldbewusst fummelte ich an meinen Fingern herum. „Also, das war wohl mein Fehler, schätze ich."

„Deiner?"

Ich zuckte halbherzig mit der Schulter. „Ich hab da eine blöde Bemerkung gemacht."

Er runzelte die Stirn. „Und worüber?"

Ich konnte ihm unmöglich offenbaren, dass sie ihn unwürdig fand und nur einen Urlaub von ihm wollte. So eigennützig Wendy auch war, ich war es nicht. Es behagte mir nicht, sie anzuschwärzen. Wir arbeiteten zusammen und auch wenn sie meist nur an der Kasse saß, gab es doch genügend Kunden, die bloß wegen ihr hier einkauften.

„Na ja, sie ist Single, du bist Single."

„Du wolltest uns verkuppeln?" Er sah aus, als ob ihm

gleich schlecht würde.

„Nein, nicht direkt. Eigentlich gar nicht."

„Emily!"

Dass er meinen Namen sagte, brachte mich dazu, ihn direkt anzusehen und nicht weiter herumzudrucksen. „Also, ich habe vielleicht angedeutet, dass du zu gut für sie bist."

Jetzt wirkte er völlig irritiert. Ich erwähnte nicht, dass sie ihn nicht mal zum Kaffeekaufen mitnehmen wollte und ich sie deshalb belehrt hatte, dass unser Status als Verkäuferin nicht an seinen als Chef mit Geld, Haus und Geländewagen heranreichte. Trotzdem war die Grundzeile, dass er über uns stand. Wendy war aus vielerlei Hinsicht nicht gut genug für ihn. Besonders, weil er gute Absichten hatte und sie nicht.

Er sah aus, als würde ihm gleich der Kiefer durchhängen. „Ich zu gut für Wendy?", wiederholte er ungläubig meine Worte. Vermutlich hatte er sich schon zu viele Körbe von Frauen wie ihr eingefangen, um das witzig zu finden.

Trotzig reckte ich mein Kinn vor und verschränkte die Arme vor der Brust. „Ja."

„Du hast sie dir aber schon angesehen, oder?"

Mir war klar, dass er nicht ihren bockigen Abgang meinte. Natürlich war sie eine echte Erscheinung. Mein Urteil änderte sich dadurch allerdings nicht. Ich hielt sie für hübsch, aber hohl.

„Jedenfalls hat das wohl ihren Sportsgeist geweckt", fasste ich zusammen.

„Du meinst, sie gräbt mich an, um dir zu zeigen, dass sie mich doch haben kann?"

„Es ist wie du gesagt hast: Warum vergessen wir das

Ganze nicht einfach?“

„Du findest, ich bin zu gut für sie“, murmelte er stattdessen. Daran schien er wirklich zu knabbern. „Warum denkst du das?“

Ich rollte mit den Augen. „Matthew.“

„Es interessiert mich nur. So eine Auffassung begegnet mir nicht oft.“

„Du bist ein netter Kerl“, probierte ich es.

Er legte den Kopf schief, als wäre das ein ganz lausiger Versuch, mich aus der Affäre zu ziehen.

„Netter Kerl“, resümierte er und nahm seinen Daumen. Dann zählte er an den anderen Fingern weiter. „Ich habe außerdem einen tollen Weichspüler, eine symmetrische Brille, spucke nicht beim Sprechen und kann Wechselgeld im Kopf ausrechnen.“ Er war beim kleinen Finger angelangt und zog sein Fazit. „Ich bin ein echter Fang.“

„Ach komm, so schlimm bist du nicht.“

„Ich hatte einen Grund dafür, Wendy einzustellen, obwohl sie den Eindruck machte, ich müsste vor Glück im Kreis springen und den roten Teppich ausrollen“, gab er zu.

„Der wäre?“

„Hast du sie dir mal angesehen?“

„Du wolltest sie anstarren?“

„Nein“, sagte er energisch. „Ich wollte sie im Eingangsbereich vom Laden haben, um mehr männliche Kunden anzulocken. Meistens funktioniert das. Selbst mit einer Lupe findet man bei ihr weder Fähigkeiten noch Motivation, aber sie ist gut für den Umsatz. Ich bin Geschäftsmann, habe einen Laden und interessiere mich für Bilanzen. Also lasse ich Wendy sein, wie sie ist, wenn ich damit Gewinn mache.“

Ich zog verblüfft die Brauen hoch. „Und wofür hast du mich eingestellt?“

Er grinste mich frech an. „Na, einer muss doch die Arbeit machen.“

Damit fiel ich wohl für den Job weg, männliche Kundschaft anzulocken. „Wieso frage ich auch?“

„Hey, du bist das hübsche Mädchen von nebenan, was in meinen Augen viel besser ist. Ich will dich absolut nicht beleidigen.“

Ich schluckte. *Hübsches Mädchen von nebenan.* Die Rolle kannte ich, besonders mit Elaine als Schwester, die wie Wendy optisch für Furore sorgte. Ich wusste also, was Matthew meinte, und nahm es ihm nicht übel.

„Schon okay.“

„Bitte, stachele sie einfach nicht mehr an, mich anzubaggern. Ich rechne hier nichtsahnend in den Büchern und dann kommt so was.“ Wieder grinste er.

„Du armer Mann.“

Er nickte amüsiert. „Es ist eine Plage. Dauernd reißen sich die Frauen wegen mir die Kleider vom Leib.“

Ich grunzte wenig damenhaft. „Das liegt eben an deinem tollen Weichspüler und deinen Kopfrechenfähigkeiten“, griff ich seine Worte von vorhin auf.

„Nicht zu vergessen das fehlende Spucken beim Sprechen.“

„Die symmetrische Brille, die du dringend überdenken solltest.“

„Hey!“

„Ach, das weißt du genau. Die ist so unnötig. Du brauchst ja deswegen nicht auf Kontaktlinsen zu wechseln. Es gibt auch Brillen, die nicht mehr wiegen als deine Schuhe."

„Na gut, ich hole mir ein anderes Modell. Du hast es so gewollt. Aber dann ist meine Tarnung dahin und die Weiber werden uns sabbernd den Laden einrennen."

„Solange es die Umsätze steigert, solltest du dich für die gute Sache opfern. Wendy tut es auch."

„Danke."

Mit diesem Wort überraschte er mich. „Wofür denn?"

Er schüttelte den Kopf. „Nur so."

Irgendwie steckte er voller Rätsel. So sah er nicht aus, doch ich hatte schon oft im Leben gelernt, dass der erste Eindruck täuschen konnte. Und stille Wasser mit Rautenstrick waren vielleicht sehr tief.

Ich kümmerte mich weiter ums Auspacken und schob irgendwann den leeren Karton nach hinten ins Lager. Da Wendy bisher nicht von der Toilette zurück war, machte ich mir die Mühe, nach ihr zu schauen. Ich fand sie im Pausenraum, wo sie telefonierte. Es schien ein Kerl am anderen Ende zu sein. Ich konnte nur mutmaßen, dass sie ihr angeschlagenes Ego gerade durch Komplimente und die Aufmerksamkeit eines anderen aufpolierte. Eigentlich hatte sie optisch alle Attribute, die man sich wünschen konnte, und trotzdem ließ sie sich viel zu leicht aus der Bahn werfen.

Ich stahl mir meinen letzten Donut aus der Tasche und futterte ihn auf. Langsam bekam ich echten Hunger und ich nahm mir vor, die Maxiportion Popcorn im Kino zu verschlingen.

# KAPITEL 4

Jill holte mich pünktlich ab. Ihre Zuverlässigkeit schätzte ich sehr an ihr. Ebenso den Umstand, dass uns eine zwanzig Jahre lange Freundschaft verband. Ich war seit der Schulzeit regelrecht mit ihr verwoben und konnte nicht sagen, ob wir zwei Seelen mit einem Herzen oder zwei Herzen mit einer Seele waren.

In einer anderen Situation hätte ich sagen können, sie wäre die Schwester, die ich nie hatte, doch ich hatte ja eine. Zwischen Elaine und mir bestanden mehr Unterschiede, zwischen Jill und mir Gemeinsamkeiten.

Wir waren gleich groß und hatten sogar dieselbe Schuh- und Kleidergröße, doch Jill trug ihre glatten braunen Haare mit einem Pagenschnitt, der exakt an ihrer Kinnkante entlanglief, und ihre Augen waren rußgrau und geheimnisvoll. In Schultheaterstücken hatte sie die Rollen der mysteriösen Fremden oder exotischer Prinzessinnen wie Scheherazade gespielt, während ich meistens als Dienstmädchen endete. Irgendwo in ihrer

Ahnenschaft gab es Zigeunervorfahren und selbst eine verbrannte Hexe soll dabei gewesen sei.

Als Kinder hatten wir uns die wildesten Geschichten ausgemalt, uns Karten gelegt und am Fluss magische Steine gesammelt, die wir für unsere Prophezeiungen würfelten. Dabei entsprachen unsere Vorhersagen in etwa der üblichen Statistik von Multiple Choice. Man könnte auch sagen, ein Affe hätte ähnlich zutreffende Aussagen gemacht. Solche Fehlinterpretationen schoben wir gerne auf Störungen in den Magiefeldern durch Sonnenwinde oder mangelnde Erfahrungswerte als junge Elevinnen der Mystik. An Ausreden mangelte es uns zumindest nie.

„Hey, Schnuckiputz“, grüßte sie und ich wusste, dass sie nicht mich meinte, sondern mal wieder Matthew aufzog. Anders als Wendys Avancen war Jill nicht heuchlerisch. Sie meinte es nett und das war ihm zum Glück klar.

„Jill.“ Er klang nun wieder besser gelaunt. „Wann wollen wir endlich heiraten?“

Sie lachte wie eine Elster im Baum, die echten Schmuck von Fälschungen zu trennen wusste, und gerade ihre neue Beute heimbrachte.

„Sobald du diese grauenvolle Brille entsorgst“, trällerte sie.

„Du also auch, Brutus.“ Er sah demonstrativ erst zu ihr und dann zu mir.

Jill drehte sich um die eigene Achse und grinste mich an. Dann warf sie den Daumen über die Schulter und fragte: „Hast du ihm die beiden Steinzeitlupen auch ausgeredet?“

Ich nickte. „Na klar.“

Sie fiel mir in die Arme und schob sich an meine Seite, während sie wieder zu Matthew schaute. Ihre Wange drückte sie dabei an meine, als wären wir siamesische Zwillinge. Wir zwinkerten ihn an.

„Oh Gott, ihr zwei seid doch wie Max und Moritz."

„Nicht Tim und Struppi?", tat Jill entsetzt.

„Tigger und Puuhbär?", schlug ich vor.

„Los, raus aus meinem Laden. Ich zahle keine Überstunden für Scherzbolde."

„Mir zahlst du doch eh nichts, Schnucki." Jill kicherte zufrieden.

„Kommst du denn klar?", erkundigte ich mich.

Wendy hatte schon vor einer Stunde das Weite gesucht. Das Aufräumen würde nun an Matthew hängenbleiben.

„Komme ich doch immer."

Ich holte meine Tasche von hinten und freute mich auf den freien Abend. „Okay, dann bis morgen."

Ich winkte und Jill warf ihm sogar eine Kusshand zu. Er schüttelte nur den Kopf und war vermutlich froh, uns los zu sein.

„Ich wette, wir erinnern ihn an diesen Sack Flöhe, der angeblich leichter zu hüten ist", spekulierte Jill.

„Und ich wette, er ist froh, dass zu Hause nicht noch eine Frau auf ihn wartet, die da weitermacht, wo wir aufgehört haben."

„Sicher." Sie nickte. „Noch habe ich ihn ja nicht geheiratet. Seine Anträge waren früher romantischer. Kann sein, dass ich ihn zappeln lasse."

Mir war klar, dass sie kein echtes Interesse aneinander hatten, doch ich war froh, dass sie ihn besser leiden konnte als meine Schwester.

„Du, pass auf, dass nicht eine andere ihn dir wegschnappt. Wendy hat sich heute an ihn rangeschmissen."

Jill stöhnte auf. „Oh je, das ist nicht wahr, oder?"

„Doch. Sie wollte sich einen reichen Mann suchen, der ihr einen teuren Urlaub spendiert, und blöderweise habe ich erwähnt, dass er finanziell nicht schlecht dasteht. Und schwups ..." Ich klatschte die Hände zusammen. „... ist sie zu ihm gewatschelt und hat ihn angebaggert. Sie war nicht sehr originell."

„Erzähl mir jedes Wort von der blonden Sirene."

Ich wiederholte die Szene aus dem Laden und Jill hielt sich vor Lachen den Bauch.

„Komm, lass uns alternative Anmachen für sie ausdenken", schlug sie vor. „Ich fange an." Sie zerrte mich wahllos an einen leeren Stehtisch vor einem der Imbissläden. „Du bist Matthew", instruierte sie mich.

Ich stellte mich so hin, wie er gestanden hatte, und Jill schubste ihre Haare, als wollte sie diese über die Schulter werfen, auch wenn ihr eigener Haarschnitt dafür nicht taugte.

„Hi", hauchte sie mit anzüglicher Stimme und klimperte mit den Wimpern. Ich verkniff mir ein Lachen und versuchte so irritiert zu gucken wie Matthew. „Der Laden wirft was ab, oder?" Sie schenkte mir einen verklärten Blick. „Weißt du, ich finde Erfolg bei Männern noch attraktiver als Muskeln."

„Oh, mein Gott", klagte ich. „So einen Satz würde ich ihr echt noch zutrauen."

„Was meinst du?", tat Jill gespielt verwirrt und legte sich die Hand aufs Herz. „Ich bin doch die Wendy."

„Sie hat sich im Laden die Nägel lackiert." Bei Wendy

gab es immer etwas, womit man herausplatzen konnte.

„Fehlt bloß noch, dass sie sich aus der Partyabteilung Glitzerzeug klaut, es auf ihre Nägel klebt und hinterher behauptet, es wäre Produktwerbung."

„Ich glaube, sie kennt das Wort Produktwerbung nicht." Ich hielt inne und schüttelte den Kopf. „Halt, nein. Ich bin gemein. Ich will nicht gemein sein."

„Wieso nicht?" Jill sah mich verständnislos an. „Sie hat sich an Matthew rangeschmissen, um sich zu bereichern. Das ist mies. Weiß sie denn nicht, dass er unter Welpenschutz steht?"

„Welpenschutz?"

„Ja, sicher. Er ist doch sowieso überfordert, wenn es um Frauen geht, und es wird nicht leichter, wenn er denkt, dass alle so habgierig wie Wendy sind."

„Oder so betrunken wie die Frau, die vorhin einen Job wollte."

Das machte Jill für eine Sekunde sprachlos. Lange war sie das ja nie. Dann schüttelte sie den Kopf. „Meine Güte, wenn man damit nicht mal bis nach dem Vorstellungsgespräch warten kann, ist eh nichts zu machen. Euch wird auch nie langweilig, oder?"

Jill hatte Geld geerbt und brauchte nicht arbeiten zu gehen, doch sie fand die Geschichten in ihrer Verwandtschaft so unterhaltsam, dass sie einen Internetshop für Kräuter und Hexenkunde und eine Hotline für Wahrsagerei eingerichtet hatte.

„Gestern hätte ich eine Sitzung mit einer Kundin gehabt", erzählte sie. „Ich will ja keine Namen nennen, aber Calista erschien nicht. Also rief ich sie an und fragte, wo sie bleibt. Sie behauptete, dass dreißig Aliens um ihr Haus stünden, die alle Sex mit ihr haben wollen.

Und dann meinte sie, dass sie ja pünktlich gekommen wäre, wenn es bloß vier oder fünf wären, aber bei dreißig käme sie später."

Ich kicherte und stellte mir vor, wie dreißig Aliens bei Jills Kundin das Haus belagerten, um fröhliche Stunden zu verbringen. Mir fiel eine Horde grüner Männchen mit Riesenköpfen ein und in meiner Vorstellung war Calista eine artige Hausfrau, die sich nach jedem Besucher die zerwühlten Haare ordnete, ihre weiße Kittelschürze glattstrich und den nächsten einließ. Offensichtlich zog Jill schräge Vögel magisch an. Dann fiel mir ein, dass ich selber noch etwas zu berichten hatte.

„Mir ist gestern im Zoo was Merkwürdiges passiert."

Wir kamen beim Cineplex an und stellten uns an die Schlange für Kinokarten.

„Im Zoo?" Sie wirkte amüsiert. „Was soll einem denn da passieren? Hast du einen von Calistas Außerirdischen im Fischtümpel gesehen oder kleben sie neuerdings Hörner an die Ponys?"

„Nicht so was. Da war ein Wolf, der hat mich so komisch angestarrt, und der zweite hat es dann auch gemacht."

„Starrende Wölfe?" Sie runzelte die Stirn und ich beschrieb ihr in allen Details, was vorgefallen war. Es hörte sich nicht so aufregend wie Calistas Geschichte an, aber meine war wirklich passiert.

„Und heute Nacht habe ich von einem Wolf geträumt, aber ich weiß nicht mehr was."

Sie nickte. „Ja, seltsam. Das klingt nach einem starken Band. Mythologisch gibt es Überlieferungen von Hexentieren. Das müssen nicht immer Katzen oder Eulen sein, falls du das einwenden willst."

Ich sah sie an, als würde sie Schneemänner nach Grönland verkaufen. „Das will ich nicht einwenden, auf so eine Idee würde ich gar nicht erst kommen. Obendrein bist du doch von uns beiden die Hexe."

„Shhh", machte sie beschwichtigend. „Nicht so laut. Außerdem ist das gar nicht klar. Eine frühere Verwandte von mir war eine Hexe. Oder sagen wir so: Sie wurde dafür verbrannt, eine zu sein. Es heißt zwar, dass es sein kann, dass ihre Seele wiedergeboren wird, wenn unter ihren Abkömmlingen ein Mädchen ist, das in einer Vollmondnacht geboren wird ..."

„Gute Güte", murmelte ich. „Das glaubt doch kein Mensch."

Sie zuckte mit den Schultern. „Manche tun das."

„Und wurdest du bei Vollmond geboren?"

Jill lächelte verschmitzt. „Natürlich. Aber zurück zu dir. Du hast ganz plötzlich eine starke Affinität zu Wölfen. Früher ist dir das im Zoo nicht passiert, oder?"

Ich schnaubte abfällig. „Nein."

„Hallo, welchen Film wollt ihr?", unterbrach uns der Kinokartenverkäufer, weil niemand mehr vor uns stand. „Wir haben weder was mit Hexen noch mit Wölfen."

Er grinste. Anscheinend hatte er die Pubertät kaum hinter sich gelassen, was sich in einem gemeinen Hautbild widerspiegelte.

„Wenn du nicht so frech wärst, würde ich dir eine alte Tinktur gegen Pickel ..." Ich stieß Jill unsanft den Ellbogen in die Seite und sah sie schockiert an. Sie hob bloß unschuldig die Hände. „Was denn?"

Dann kramte sie in ihrer Tasche nach einer Visitenkarte und reichte sie dem Jungen. „Das ist meine Homepage", erklärte sie. „Melde dich einfach, wenn du

Hilfe brauchst."

„Sonst verteile ich hier die Karten", erwiderte er, doch er steckte sie ein.

„Und versuch nur nichts mit Bluteibe", ermahnte sie ihn. „Das ist ausgemachter Blödsinn."

„Jill, er hat sicher nichts mit Bluteiben vor."

„Sind das blutende Eiben?", fragte er verwirrt.

Ich warf ihr einen »Siehst du«-Blick zu.

„Das wäre doch überhaupt die Idee", fand Jill plötzlich. „Wir könnten der gemeinen Wendy Giftsumach in die Tagescreme rühren. Sie würde danach ganz furchtbar aussehen und sich nichts mehr auf ihr Aussehen einbilden können."

Ich blies die Backen auf und ließ die Luft entweichen. „Bist du denn von allen guten Geistern verlassen?"

Sie zwinkerte fröhlich. „Nein, im Gegenteil. Meine Tante Winifred sagt immer, ich habe zu viele Geister um mich."

Dieser Satz war schon allein aufgrund der Zeitform sonderbar. „Deine Tante *sagt*? Was heißt hier ‚sagt'? Winifred ist tot."

„Deshalb sagt sie es ja immer. Sie ist eine von den Geistern." Jill blinzelte mich an, als könnte sie kein Wässerchen trüben.

„Wollt ihr jetzt auch noch einen Film schauen?", mischte sich der Junge vom Verkauf wieder ein.

„Kann ich vielleicht auch eine Karte haben?", fragte die Frau hinter uns in der Schlange und ich sah sie schuldbewusst an, weil wir den Schalter blockierten.

„Sie bekommen gleich eine Karte", beschwichtigte sie der Junge.

Das sorgte bei ihr für einen konsternierten Blick. „Ich

meinte doch von ihr.“ Die Dame zeigte auf Jill. „Mein guter Harald, Gott hab ihn selig, war immer so geschwätzig und bestimmt wäre es schön, mal wieder mit ihm in Kontakt zu treten.“

Meine Freundin zückte ihr Visitenkärtchen und zeigte auf die Hotline-Nummer. „Ich mache auch persönliche Geistsitzungen. Melden Sie sich einfach für einen Termin.“

„Dankeschön.“

Ich drehte mich zum Verkäufer. „Sie ist nicht immer so. Ähm … ich glaube, wir gehen in *Avatar*.“

„Ist das der mit den blauen Männchen?“, wollte Jill wissen.

„Genau der“, stimmte der Junge zu.

„Prima, den will ich sehen.“

Wir lösten unsere Tickets und stellten uns für Popcorn an.

„Du solltest deine Wolfsbeziehungen auf jeden Fall ergründen“, griff Jill das Thema wieder auf. „Da du keine Hexe bist, ist es kein Hexentier. Und versuch dich an deinen Traum zu erinnern. Den hattest du sicher nicht ohne Grund.“

„Wie erinnert man sich denn an einen Traum?“

„Durch Meditation.“ Die Antwort kam prompt und so, als hätte sie das schon hundertmal gemacht, nur nutzte mir das nichts.

„Ich kann nicht meditieren.“

„Wir könnten das am Wochenende probieren“, bot sie an.

„Da kann ich nicht. Elaine und ich fahren zu meinem Bruder. Sie will dort Billy Bonnet treffen.“

„Den Pferdemann?“

Ich nickte. „Ja, er reitet Rodeo."

„Prima, dann kannst du auf der Farm herausfinden, ob dir das auch bei Pferden passiert. Vielleicht betrifft es nicht nur Wölfe. Das wäre gut zu wissen."

Ich hatte keine Ahnung, was das bringen sollte, doch eine Sache war mir aufgefallen. „Also im Zoo betraf es nur die Wölfe und dort sind mehr Tiere als auf Michaels Farm."

„Stimmt." Sie legte den Kopf schief und tippte sich nachdenklich den Zeigefinger an die Lippen. „Wölfe ..."

„Was darf's denn sein?" Wir waren erneut an der Reihe und ich hatte keine Lust, dass uns noch ein Verkäufer für intellektuell farbenfroh hielt. Daher gab ich ihm meine Bestellung durch.

„Ich nehme den Jumbo-Becher Popcorn", zählte ich auf. „Dazu eine Diätlimo ..."

Jill schnaubte. „Süße, wenn du das ganze Popcorn futterst, kannst du auch gleich Zucker trinken."

„Nein", stellte ich klar. „Ich trenne das: Kalorien isst oder trinkt man. Beides gleichzeitig macht dick."

Sie fing an zu lachen. „Soll das Trennkost sein? So funktioniert das nicht. Die Menge ist das Entscheidende."

Das wusste sie sicher vom Herstellen ihrer geheimnisvollen Tinkturen. Ich wendete mich wieder an den Verkäufer. „Diätlimo und noch ein Eis."

Wieder lachte Jill. „Dann iss es aber ganz schnell, denn sobald es schmilzt werden daraus böse flüssige Kalorien und die sind viel schlimmer."

Ich hatte das dringende Bedürfnis, ihr die Zunge herauszustrecken, doch ich unterdrückte den Impuls, denn schließlich behauptete mein Führerschein, dass ich schon erwachsen war. Manchmal dachte ich, dass sich das wirklich nur über den Führerschein oder eine Bankauskunft ermitteln ließe, denn wirklich erwachsen fühlte ich mich nicht. Und so sehr ich Jill lieb hatte, was sollte sie erst sagen? Geister? Hallo!

„Ich nehme die Nachos“, verkündete sie und wählte dazu alle verfügbaren Saucen. „Und außerdem eine echte Cola.“

Ich rollte mit den Augen. Das musste sie natürlich sagen. Sie grinste mich an.

Schließlich schafften wir es voll bepackt auf unsere Sitzplätze, ohne uns zu bekleckern. Ich begann mit dem Eis. Nicht weil die Kalorien gemeiner wurden, wenn sie flüssig waren, sondern weil ich kein geschmolzenes Eis essen wollte. Trotzdem warf mir Jill einen albernen Blick zu und weil ich so erwachsen war, bewarf ich sie mit einem Popcornknubbel.

Der Film selbst war so bildgewaltig, wie alle es versprochen hatten, und ich liebte die Kulisse und die prächtigen Farben auf der Leinwand, die mit ihrer schieren Größe alles so eindrücklich und hautnah werden ließ, wie es mein Fernseher überhaupt nicht konnte. Für eine Weile hatte ich das Gefühl, vor einem Tor in eine andere Welt zu sitzen, das weit offen stand. Ich musste nur noch hindurchsteigen und wäre selbst dort. In meiner Fantasie unternahm ich einen eigenen Aufbruch nach Pandora, bis Jill mich in die Seite knuffte.

„Sein Reittier ist gewissermaßen auch als Hexentier zu verstehen. Ich frage mich, ob der Regisseur entsprechende Wurzeln in seiner Verwandtschaft hat.“

Wie bitte?

Sicher hatte Jillian neue Bücher über Okkultismus

gelesen. Ich hatte Koryphäen schon immer bewundert, allerdings schwebten mir da eher Themen der echten Wissenschaft vor. Na, wenn schon? Wenigstens beschäftigte sie sich mit etwas, statt sich auf ihrem Geld auszuruhen und den ganzen Tag bloß am Pool zu planschen. Das war ziemlich beeindruckend, denn wenn ich in aller Seelenruhe faulenzen könnte, würde ich es tun.

Ich starrte vor mich hin und stellte mir dabei vor, wie ich selbst mit einem Cocktail am Strandpool lag und einfach die Zeit dahintreiben ließ. Ein bisschen konnte ich Wendy mit ihren Urlaubsträumereien schon verstehen. Ich warf einen Blick zu Jill, die gebannt auf die Leinwand schaute. Ob sie sich ausmalte, wie der berühmte Regisseur James Cameron seines Zeichens Hexenmeister war? Was für übernatürliche Vorstellungen er auch immer haben mochte, der Film war ihm bestens gelungen.

Als er endete, freute ich mich auf mein Zuhause, denn ich war hundemüde und wollte nur noch schlafen. Das viel zu kurze Wochenende steckte mir in den Knochen und mein Wecker würde morgen früh klingeln, ob ich das nun wollte oder nicht.

Ich hakte mich bei Jill ein und wir bummelten nach draußen. Da ich am anderen Ende geparkt hatte, verabschiedeten wir uns. Auf dem Weg zu meinem Wagen huschte eine schwarze Katze zwischen den Autos hindurch. Ich achtete nicht darauf, ob sie von links nach rechts oder von rechts nach links lief. Aber ich versuchte herauszufinden, ob uns auch eine besondere Anziehungskraft verband. Da war absolut nichts. Je mehr ich über Jills lieb gemeinte Worte nachdachte, umso sicherer war ich, dass ich mir alles nur eingebildet und einem zufälligen wölfischen Starren zu viel Bedeutung beigemessen hatte.

Jill hatte mich nur nicht wie eine dieser Verrückten dastehen lassen wollen, von denen sie genügend kannte, und hatte deshalb selbst ein paar magische Anekdoten beigesteuert. Doch je mehr sie mein Wolfserfahrung in die Welt des Okkulten transportierte, desto mehr verlor ich den Bezug dazu.

Ich fuhr nach Hause und es passierte rein gar nichts. Ich kam aus einem Film voller Fantasie und landete in der völlig normalen Realität aus im Dunkeln liegender Häuser in meiner Nachbarschaft. Der Stellplatz sah aus wie immer, das Haus wartete mit keinerlei wehenden Gardinen hinter geschlossenen Fenstern auf. Nichts. Gar nichts. Auch der Geist von Jills Tante Winifred kam nicht die Stufen der Veranda heruntergeweht, um mit Flüsterstimme zu verkünden, dass ich ein paar Schräubchen locker hatte. Erleichtert atmete ich durch. Mein ganz gewöhnlicher Alltag hieß mich willkommen und ich schleppte mich ins Bett.

# KAPITEL 5

*Kiefernnadeln drückten gegen meine nackten Sohlen, kitzelten mehr als dass sie stachen, als wollten sie mich necken und einladen, immer weiterzugehen.*

*»Kehr um«, flüsterte der Wind. Er klang rau, als besäße er eine animalische Kehle. »Du solltest hier nicht sein.«*

*Ich neigte den Kopf, schaute zum Himmel und spürte den Mond. Wieso konnte ich ihn nicht sehen?*

*»Was passiert mit dem Mond?«*

*Meine Stimme erinnerte sich an vergangene Worte, die mir selbst entfallen waren. Alles wollte mir entgleiten. Unter dem Moos und den Kiefernnadeln rutschten meine Füße auf glattem Untergrund.*

*»Der Tag, die Wolken.«*

*Wolken? Ich stupste mit dem Finger gegen den grauen Dunst vor mir. Er verwirbelte und formte die Konturen von Wölkchen und ich begriff, dass hier gar kein Nebel war. Ich blickte nach unten. Unter der schwarzen Erde lagen Fliesen, deren Muster ich kannte. Sie sahen aus wie mein Badezimmerfußboden. Ich bückte mich und strich darüber. Sie fühlten sich kalt an und unter dem Gemisch aus Waldboden und Kiefernnadeln entdeckte ich auch Eiswürfel. Meine Füße wurden kalt und ein Schaudern rann über meinen Körper. Meine Härchen stellten sich im Nacken auf und meine Kopfhaut kribbelte.*

*»Geh!«*

*Die Stimme tauchte hinter mir auf und ich wirbelte herum. Gelbe Augen glänzten in diffusem Grau. Sie wechselten die Farbe und ich hätte schwören können, sie schon einmal gesehen zu haben.*

*Plötzlich spürte ich ein Ziehen im Kopf. Etwas riss und schubste mich in meinem eigenen Verstand.*

*»Was passiert mit uns?«*

*Ich konnte einfach nicht sehen, wer er war.*

*»Du wirst mich vergessen. Schlaf.«*

*Ich blinzelte und seine Augen verschwammen in den Wolken.*

*Es waren Wolken in meinem Kopf …*

Als ich diesmal die Augen aufschlug, schreckte ich nicht vor dem Wolf in meinem Bett zurück. Seine Augen betrachteten mich, denn er schien niemals zu schlafen, niemals zu träumen.

Träume.

Ich wusste, dass ich geträumt hatte. Willkürlich griff ich danach, wollte mich erinnern und es im Hier und Jetzt festhalten. Kopfschmerzen plagten mich und ich blinzelte, als mir Tränen in den Augen brannten, weil ich etwas versuchte, das seine eigenen Regeln hatte und mich mit leerer Erinnerung zurückließ. Mein Kopf schien wie der des Plüschtiers zu sein – in mir war nur Watte.

Ich kämpfte mich aus dem Bett und schaltete meinen Wecker ab, bevor er überhaupt geklingelt hatte. Es war früh, doch nicht viel zu früh, und so wie ich mich fühlte, würde ich heute wohl für alles etwas länger brauchen. In der Dusche ließ ich mir Zeit. Erst war mir zu heiß, dann zu kalt. Ich drehte den Wasserhahn hin und her. Wenn bloß alle Dinge im Leben sich so leicht regeln ließen.

Schwärze waberte in meinem Schädel wie ein unheilvolles Loch im Nirgendwo. Ich schlang die Arme um meinen Körper und ließ das Wasser über mich rinnen. Es floss durch meine Haare und tropfte von meiner Nasenspitze. Ich blinzelte es aus meinen Wimpern und entschied, dass ich einen besonders starken Kaffee brauchte. Also drehte ich das Wasser ab, frottierte mich und kramte saubere Kleidung aus dem Schrank. Am Ende sah ich aus wie immer, doch es fühlte sich alles falsch an.

Der Kaffee schmeckte viel zu erdig und als ich das Fenster öffnete, um frische Luft einzulassen, war es, als würde mir eine Brise Waldduft entgegen wehen, obwohl kein Wald vor meinem Fenster war. Wie konnte man sich so bekloppt fühlen, wenn alles wie sonst war?

Ich ging aus dem Haus und schleppte mich wie eine alte Oma zu meinem Wagen.

„Guten Morgen. Hast du noch Kopfweh, Emily?"

Ich drehte mich zu meinem Nachbarn um und nickte. „Die wollen einfach nicht weggehen."

„Hast du keine Erbsen mehr?"

Ich runzelte die Stirn. „Nein."

Phil hob einen Finger und bedeutete mir, kurz zu

warten, während er in seinem Haus verschwand. Ich trat auf der Stelle und schloss eine kleine Weile die Augen.

„Hier." Seine Stimme tauchte direkt neben mir auf und schreckte mich hoch. „Tut mir leid. Bist du eingeschlafen?"

„Ich glaube nicht."

Er sah mich besorgt an und reichte mir einen Beutel mit gefrorenen Erbsen. Dann hielt er mir ein Gummiband hin. Ich schien reichlich verwirrt auszusehen, denn er setzte zu einer Erklärung an. „Du kannst ja nicht die Erbsen an deinen Kopf halten, während du fährst. Daher ..." Er beugte sich vor, drückte mir den Beutel an den Schädel und schlang das Band darum.

Ich wollte mir wirklich nicht vorstellen, wie ich jetzt aussah, doch die Kälte fühlte sich gut an.

„Fertig", verkündete er und wippte stolz auf den Füßen vor und zurück. Seine Hände vergrub er wieder in den Hosentaschen.

Ich befühlte misstrauisch die Konstruktion auf meinem Kopf und drehte ihn vorsichtig hin und her. Es schien zu halten. Meine Autoscheiben waren nicht getönt genug, um mich vor den Blicken der anderen zu schützen. Moderne Freisprechanlagen bestanden leider nicht daraus, dass man den Fahrern ihre Handys mit Gummibändern an den Kopf wickelte, und so war mein Anblick ungewohnt. Warum waren Erbsenhalter nicht gängiger? Unsicher trat ich auf der Stelle.

„Hältst du das für eine gute Idee, wenn ich so herumfahre?"

Er nickte, ohne nachzudenken. „Absolut. Du brauchst Erbsen."

Ich brauchte eigentlich etwas ganz anderes, aber mein Innerstes war nach wie vor in Watte gepackt, und ich fühlte mich nicht wie ich, sondern als wäre ich nur ein Plüschtier. Daher zuckte ich mit den Schultern und bedankte mich. Ich stieg in den Wagen und Phil schloss sachte die Tür hinter mir, damit sie nicht knallte. Er war unglaublich rücksichtsvoll und ich lächelte ihn an, während ich meinen Sitz tiefer stellte, um nicht mit den Erbsen am Autodach zu kleben.

Als ich den Motor startete, klopfte er leise gegen meine Scheibe und ich ließ sie herunter.

„Das habe ich ganz vergessen, dir zu sagen. Mein Neffe zieht hierher, also wundere dich nicht, wenn du einen fremden Kerl siehst. Er ist kein Einbrecher." Phil zeigte auf seine Gartenlaube. „Da es jetzt warm ist, will er in die Hütte ziehen, bis er etwas Richtiges gefunden hat."

„Okay."

Er zögerte und entschied dann, nichts mehr zu sagen, doch mir war nicht entgangen, dass er etwas loswerden wollte.

„Ist noch was, Phil?"

„Ähm ..." Er runzelte die Stirn und schüttelte den Kopf. „Nein, dir geht's nicht gut."

„Ach, nun sag schon!"

Verlegen kratzte er sich am Kinn. „Na ja, sonst hat meine Frau immer Apfelkuchen gebacken, wenn wir Besuch hatten, aber ..." Er brach ab und machte eine wegwerfende Handbewegung. „Lass mal."

„Ich könnte dir einen backen, wenn du willst."

Seine Augen leuchteten auf. „Oh, würdest du wirklich? Das wäre toll. Ich stelle dir einen Korb Äpfel auf die Veranda, ja?"

„Ist gut." Ich hätte auch genickt, doch der Erbsenbeutel schwankte auf meinem Kopf und ich wollte mein Glück nicht herausfordern.

Phil trat vom Wagen weg und ich schloss das Fenster und fuhr los. Es war eigenartig, mit angebundenem Tiefkühlgemüse durch den Stadtverkehr zu fahren. Auf der Schnellstraße ging es noch, doch sobald ich mich roten Ampeln näherte und andere Fahrer direkt neben mir hielten oder Passanten vor mir die Straße überquerten, kam ich mir lächerlich vor. Ich hatte regelrecht Herzrasen, während ich jeden beschwor, doch bitte nicht in meine Richtung zu blicken. Das klappte die meiste Zeit, bis ein kleiner Junge mich entdeckte und seinen Arm zu mir ausstreckte. Das verleitete nicht nur seine Mutter zum Nachschauen, sondern auch einige Umstehende, die dem fröhlichen Plappern des Kleinen wohl einiges entnehmen konnten.

Ich klappte die Sonnenblende herunter, machte mich im Sitz groß und klemmte den Beutel so gut es ging zwischen meinem Schädel und dem Autodach ein. Als die Ampel auf Grün sprang, machte ich innerlich drei Kreuze, und entfernte schließlich einen Block vom Laden entfernt die angetaute Erbsenmütze. Ich warf sie in den Fußraum vom Beifahrersitz. Da es ein verschweißter Beutel war, konnte ich ihn dort liegenlassen und zu Hause in meinen Tiefkühlschrank packen. Zwar wäre das Gemüse nicht mehr essbar, aber immer noch gut genug dafür, es mir auf die Stirn zu drücken.

Ich stellte den Wagen vorm Einkaufszentrum ab und rieb mir die klamme Nässe vom Kopf. Dann zupfte ich meine Haare ordentlich und ging zum Geschäft. Obwohl ich so früh aufgestanden war, war ich trotzdem später dran als sonst. Hoffentlich würde Matthew nicht merken, dass ich nur im Schneckentempo arbeitete. Ich wollte nicht, dass er glaubte, ich hätte durchgezecht, obwohl ein Wochentag war.

Wie sonst auch besorgte ich mir Teigkringel und gesüßten Kaffee. Als ich schließlich die Tür zum Geschäft aufziehen wollte, war sie noch verschlossen. Das war ungewöhnlich. Ich sperrte auf und brachte meine Sachen nach hinten. Die unerwartete Ruhe war angenehm. Ich seufzte und atmete durch. Ein kompletter Arbeitstag lag noch vor mir.

Als ich in den vorderen Bereich ging, rannte ich fast in Matthew, der es ziemlich eilig hatte.

„Emily", begrüßte er mich. „Da bist du ja schon da."

Ich nickte behutsam, um meinen Kopf zu schonen. „Hi, bin gerade rein."

Er sah zerknittert aus und das betraf seinen ganzen Look: Hemd, Bartwuchs, Haare.

„Ich habe komplett verschlafen", gab er zu.

Wow. Wenn ich *»komplett verschlafen«* würde, wäre es Mittag und nicht nur eine halbe Stunde später als sonst.

„Macht nichts. Selbst die beste Batterie im Wecker hält nicht ewig."

Er lächelte. „Das kann ich heute nur bestätigen."

„Außerdem ..." Ich zuckte mit den Schultern. „Ist ja dein Laden. Du kannst kommen, wann du willst."

Das machte mich ein wenig neidisch. Heute wäre ich auch gern erst gekommen, wenn ich wollte. Zugegebenermaßen wäre das dann *gar nicht* gewesen.

Ich lief nach vorne und machte mich nützlich. Morgens verbrachte ich die Zeit meist damit, alles in den Regalen geradezurücken und die Waren in die richtigen Fächer zu sortieren. Manche Kunden legten Dinge, die sie doch nicht kauften, falsch zurück. Ich drehte die Vorderseiten nach vorne und schob alles hübsch hin. Heute war das der ideale Job, denn diese Tätigkeit verlangte keine Höchstleistungen von mir.

Zum Glück war Matthew den Großteil der Zeit mit den Kunden beschäftigt und Wendy wie immer desinteressiert, sodass ich in Ruhe auspacken und einräumen konnte und keiner zu bemerken schien, dass ich mit dem Tempo einer toten Schildkröte arbeitete. Trotz Phils grandioser Erbsen hatte mein Kopf einen Durchbruch in der Schädeltektonik erzielt, und gefühlte hundert Erdbeben ruckelten hindurch.

Gegen Mittag brauchte ich eine Pause. Als gerade keine Kundschaft im Laden war, zog ich mich nach hinten zurück. Wendy blockierte den Pausenraum mit einem Telefonat und ich wollte ihr Geschnatter nicht hören. Darum ging ich ins Lager und legte mich hinter einem alten Schreibtisch von der Größe einer Zuckerfabrik auf den Boden. Er war hart wie Böden eben so waren, doch das spielte keine Rolle, und immerhin lag eine dünne Pappe unter mir.

Ich streckte meine Beine nach oben und als ich meine Balance gefunden hatte, nahm ich die Arme dazu und reckte sie ebenfalls hoch. Mein Rücken lag platt wie eine Flunder auf dem Boden. Ich schloss für eine Minute die Augen, streckte mich nur und schaltete einfach ab. Es tat gut, mal nichts zu tun.

„Machst du Käfer-Yoga?“

Hhhh!

Ich schreckte hoch. So schnell, dass meine Augen noch

nicht richtig offen waren. So schnell, dass ich nicht auf meine Balance achtete. Ich knallte mit dem Kopf gegen die Tischplatte, weil ich zu schräg auftauchte, und rieb mir den Schädel. Aua. Ich wusste nicht, was schlimmer schmerzte: Mein malträtierter Kopf oder die Scham darüber, von meinem Chef faulenzend in seinem Lager gefunden worden zu sein.

Ich sah unter halb geöffneten Augenlider zu ihm hoch und blinzelte, weil mein Schädel schmerzhaft darauf bestand, dass ich ihm den Kontakt mit Platten künftig ersparen sollte.

Matthew ging neben mir in die Hocke.

„Verdammt, ich wollte dich nicht erschrecken. Lass mich das mal sehen."

Er schob meine Hand beiseite, teilte mein Haar und suchte nach der Beule.

„Tut mir leid", murmelte ich.

„Mir würde das auch leidtun, wenn ich mit dem Kopf auf Holz hämmere."

Ich nagte an meiner Unterlippe und zog die Schultern hoch. Manchmal war es furchtbar schade, keine Schildkröte zu sein. Dann hätte ich den Kopf einziehen können.

„Es tut mir leid, dass ich faul herumliege", erklärte ich.

Er beugte sich tiefer herunter, um mir in die Augen sehen zu können, statt nur mit meiner Kopfhaut zu sprechen. Seine Augen waren hellbraun wie geschmolzenes Toffee und er zog die Brauen darüber zusammen.

„Das muss dir nicht leidtun, Emily. Du arbeitest sehr viel und sehr gut, du bist immer freundlich zu den Kunden, kennst das Sortiment in- und auswendig und ich muss dir nie sagen, wo die Arbeit liegt, weil du sie immer von alleine siehst. Es ist okay, wenn du dich mal kurz ausruhst und die Füße ... hochlegst." Beim letzten Wort folgten seine Augen der imaginären Linie meiner Beine, als ich sie in der Luft gehabt hatte. Dann sah er mich lächelnd an. „Ich kenne mich mit diesem fernöstlichen Sport nicht aus. War das Yoga?"

Ich presste die Lippen aufeinander und verkniff mir ein Kichern. „Keine Ahnung, aber ich kann mir irgendwie schwer vorstellen, dass es *Käfer-Yoga* gibt. Sah ich wirklich aus wie ein Käfer?"

Er nickte entschlossen. „Ein schlafender oder ein toter Käfer."

Na toll!

Matthew betrachtete wieder meinen Kopf und tippte schließlich mit der Fingerkuppe auf einer Stelle herum, die sich nicht gerade prächtig anfühlte.

„Du hast eine Beule, aber zum Glück ist die Haut geschlossen."

Ich stemmte die Hände auf den Boden und probierte aufzustehen, was mir mit wackligen Beinen gelang. „Dann gehe ich mal wieder vor. Es ist sonst niemand im Laden. Während wir hier hinten sind, klaut uns sonst ein Sechsjähriger den Chupa-Chups-Ständer. In dem Alter ist das wie eine Währung."

Er lächelte, doch er hielt mich sanft am Arm zurück. Die Berührung schien auf meiner Haut zu knistern und für einen Moment verwirrte es uns beide. Matthew schluckte und fragte: „Bist du wirklich okay? Du kannst dich noch etwas ausruhen. Ich werde schon mit Kinderdieben fertig."

Ich schüttelte den Kopf. „Nein, ich bin okay."

Er sah mich prüfend an. Ich war mir nicht sicher, ob er mir noch ein Glas Wasser anbieten wollte, doch dann zuckte nur ein Muskel an seinem Kiefer, als er die Zähne zusammenbiss und nichts mehr sagte. Er ließ mich gehen und während ich nach vorne lief, rieb ich mir die Stelle am Arm, wo er mich berührt hatte. Sanft und nicht stark. Er war alles andere als fordernd. Ich warf einen Blick zu ihm zurück, als ich an der Tür vom Lager ankam. Er stand da wie eine Säule und sah mir nach. Mit seinem Blick konnte ich nichts anfangen. Es gab nur wenige Menschen, die so neutral schauen konnten, dass man keine Ahnung hatte, was derjenige dachte. In diesem Fall hatte ich keine Ahnung.

Bevor ich auf ihn wirkte wie eine völlig bescheuerte Mitarbeiterin, die nicht nur die Füße in der Luft parkte, sondern auch noch vom Türrahmen aus zu ihm stierte, verschwand ich nach vorne und suchte mir Arbeit. Das war nicht schwer. Es gab noch immer Waren, die eingeräumt werden mussten, Artikel, die im Regal von hinten nach vorn geschoben werden sollten. Ich mied die unteren Reihen, da mein Schädel sich noch nicht soweit beruhigt hatte, dass ich mich bis unten bücken konnte, ohne das Gefühl zu haben, jemand würde Atomtests auf meiner Hirnrinde durchführen.

Für manche Menschen war der Job im Verkauf wohl keine erfüllende Aufgabe. Sie strebten nach Ausbildungen oder Studiengängen an möglichst renommierten Universitäten, um dann einen Job zu haben, bei dem sie nicht unter sechzig Stunden pro Woche arbeiteten, nur damit Haus und Garten repräsentativ ausfielen. Mir war das egal. Ich mochte die Sicherheit einer Aufgabe, die mich niemals überforderte.

Die Routine kam dem Schäfchenzählen gleich. Es war beruhigend. Ich musste nicht auf verworrene Verträge achten und hatte keine Abgabetermine für bestimmte Aufgaben. Eigentlich war mein Leben ziemlich perfekt, doch irgendwo hatte sich ein Fehlerteufel eingeschlichen.

Da ich mich so zerschlagen fühlte, ging ich heute pünktlich in den Feierabend. Wendy sah mich verdutzt an, als ich mir zur selben Zeit wie sie meine Sachen von hinten holte.

„Na, hast du noch was Schönes vor?"

„Eigentlich nicht. Ich backe meinem Nachbarn einen Kuchen."

Wendy ließ die Augenbrauen wackeln. „Etwa ein heißer Nachbar mit nacktem Oberkörper und einer knapp sitzenden Jeans?" Sie stieß einen sehnsuchtsvollen Seufzer aus. „Diese Klempnertypen sehen schon gut aus."

Bloß, dass sie nicht genug Geld für Wendy hatten.

„Nein, mein Nachbar ist schon im Ruhestand."

„Oh", hauchte sie enttäuscht und ich konnte ihrer Fantasie beim Platzen zusehen. „Wieso machst du das dann?"

Innerlich verdrehte ich die Augen. „Weil er nett ist und mich darum gebeten hat. Sein Neffe kommt ihn besuchen."

Sie schenkte mir einen mitleidigen Blick. „Ist der wenigstens heiß?"

Ich dachte daran, wie Phil aussah, versuchte ihn mir in einer jüngeren Ausgabe vorzustellen und machte ein skeptisches Gesicht.

„Unwahrscheinlich." Und vielleicht war das ja besser,

sonst hätte ich am Ende noch Wendy als Hausgast. Ich traute ihr ohne Weiteres zu, dass sie sich selbst einlud.

„Also backst du heute nur für einen alten und einen hässlichen Mann?“ Sie klang, als hätte ich mich freiwillig für eine missionarische Tätigkeit in Afrika gemeldet – vorzugsweise mit Tropenhelm und einem Rucksack voller Blechtöpfe, um dann auf einer Feuerstelle ein armes Dorf zu bekochen.

„Vermutlich. Und danach lege ich mich in die Badewanne.“ Ich konnte gar nicht mehr sagen, wann ich das zuletzt getan hatte. Duschen ging eben schneller.

„Wow, hast du Spaß. Ich gehe nachher noch aus.“ Der Gedanke ließ sie aufblühen. „Es ist so ein angesagtes Szenelokal unter Geschäftsleuten.“

Wie passte sie da hinein? Mal abgesehen davon, dass sie in einem Geschäft arbeitete und gerne einen reichen Mann haben wollte. Ich stellte mir einen Club voller Anzugträger und aufgedonnerter Frauen vor, die sich ausmalten, einen reichen Ehemann zu finden, dessen Geld sie ausgeben konnten. Das war hochgradig illusorisch. Einem Mann wurde bei Wendy doch sehr schnell klar, worauf sie aus war. Ich vermutete allerdings, dass ihr nicht immer klar war, worauf er stattdessen nur aus war.

So sonderbar der Satz bei Wendys Absichten auch klang, sagte ich: „Lass dich nicht ausnutzen.“

Sie machte große Augen und lachte dann. Mit ihren frisch lackierten Nägeln gelang ihr eine perfekte wegwerfende Handbewegung.

„Machst du Witze?“ Sie sah mich amüsiert an, doch ich fand unter der Fassade ihrer dick aufgetragenen Weiblichkeit Risse aus Unsicherheit, und zum ersten

Mal tat mir Wendy leid. Sie jagte Luftschlössern nach und für sie schien Romantik ein Schimpfwort zu sein, das ihren Zielen im Weg stand. Mein Kopf schmerzte genug, um meine volle Aufmerksamkeit einzufordern, und so zuckte ich die Schultern und wünschte ihr einen schönen Abend. Sie sah irritiert aus, als ich sie einfach stehenließ, doch das war mir egal. Lieber freute ich mich auf den süßen Duft von frisch gebackenem Apfelkuchen und ein herrlich entspannendes Bad.

Auf der Autofahrt fiel mir wieder ein, dass ich einen eigenartigen Traum gehabt hatte. Ohne mich an den Inhalt zu erinnern, war das beklommene Gefühl zurück, mit dem ich aufgewacht war. Ich hatte schon früher über Träume nachgedacht. Das machte doch jeder. Es gab bestimmte Träume, die immer wiederkehrten, und Erinnerungen an Träume aus der Kindheit, von Dingen, die mir früher wichtig gewesen waren. Ich lächelte vor mich hin, als ich an einer roten Ampel warten musste. Als ich klein war, hatte ich immer von Weihnachten geträumt. Dann standen die schönsten Geschenke unter einem prachtvoll geschmückten Baum. Die ganze Zeit packte ich ein Geschenk nach dem anderen aus, doch immer wenn ich fertig war und damit spielen wollte, hatten mich der Wecker oder meine Mom für die Schule wach gemacht.

Oder der Traum, dass ich auf Toilette musste und keine fand. Oder dass ich nach Hause kam und mein Kühlschrank leer war. Oder der Traum vom Schweben. Den liebte ich am meisten. Dann konnte ich schwerelos durch den Raum treiben, mich vom Boden einfach abstoßen, ohne wieder herunterzufallen, und dieses unbeschreibliche Gefühl von Leichtigkeit und Freiheit genießen. Der Traum war viel besser als der mit dem Klo oder dem Kühlschrank.

Am Stadtrand fuhr ich auf den *Louis Riel Trail* ab, der mir immer das Gefühl vermittelte, auf der Kante zu fahren. Rechts erhob sich die Stadt mit dichten Straßen und unzähligen Häusern. Links davon gab es vielleicht noch ein Zehntel der Straßen, flache Gebäude und zu großen Teilen grünes Gras. Saskatoon war eine tolle Stadt mit schönen Häusern und vielen Brücken, die sich über den Saskatchewan-Fluss spannten, und für den Beinamen »Paris der Prärie« gesorgt hatten. Ich liebte es.

Schließlich bog ich Richtung Golf Club ab, der oberhalb meiner Wohngegend lag. Alles war grün und idyllisch. Ich genoss es, im Stadtteil *Furdale* zu wohnen.

Als ich mein Auto in der Einfahrt parkte, sah ich bereits den Korb mit Äpfeln auf meiner Veranda stehen. Ich wünschte, ich wäre handwerklich begabter, um die alten Dielenbretter einmal zu erneuern. Ich nahm den Erbsenbeutel aus dem Fußraum, riegelte den Wagen ab und sah mich nach Phils Besucher um, doch vom angekündigten Neffen fehlte jede Spur.

Daher ging ich hinein. Die Erbsen lagerte ich im Tiefkühlschrank und die Äpfel brachte ich zum Waschbecken. Sie sahen lecker aus mit ihren gelbgrünen Schalen. Ich schnupperte daran, ihr lieblich süßer Duft stieg mir in die Nase und zum ersten Mal an diesem Tag fühlte ich mich gut. Die Arbeit ging mir leicht von der Hand. Spülen, schälen, schneiden. Ich machte den Teig fertig, heizte den Ofen vor und schichtete alles in meine Backform. Es wurde einer dieser gedeckten Apfelkuchen. Er duftete herrlich vor sich hin, als er im Ofen war, und im ganzen Haus verteilte sich der feine Geruch süßen Gebäcks. Ich gab es ja zu: Ich war völlig süchtig nach Kuchen aller Art. Vorzugsweise mit Zuckerguss. Den liebte ich so sehr, dass ich ihn einfach auf alles drauftat, was ich herstellte, ob es nun Muffins, Kuchen, Kekse oder Spritzgebäck waren.

Ich stellte die Uhr für den Kuchen und ging ins Badezimmer, um mir die Wanne einzulassen. Vielleicht kamen die Kopfschmerzen davon, dass ich zu verspannt war. Und ganz vielleicht würde ich besser schlafen können, wenn ich meinen müden Knochen ein Bad gönnte. Ich gab einen Vanillesprudelwürfel ins Wasser und zusammen mit dem Duft des Kuchens roch es wie ein leckeres Dessert.

Als ich in die Wanne stieg, kroch die Wärme meine Haut hinauf und das Wasser umfing mich wie eine seidige Decke. Ich seufzte wohlig. Dann arbeitete ich eine Haarkurpackung ein und schloss die Augen. Es tat so gut, dass ich wegdämmerte und mich erst das schrille Piepen der Ofenuhr aus der Küche weckte. Der satte Geruch vom Kuchen hing in der Luft und ich blinzelte benommen. Vom heißen Wasser hatte sich eine Dunstglocke gebildet, die mich in eine Art Nebelreich beförderte. Blaue Augen schienen im Dunst zu funkeln, doch als ich erneut blinzelte, waren sie verschwunden.

Ich hielt mich am Wannenrand fest und stieg wacklig aus. Dabei schwappte Wasser über den Rand und tropfte auf die Fliesen. Ich starrte auf die Pfütze. Mein Kopf hämmerte und gaukelte mir das Bild von Eiswürfeln darin vor.

Große Güte, war ich im Eimer! Erschöpft hielt ich mich an der Wanne fest und schüttelte den Kopf, bis ich zu mir kam. Ich blickte aufs Wasser, in eine sonst leere Wanne. Irgendetwas stimmte nicht mit mir und meine Augen begannen zu flimmern. Vermutlich hatte ich zu lange und zu heiß gebadet. Ich schlang mir ein Handtuch um den Körper, kippte das Fenster an und eilte in die Küche, um meinen Kuchen zu prüfen.

Das Licht, das durch die Fenster hereinschien, wirkte so golden, wie es nur kurz vor der Dämmerung war. Bald würde es in orange und rot umschlagen und dann der Nacht weichen. Mein Feierabend fühlte sich nie sonderlich lang an, aber das Zubereiten des Kuchens hatte einen guten Teil meiner Zeit geschluckt, besonders weil ich heute bei allem, was ich tat, so langsam war. Ich stach mit einem Holzstäbchen in den Teig und er war genau richtig. Freudig holte ich den Kuchen heraus und stellte ihn zum Auskühlen ans Fensterbrett.

Dann lief ich zurück ins Bad, weil ich noch immer die Packung in den Haaren hatte. Ich zog den Stöpsel aus der Wanne und brauste sie mit der Handdusche ab. Schaumkronen spülten ins Wasser und als es klar blieb, schlang ich mir ein Handtuch um den Kopf und setzte mich auf den Wannenrand. Wieder schloss ich die Augen, während ich meine Haare trocken knetete, und ein merkwürdiges Gefühl breitete sich in mir aus. Mein Badezimmer fühlte sich seltsam an. Als müsste ich mich an etwas erinnern. Doch alles, was mir einfiel, war, die Hintertür zu verriegeln, damit nicht wieder ein Waschbär meinen Kuchen plündern kam. Also tat ich es, aber das Gefühl blieb.

Ich ging zurück, nahm das Handtuch vom Kopf und hängte es über den Halter. Das Wasser in der Wanne war noch immer nicht abgelaufen. Es stand halbhoch und sickerte nur langsam davon. Innerlich stöhnte ich, weil ich mich nun auch noch mit dem Abfluss beschäftigen musste.

Bis dahin zog ich mich erstmal an. Ich entschied mich für meinen bequemen Hausanzug aus Nickistoff. Natürlich war das nicht sexy, aber ich musste den Abfluss reinigen und würde danach bloß meinem Nachbarn einen Kuchen bringen. Wen interessierte es also, dass ich wie ein mitternachtsblauer Bonbon herumlief?

Aus der Küche holte ich mir eine alte Schüssel, in die ich das Zeug vom Abguss packen konnte. Außerdem nahm ich eine Gabel dazu, um alles besser herausziehen zu können, ohne mir die Finger zu verknoten. Dann machte ich mich an die Arbeit. In der Wanne verabschiedete sich gerade gurgelnd der letzte Rest Wasser. Ich zog die Abdeckung herunter und stocherte los. Meine Haare verknoteten regelmäßig den Abfluss. So schön sie auf meinem Kopf auch aussahen, so unappetitlich fand ich sie in Rohrleitungen. Besonders, wenn sie, wie jetzt, nass waren und schleimige Spuren von Shampoo und Conditioner enthielten. Es war schon seltsam, wie verschieden man ein und dasselbe betrachten konnte.

Ich ließ ein Bündel Haare in der Schüssel landen und grub weiter, bis ich alles herausgeholt hatte. Stirnrunzelnd betrachtete ich den Inhalt der Schale. Ich kannte den Anblick meiner Haare zur Genüge, selbst wenn sie aus Rohren kamen, aber diesmal wirkte der Haarballen dunkler. In das übliche Rotblond hatten sich melierte Brauntöne gemischt, manche sahen fast schwarz aus. Die Haare zwischen meinen waren außerdem kürzer. Sie erinnerten mich an das Fell der Hunde, die mein Opa gehabt hatte. Aber mir war völlig klar, dass es nicht von seinen Jagdhunden stammen konnte. Dafür waren sie schon zu lange tot und ich hatte seither etliche Male die Wanne gereinigt. Ich pulte mit den Fingern einige kurze Haare heraus und betrachtete sie genauer. Sie waren dicker als meine. Ich war mir beinahe sicher, dass es sich um Tierhaare handelte, bloß wie zum Geier sollten sie in meiner Wanne landen? Zweifelsfrei hatte ich in letzter Zeit keinen Braunbären gebadet und der Waschbär von neulich war kein Badegast in meinem Haus geworden.

Wieder hämmerten Schmerzen von meiner Stirn bis zum Hinterkopf. Am liebsten hätte ich sie mir aus dem Kopf gekratzt, weil sie mich bald verrückt machen würden. Gerade als ich kurz davorstand, mir den Erbsenbeutel aus dem Kühlschrank zu holen, klopfte es an meiner Hintertür. Ich ließ die Schüssel stehen, wo sie war, und ging nachsehen.

Ein fremder Mann wartete auf meiner Veranda. Er war circa einsachtzig groß, trug knappsitzende Jeans und ein Poloshirt, das muskulöse Arme freiließ. Sein Haar war dunkelbraun und schimmerte seidig in der untergehenden Sonne. Er war der Typ Mann, auf den Wendy vorhin gehofft hatte, und ich hielt es für eine Ironie der Natur, dass er nun vor meiner Tür stand.

„Hallo“, grüßte er, als er mich kommen sah, und legte die Hand flach auf die Fliegengittertür. Er hatte eine schöne Hand, groß und kräftig. Natürlich konnte er auch einfach ein Charmebolzen von Mörder sein, also blieb ich misstrauisch.

„Ja?“

„Emily, richtig?"

Ich nickte. „Genau."

„Mein Onkel Phil schickt mich. Ich bin Liam."

„Ah, der Neffe."

Er schenkte mir ein breites Grinsen, das viel Platz für weiße Zähne ließ. Ein wenig erinnerte es mich an ein Wolfslächeln und ich dachte an meine Begegnung im Zoo.

„Phil fragt, ob du zu uns rüberkommen magst. Besonders, falls der Kuchen schon fertig ist."

Das ließ mich schmunzeln. Ich riegelte die Tür auf und schüttelte ihm die Hand.

„Hi Liam, ich bin Emily", stellte ich mich vor, auch wenn er das schon wusste. In dem Punkt war ich altmodisch.

Er wirkte belustigt, doch er spielte mit. „Hallo Emily."

Seine Augen waren nussbraun und ein Schalk spielte darin, der ihn sympathisch machte.

„Der Kuchen steht dort am Fenster und genießt die Aussicht. Nimm ihn ruhig schon mit rüber. Ich föhne noch schnell meine Haare."

Liam schüttelte den Kopf. „Es ist ganz mild draußen. Mach dir keine Umstände und komm einfach mit."

Ich schluckte und grübelte. Er war zwar leger gekleidet, doch als ich in den Hausanzug geschlüpft war, hatte ich nicht damit gerechnet, dass ein heißer Typ auf meiner Veranda aufkreuzen würde. Andererseits hatte er mich schon gesehen und nun war es eigentlich auch egal. Es schien ihn nicht zu stören und ich fand es angenehm, nicht auf mein Äußeres achten zu müssen.

„Also gut."

Ich schnappte mir den Kuchen und stellte fest, dass er

gewissermaßen noch nackt war.

„Verdammt, ich habe den Zuckerguss vergessen. Wartest du kurz eine Minute?“

„Ich warte auch zwei, wenn du willst. Aber auf keinen Fall länger.“

Sieh an, Phils Neffe war ein Scherzbold.

Schnell siebte ich den Puderzucker durch und gab einen Schuss Apfelsaft hinein. Ich fand, dass er dadurch besser schmeckte, als wenn man ihn nur mit Wasser verdünnte. Dann verquirlte ich alles und strich den Guss auf. Durch den warmen Teig wurde er glatt wie ein zuckriger Spiegel. Ich konnte es kaum erwarten hineinzubeißen und wie auf Kommando knurrte mein Magen.

„Na, dann wird es Zeit“, sagte Liam.

„Tut mir leid, ich habe heute noch nicht viel gegessen.“

Elaine würde mir eine Predigt halten, wenn sie wüsste, dass ich mich den ganzen Tag nur von Kuchen und Kaffee ernährte. Ich nahm mir fest vor, demnächst etwas Gesünderes zu essen. Spätestens am Wochenende blieb mir unter ihrer Aufsicht sowieso nichts weiter übrig.

Liam war ein höflicher Mensch und trug den Kuchen, als wir hinübergingen.

„Phil meinte, du ziehst in seine Gartenlaube?“, begann ich das Gespräch.

„Ja, wieso nicht? Es ist ja kein Geräteschuppen. Früher wurde sie für Partys genutzt und ich habe dort schon auf der alten Couch geschlafen, wenn wir zu lange feierten.“

Ich konnte es mir lebhaft vorstellen. Auch wenn Phil inzwischen ein alter Einsiedlerkrebs geworden war, zu Lebzeiten seiner Frau hatten sie immer wieder Besucher gehabt und im Garten gegrillt oder getanzt. Ich erinnerte mich an bunte Lichterketten, die dann zwischen ihren Bäumen gespannt waren, und alte Songs aus den Fünfzigern. Manchmal, wenn ich meine Großeltern besucht hatte und nicht schlafen konnte, hatte ich aus dem Fenster oben zugesehen, wie sie tanzten und lachten. Es waren keine großen Gesellschaften, eigentlich nie mehr als zehn Leute, aber sie waren fröhlich und hatten in das sommerliche Grillenzirpen den sehnsuchtsvollen Gesang von Elvis Presley oder Frank Sinatra gebracht. Als wäre es gestern gewesen, erinnerte ich mich an das Klirren von Gläsern, die mit Bowle gefüllt waren, und das herzliche Lächeln von Phils Frau. Ich wünschte mir diese Tage wieder zurück, aber die Bilder der Vergangenheit ließen sich nicht mehr erwecken. Doch bei all den Erinnerungen konnte ich mich nicht entsinnen, Liam schon einmal gesehen zu haben.

„Das klingt nett. Ich habe dich nur nie vorher getroffen, obwohl ich gerne bei meinen Großeltern war."

„Sie wohnten in dem Haus, oder?" Er nickte in die Richtung, aus der wir kamen.

„Ja."

„Ich war nicht allzu oft hier. Meine Eltern – und mein Dad ist Phils Bruder – wohnten mit uns in Regina."

Ich nickte. „Ah, ein Hauptstadtkind."

„Provinzhauptstadt, ja."

„Und wieso bist du jetzt hier und ziehst als gestandener Mann mit Sack und Pack in eine Laube?"

Er blieb stehen und sah mich erstaunt an. „Na, zumindest bist du direkt." Er zuckte mit dem Kuchen in den Händen die Schultern, was den Kuchen mitwackeln ließ. „Ich war vor einer Weile verlobt. Es hat nicht geklappt ... Sagen wir mal, wir wollten unterschiedliche Dinge, und ich habe eine Weile gebraucht, um ehrlich mit mir zu sein."

„Okay." Ich wartete ab und er füllte die Leere in der Luft mit Worten.

„Wir gingen getrennte Wege, aber ich machte mit allem anderen normal weiter. Dann dachte ich plötzlich: Ich will komplett neu anfangen. Mir war die ganze Stadt zu eng, alles zu gewohnt. Es hat nicht mehr zu mir gepasst. Klingt das blöd?"

Ich lächelte ihn aufmunternd an. „Nein, gar nicht. Eigentlich verstehe ich es sogar."

„Ja?"

„Ja. In letzter Zeit ist alles wie immer und trotzdem scheint es falsch zu sein. Ich komme bloß nicht drauf, woran es liegt."

„Na ja", sagte er mit einem Zwinkern. „Falls du die Stadt wechseln willst, mir gefällt dein Haus sehr."

Das ließ mich lachen und ich winkte gleich ab. „Nein, ich ziehe nicht weg."

„Also, alt wie es ist, wären sicher ein paar Sachen dran zu machen. Ich würde dich im Preis runterhandeln. Klingt das nicht verlockend?"

Er grinste mich an und ich schüttelte den Kopf, konnte aber nicht umhin, sein Lächeln zu erwidern.

„Das Haus ist unverkäuflich."

„Na schön, ich hab's versucht. Dann bleibe ich eben in der Laube, bis ich etwas anderes finde."

Phil hatte den runden Tisch auf seiner Veranda mit Tellern, Tassen und Gabeln gedeckt. In der Mitte stand ein Papiertuchhalter mit weißen Servietten. Es war einfach gehalten, wie man das von alleinstehenden älteren Männern nicht anders erwartet. Seine verstorbene Frau Lory hätte sicher Blumen dazu gestellt, die Servietten gefaltet und das geblümte Geschirr mit Goldkante verwendet. Früher hätte dort auch ein Tischtuch gelegen, während mich nun der nackte Plastiktisch begrüßte. Es war nicht so, dass mich der Tisch, wie er jetzt war, störte, aber Lory fehlte in so vielen Kleinigkeiten, dass ich ganz traurig wurde. Und wenn es mir schon so ging, wie musste sich Phil dann erst fühlen?

Er stand auf, als wir kamen, und ließ die Zeitung sinken, in die er vertieft gewesen war.

„Ah, das duftet wunderbar“, lobte er den Kuchen.

Er nahm ihn Liam vorsichtig ab und schob ihn zur Tischmitte.

„So etwas Feines unter der Woche.“ Er lächelte selig. „Oh, mit Zuckerguss liebe ich ihn besonders.“

Da waren wir schon zu zweit. Er rieb vorfreudig seine Hände und holte von drinnen ein großes Messer und sogar einen Kuchenheber. Manche Dinge änderten sich nie. Lory hatte immer auf einen bestanden und Phil hatte es sich bis heute gemerkt.

„Nehmt schon Platz“, sagte er und machte sich daran, den Kuchen aufzuschneiden.

Liam erwies sich erneut als gut erzogen und rückte mir den Stuhl zurecht.

„Danke.“

„Wenn du backen kannst, kann ich auch Stühle rücken.“ Er deutete auf die Kaffeekanne. „Magst du welchen? Onkel Phil hat entkoffeinierten als Schlummertrunk.“

„Sonst bekomme ich kein Auge zu“, erklärte Phil. „Ich

hab's ja auch mit diesen Kräutertees versucht, aber die schmecken schlimmer als Spülwasser. Wobei ich noch nie welches getrunken habe, das gebe ich zu."

Ich schmunzelte und nickte Liam zu, der mir daraufhin einschenkte. „Meine Freundin Jill beschäftigt sich viel mit Kräutern. Sie hat eigene Teemischungen. Vielleicht würde dir davon was schmecken."

„Ah, ja, die hübsche Jill. Sehr geheimnisvoll", murmelte Phil. „Ihr wart zwei kleine Strolche."

Das ließ Liam lachen. „Was ist denn so geheimnisvoll an ihr?"

„Sie beschäftigt sich mit Okkultismus", erklärte ich. „Früher haben wir immer magische Steine gesammelt und kleine Rituale abgehalten."

„Aha. Und hat was davon funktioniert?"

„Nicht wirklich. Oder wenn, dann eher zufällig. Wenn du eine fünfzig-fünfzig-Chance hast, dann hast du sie, ob du es nun Magie nennst oder Mathematik."

„So, hier", sagte Phil und hob das erste Stück Kuchen an.

Ich hielt ihm meinem Teller hin und er lud es mir auf. Der Kalorienhimmel war ein köstlicher Ort und um dorthin zu gelangen, musste man nicht mal sterben.

„Danke sehr."

Er verteilte auch an Liam und sich selbst Kuchen und lehnte sich dann zufrieden in seinem Stuhl zurück. „Wunderbar", seufzte er. „So ein schöner Abend. Ist lange her, dass so viele Leute hier waren."

Ich warf einen Blick zu Liam, der mit mir zur *großen* Runde beitrug. Er zuckte nur die Schultern und schob seinem Onkel eine gefüllte Tasse Kaffee hin.

„Der ist aus Kolumbien", informierte uns Phil. „Wer

weiß schon, woher die Äpfel sind? In meinem Garten hängen sie immer erst im Herbst. Man kennt ja den alten Spruch: Die Äpfel an den Bäumen, die Kürbisse am Boden und 'nen Braten in der Röhre."

Liam runzelte die Stirn. „Also ich kenne den Spruch nicht. Wie alt genau ist der?"

„Weiß ich nicht", gab Phil zu.

„Und wie verbreitet ist er?"

„Also auf meiner Seite vom Gartenzaun kenne ich ihn auch", steuerte ich vergnügt bei. „Allerdings kenne ich ihn von Phil."

„Ach so." Liam nickte. „Und mit Braten in der Röhre: Ist da gemeint, dass es im Winter so kalt ist, dass immer alle kuscheln, und neun Monate später im Herbst die Babys zusammen mit den Äpfeln fertig sind?"

Ich verkniff mir das Lachen, weil ich Kaffee im Mund hatte.

Phil schüttelte irritiert den Kopf. „Nein, du Gimpel, damit ist der Truthahn an Thanksgiving gemeint."

Ich war mir ziemlich sicher, dass Babys nicht zum Erntedankfest gehörten, aber wer wusste das schon so genau? Im Winter war es in Kanada wirklich kalt und es gab bestimmt Menschen, die sich dabei auf die eine oder andere Art warm hielten.

Ich probierte von meinem Kuchen und hoffte inständig, dass er gut geworden war, denn schließlich gab es noch zwei Personen, die davon aßen. Er schmeckte unfassbar toll. Es war der beste Zeitpunkt, um mich selbst zu übertreffen. Frisch und warm war er ohnehin nicht zu überbieten. Die beiden Männer nickten anerkennend und gaben hungrige Geräusche von sich. Obwohl ich kein langsamer Esser war, hatten die zwei ihre Kuchenstücke verputzt, schneller als irgendwo im berühmten Punxsutawney ein Murmeltier, das ebenfalls Phil hieß, seinen Schatten finden konnte, wenn man es am zweiten Februar, dem Murmeltiertag, aus dem Bau zog. Ich liebte diesen Brauch zur Wettervorhersage, den es auch in vielen anderen Regionen gab. Jill hatte natürlich ihre eigene Geschichte zum Murmeltiertag. Allerdings war sie etwas düsterer und hatte damit zu tun, ob es viele tote Hexen geben würde oder nicht. Ohnehin waren Sprüche über Hexen in ihrer Familie sehr verbreitet, doch wenn ich eine ähnlich aufregende Ahnenreihe gehabt hätte, wären in meinem Repertoire gewiss auch solche Erzählungen dabei.

Phil und Liam nahmen sich gerade ein weiteres Stück Apfelkuchen, als ich mich mit einem Schluck Schlummerkaffee zurücklehnte. Ich hatte nie zuvor die entkoffeinierte Version ausprobiert und war erstaunt, dass es trotzdem noch nach Kaffee schmeckte. Natürlich trank ich ihn mit viel Zucker und Sahne und konnte schwer behaupten, allzu viel vom Kaffee herauszuschmecken. Trotzdem war er köstlich herb nach dem süßen Gebäck.

Phil hatte recht: Es war ein schöner Abend. Und ich würde wetten, dass ich gerade deutlich mehr Spaß in meinem bequemen Hausanzug und auf der Terrasse meines liebenswerten Nachbarn hatte als Wendy, die aufgedonnert durch Yuppiebars tingelte. Der Sonnenuntergang schenkte dem Himmel spektakuläre Farben, eine sanfte Windbrise spielte mit den Blättern der Bäume und ich konnte Insekten und Vögel hören. Saskatoon war zwar die bevölkerungsreichste Stadt in Saskatchewan, doch hier draußen am Stadtrand war es so friedlich, dass man das weite Land, das uns umgab, schon fast schmecken konnte.

Vielleicht waren wir nicht so populär wie die großen Metropolen Toronto oder Vancouver, aber ich wollte nirgendwo sonst sein. Daher konnte ich gut verstehen, dass Liam hergezogen war. Selbst ins Gartenhäuschen.

„Und was willst du hier machen?“, fragte ich ihn.

„Beruflich?“ Er zuckte mit den Schultern. „Ich bin Handwerker und Sachen kann man überall reparieren.“

„Er kann dir mit den Dielen auf deiner Veranda helfen“, schlug Phil vor. „Die eine ist ziemlich durchgetreten.“

„Na, okay, aber davon kann er nicht leben“, sagte ich vorsichtig.

„Du sollst ihn doch nicht bezahlen, Mädchen. Er macht das auch so. Stimmt doch, oder?“

Selbst wenn Liam das anders gesehen hätte, gab es für ihn keine Chance Phils Forderung auszuweichen. Immerhin ließ er ihn in seiner Laube wohnen. Doch es schien ihn nicht zu stören.

„Klar, ich helfe dir gern.“

Mein Abend entwickelte sich zu einem Jackpot. Ich hatte das Haus kaum verlassen brauchen, um in der Gesellschaft eines sympathischen Mannes zu landen, der obendrein ein paar Reparaturen an meinem geliebten alten Haus erledigen konnte. Natürlich war er kein Millionär und so heiß Wendy ihn auch finden würde, könnte sie es sicher nicht verwinden, dass er in einer Laube wohnte und auf Arbeitssuche war.

Wir plauderten über vergangene Zeiten und ergänzten unsere Erinnerungen um die Sichtweisen der anderen. Da Liam noch Kartons auszuladen hatte und ich morgen arbeiten musste, beendeten wir bei einem fast verspeisten Kuchen unsere Runde. Es waren noch zwei Stücke übrig und ich überließ sie den beiden fürs Frühstück.

# KAPITEL 6

*Wellen brachen die Wasseroberfläche in winzige Spiegel und ließen Eiswürfel schaukeln wie Bojen im Meer. Das Wasser war kalt und entzog dem Raum die Wärme. Ein feiner Sprühnebel stieg auf. Gänsehaut umhüllte mich und ich fühlte mich wie Stein. Ich war ein Teil der Wand, ein Teil des Bodens, ein Teil der Decke und konnte mich nicht bewegen. Ich war nicht ich. Etwas Fremdes war in mir, im Haus. Haare schwammen im Wasser und trieben darin wie dunkle Bartalgen. Braun und schwarz. Fell verstopfte meine Rohre. Ich war ein Gebäude, ein Bad, war alles und nichts. Ich war verloren. Ein Teil von mir geisterte davon. Jener, der sich erinnerte.*

*»Komm zurück zu mir.«*

*Ich war ein Haus voller Geister. Die Erinnerung an Lory war ein lachender Geist, der draußen durch den Garten spukte und mit den Bäumen spielte, damit sie ihre Äpfel fallen ließen. Die Erinnerung an meine*

*Großeltern war ein Kindergeist, der die Treppenstufen zählte, die er auf dem Weg in die Küche herunterhopste.*

*»Vierzehn, fünfzehn, vier mal vier sind sechzehn – ich komme.«*

*»Komm zurück zu mir.«*

*Sie sprachen alle mit meiner Stimme. Mal aus Kindertagen, mal aus Erwachsenentagen. Sie alle lebten in mir, dem Haus aus Stein, das zur Reglosigkeit verdammt war. Wieso konnte ich mich nicht rühren?*

*Wasser schwappte. Ein haariger Geist sprang in die Wanne und spielte mit den Eiswürfeln. »Du kriegst mich nicht«, flüsterte er und stellte die Stimme tief wie im Märchen, versuchte, wie ein Wolf zu klingen.*

*»Komm zurück zu mir.«*

*Der haarige Geist legte den Zeigefinger an die Lippen und lächelte geheimnisvoll mit funkelnden Augen, während um mich herum die anderen Geister wild durcheinander redeten.*

*»Jill, lass uns Mondsteine finden.«*

*»Wir bauen einen Runenkreis«, flüsterte mein Geist, der die Erinnerung an Jill in sich trug.*

*»Wir wollen immer Freunde sein. Lass es uns schwören.«*

*Die beiden Geistermädchen legten ihre gespreizten Handflächen aneinander und Mondlicht schien durchs Fenster und hüllte sie ein.*

*»Komm zurück zu mir.«*

*Immer wieder klang der Satz durch das Haus meiner Erinnerungen. Ein Geist wollte sich verstecken. Verstecken in der Badewanne. Haare. Überall waren Haare. Sie verstopften den Abfluss. Rotblonde und braune Haare waren ineinander verknotet.*

*»Wir wollen immer zusammen sein.«*

*»Erinnere dich an deine Träume.« Der Jillie-Geist sah mich aus großen Augen an. Augen, die Geheimnisse kannten. Augen, die altes Wissen in sich trugen.*

*»Schlaf doch endlich. Wieso schläfst du nicht? Du sollst mich vergessen.« Ich hörte den verlorenen Geist. Die Wanne war leer. Wo war der haarige Geist geblieben? Nebel. Nur noch Nebel. Wolken in meinem Kopf.*

*»Erinnere dich an deine Träume.« Jill sang es wie ein Mantra.*

*»Komm zurück zu mir«, rief das Haus.*

*»Schlaf doch endlich.«*

*Immer im Kreis. Immer von vorn wurden dieselben Sätze gesprochen.*

*Wo war der haarige Geist? Haare. Überall waren Haare.*

Ich schreckte hoch und war schweißgebadet. Es war Mittwoch und ich hatte noch immer Kopfschmerzen. Irgendetwas stimmte nicht mit meinem Kopf, mit meinen Träumen oder den Dingen, die ich vorfand: Wein, den ich nicht trank, Wölfe, die mich anstarrten, und fast hätte ich den Blackout von Samstagnacht vergessen. Das war alles nicht normal. Also stand ich auf, obwohl es noch dunkel war, und machte mir Licht im Flur an, damit ich die Treppe nicht herunterfiel, als ich nach unten ging. Ich kramte mir einen Schreibblock aus der Schublade beim Telefon und blätterte ihn um, denn überall waren meine Telefonkritzeleien.

Dann begann ich, alles, was mir merkwürdig vorkam, aufzuschreiben. Ich hatte noch nie ein Tagebuch geführt, doch mein Verstand war so löchrig wie alte Socken geworden. Jill hatte gesagt, ich sollte mich an meine Träume erinnern. Dabei konnte ich mir kaum die Ereignisse aus meinem echten Leben merken, als würde ständig jemand versuchen meine innere Festplatte zu löschen. Natürlich war das Unsinn, aber etwas Besseres fiel mir dazu nicht ein.

Während ich mir Notizen machte, begann ich zu schwitzen und dann zu frieren. Ich hielt meine Hand an die Stirn. Die Hand war eiskalt und klamm, die Stirn glühend heiß. Ich hatte fast nie Fieber. Ich kniff die Augen zusammen und dachte nach. Fieber. Irgendetwas war damit. Ich konnte es nicht zuordnen, also schrieb ich es auf. Als ich fertig war, starrte ich das Papier an. Ich vermochte nicht einmal zu sagen, ob etwas darauf fehlte. Zitternd saß ich auf der Couch und fühlte mich so zerschlagen wie schon lange nicht mehr.

Mir war klar, dass ich heute nicht arbeiten gehen konnte. Ich würde Matthew anrufen und zum Arzt gehen müssen. Das war der Teil, der sich nicht ändern ließ. Ansonsten wollte ich dringend mit Jill sprechen. Sie würde bestimmt Zeit für mich haben. Zwar ging sie einer eigenen Arbeit nach, aber in dem Fall, dass ihre Kundinnen Termine bei ihr absagten, weil sexbesessene Aliens deren Haus belagerten, konnte sie doch bei mir vorbeikommen.

Ich hatte keine Ahnung von Meditation, aber Jill hatte es. Wenn ich morgens aufwachte, wusste ich nur noch, dass ich wildes Zeug geträumt hatte. Und obwohl es Träume waren, schienen sie mir meine Tiefschlafphasen zu rauben, als würde ich nicht wirklich dabei schlafen. Ich war von Tag zu Tag müder und ich brauchte Jills Rat. Medizin war eine Sache, ihre Spiritualität eine andere.

Ich sagte ja nicht, dass an all ihrem Okkultwissen etwas dran war, aber sie kannte sich mit der Macht des Unterbewussten aus, also mit der Welt, aus der meine Probleme zu kommen schienen.

Ich packte den Schreibblock beiseite, holte mir eine Wolldecke aus dem Schrank und kuschelte mich auf das Sofa. Schlotternd lag ich da und wartete darauf, dass die Stunden bis zum Morgen verstrichen. Immer wieder dämmerte ich weg und schreckte dann hoch. Am Ende bekam ich wohl doch noch die Grippe, von der ich am Sonntag schon mit Phil gesprochen hatte. Sie hatte lange in mir gebrütet. Ich wunderte mich, wo die laufende Nase, die tränenden Augen und die anderen Symptome blieben. Das Gefühl vom wattierten Schädel und die Erschöpfung waren da, ebenso der Schüttelfrost. Doch soweit ich mich zurückerinnern konnte, hatte ich all das nie ohne andere Begleiterscheinungen gehabt.

Als die Sonne aufging, rief ich Jill an. Es war knapp fünf Uhr früh und bei jeder anderen Person hätte ich das niemals gemacht, aber Jill war – wie sie es nannte – sonnenaktiv. Sie wachte beim ersten Lichtstrahl auf und war dann munter wie ein Wiesel. Im Sommer kam sie regelmäßig mit wenig Schlaf aus, während sie im Winter wie eine Tote im Bett lag und ihren Tagesablauf auf ein Minimum reduzierte. Sie war noch nie wie alle anderen Menschen gewesen. Phil nannte das geheimnisvoll. In gewisser Weise war sie das auch.

„Schon wach, Süße?“, begrüßte sie mich.

„Seit drei Stunden.“

Meine Stimme hörte sich offenbar an, wie ich mich fühlte, denn sie fragte sofort: „Was ist denn mit dir los? Du klingst schrecklich.“

„Ich habe Schüttelfrost."

„Ach je. Dann hast du dich übernommen. Schüttelfrost ist ein Erschöpfungszustand." Ich hörte das Zögern in ihrer Stimme. „Was ist noch los? Du hast mich noch nie wegen Frieren angerufen."

Stimmt, das hatte ich nicht. Schon gar nicht beim ersten Morgenstrahl. Mein Wohnzimmer lag vor mir, als hätte jemand es mit Magenta und Violett angestrichen. Auf irgendwelchen Bauernhöfen krähten nun die Hähne und in diesem Moment hätte ich gern mit ihrem sorglosen Leben getauscht.

„Ich habe kein gutes Gefühl bei der Sache. Irgendwas ist nicht richtig mit mir. Das geht seit Tagen so. Ich kann nachts nicht normal schlafen, träume wirres Zeug. Ständig bin ich müde. Alles fühlt sich falsch an. Du musst mir helfen."

Sie klang, als wäre sie zu allem bereit, und das gab mir eine Kraft, die ich ohne sie nicht hatte. „Soll ich mit dir zum Arzt gehen? Oder hast du dir etwas anderes vorgestellt?"

„Etwas anderes", gab ich zu. „Ich glaube, es kommt aus meinen Träumen."

„Wow." Sie klang erstaunt.

Als Kinder hatten wir oft magische Spiele veranstaltet, doch das war lange her. Ich wusste nicht mehr genau, wann ich den Glauben daran verloren hatte. Meine Familie war anders als Jills. Wir kannten keine Hexenweisheiten, sprachen nicht von Geistern. Wir waren bodenständig und rational. Ich hatte Elaine abgewöhnt, Witze über Jill zu machen, doch unterschwellig war ihre Belustigung über deren spirituelle Seite geblieben. Jill war meine Freundin, trotzdem hatte ich vor meiner Familie nicht lächerlich dastehen wollen und mich in ihr Weltbild gefügt. Wie jedes Kind orientierte ich mich an meinen Eltern und ihren Ansichten. Ich wurde erwachsen und irgendwann hatten mich Jungs mehr interessiert als Steinkreise und Wünschelruten. Zuzugeben, dass ich Hilfe mit meinem Unterbewusstsein brauchte, war ein Schritt in Jills Richtung. Es fühlte sich an, als würde ich nach Hause zurückkehren, egal wie verrückt Elaine das fände.

„Du hast gesagt, wir könnten meditieren", griff ich ihren Vorschlag auf, den sie im Kino gemacht hatte.

„Ja, Moment ..." Ich hörte sie im Hintergrund blättern. Vermutlich hatte sie ihren Kalender herausgekramt. „Heute habe ich nicht viel drinstehen. Die Bestellungen aus dem Shop kann ich später fertigmachen. Für die Hotline schalte ich den AB an. Nachher müsste ich nur Miss Zelinski anrufen und die Aurenreinigung auf einen anderen Tag verschieben. Das wird kein Problem. Sie ist sehr nett. Ich mache mich schnell fertig und komme dann, okay?"

„Das klingt prima, danke."

„Ach, ich bin froh, dass du es nicht als Hokuspokus abtust. Ich bin wirklich begabt."

Das ließ mich lächeln. „Weiß ich doch."

„Okay, gut. Dann bis gleich." Wir legten auf und rollte mich auf der Couch zusammen. Es war noch zu früh, um bei der Arbeit anzurufen, also blieb ich liegen, bis Jill klingelte.

„Es ist offen", rief ich.

Ich hörte die Fliegengittertür knarren und dann die Haustür aufgehen. Ein frischer Morgenwind wehte mit meiner Freundin herein, und obwohl mir kalt war, tat die klärende Luft sehr gut. Sie fand mich sofort auf dem Sofa und war an meiner Seite, bevor sie sich auch nur die Jacke ausgezogen hatte. Jill war ungeschminkt. Sie war so ein Schatz und hatte sich beeilt, zu mir zu kommen. Ihre Hand lag kühl auf meiner Stirn.

„Du hast ja Fieber", sagte sie gleich. „Zum Glück habe ich alles dabei."

Sie stand auf, wodurch sich die Couch bewegte. Obwohl es nur ein kurzes Schwanken war, hatte ich das Gefühl, mich auf einem Boot zu befinden. Alles drehte sich und mein inzwischen taghell erleuchtetes Wohnzimmer schien ein Spiegelkabinett zu sein, in dem sich alles vor meinen Augen verdoppelte und vertauscht stand.

„Hier." Jill setzte sich wieder und hielt mir eine kleine braune Flasche hin. „Trink das in einem Zug aus. Es ist Fiebersaft. Schmeckt zwar ein bisschen bitter, aber es hilft."

Ich stemmte mich auf die Ellbogen und nahm ihr das Fläschchen ab. Dann hielt ich die Luft an und folgte ihrer Anleitung. Tatsächlich würde sich der Geschmack nicht für Bonbonsorten durchsetzen können, doch es gab Schlimmeres.

„Gut", lobte mich Jill, nahm mir die Flasche ab und steckte sie zurück in ihre Tasche. Sie besaß eine Art Arztkoffer. *„Da passt viel rein"*, hatte sie einmal erklärt. Es war erstaunlich, aber sie schleppte eine halbe Apotheke mit sich herum, wenn sie zu ihren Hausbesuchen ging. Jill hatte einige ältere Menschen auf ihrer Kundenliste, die nicht mehr gut laufen konnten, und so hatte sie sich entschlossen, selbst vorbeizukommen. Sie hörte ihnen zu und schenkte ihnen

Aufmerksamkeit.

„Was war da drin?"

„Lauter spannende Kräuter. So, jetzt erzähl mal, was los ist. Hat es wieder mit den Wölfen zu tun?"

„Ich weiß nicht, woran es liegt." Ich deutete mit dem Finger zum Notizblock. „Vorhin habe ich mal aufgeschrieben, was alles merkwürdig war, aber es macht nicht viel Sinn und passt auch nicht zusammen."

Jill griff nach der Liste und las meine Stichpunkte laut vor. „Fieber, Blackout, Wein, Wolfserlebnis, Haare in der Wanne, Träume, kein erholsamer Schlaf, Kopfschmerzen, Vergesslichkeit, leerer Eisschrank." Sie ließ das Blatt sinken. „In der Reihenfolge?"

„Nein. Ich habe nur alles aufgekritzelt, was mir einfiel. Ziemlich wild durcheinander."

„Okay, gehen wir die Punkte durch. Fieber? Das hast du jetzt, meinst du?"

Ich wusste nicht genau, wie ich es ihr erklären sollte. „Schon, aber da ist mehr. Als ich an das Wort Fieber dachte, klingelte es bei mir, als müsste ich auf etwas kommen. Nur fällt mir nichts ein."

Sie nickte und malte ein Fragezeichen dahinter. „Blackout", las sie weiter. Sie sah mich entsetzt an. „Wann hattest du denn einen Blackout?"

Da waren sie wieder: meine Kopfschmerzen, die sich strahlenförmig von der Stirn ausbreiteten und über meinen gesamten Schädel zu pulsieren begannen. Ich sog zischend die Luft ein.

„Alles okay?" Jill lehnte sich vor und hielt meine Schulter.

„Bloß Schädelweh. Das geht nicht weg."

„Seit wann hast du es denn?"

„Samstagnacht“, gab ich zu. Wie hatte ich im Kino vergessen können, ihr das zu erzählen? „Da hatte ich auch den Blackout.“

„Das hast du neulich nicht für erwähnenswert gehalten?“

Ich schüttelte den Kopf. „Ich habe nicht mehr dran gedacht.“

Sie stierte auf die Liste. „Kopfschmerzen und Vergesslichkeit.“

„Meinst du, das hat mit dem Blackout zu tun?“

Jill wirkte nachdenklich, legte das Blatt auf den Schoß und drückte sich die Handballen an die Schläfen. „Und dann war das mit den Wölfen?“, hakte sie nach.

Ich nickte. „Also erst kam das mit dem Wein.“ Ich berichtete ihr, wie ich am Morgen die geöffnete Flasche vorgefunden hatte. „Ich meine, es war zwar der Jahrestag unserer Trennung, aber ich trinke doch sonst nicht, und das mit Dillon ist kalter Kaffee.“ Schritt für Schritt brachte ich die Punkte der Liste in eine Reihenfolge und erzählte, was mir dazu einfiel. Bei manchen Dingen hatte ich bloß ein seltsames Gefühl, ohne benennen zu können, woran es lag.

Am Ende schaute Jill so finster drein, als würde sie am liebsten jemanden erwürgen.

„Jillie?“

„Ich würde sagen“, erklärte sie, „dass du von jemandem besucht wurdest.“

„Jemand war in meinem Haus?“ Ich fand die Vorstellung erschreckend, zumal ich beschlossen hatte, dass das ein zu kurioser Einbruch wäre, um tatsächlich einer gewesen zu sein.

„Du trinkst keinen Wein. Und wegen dem

Schwachkopf fängst du jetzt auch nicht damit an. Suche lieber nach den Resten im Waschbecken oder in einer Topfpflanze.“

Es war mühsam, ihr zu folgen. „Warum sollte jemand einbrechen, nur um den Wein auszukippen?“

Sie sah mich an, als hätte ich Probleme beim Addieren von eins und eins. „Emily, das war doch bloß ein misslungener Versuch, dich glauben zu lassen, dass du dich an nichts mehr erinnerst, weil du getrunken hast. Also musste der Wein zu einem großen Teil weg. Derjenige wusste offensichtlich nicht, dass du das Zeug gar nicht magst. Wenn ich bei jemandem etwas im Schrank vorfinde, würde ich auch nicht erwarten, dass er es nicht selbst trinkt. Pech für deinen Besucher.“

Ich hatte selbst nicht so recht an die Weinversion geglaubt, bloß wenn ich nicht betrunken war, blieb eine Frage offen: „Wieso weiß ich dann nichts mehr von dem Abend?“

„Ich hätte es dir längst sagen sollen“, räumte sie ein. „Deine Verwandtschaft ist nicht spirituell. Dir fehlt das Grundwissen über andersartige Wesen.“

Das hörte sich ziemlich außerirdisch an. Ich musste an den Film denken, den wir zusammen gesehen hatten. In *Avatar* hatte es haufenweise blaue Wesen gegeben.

„Jemand hat dir die Erinnerungen genommen. Deswegen hast du auch Kopfschmerzen.“ Jill sah mich mit einem völlig klaren Blick an, so, als müsste es mir nun wie Schuppen von den Augen fallen. Das war nicht der Fall.

„Jemand soll mir meine Erinnerung gestohlen haben?“ Ich konnte ihren Satz kaum wiederholen. Obwohl ich langsam sprach, um ihrer Idee zu folgen, ergab es keinen

Sinn. Das war noch weniger plausibel als das Besäufnis mit dem Wein. In welchem okkulten Buch hatte sie überhaupt gelesen, dass man von Gedankenraub Kopfschmerzen bekam? Ich war voller Fragezeichen. Jill war doch meine Freundin. Ich wollte nicht, dass ihr ein paar Tassen im Schrank fehlten. Trotzdem versuchte ich taktvoll zu sein und bei ihrer Version zu bleiben.

„Meine Kopfschmerzen waren schon fast weg. Sie sind erst jetzt wieder da und ich hatte keinen neuen Blackout." War damit nicht klar, dass mein derzeitiger Zustand nichts mit der Gedächtnislücke von Samstag zu tun hatte? Ich hatte noch nie Migräne gehabt und nahm auch nicht an, dass es das war. Und obwohl meine eigene Theorie eigenartig klang, glaubte ich eher, dass es Spannungsschmerzen waren, die von meinen Träumen herrührten. Dauermüdigkeit und ein aufwühlender Schlaf überlasteten meine Nerven. Ich wollte, dass diese Träume aufhörten, dass Jill mir dabei half.

Stattdessen sagte sie: „Das ist auch klar. Immer wenn du kurz davor bist, dich zu erinnern, blockiert es dich und löst den Schmerz erneut aus. Wie eine Schranke, die dich zurückschubst."

Es fühlte sich deutlich mehr danach an, dass dieses Gespräch mir Kopfschmerzen bereitete. „Jill, das meinst du doch nicht so." Ich sah sie unsicher an. „Oder?"

Sie zuckte mit den Schultern. „Du hast dir diesen Plüschwolf gekauft, um dich zu erinnern. Du *willst*, dass es dir einfällt."

Ich hatte mich an das merkwürdige Erlebnis im Zoo erinnern wollen, aber deshalb träumte ich doch nicht schlecht. „Wer sollte denn Gedanken löschen können?"

Ich bemerkte durchaus, dass sich meine Stimme eine

Spur zu schrill anhörte. Aber ich wollte, dass Jill wieder normale Dinge sagte. Elaine hätte sich längst über sie lustig gemacht und ich wollte nicht, dass sich *irgend*jemand über meine Freundin lustig machte. Was sagte sie zu anderen, wenn ich nicht dabei war? Gab sie öfters solche Sätze von sich und hatten andere ein schlechtes Bild von ihr? Am liebsten wollte ich sie in den Arm nehmen und ihr sagen, dass alles wieder gut würde. Doch sie ging auf meine Frage mit einer Ernsthaftigkeit ein, die mich schlapp dasitzen ließ. Manchmal wusste man, dass man handeln sollte, trotzdem regte man sich nicht. Wie in Träumen, in denen man weglaufen wollte und auf der Stelle klebte, in denen man schreien wollte und stumm blieb. Ich fühlte mich überfahren und die Kombination aus Fieber und Schüttelfrost verhalf mir nicht zur geistigen Stärke, die richtigen Worte für Jills Verhalten zu finden.

„Also, es gibt da mehrere Möglichkeiten", erklärte sie und strich mit dem Daumen über die Finger ihrer Hand, als wäre jeder eine Option, die für mein geschildertes Problem infrage kam. Dann lächelte sie wissend. „Aber da du diese Störung mit den Wölfen in Verbindung bringst, reduziert es sich doch ganz klar auf nur noch eine."

Sie schnappte sich den Zeigefinger ihrer Hand und schloss eine Faust darum.

Ich zog die Brauen hoch. „Welche?"

„Es tut mir leid, dass wir bei Null anfangen." Sie sah mich aufrichtig an. „Aber ich verspreche dir, dass ich von nun an offen mit dir über diese Dinge rede."

„Was denn für Dinge?"

Die blauen Figuren aus dem Film waren mit einem

Mal gar nicht mehr das Fremdartigste in dieser Woche.

Jill seufzte. „Du hattest Besuch von einem Werwolf."

Ich starrte sie fassungslos an. „Wie kommst du denn auf so was?"

„Ich bin eine Hexe."

# KAPITEL 7

Ich wollte nicht, dass meine Freundin verrückt war. Hatte sie vielleicht zu viel mit ihren Tinkturen experimentiert?

Mitfühlend legte ich ihr die Hand auf den Arm.

„Das wird schon wieder“, flüsterte ich und erntete einen entgeisterten Blick. Dabei waren angeblich so viele Geister bei ihr. Auch der ihrer verstorbenen Tante. Wie hatte ich das nicht merken können? Und ich hatte geglaubt, eine Flasche Wein am falschen Platz und ein paar verstörende Träume wären mein Problem. Nun machte ich mir Sorgen um Jill. Ich versuchte mir eine Strategie zurechtzulegen. Sie brauchte dringend Hilfe. Womöglich sollte ich mit ihrer Mutter sprechen und herausfinden, ob mit Jill in letzter Zeit etwas nicht stimmte. Was hatte das bloß bei ihr ausgelöst?

Erneut dachte ich an den Kinofilm und überlegte, ob sie zum Wolfserlebnis einfach einen anderen Zugang hatte als ich. Am Ende war es doch so: Wenn man in einer Welt voller blauer Männchen lebte, fiel das eigene Blausein nicht so auf. Jill hatte sich in ihre Fantasiewelt aus Hexen und Tinkturen so sehr vertieft, dass sie hineingefallen war. Nun sah sie überall Mythologien und – wow – Werwölfe. Da wäre ich in hundert Jahren nicht drauf gekommen.

Ein stechender Schmerz fuhr mir in die Stirn und ich musste an ihre abwegige Theorie denken, dass ich gerade der Wahrheit zu dicht auf die Spur gekommen war und nun von ihr fortgeschubst wurde. Was für ein Käse!

Lief ihr Geschäft so gut, weil sie von allem tatsächlich überzeugt war, was ich nur für Begeisterung gehalten hatte? Für mich war es immer nur ein kleines Biotop aus Phantomen und Luftschlössern in der wahren Welt gewesen. Zum Glück war sie reich und brauchte nicht arbeiten zu gehen. Ihr Zustand würde in einer normalen Firma bestimmt auffallen. *»Ich bin eine Hexe.«*

„Du hättest doch mit mir reden können“, sagte ich. „Ich bin immer für dich da.“

„Was meinst du?“

„Deine Probleme mit deinen ... Ideen.“

Ich hatte mich diplomatisch ausdrücken wollen, aber Jill war noch nie dumm gewesen. Nicht einmal jetzt, wo ich sie als äußerst durcheinander bezeichnen würde.

„Du denkst, ich habe einen Knall?“ Sie wirkte ehrlich verblüfft.

„Ich hab dich aber trotzdem lieb.“ Ich ließ meine Stimme zuversichtlich klingen und schöpfte die letzte Energie aus mir heraus. „Wir schaffen das gemeinsam.“

Sie rollte mit den Augen. „Emily, ich bin nicht irre. Du lebst nur in einer blinden Welt, in der alles, was in Fabelbüchern steht, angeblich nicht Teil der Wirklichkeit sein kann."

Erneut bemühte ich mich, bei ihrer Version zu bleiben und logisch zu argumentieren. „Aber wenn du wirklich eine Hexe wärst, warum hatten wir dann früher so selten Glück mit unserer Magie?"

„Na, weil wir noch jung waren und nicht damit umgehen konnten."

„Und keine Prophezeiung hat sich je erfüllt", half ich ihr auf die Sprünge.

Sie nickte. „Inzwischen weiß ich auch wieso."

Ich wusste das auch, aber wir meinten da wohl jeweils andere Gründe.

Jill erklärte: „Die Zukunft weiszusagen ist ein sehr empfindlicher Vorgang, weil es zu viele spontane Änderungen und Einflüsse geben kann, die sich darauf auswirken. Dann gibt es Seiteneffekte und nichts passt mehr zusammen. Die Zukunft ändert sich ständig. Je weiter weg das Ereignis fort sein soll und je mehr Menschen es betrifft, desto unmöglicher wird es, die wahre Zukunft, die einmal eintreten wird, zu sehen." Sie lächelte. „Jede Zukunft könnte wahr werden, aber nur eine wird es. Der Blick in die Vergangenheit ist daher leichter. Er kennt keine Gabelungen."

Eines musste ich ihr lassen, sie konnte selbst auch logisch argumentieren.

„Aber warum solltest du magische Kräfte besitzen?"

„Jeder kann magisch begabt sein." Diese Erklärung überraschte mich. „Die meisten sind allerdings passiv. Überall gibt es Magiefelder und spirituelle Energien. Ich bin da kein Forscher, aber es scheint auf atomarer Ebene zu existieren."

Was sollte das sein? Die Theorie der Co-magischen

Existenz?

„Du meinst: Proton, Neutron, Magitron?“

Das ließ sie grinsen. „Wenn man Magie als Teilchen beschreiben kann. Vielleicht sind es eher Wellen.“

„So wie beim Licht?“

Jill zuckte mit den Schultern. „Keine Ahnung, Emily. Ich bin keine Wissenschaftlerin. Aber Magie durchdringt alles und jeden. Manches mehr als anderes. Es gibt besondere Orte, die mehr Magie ausstrahlen, Menschen, die stärker sind. Wir sind wie Gefäße für Zauberei.“

„Du und der Werwolf“, schlug ich vor.

Sie seufzte und schüttelte den Kopf. „Du glaubst mir nicht. Wenn ich dich dazu bringe, dich zu erinnern, wirst du mir glauben. Werwölfe sind Meister der Verschleierung. Sie beherrschen es wie kein anderer, Erinnerungen, die sie selbst betreffen, zu verhüllen. So als würden sie diese mitnehmen, wenn sie gehen, weil sie ein Teil von sich selbst sind. Aber sie sind eben auch ein Teil von dir und es ist nicht so leicht, sie völlig zu löschen. Aus irgendeinem Grund wehrst du dich stärker gegen ihre Beeinflussung, als es Menschen sonst tun, und deshalb schläfst du nicht mehr richtig. Weil du jede Nacht um deine Erinnerungen kämpfst.“

Grübelnd legte sie sich den Finger ans Kinn und sprach halb mit sich selbst. „Er tut das vermutlich auch. Darum kämpfen, meine ich. Kann sein, dass er nicht besser schläft als du. Wenn wir etwas von ihm hätten, wäre es leichter, ihn auszupendeln.“

Ich rieb mir die Stirn. „Falls deine Behauptung stimmt, haben wir doch was von ihm: die Haare in der Wanne.“

Ihre Augen leuchteten, als sie aufsprang und ins Bad rannte. Ich hatte für den Wein und das Fell in meinem

Abfluss keine bessere Erklärung als Jill. In ihrer Schilderung passte alles zusammen. Deshalb musste es aber nicht stimmen. Ich war der eigentlichen Wahrheit nur noch nicht auf der Spur.

Sie kam mit der Schüssel zurück und zupfte an den Haaren herum. Dann hielt sie mir ein kleines Büschel vor die Nase. Inzwischen waren sie getrocknet und sahen aus wie das Gewölle einer Eule von einem staubigen Dachboden.

„Dunkelbraune Haare“, analysierte sie ihren Fund und drehte ihn gegen das Licht. „Das lässt darauf schließen, dass er im echten Leben auch braunes Haar hat. Die Kolorierung kann abweichen. Fell ist meist melierter. Also wäre es möglich, dass er von mittelbraun bis dunkelbraun alles sein kann.“ Sie hob triumphierend einen Finger. „Aber er ist nicht blond und auch nicht rothaarig.“

Ich wollte lieber nicht über die Haarfarbenstatistik in Saskatoon nachdenken, doch gefühlt war die Hälfte der Leute brünett. Dazu kam die Größe der Stadt. Hier wohnten über zweihunderttausend Menschen. Wenn Jills berüchtigter Werwolf nicht draußen auf dem Land lebte, war die Beschreibung eines müden Dunkelhaarigen etwas zu vage, um ihn ausfindig zu machen.

„Ich frage mich, wie seine Haare in meine Wanne kommen.“

Sie runzelte die Stirn. „Na ja, ich halte es für unwahrscheinlich, dass er sich extra epiliert, die Haare mitgebracht und dann bei dir in der Wanne weggespült hat. Wenn Haare in deiner Wanne sind, war er vermutlich selbst in der Wanne. Klingt zwar verrückt, aber ich schätze, er hat gebadet. Was macht man sonst da drin?“

„Ja, das klingt verrückt. Ein Werwolf, der zum Baden in mein Haus eindringt.“

Ich war noch immer ratlos, wie ich Jill helfen sollte.

Sie legte den Kopf schräg. „Du hast ihn auf jeden Fall gesehen.“

Das war ziemlich unwahrscheinlich, weil Werwölfe nicht existierten. Über Jills Outing als Hexe hatten wir kaum geredet. Ich hatte Angst davor, als würde das Problem erst real werden, wenn ich es aussprach.

„Ich weiß von keinem Wolf.“

„Genau das meine ich ja. Du hast ihn gesehen und deshalb hat er dir die Erinnerung geraubt. Du solltest ihn nämlich nicht sehen.“

„Warum badet er dann hier?“

Sie atmete geräuschvoll aus. „Lass uns einfach meditieren, okay? Dann finden wir ein paar Antworten. Vor allem muss ich dann nicht mehr deine Skepsis und deinen besorgten Blick ertragen, als wäre ich bescheuert geworden. Dabei liegt es doch auf der Hand, dass deine wölfische Verbundenheit einen Ausgangspunkt haben muss. Es muss einen Vorfall geben, der es ausgelöst hat.“ Sie breitete ihre Hände offen aus, als läge die Antwort direkt vor mir. „Das Treffen mit dem Wolf.“

„Schon klar, der Werwolf in der Badewanne.“

Sie bedachte mich mit einem strafenden Blick. „An diesem Punkt in deinem Leben wirst du deinen Geist ein bisschen öffnen müssen.“

Es war ja nicht so, als wäre ich borniert. Ihr selbstgefälliger Kommentar entlockte auch mir eine spitze Bemerkung. „Und was dann? Unterhält sich der

Geist deiner toten Tante Winifred mit mir?“

„Unsinn! Warum sollte sie dich besuchen? Du siehst ja nicht mal den Geist von Lory drüben im Apfelbaum.“ Sie streckte ihren Finger in die Richtung von Phils Grundstück.

Verblüfft sah ich sie an. „Da soll Lory sitzen? Als Geist? Im Baum?“

„Siehst du, du glaubst mir nicht.“

„Stimmt. Das ist doch ...“ Ich versuchte das Wort »verrückt« zu vermeiden. „Unwahrscheinlich“, sagte ich stattdessen. „Und was macht sie dort im Baum?“

Jill sah mich trotzig an. „Sie streichelt ihn. Lory reibt mit den Händen über die Zweige und singt ihnen einen alten Elvis-Song vor.“

„Elvis.“ Der war so tot wie Phils Frau. „Der ist nicht zufällig auch dort, oder?“

Jill verschränkte die Arme vor der Brust. „Nein, der sitzt nicht im Baum. Er war ja auch früher nie da. Aber Lory schon. Sie singt für den Baum, damit er schöne Äpfel trägt. Es gibt Leute, die reden eben mit ihren Pflanzen. Sie singt: ‚*Wise men say only fools rush in, but I can't help falling in love with you*‘.“

Ich sah sie verdutzt an. „Woher weißt du das?“

„Ich höre sie.“

„Nein, ernsthaft, das war ihr Lieblingssong.“ Phil und sie hatten oft dazu getanzt und Lory kannte jede Zeile dieses Liedes.

„Vielleicht ist sie deshalb noch da. Ich meine, darin heißt es doch auch: *Soll ich bleiben? So wie Flüsse ins Meer fließen, sind manche Dinge dazu bestimmt zu sein. Nimm meine Hand, nimm auch mein ganzes Leben.*“ Jill zuckte mit den Schultern. „Bei Geistern ist es oft ganz einfach: Sie bleiben aus Gründen wie Liebe. Kann sein, dass sie erst fortgeht, wenn Phil nicht mehr ist. Und solange ist sie noch hier und schenkt ihm schöne Äpfel."

Ich dachte daran, wie Phil am Sonntag den Baumschnitt gemacht hatte. Es war schwer, mir vorzustellen, dass Lory dabei mit baumelnden Beinen auf dem Ast gesessen und zugesehen hatte. Himmel, seine Art zu schneiden hätte ihr sicher nicht gefallen. Besonders nicht, wenn sie nun im Baum wohnte.

Energisch schüttelte ich den Kopf, trotzdem blieb ich ratlos. Jill hatte Phils Frau zwar gekannt, aber sie war nicht hier gewesen, wenn die Feste gefeiert wurden. Woher hatte sie die Information? Ich schätzte, dass nicht mal Elaine von Lorys Lieblingssong etwas wusste.

„Jetzt bist du sprachlos, oder?", fragte sie mich.

Ich atmete tief durch und nickte. Im Grunde konnte nichts passieren, wenn ich ihrer Geschichte eine Chance gab. „Nehmen wir mal an, du siehst wirklich Gespenster ...", begann ich.

„Lässt du es absichtlich so klingen wie das, was man sagt, wenn jemand fantasiert?"

„Okay, Geister. Du siehst Geister."

Jill verstellte ihre Stimme zu einem kindlichen Flüstern voller Schrecken: *„Ich sehe tote Menschen."* Dann grinste sie mich an.

Ich fand es gar nicht witzig, dass sie sich aus dem Film »The Sixth Sense« bediente, auch wenn der Streifen sehr gut war und ich Bruce Willis einfach toll fand.

„Und es gibt Werwölfe?"

Sie nickte. „Die gibt es auch. Wollen wir drüber sprechen, dass ich eine Hexe bin?"

Ich schluckte, denn sie hatte mich beim Verdrängen

ertappt. Nervös benetzte ich meine Lippen und zuckte mit den Schultern, als würde es mir nichts ausmachen, doch selbst mir fiel auf, wie angespannt ich war. „Klar, wieso nicht?“

Jill zog eine Grimasse. „Früher hat dich das nicht gestört.“

„Früher dachte ich, wir spielen das nur. Du weißt schon, gruselige Geschichten aus deiner Ahnenreihe, die Vorstellung von magischen Kräften im Stil von *»Die Herrin vom See«*. Ich fand es aufregend, aber ich hab nicht dran geglaubt.“

„Na, aber es ist doch aufregend. Frag mich mal, wie aufregend ich es fand, als ich feststellte, dass ich wirklich was kann!“

Ich tat ihr den Gefallen. „Wie aufregend fandest du es?“

Sie schenkte mir einen traurigen Blick. „Sehr. Und du warst nicht dabei. Du standst unter der Fuchtel deiner kritischen Familie, die alles Magische der Lächerlichkeit preisgibt. Du warst mehr an Jungs interessiert, an Schulnoten oder Musikern aus dem Fernsehen.“

„Ich war ein ganz normaler Teenager.“

„Ich weiß.“ Jill nickte und zuckte dann mit den Schultern. „Aber ich nicht. Als ich plötzlich Dinge vollbrachte, die man nicht in der Schule lernt ...“ Ihre Augen leuchteten. „Ich kann wirklich Leute auspendeln, das Unterbewusste erforschen und schützen, ich beherrsche ein paar tolle Rituale und ich bin besonders gut im ... ähm ... Verfluchen.“ Sie hob abwehrend die Hände. „Ich mache das nicht oft, aber es klappt immer.“ Jill schaffte es nicht, das breite Grinsen und den Stolz zu verbergen.

„Wenn das stimmen würde, warum hast du nie etwas gesagt?“

Sie zuckte mit den Schultern. „Ich entwickelte meine Fertigkeiten zu einer Zeit, in der du dich schon davon abgewendet hattest. In der Pubertät versuchen wir doch alle, uns zu finden, und wir sind in verschiedene Richtungen gelaufen. Du hast auf deine Familie gehört und ich auf meine. Die hat gesagt, wir offenbaren uns nicht. Wir machen das lieber geheim. Nur in der eigenen Familie weiß man es und unter den anderen Magiebegabten. Deshalb will er deine Erinnerung löschen.“

„Wenn das wahr wäre …“, hob ich an und sie unterbrach mich sofort.

„Könntest du bitte aufhören, jeden Satz mit *‚wenn das wahr wäre‘* oder *‚wenn das stimmen würde‘* anzufangen? Das sind die kleinen Schwestern von *‚du hast einen Knall‘*.“

„Okay, tut mir leid.“

„Ich bin deine Freundin.“

„Das wirst du auch immer bleiben“, stimmte ich zu. „Eigentlich verheimlichst du dein Hexensein ziemlich schlecht, wenn du so eine Homepage hast.“

Abermals hatte sie dieses spöttische Lächeln auf den Lippen. „Wieso? Die beste Lüge ist die, die dicht an der Wahrheit bleibt, und du hast bisher auch nicht geglaubt, dass ich eine Hexe bin, obwohl wir uns lange kennen. Also funktioniert es prima. Ich habe alles ein wenig ins Esoterische gezogen und dadurch wird es belächelt. Es ist das beste Alibi überhaupt, zu sagen, was man ist, wenn keiner es einem glaubt.“

Falls sie wirklich eine Hexe war, hatte sie recht. Selbst

jetzt glaubte ich ihr noch nicht so ganz. „Nun hast du es mir erzählt. Bekommst du deswegen keinen Ärger?“

Sie machte eine wegwerfende Handbewegung und sah kampflustig drein. „Dann hätte dieser Werwolf dich nicht besuchen und in deinem Kopf hineinpfuschen sollen. Der hat doch angefangen und was zu weit geht, geht zu weit. Außerdem sind wir keine Parallelgesellschaft mit eigenen Gerichten, die einen bestrafen, wenn man etwas anstellt. Du bist wie eine Schwester für mich und du wirst es sowieso nicht weitererzählen.“

Ich ging mir ein Glas Wasser holen und stellte Jill auch eins hin. Meine Gelenke fühlten sich gleichzeitig wattiert und schmerzend an. Mir war heiß und kalt. Falls tatsächlich ein Werwolf diese Erschöpfung bei mir auslöste, war ich gewillt, meiner Freundin zuzustimmen, dass er mich besser in Ruhe gelassen hätte. Wenn es ihn gab, war er dran. Ich war sauer. Jill schien das aufzufallen, denn sie wölbte amüsiert eine Braue.

„Und was jetzt?“, fragte ich.

„Okay, ich gebe dir mal eine kleine Werwolfkunde. Das Einmaleins der Pfotenmenschen, wenn du so willst.“

„Nennt ihr sie so?“

Sie schaute mich unschuldig an. „Wer würde denn so etwas Gemeines über sie sagen?“

„Du.“

Jill legte den Finger an die Lippen. „Erzähle es niemandem. Die Burschen können launisch sein. Also schön. Es sind Meister der Verschleierung, ja? Du erkennst sie nicht in Menschenform. Ich übrigens auch nicht. Bei normalen Andersartigen spüre ich was, aber bei Werwölfen kommen keine Signale rüber. Keiner tarnt sein geheimes Doppelleben so gut wie sie. Deswegen liegt ihm auch mehr daran, dein Wissen zu begraben, als mir. Ich bin da nicht so zwanghaft."

Stumm nickte ich und versuchte, mir ein Bild von diesem Fabelwesen zu machen.„Tarnmodus, verstehe. Aber wieso kann er meine Gedanken löschen? Woher kennt er sie?" Mir fiel Elaines Bemerkung vom Wolfsgehege ein. „Ist er ein Telepath?"

Jill machte entsetzte Augen und schüttelte den Kopf. „Nein, bloß nicht. Er kennt nur die Gedanken, in denen er selbst vorkommt. Das hier zwischen uns beiden könnte er nicht beeinflussen. Davon weiß er auch nichts. Er kennt dich also nicht in- und auswendig. Das Gute ist, dass er diese Unterhaltung daher nicht entfernen kann. Was auch immer passieren wird, auf diese Erkenntnisse hat er keinen Zugriff. Das ist wichtig, denn ich schätze mal, er wird weiter versuchen, dich zu beeinflussen. Stehlen wäre das falsche Wort, denn er nimmt nichts weg. Dein Wissen ist noch da. Es ist in deinem Gehirn verankert. Er verbirgt es nur, aber wir können wieder drankommen." Sie hob einen triumphierenden Finger. „Und das ist echt gut, weil wir ihm so auf die Schliche kommen werden."

„Er hat also nur Gedanken an ihn unter Kontrolle?"

„Erinnerungen. Ja. Also, wenn er nicht dabei ist, kommt er nicht ran. Falls du jetzt denkst: *Werwölfe sind blöd, blöd, blöd.* Dagegen kann er nichts machen. Das ist auch zu allgemein. Es muss personalisiert sein. Er hat keinen Zugriff auf deine Erinnerungen an andere Werwölfe, um das mal zu verdeutlichen. Wenn du also Werwolf B triffst, kann nur Werwolf B das Wissen dazu beeinflussen, nicht Werwolf A. Dafür müsste er dabei gewesen sein. Sein Dabeisein ist der Schlüssel in deinen Kopf, die Eintrittskarte zur Manipulation. Alles klar?“

Ich hatte das Gefühl, dass dort, wo sonst mein Gehirn war, nur Nudelsuppe schwamm. Nicht nur die Kopfschmerzen machten sich bemerkbar, sondern auch die Knoten, die dabei entstanden, Jills Schilderungen zu folgen. Das war das kleine Einmaleins? Was gab es denn sonst noch über diese Wolfswesen zu wissen?

„Er wird es also weiter versuchen?“

„Definitiv, aber keine Sorge, Schatz. Ich bin jetzt da, kenne das Problem und werde dir helfen. Ich habe ja schon gesagt, dass ich gut im Umgang mit dem Unterbewussten bin. Deswegen sehe ich auch Geister und Wuffi-Wolf tut das nicht.“

Ich rollte belustigt die Augen. Ihr Arsenal an Spitznamen war wirklich entzückend. Aber wer würde schon etwas Gemeines über Wuffi-Wölfe sagen?

„Geister sind unterbewusst?“ Immer wenn sie mir eine vermeintliche Erklärung gab, kamen neue Fragen hinzu.

„Ja, sie sind nicht mehr in der bewussten, realen Welt. Sie befinden sich auf einer anderen Ebene. Eine Art Übergangsexistenz. Nicht jeder Tote wird ein Geist, sonst wäre die Welt ziemlich voll. Aber es gibt schon einige. Das erkläre ich dir ein anderes Mal. Wir müssen erstmal dein aktuelles Problem loswerden.“

Ich nickte. Da hatte sie recht. Egal, ob ihre Schilderungen so stimmten, doch ich wollte mein Fieber, die Müdigkeit und die Kopfschmerzen gerne loswerden.

„Also werden wir meditieren?“, fragte ich sie.

„Ja, das machen wir. Vorher solltest du jedoch wissen, dass er wissen wird, dass du von ihm weißt.“

„Ähm?“

„Wenn ich deine Erinnerungen ausgrabe, merkt er es", erklärte sie und machte mit der Hand ein Blaulicht auf ihrem Kopf nach. „Da gehen bei ihm die Alarmglocken an, denn es sind Gedanken, in denen er vorkommt. Wenn er deine Träume beeinflusst, dann weil du von ihm träumst. Er weiß, dass du ihn noch nicht vergessen hast und lässt nicht locker."

„Und dann?" Ich sah sie besorgt an.

„Dann dürfte er sauer werden und wird sich auf die Suche nach dir machen, um dich wieder zu kontrollieren. Das heißt, wir müssen erst einmal von hier weg, denn wenn er in deiner Wanne war, weiß er, wo du wohnst und wo er dich findet."

Ich blinzelte hektisch. Die Vorstellung von einem großen wütenden Wolfswesen, das herkam, um mein Gehirn zu beeinflussen, war alles andere als beruhigend. Dann fiel mir ein, dass ich mit Elaine zu meinem Bruder hatte fahren wollen. „Wir könnten Michael auf seiner Farm besuchen. Elaine und ich wollten erst Freitag hin, aber sie hat Zeit und wir könnten früher los."

Jill nickte. „Das ist eine gute Idee. Die Farm ist schön abgelegen. Ich kann ihn auch dort auspendeln. Es ist ja kein Problem, seine Fellflusen einzupacken." Jill begann sofort damit, eine Tüte aus ihrem Koffer zu holen und die Haare vom Abguss hineinzutun. „Ruf schon mal Elaine an", begann sie aufzuzählen, „und Michael und sag auf Arbeit, dass du krank bist."

„Okay."

Ich warf einen Blick auf die Uhr und entschloss mich, bei meinem Chef anzufangen. Falls er eine Krankschreibung wollte, musste ich auch noch beim Arzt vorbeigehen. Nach dem dritten Klingeln nahm er ab.

„Matthew Brantford." Er meldete sich nur mit seinem Namen und seine Stimme klang müde.

„Hier ist Emily."

„Oh, hallo." Ich hörte ihn schlucken. „Ist etwas los, Emily?"

„Ich bin krank: Fieber, Schüttelfrost, Kopfschmerzen. Ich fühle mich total schlapp." In einer anderen Situation hätte ich es vielleicht anders formuliert, doch ich war zu erschöpft und es war immerhin möglich, dass mir ein Werwolf im Nacken saß.

„Das tut mir leid. Dann bleib besser zu Hause." Er sagte es, ohne zu zögern, und das fand ich nett. Er war ein sehr sozialer Chef.

„Ist das wirklich okay?"

Ich meldete mich fast nie krank und trotzdem packte mich das schlechte Gewissen. Dabei hatte ich echte Krankheitssymptome und feierte nicht einfach wegen des Verdachts auf *Werwolfbefall* krank, denn dabei wäre ich mir wie eine Betrügerin vorgekommen.

„Sicher. Du hörst dich auch nicht gut an."

„Brauchst du eine Bescheinigung vom Arzt?"

„Nein, lass mal. Ich glaube dir das. Ruh dich aus."

Dankbar verabschiedete ich mich und hatte das Gefühl, eine wichtige Hürde genommen zu haben. Ich würde früher zu Michael fahren und Jill wäre mit dabei. Das war eigentlich prima, wenn da nicht der Anlass wäre. Sie würde dort mit mir meditieren und ich wusste nicht recht, wie ich mich deshalb fühlen sollte. Es bestand noch immer die Möglichkeit, dass Jill einfach nur besonders fantasievoll und weltfremd war. Doch falls nicht, hatte ich echte Schwierigkeiten. Beide Varianten waren schlecht. Ich konnte nicht mal sagen, ob mir die

Existenz von Werwölfen lieber war als geistige Probleme bei meiner Freundin. War es nicht egoistisch, die Welt mit diesen Kreaturen bevölkern zu wollen, nur damit Jill in Ordnung war? Andererseits war Egoismus wohl das falsche Wort, denn in dieser Fassung brummte ich mir so einen haarigen Kerl auf.

Ich seufzte und fühlte mich an das Gleichnis vom Regen und der Traufe erinnert. Es half ja alles nichts und in ein paar Stunden würde ich wissen, was los war. In gewisser Weise war es fast tröstlich, dass ich es mir nicht aussuchen konnte. Ich tat mich ziemlich schwer mit Entscheidungen von solcher Tragweite.

Nun klingelte ich bei Elaine durch. Im Gegensatz zu Jill war sie keine Freundin der Morgenstunde, doch immerhin hatte ich ihr durch den Anruf bei Matthew einen zeitlichen Aufschub gegönnt. Es dauerte lange, bis sich ihre verschlafene Stimme am Telefon meldete.

„Kinkade, wer stört?" Sie gähnte das letzte Wort in den Hörer.

„Hey, ich bin's."

„Emily?" Sie gähnte erneut und verschaffte meinem Namen dabei einen ganz anderen Klang.

„Ja. Hättest du schon heute Zeit, zu Michael zu fahren?"

Sie gab einen fragenden Laut von sich und ich hörte, wie ihre Finger gegen das Telefon schabten, als sie sich vermutlich die Haare aus dem Gesicht schob.

„Du meinst statt Freitag? Hast du etwa keine Zeit am Wochenende?" Sie klang enttäuscht und das ließ mich lächeln. Es tat gut, dass sie sich auf unseren Ausflug freute.

„Nein, wir könnten früher hin und wären länger dort."

„Echt jetzt?“ Das ließ sie lebendiger klingen.

„Ja.“

„Alles okay bei dir? Du klingst so seltsam.“

Ich legte die Hand an meine Stirn und stellte fest, dass sie nicht mehr glühte. Jills Fiebersaft tat seine Wirkung. Ich wusste nicht, was in dem Zeug drin war, doch da es nichts mit Ibuprofen zu tun hatte, wäre Phil bestimmt begeistern. Am besten malte Jill Erbsen auf die Flasche, dann würde er es auch trinken. Ich sah aus dem Fenster zu seinem Grundstück und stellte mir vor, dass Lory im Baum saß. Das Bild bekam ich nicht mehr aus dem Kopf.

„Ich bin etwas krank, aber das Fieber ist weg.“

„Fieber?“ Sie klang entsetzt.

„Jill hat mir was gegeben und das hilft.“

„Du willst wegfahren, wenn du krank bist?“ Meine Schwester gab sich keine Mühe, ihre Verwunderung zu verbergen.

„Die Landluft wird mir guttun.“

„Aber Billy ist doch dort. Immer wenn ich krank bin, sehe ich aus wie eine Mumie ohne Bandagen.“

Elaine hatte noch nie so ausgesehen, wie sie es beschrieb. Selbst krank war sie noch hübsch, doch mir war klar, worauf sie hinaus wollte.

„Es macht mir nichts aus, wenn er mich so sieht.“

Jill sah mich fragend an. Sie wusste von Billy Bonnet noch gar nichts.

„Okay. Dann fahren wir also heute?“ Sie klang aufgeregt.

„Ja, wenn es dir nichts ausmacht, so schnell es geht.“

„Na gut, dann packe ich ein paar Sachen zusammen und hole dich ab.“

„Prima. Ich habe Michael noch nicht angerufen.

Könntest du das erledigen und ihm sagen, dass wir eher kommen?"

„Klar."

Wir beendeten das Gespräch und Jill packte das Telefon für mich zurück in die Ladestation. „Ich finde es witzig, dass ihr euren Bruder nur informiert und nicht fragt."

„Michael ist eben so umgänglich, dass er nichts dagegen haben wird. Du brauchst Sachen", stellte ich fest. „Ich meine, du bleibst doch auch dort und gehst nicht gleich wieder, richtig?"

Sie schüttelte den Kopf. „Nein, ich passe auf dich auf. Wenn wir das in Gang treten, bleibe ich an deiner Seite."

„Okay, aber wenn wir fünf Tage bei Michael sind, benötigst du eine Tasche."

Jill rieb sich die Hände. „Ein spontaner Ausflug ist aufregend. Kannst du mir eine Tasche leihen?"

Ich lächelte, weil mir einfiel, dass wir als Mädchen öfter unsere Kleidung getauscht hatten. Sie passte immer noch in meine Sachen. Ich war froh, dass sie nicht noch einmal wegfuhr, um etwas zu holen. Wir gingen hinauf in mein Zimmer und ich machte den Schrank weit auf, damit sie sich aussuchen konnte, was sie wollte. In meinem Kosmetikfach fand ich eine eingeschweißte Zahnbürste für sie und in der Tüte von meinem letzten Einkauf war sogar noch neue Unterwäsche.

„Wieso kaufst du die Sachen, wenn du sie nicht auspackst?", fragte Jill und strahlte mich an, als sie einen schwarzen Tanga zwischen den Fingern hochhielt.

Ich zuckte die Schultern. „Das habe ich gekauft, als mir klar wurde, dass ich schon fast ein Jahr Single bin. Ich war so sauer wegen Dillon und bin aus Trotz in eine dieser Unterwäscheabteilungen."

„Und dann hast du dir gedacht: Ich kaufe alles ein, was meinem Ex die Tränen in die Augen treiben würde?" Sie lachte mich an und wirbelte ein rotes Negligé um den Finger.

„So ungefähr."

„Mann, Mann, Mann, der verpasst was." Dann fiel ihr etwas ein. „Was war denn das vorhin am Telefon, von wegen: ‚*Nimm du ihn, er war deine Idee*'?"

Jetzt musste ich grinsen, auch wenn ich mich so schlapp fühlte, dass ich mich auf die Bettkante setzte. „Mein Bruder möchte etwas mit Billy Bonnet aufziehen, du weißt schon, dem Rodeostar."

„Und?" Sie hielt in ihrer Tütenwühlaktion inne.

„Er wird auch bei Michael sein und Elaine hat es auf ihn abgesehen."

Jill spitzte die Lippen und legte den Kopf schief. „Ist das dieser zuckersüße Typ, der mit deinem Bruder in der Schule war?"

Ah, sie hatte ihn also bemerkt. „Ja, ist er dir früher auch schon aufgefallen?"

„Nein, ich bin ihm noch nie begegnet, allerdings habe ich die Bilder in der Zeitung gesehen. Dass Michael ihn kennt, habe ich erst hinterher erfahren."

„Tja, wenn man immer vorher schon wüsste, wer mal interessant wird, hm?"

Jill wackelte mit den Augenbrauen. „So ist es doch viel spannender. Ich hoffe, deine Schwester stellt sich bei ihm besser an als deine Kollegin bei deinem Boss."

„Das will ich schwer hoffen. Wäre doch seltsam, wenn ich feststelle, dass Elaine noch was von mir lernen könnte."

„Ach, komm schon. So übel bist du nicht. Du hast dich bloß dazu entschlossen, nicht zu flirten. Wobei ...“ Sie hielt den Wäschebeutel hoch. „So langsam wird es was. Am besten kaufst du es nicht nur, sondern ziehst es auch an.“

„Aber ich habe keine Dates.“

Jill zuckte die Schultern. „Und? Zieh es einfach an. Du fühlst dich mit den Sachen ganz anders. Dann kommt das Flirten von allein.“

„Erst mal werde ich gesund.“

„Das bekommen wir hin.“

Falls Jills Theorie zutraf, würde mir die Meditation bereits Heilung verschaffen. Mein Körper müsste nicht mehr gegen die Unterdrückung der Erinnerungen ankämpfen. Ich konnte mir noch immer nicht vorstellen, dass die Welt wirklich so war, wie Jill behauptete. Aber selbst wenn: Entweder war ich für Jill da oder sie für mich. Wir packten unsere Taschen und ich fühlte mich durch ihren Wundersaft und ihre fröhliche Art tausendmal besser als heute früh.

Ich fragte mich, von was für Verwünschungen sie gesprochen hatte. Ging es darum, dass er statt zum Wolf zum Frosch wurde? Oder dass sein Fell immer verfilzte? Oder dass er statt zu heulen, grunzte wie ein Schwein? Heulten Werwölfe überhaupt wie normale Wölfe? Ich hatte keine Ahnung. Erstmal wollte ich herausfinden, was echt war. Denn falls Jill krank war, kannte ich mich zu wenig mit Psychologie aus, um einzuschätzen, wie es sich auf sie auswirkte, wenn ich ihre Fantastereien unterstützte.

# KAPITEL 8

Etwa zwei Stunden nach unserem Telefonat klingelte Elaine an meiner Tür.

„Hi Emily, da draußen steht ein muskulöser Typ und streicht Phils Gartenhaus an.“ Sie lehnte ihren Kopf nach hinten, um ihn besser sehen zu können, dann zwinkerte sie mir zu. „Ein Blick lohnt sich.“

Auch wenn ich mir denken konnte, wen ich sehen würde, machte ich einen Schritt, um nachzuschauen. „Das ist Liam, Phils Neffe.“ Als er sich zu uns umdrehte, winkte ich ihm und er winkte mit dem Malerpinsel in der Hand zurück.

Bei Elaine war es mehr ein Wackeln mit den Fingern. „Der sieht deutlich besser aus als Phil.“

Ach. Ich zog sie an der Hand ins Haus und machte die Tür zu.

„Hey“, beschwerte sie sich.

„Denk doch bitte an den armen Billy. Wer soll mit ihm ausgehen, wenn du dir einen anderen anlachst?“

„Sehr witzig.“ Sie legte ihre Tasche bei meiner Garderobe ab. „Wie geht es dir denn jetzt? Bist du reisetauglich?“

„Ist sie“, bestätigte Jill. „Hallo Elaine.“

Meine Schwester drehte sich überrascht zur Treppe um, wo Jill mit unserem Gepäck die Stufen herunterschwebte. Sie sah aus wie ein Traum aus einem arabischen Märchen, denn sie hatte sich die Wartezeit damit vertrieben, sich zu schminken. Der kohlschwarze Kajal tat jedes Mal seine Wirkung.

„Oh, hallo Jill. Hast du Ems beim Packen geholfen?“

„Genau.“ Sie stellte beide Taschen auf den Boden. „Was nicht in ihre ging, ist in meiner und andersrum. Letztlich ist sowieso alles von ihr.“

Elaine schaute uns irritiert an und mir ging auf, dass ich gar nicht erwähnt hatte, dass Jill uns begleiten würde. Ich schlug mir sanft die Hand an die Stirn. „Mein Fehler. Jill kommt mit.“

„Ja, ich bin die Krankenschwester und passe auf sie auf.“ Sie zeigte demonstrativ auf ihre Arzttasche.

„Du kommst mit zu Billy Bonnet?“, hakte Elaine nach und schien im Kopf ihre Chancen zu überschlagen, wenn sie nicht nur mich, sondern auch meine schöne Freundin mit den Zigeunerwurzeln mitbrachte.

„Billy? Ich dachte, wir besuchen Michael“ Jill stellte sich dumm.

Innerlich grinste ich. Das dürfte lustig werden. Ich liebte beide Frauen, die hier standen, doch sie waren nicht unbedingt kompatibel *miteinander*. Es war ein Jammer, dass Gefühle nicht ansteckend waren.

Ich konnte genau sehen, wann Elaine ihren Widerstand überwand, und sich in die neue

Gruppenplanung fügte. „Dann lasst uns losdüsen.“

Sie übernahm meine Tasche von Jill, die nun eine Hand frei hatte, um ihre Medizintasche zu tragen. Ich hatte nichts anderes zu tun, als überall abzuschließen. Jetzt fragte ich mich, mit welchen Gefühlen ich in mein Haus zurückkehren würde. Nach dem Wochenende konnte alles anders sein.

Draußen stand Elaines blauer Pickup und parkte meinen Wagen zu. Die Taschen waren schon eingeladen und nun standen Elaine und Jill plaudernd am Gartenzaun und hielten Phils Neffen von der Arbeit ab. Ich blieb stehen und beobachtete die drei. Liam war aufmerksam, lächelte und versprühte seinen Charme. Elaine hatte in den Flirtmodus geschaltet und Jill war einfach nur sie selbst, was normalerweise reichte, um Männer ins Land der Träume zu befördern. Aber so sehr ich auch versuchte, seine Favoritin zu erkennen, gelang es mir nicht.

Dann blieb sein Blick an mir hängen und er lächelte und nickte mir zu. „Hey, ich habe gehört, du bist krank“, rief er mir zu.

Ich verstaute meinen Schlüssel in der Tasche und ging zu ihnen. „Ja, es hat mich erwischt.“

„Onkel Phil meinte schon, dass du wohl eine Grippe bekommst. Er hat mir auch das mit den Erbsen erzählt. Da wäre ich zu gerne dabei gewesen.“

Er schenkte mir ein offenes Lächeln und ich war froh, dass er nicht gesehen hatte, wie ich mit dem Erbsenbeutel am Kopf zur Arbeit gefahren war.

„Besser nicht. Dann müsste ich dich umbringen. Zeugen und so.“

Liam lachte. „Und mein Onkel ist vor dir sicher?“

„Klar, das zählt nicht. Er kennt mich schon, seit ich klein war."

„Erbsen?", fragte Elaine.

„Ein altes Hausmittel. Mit mir hat er das auch schon gemacht." Liams Geständnis ließ mich schmunzeln, denn mit den Muskeln, die er jetzt hatte, konnte ich mir die Erbsenbehandlung an ihm nur schwer vorstellen.

„Das muss aber lange her sein."

Er nickte. „Und es gibt keine Zeugen."

Liams Aufmerksamkeit verwunderte mich. Er war zu mir noch netter als zu Jill oder Elaine. Das lag sicher an meinem Apfelkuchen.

„Wir würden gerne noch länger plaudern", erklärte Jill. „Aber Emily ist krank und ich will nicht, dass sie so lange stehen muss, sonst kippt sie uns um. Hat mich sehr gefreut." Sie hielt ihm die Hand hin und Liam schüttelte die.

Elaine wirkte nicht sonderlich erfreut über das jähe Ende der Unterhaltung. Liam war ein charmanter Kerl und sie war noch nie blind gewesen. Stumm formte ich Billys Namen mit den Lippen und das besserte ihre Laune.

Wir verabschiedeten uns von Liam und ich war dankbar, als ich mich im Pickup hinsetzen konnte. Jill hatte recht gehabt: Auf einer Stelle zu stehen wie eine Säule war anstrengend. Wieder verspürte ich ein Ziehen in meiner Stirn und fragte mich, ob der geheime Käfig in meinem Kopf wieder aktiv wurde. Nur von welcher Assoziation wollte er mich abhalten? Stehen wie eine Säule? Dazu fiel mir wirklich nichts ein. Als ich versuchte, den Gedanken zu vertiefen, nahmen die Schmerzen zu. Das war seltsam. Ich war gespannt auf

Jills Meditation.

Wir fuhren nach Süden und das letzte, was wir von Saskatoon sahen, waren die beiden Golfplätze. Danach öffnete sich der Blick für Wiesen und Büsche. Der Himmel war strahlend blau mit ein paar Wölkchen.

Jill zeigte auf eine Wolke und sagte: „Die sieht aus wie ein Schuh."

„Oder ein Fuß."

Ich sah Elaines Augen im Rückspiegel. Sie rollte sie einmal kurz für mich. Es saß sich herrlich bequem in ihrem Wagen. Schon zweitürige Pickups waren groß, aber meine Schwester fuhr einen Viertürer, obwohl sie die meiste Zeit allein unterwegs war. Michael sagte dann immer: *»Kleines Mädchen, großes Auto.«*

Als ich das Haus von meiner Oma erbte, bekamen Michael und sie das Geld unter sich aufgeteilt. Mein Bruder hatte es in seine Farm gesteckt. Elaine hatte sich den Dodge Pickup gekauft und den Rest auf die Seite gelegt. Irgendwie war immer klar gewesen, dass ich eines Tages in das Haus ziehen würde. Bei Michael war das so, weil er sein Leben auf einer Farm verbringen wollte. Und Elaine war ein modernes Mädchen, das man sich nur schwer in einem alten Haus vorstellen mochte. Irgendwann würde sie sich eine Wohnung in Zentrumsnähe suchen oder vielleicht aus Saskatoon fortziehen. Das wollte ich zwar nicht, aber ich konnte sie nicht davon abhalten, ihr eigenes Leben zu leben.

Jill und ich suchten weitere Formen am Himmel und fanden immer ausgefallenere Dinge. Einen zahnlosen Bäcker, eine Strickmütze, eine Totenmesse aus der Unterwelt.

„Andere Leute fahren einfach nur Auto", sagte Elaine

schließlich, die dem Ganzen nichts abgewinnen konnte.

„Na gut, reden wir über etwas anderes", stimmte Jill zu. „Immerhin fahren wir durch altes Indianerland. Kennt jemand eine gute Geschichte?"

„Ihr könnt euch ruhig mit der Gegenwart beschäftigen. Was ist mit dem Problem, dass die Jagd Grizzlys an den Rand der Ausrottung gebracht hat? Dabei sind sie unsere sich am langsamsten vermehrenden Landraubtiere."

„Ich würde eigentlich fröhliche Themen bevorzugen." Derzeit machten mir die wilden Bären weniger Sorgen als ein wilder Wolf.

„Du studierst doch Agrarwissenschaften", sagte Jill. „Sind deine Leute nicht Schuld dran, dass immer mehr Lebensräume durch Abholzung und Trockenlegung zerstört werden?"

„Meine Leute?" Elaine schnappte nach Luft. „Außerdem sprach ich von Jagdlizenzen."

„Mädels, bitte nicht wieder streiten. Ich habe Kopfschmerzen."

Die beiden hatten schon immer Vorbehalte gegeneinander und manche Themen brannten wie Buschfeuer. Da konnte ich nicht frühzeitig genug intervenieren. Jill war wie eine Schwester für mich, doch Elaine fand, dass sie nicht zur Familie gehörte. Sie war nie gut im Teilen gewesen und Eifersucht war eine gemeine Pustel am Hintern.

„Einigen wir uns darauf, dass heute keiner Grizzlybären schießt, dass niemand Bäume für Papier fällt, dass wir keine Anhänger von Jagdlizenzen sind und dass das Wochenende zur streitfreien Zone erklärt wird", schlug ich vor.

„Damit kann ich leben", stimmte Jill zu.

„Das klingt ja so, als ob mir streiten Spaß machen würde“, beschwerte sich Elaine. „Ich mag das wirklich nicht.“

Oh, schön. Das würde eine lange Autofahrt werden. „Was macht denn Rachel Zelinski und ihre Schwangerschaft?“, erkundigte ich mich bei ihr, um sie abzulenken.

„Zelinski?“ Jill wurde hellhörig. „Der muss ich noch die Aurenreinigung absagen.“ Sie kramte ihr Handy hervor.

„Du hast eine Aurenreinigung mit Rachel?“ Elaine schien zu finden, dass die Welt sehr klein war. Offensichtlich teilte sie nicht nur mich mit Jill, sondern auch noch ihren Bekanntenkreis.

„Nein, das muss die Mutter sein. Sie hat erzählt, dass ihre Tochter schwanger ist und noch bei ihr lebt.“ Jill hielt sich den Hörer ans Ohr und strich den Termin mit Mrs Zelinski. Ich fand es beruhigend, ihr bei der Arbeit zuzuhören. Sie klang routiniert und anders, als wenn sie mit mir sprach.

Leider brauchte sie nicht lange für den Anruf und Elaine schoss wieder Giftpfeile ab. „Ich wusste nicht, dass ihre Mutter Esoterikerin ist.“

„Ist sie auch nicht. Sie ist spirituell.“

Viel zu schnell sah ich die streitfreie Zone davonschwimmen. Ich schloss die Augen, lehnte den Kopf zurück und hörte den Unverbesserlichen zu.

„Du kannst dieses Hokuspokus nennen, wie du willst. Aber hast du kein schlechtes Gewissen, Geld für solchen Unsinn zu berechnen?“

„Nein, ich verlange nur dann ein Honorar, wenn die Sache erfolgreich ist.“

„Du willst mir weismachen, dass du nie etwas berechnest?“

Innerlich verdrehte ich die Augen.

„Im Gegenteil. Ich sage damit, dass ich sehr erfolgreich bin.“

„Aurenreinigung. Ist das so Chakrenkram?“

Ich fand es bemerkenswert, dass Jill die abwertenden Begriffe einfach ignorierte.

„Das wäre das asiatische Konzept der Energiezentren des Menschen. Asiatische Anwendungen interessieren mich nicht, daher kann ich dir nicht sagen, ob es Überschneidungen gibt. Ich beschäftige mich nur mit hiesigen Lehren.“

Ich wollte mir so gern eine Nadel in die Ohren bohren, um nichts mehr zu hören. Seufzend setzte ich mich auf. „Wie ist es eigentlich möglich, dass zwei Menschen, die ich so gern habe, so wenig voneinander halten?“

„Ich würde sagen, das hat mit unterschiedlichen Interessen zu tun und natürlich mit deiner Fähigkeit, deinen Geist für neue Dinge zu öffnen“, erklärte Jill.

„Ach, und ich bin nicht offen?“ Es war so klar, dass Elaine sofort darauf anspringen musste.

„Nein, du hast eine vorgefertigte Meinung, die rechts und links nicht kennt.“

„Halt an!“, forderte ich Elaine auf.

„Was?“

„Du sollst ranfahren!“

Sie tat, was ich verlangte, und ich schnallte mich ab und stieg aus dem Wagen. Wir waren mitten im Nirgendwo, umgeben von Präriegras und ein paar Büschen. Hier und da blitzten die Wasseroberflächen einiger Tümpel silbern in der Landschaft auf. In der

Ferne konnte ich Bäume ausmachen und wusste, dass sie das Flussufer des Saskatchewan Rivers säumten, der mit der Straße südwärts verlief.

Ich war etwas wacklig auf den Beinen, aber die frische Luft und die plötzliche Ruhe der Natur taten mir gut. Der Motor brummte leise und Elaine hatte das Fenster heruntergelassen und sah mich an. „Musst du brechen?"

„Nein, ich gehe zu Fuß weiter."

„Jetzt sei nicht so stur. Es sind fast zwei Stunden Fahrt."

„Dann brauche ich zu Fuß eben etwas länger."

„Ja, zwei Tage. Falls du überhaupt ankommst und nicht umkippst."

Ich drehte mich zu Elaine und verschränkte die Arme vor der Brust. „Es wäre vielleicht nicht schlecht, euch zu verpassen. Dann ist es ruhiger, wenn ich dort bin."

„Also wenn, dann verpasst du nicht uns, sondern nur mich. Du glaubst doch nicht, dass ich allein mit Jill dort hinfahre. Ich lasse sie dir da."

Mir stand der Mund offen. Sie wollte uns hier stehenlassen?

Jill grinste nur und warf einen Blick auf ihre Fingernägel. „So ein Mist, ich habe meinen Reisebesen gar nicht dabei."

„Du meinst Reisigbesen", versuchte Elaine ihr Glück, die mit Hexenwitzen wenig anfangen konnte.

„Nein, so wie Reisebesen zum Verreisen. Man setzt sich drauf und fliegt durch die Zeitzonen."

Ich zeigte mit dem Finger von der einen zur anderen. „Da bin ich schon ausgestiegen und ihr macht trotzdem weiter."

Beide warfen sich Blicke zu und zuckten die Schultern.

„Sie spinnt“, erklärte Elaine.

„Sie ist intolerant.“ Jill sah mich unschuldig an.

„Das mag ja beides stimmen“, fand ich, „aber wir können trotzdem nicht wie Kampfhühner auf Crack bei Michael aufkreuzen.“ Ich deutete auf meine Schwester. „Du nicht, weil das unsexy ist und Billy Bonnet genug Auswahl hat, um sich das nicht anzutun.“ Dann zeigte ich auf Jill. „Und du nicht, weil du gesagt hast, dass du auf mich aufpasst, und wir andere Sorgen haben als Elaines eingeschränkte Sicht auf Spiritualität oder ...“ Ich sah wieder zu meiner Schwester, um auch deren Begriff zu benutzen. „Esoterik.“

Die Autotür stand noch immer offen und Jill klopfte auf den freien Platz neben sich. „Komm wieder her. Ich verspreche, dass ich ihre Ignoranz ignorieren werde.“

Ich hatte schon bessere Schwüre gehört, doch mir war klar, dass ich nicht bis zur Farm laufen konnte. Es reichte, wenn eine von beiden klein beigab, dann konnte Elaine höchstens noch mit sich selbst streiten und das dürfte schnell langweilig für sie werden.

Jill half mir zurück in den Wagen und ich vergaß für den Moment, dass Elaine mich hier mit meiner Freundin beinahe ausgesetzt hätte. Lag das daran, dass wir Frauen waren? Führten Männer sich auch so auf? Es war ein Jammer, dass gerade kein Werwolf in der Nähe war. Der hätte liebend gern diese Episode unserer Autofahrt aus meiner Erinnerung löschen dürfen.

Wortkarg fuhren wir weiter und drangen tiefer ins Prärieland vor. Unser Weg führte bis an den *Lake Diefenbaker*, wo Michael seine Farm in der Nähe des äußerst beschaulichen Örtchens *Elbow* betrieb. Der See machte einen Knick – so wie ein angewinkelter Arm –

und Elbow lag bezeichnenderweise am Ellbogen dieses Stausees.

Im Ort gab es einige touristische Angebote, sogar einen Bootshafen und die allseits beliebten Golfplätze. Es war fast wie bei mir zu Hause, nur noch idyllischer. Der See besaß ruhig gelegene Strände und Ufer. Er war so groß, dass man Wassersport darauf betreiben konnte und trotzdem abgelegene Buchten vorfand. Die Ruhe hier war nicht zu vergleichen mit der angespannten Stille in Elaines Wagen.

Gott sei Dank war es nicht mehr weit bis zur Farm. Mein Bruder hatte sie die »Dancing Horseman Ranch« genannt. Damit wollte er zum Ausdruck bringen, wie viel Lebensfreude ihm die Reiterei brachte.

Elaine bog von der befestigten Straße auf einen ausgefahrenen Feldweg. Die Doppelspur der Räder zog sich durch das grüne Wiesenland. Wohin man sah, gab es nur noch Gras. Bäume fanden sich fast keine. Ich konnte den Blick bis zum Horizont richten, ohne dass mir ein Ast ins Sichtfeld geriet. Das war schon das Problem bei der Gründung von *Elbow* gewesen. Auch damals war das Holz so knapp, dass man die ersten Hütten aus Grassoden erbaut hatte. Das Museum von *Elbow* bot sogar einen Nachbau, trotzdem konnte ich mir kaum vorstellen, in einer Untcrkunft aus Rasenstücken zu leben.

Elaine fuhr langsamer und der Geländewagen ruckelte über den sandfarbenen Weg. Wir saßen in einem Auto, aber es fühlte sich mehr wie eine Jolle auf dem Meer an. Kilometerweit schoben wir uns auf diese Weise durch die hügelige Prärie. Dann tauchten die ersten Pferde in Sichtweite auf. Ich wusste, dass sie zu Michaels Ranch gehörten. Wir näherten uns dem Tal mit den Gebäuden. Das war gut, denn ich war ausgelaugt und wollte furchtbar gern meine Beine hochlegen und sehnte mich danach, dass das Schaukeln aufhörte.

Als wir die roten Holzgebäude erreichten, war ich endlich erlöst. Das Haupthaus ragte am größten auf, daneben standen acht niedrige Blockhütten. Es waren die Unterkünfte des Hausherrn, die der Angestellten und die für die Touristen. Die Stallungen lagen ein gutes Stück abseits, sodass man hier ungestört schlafen konnte. In der Nähe der Pferde befanden sich einige Arbeiterquartiere. Die »Dancing Horseman Ranch« war nicht die größte Farm im Umkreis, aber sie konnte gut mithalten und bot einige Annehmlichkeiten, auf die ich mich freute.

Kaum hatte Elaine den Motor ausgeschaltet, kam mein Bruder über den Hof auf uns zu. Er hatte uns schon erwartet und war für den Empfang hier geblieben. Natürlich hatte Michael Arbeiter, doch es gab genug zu tun, und ich fand es schön, dass er sich extra die Zeit nahm.

Er sah aus, wie ich ihn seit mindestens zehn Jahren kaum anders kannte: Cowboyhut, Sonnenbrille, Hemd, Jeans, ein Ledergürtel mit großer Metallschnalle und feste Stiefel. Ich fand immer, dass er nur noch einen Strohhalm im Mund brauchte, um es mit Lucky Luke aufzunehmen.

Ich drückte die Tür auf und kletterte hinaus. Elaine war schneller und fiel ihm um den Hals. Er trug es mit Fassung. Echte Kerle kamen mit weiblicher Euphorie klar. Als sie ihn freigab, umarmte ich ihn. Ich hatte das Gefühl, ihn in etwas hineinzuziehen, für das er nichts konnte. Auf der anderen Seite konnte ich vermutlich genauso wenig dafür. Weder Elaine noch ihm durfte ich sagen, aus welchem weiteren Grund als dem Familientreffen ich noch hier war. Ich wollte es. Ich wollte es wirklich. Aber falls dieser Werwolf existierte und diesen Tick mit der Geheimhaltung hatte, sollte es keine neuen Kopfschmerzen in meiner Familie geben. Jill und ich steckten in diesem Geheimnis zu zweit fest.

Ich spürte den Moment, als Michael sie sah. Sie stieg nach mir aus dem Fahrzeug und strich sich das Haar hinter die Ohren.

„Jill", sagte er erstaunt.

Sie lächelte und breitete die Arme aus. „Tada!"

Ja, sie war eine gelungene Überraschung. Anders als Elaine hatte mein Bruder keine Probleme mit ihr. Er war eben ein Mann und sie eine hübsche Frau und im Gegensatz zu Elaine war er nie eifersüchtig auf sie gewesen.

„Na, lass dich drücken. Du gehörst ja auch zur Familie." Innerlich schmunzelte ich, doch mir entging Elaines genervter Blick nicht. „Ist es okay, wenn du dir mit Emily eine Hütte teilst? Wir haben den Rest belegt."

„Selbst wenn alles andere frei wäre, würdest du mich nicht woanders unterbringen können", versicherte ihm Jill.

Meine Schwester wirkte erleichtert, dass sie eine eigene Unterkunft hatte und nicht zusammen mit Jill wohnen musste. War sie wirklich nur wegen Billy so kratzbürstig? Wo steckte der überhaupt?

„Ist dein prominenter Gast schon da?" Ich zwinkerte Elaine zu, während ich Michael fragte. Sie schien das Friedensangebot zu schätzen und lächelte zurück.

Mein Bruder deutete über die Schulter. „Er ist hinten bei den Gattern und trainiert. Schließlich ist im Juli Meisterschaft. Möchtet ihr erstmal eure Sachen abstellen oder soll ich euch gleich bekannt machen?“

„Sachen abstellen“, antworteten Jill und ich wie aus einem Munde.

„Kennenlernen“, sagte Elaine.

Ich biss mir auf die Lippe und nickte. „Das ist doch eine gute Idee. Jill und ich beziehen unser Quartier und ruhen uns aus, und du kannst was mit Michael machen.“

Ich wählte die Formulierung bewusst. Weder wollte ich verraten, was Jill und ich planten, noch wollte ich Elaine hinstellen, als wäre sie hinter Billy her. Natürlich war mein Bruder nicht dumm und sie verbarg ihre Euphorie ziemlich schlecht. Sie sah wirklich süß aus, weil sie sich freute, ihn ohne Konkurrenz treffen zu dürfen.

„Klar, können wir machen. Wie fühlst du dich denn?“ Michael legte mir die Hand auf die Schulter und sah mich an.

„Schlapp. Heute früh hatte ich noch Fieber und Schüttelfrost. Falls ich ein paar Stunden schlafe, braucht ihr nicht gleich die Kavallerie zu holen. Jill ist ja bei mir.“

„Alles klar. Ihr habt Haus Nummer vier.“ Ich wusste zwar, wo es stand, aber er zeigte trotzdem in die Richtung. Ich schätzte, das lag daran, dass er es die meiste Zeit mit Leuten zu tun hatte, die zum ersten Mal auf der Ranch waren.

Er öffnete den Deckel der Ladefläche und holte unser Gepäck heraus. Wir hatten keine Riesentaschen eingepackt, trotzdem fand ich es schön, sie nicht tragen zu brauchen. Er brachte die Sachen bis vor die Tür und gab uns zwei Schlüssel für das Blockhaus. Dann ging er zu Elaine und ich war dankbar für die Ruhe, die sich einstellte.

Auf der Farm war immer Leben, umso mehr, wenn man bei den Tieren war oder in den Gemeinschaftsräumen, wo Gäste und Arbeiter sich trafen, aßen und austauschten. Dennoch konnte man sich fühlen, als wäre man hier allein, wenn man durch die Tür seiner Hütte trat und alles hinter sich ließ.

Innen sah man überall das Holz, aus dem die Hütte errichtet war, keine Tapeten oder Putz. Alles war so natürlich und schien einen genauso in Ruhe zu lassen, als wäre man im Wald allein. Die ganze Umgebung verströmte den rustikalen Charme einer Ranch. Es gab keinen Flur, man stand sofort im Wohnbereich, wo die einzigen Annehmlichkeiten ein Sofa und ein Tisch waren. Hinter einer Tür befand sich der Schlafraum. Jill übernahm nun das Gepäck und ging voran.

„Welches willst du?“ Zwei einzelne Holzbetten standen im Zimmer. Rot-schwarz karierte Steppdecken lagen als Tagesüberzüge darauf. Jedes hatte einen eigenen kleinen Nachttisch mit wackliger Schirmlampe und über den Betten hingen Traumfänger, jene indianischen Netze in Weidenreifen, an denen Federketten baumelten. Ich hatte sie schon immer gemocht, auch wenn sie nicht funktionierten. Eigentlich sollten die guten Träume durch das Netz schlüpfen, während sich die schlechten darin verfingen. Und wenn die Morgensonne aufging, würden sie verbrennen. Falls Jills Meditation half, war sie so etwas wie mein persönlicher Traumfänger.

Für mich spielte es keine Rolle, welches Bett ich bekam, also zuckte ich mit den Schultern.

„Fenster oder Klo?“, fragte sie mich.
„Was?“
„Willst du lieber frische Luft oder musst du oft raus pinkeln?“
„Pinkeln“, gab ich zu.
Sie zwinkerte mir zu und warf meine Tasche auf das Bett, das der Tür am nächsten stand. Dann machte sie es sich beim Fenster gemütlich. Sie streckte sich auf der Decke aus und seufzte wohlig.
Ich starrte wieder zum Traumfänger. Das geflochtene Netz stellte ein Spinnennetz dar, doch es war nicht aus Spinnenfäden. Früher wurden Darmschnüre oder Sehnen verwendet, manchmal auch Pferdehaar. Ich wusste, dass Jill Pflanzen anders verwendete, als es sonst der Fall war. War das nicht auch, als würde man Fäden statt Spinnweben verwenden?
„Was tun wir hier eigentlich?“, flüsterte ich.
„Dir helfen.“
„Ich habe Angst davor, dass du recht hast und mich ein Werwolf manipuliert. Dass ich ihm ausgeliefert war. Dass ich meine Familie da mit reinziehe. Oder irgendwelche unschuldigen Touristen, die hier Ponyhof spielen wollen, um zu Hause Urlaubsfoto vom Lassofang mit Kälbchen zu zeigen. Die haben doch alle keine Ahnung.“
Jill setzte sich auf und nickte. „Stimmt, sie haben keine Ahnung, aber es wird ihnen nichts passieren.“
„Woher weißt du das?“
„Weil Werwölfe zwar in der Natur jagen, wenn sie in Wolfsform sind, aber keine Menschen. Es liegt nicht in seinem Interesse, jemandem etwas zu tun, okay?“
Ich leckte mir über die Lippen und setzte mich nervös

aufs Bett. „Sicher?“

„Ja, klar. Sie sind zwar etwas haarig und meiner Meinung nach macht sie das so attraktiv wie Bilder von Zootieren in einer Partnervermittlungskartei, aber du brauchst ihn ja nicht heiraten. Wenn jemand ihn in Wolfsgestalt sieht, bemerkt er das, ohne aktiv darauf achten zu müssen. Einfach, weil ihm ein neuer Zugang zu einem anderen Bewusstsein gewährt wird. Also selbst wenn er uns hier aufspürt und ihn jemand bemerkt, wird er dafür sorgen, dass derjenige es vergisst.“

„So wie bei mir?“

„Eigentlich klappt es sonst besser. Keine Ahnung, weshalb die Erinnerung bei dir so hängenbleibt.“

Ich drehte den Kopf und betrachtete den Traumfänger. Falls das alles stimmte ...

Ich wurde meine Zweifel nicht los. Jills Meditation könnte für mich zu jener berühmten Szene aus *Matrix* werden, wenn ich mich dafür entschied, die rote Pille zu nehmen, um die Wahrheit zu erkennen, statt der blauen, die mich friedlich in meiner bisherigen Weltanschauung leben ließ. Würde Jill mich auch in die tiefsten Tiefen des Kaninchenbaus führen?

„Lass es uns gleich tun.“ Ich sah sie mit festem Blick an. „Warum es hinauszögern, wenn es stimmt?“

Sie nickte. „Ist gut.“

# KAPITEL 9

Jill stand auf und kramte in ihrer Arzttasche. Dann fasste sie nach etwas darin und hielt mir zwei geschlossene Fäuste entgegen. Wenn darin eine rote und eine blaue Kapsel lagen, würde ich schreien. Doch als sie die Hände öffnete, sah ich zwei Steine. Sie waren graubraun und völlig unauffällig. Sie hätten genauso gut aus meinem Garten stammen können.

Verwirrt schaute ich sie an. „Steine?"

Sie hob die linke Hand und sagte: „Das ist der weibliche Stein und das …", sie hob die rechte Hand, „ist der männliche Stein."

Ich presste die Lippen aufeinander und starrte auf die Steine. Natürlich sahen sie nicht gleich aus – nicht wie ein Ei dem anderen glich –, aber sie sahen auch in keiner Weise besonders aus.

„Woran erkennst du das? Ist ja nicht so, als hätte der da Brüste und der da einen Zauberstab."

Jill rollte mit den Augen. „Ihre Energien sind

unterschiedlich."

Ich atmete ruhig aus und gab mir Mühe, nicht skeptisch zu klingen. „Steine haben Auren?"

„Nein, sie haben nur unterschiedliche Energien."

Okay, ich gab es auf. „Was mache ich damit?"

Jill legte mir jeweils einen in die Hand. „Schließ die Finger darum und lasse sie warm werden. Dann funktionieren sie besser."

Funktionierte dann ihr Steinsein besser? Ich biss mir auf die Zunge und tat, was sie sagte. Das hier war ihre Welt. Ich würde nicht urplötzlich verstehen, was sie seit Jahren lernte. Jill drehte sich um und nahm sich auch zwei Steine.

„Wieder Mann und Frau?", erkundigte ich mich.

Sie lächelte. „Falls es dir leichter fällt, dann stelle sie dir wie Plus- und Minuspole vor. Denke an magnetische Anziehung. Die Steine erleichtern mir den Zugang in dein Unterbewusstsein."

„Materielle Türöffner in eine immaterielle Welt?"

Jill verdrehte erneut die Augen. Irgendwann würde sie wegen mir noch schielen. „Ungläubige."

Sie steckte ihre Steine in die Hosentaschen und zog die Vorhänge zu. „In den Taschen werden sie auch warm", erklärte sie, „und ich muss noch ein paar Dinge vorbereiten."

„Machen wir es hier im Zimmer?"

„Ja."

Ich setzte mich im Schneidersitz auf den Boden und sah ihr zu. Sie schloss die Türen und Fenster und sperrte alles ab. Dann holte sie eine flache Holzschale aus ihrer Tasche und füllte im Badezimmer Wasser hinein.

„Was ist das?"

„Ein natürlicher Spiegel."

Ich nickte, auch wenn ich immer weniger verstand. „Warum nehmen wir keinen echten?"

„Weil uns natürliche Materialien besser helfen. Außerdem hat Wasser eine reinigende und klärende Wirkung. Bei mit Aluminium bedampftem Glas funktioniert das nicht."

Vorsichtig kratzte ich mir mit dem Stein in der Hand die Stirn. „Vorhin im Auto, als du Elaine gesagt hast, dass dein Reisebesen fehlt, war das so ein Moment für: Die beste Lüge ist die Wahrheit?"

Sie lächelte diebisch. „Ja, schon. So denkt sie nie, dass es stimmt."

„Weil du sie glauben lässt, dass du nur Scherze machst. Den Trick muss ich mir merken. Woher kommt eigentlich der Mythos mit dem Besen?"

Jill platzierte die Schale vor uns und legte nun ein geflochtenes Band im engen Kreis um uns. Sie achtete genau darauf, dass nichts von mir darüberstand und es doch so dicht wie möglich an mir entlang lief.

„Das stärkt das Band", erklärte sie. „Wir sind beide darin: verwoben miteinander und ganz nah."

Ich dachte schon, sie würde meine Frage nicht beantworten, weil sie so mit ihren Vorbereitungen beschäftigt war, doch dann sagte sie: „Ach, das mit dem Besen ist alt. Es stammt von einem Fruchtbarkeitstanz. Mit den Besen wurde der letzte Frost aus dem Boden geklopft. Mit magischen Worten sollten ihm Nährstoffe geschenkt werden, damit die Ernte gut ausfällt. Früher, als es noch nicht so industrialisiert oder touristisch zuging, waren fruchtbarer Boden und eine gute Ernte viel wichtiger für die Menschen. Deshalb wurden die

Tänze oft gemacht und daher viele Hexen mit Besen gesehen. Die besten Besen sind aus Weidenruten mit Weißdornstielen. Möglichst von Bäumen, die viel geblüht haben. Wegen der Fruchtbarkeit, du weißt schon."

„Und wie kamen die Leute auf die Idee, dass ihr damit fliegen könnt?"

„Hexen können gut springen."

„Springen?" Ich hatte mit keiner speziellen Antwort gerechnet, aber diese wäre nicht dabei gewesen.

„Ja, so wie ein Hüpffrosch. Wir nehmen aber nicht an der Olympiade teil."

„Ich ..." Sprachlos starrte ich sie an und knetete mühsam die Steine in meiner Hand.

„Das machst du gut", fand sie und nickte mit dem Kinn auf meine Hände. „Wenn du sie reibst, geht es noch besser."

Ich schloss krampfhaft die Fäuste um die Steine.

„Melken kann man sie nicht." Jill sah mich ernst an.

„Bitte sag mir, dass du mich nicht veräppelst."

„Wie kommst du darauf?" Sie schien es wirklich nicht zu verstehen.

Ich schüttelte den Kopf und sah sie mit verzweifeltem Blick an. „Das mit den Fröschen war irgendwie zu viel."

Sie grinste. „Ich zeige es dir demnächst mal. Jetzt hör auf, die Steine zu entsaften, und entspanne dich. Ich bin gleich soweit."

Sie spritzte mir ein paar Tropfen Wasser ins Gesicht und ich hätte das persönlich genommen, wenn sie sich nicht gleichzeitig mit der anderen Hand selbst Wasser ins Gesicht getropft hätte.

„Wofür ist das?"

„Das alles stärkt das Ritual. Das Wasser sorgt für Klarheit bei uns. Wir werden sie brauchen.“

Ich atmete durch und sah der Wasseroberfläche dabei zu, wie sie sich beruhigte und zu einem glatten Spiegel wurde. Zögerlich neigte ich den Kopf darüber und schaute auf mein eigenes Spiegelbild. Ich sah aus wie immer. Aber es war nicht alles wie immer.

„Spiegel sind wichtig“, murmelte Jill. „Der Wolf arbeitet mit Illusionen und falschen Bildern, lässt uns glauben, es wäre anders. Er will, dass wir uns verirren. Wenn er zaubern könnte, würde er die falschen Spiegel nehmen, die aus Aluminium. Die Künstlichen. Er macht echte Gedanken falsch, zeigt die Bilder auf falschen Oberflächen.“

Ich schluckte und sah sie an. Sie starrte aus ihren rauchgrauen Augen auf das Wasser und malte eine Zukunft an die Wand, der wir gleich begegnen könnten. Irgendwie wusste ich das. Jill nahm die Steine aus ihren Taschen, prüfte noch einmal das Band um uns und nickte dann.

„Also gut“, meinte sie. „Schließ die Augen und vertraue mir. Ich bin bei dir, mehr als er, auch wenn es sich anders anfühlen könnte. Du brauchst an nichts Bestimmtes zu denken. Konzentriere dich auf deine Gefühle, deinen Bauch. Er ist in deinem Kopf, aber ich komme aus einer anderen Richtung. Dafür ist er blind. Fühle, Emily. Alles andere passiert von selbst.“

Ich nickte und schloss die Augen. Ein Schaudern rann meinen Nacken und Rücken hinab und träufelte bis in mein Mark. Mir war kalt, doch meine Handflächen schwitzten. Die Steine lagen darin und ich war froh, dass ich mich an etwas festhalten konnte. Ich wollte meinen

Halt nicht verlieren. Also spürte ich. Da war der Boden unter mir, hart und angewärmt. Er drückte sich in meine Haut und meine Knochen. Ich war hier. Weit weg von ihm. Bei Jill. Bei meiner Familie. Ich roch das Holz der Hütte und lauschte den Geräuschen der Natur von draußen. Alles war so friedlich, doch in mir sah es anders aus.

Dann vernahm ich Jills Stimme. Sie fing an, Worte zu murmeln, benutzte eine Sprache, die ich nicht kannte, und fand Wörter, die ich nie gehört hatte. Ihr Singsang steigerte sich und ich hatte den Eindruck, dass ihre Sätze durch den Raum wehten wie ein strudelnder Wind. Da waren die Steine in meiner Hand und lange fühlte ich nur Steine in meinem Kopf. Ich hatte das Gefühl, dass nichts weiter mit mir geschah, während Jill sich in eine Trance zu murmeln begann.

Aber dann zog etwas in mir. Steine. Steine in meinem Bauch. Kiesel in meinen Adern. Etwas bewegte und regte sich in mir und drang an die Oberfläche. Meine Gedanken kamen ins Rollen, als wären sie bisher nur die eingefrorene Oberfläche eines Sees gewesen und würden nun tauen unter einer unsichtbaren Sonne. Einer Wüstensonne. Erinnerungen wehten durch meinen Kopf wie Sandkörner, die über die Dünen trieben, hoch hinauf und immer höher. Innerlich begann ich zu schweben. Alles wurde leicht. Ich ließ los und flog mit der Welt und einer unsichtbaren Kraft.

Ich wusste, dass draußen kaum ein Wölkchen am Himmel stand, während in mir ein Gewitter aufzog. Die Steine in meiner Hand schienen zu brodeln und zu blubbern. Mein Kopf war so schwer, dass ich ihn kaum gerade halten konnte, also ließ ich ihn schaukeln. Ich kniff die Augen zusammen. Alle Energie zog nach oben. Nach oben in meinen Kopf. Ich spürte den Widerstand, den Druck. Und meine Erinnerungen waren noch immer Sandkörner.

Hoch und höher flog der Sand, rieselte hinauf wie ein Spiegelbild von einer Sanduhr. Empor über die dicksten Mauern aus Neins und Bleibe-Forts. Ein Himmel kam in Sicht. Wärme. Ich fühlte, wie es an mir zog, mich holte und schubste und drängte. Stimmen tobten in meinem Kopf, riefen nach mir und schickten mich fort. So viele Stimmen.

*„Folge mir"*, flüsterte Jill.

Und ich folgte ihr. Dem leisen Rascheln ihrer Worte in dem Gewittersturm in meinem Kopf. Von allen Klängen lockte das Flüstern mich am meisten und war doch lauter als jeder Schrei. Ich hörte sie ganz klar, hatte das Gefühl, meine Handflächen würden vibrieren.

Es waren die Steine in meinen Händen, die mich erdeten und zu ihr brachten. Ich spürte, wie etwas ein Labyrinth in mir erzeugte und mich verwirren wollte und wie Jill es nicht zuließ. Ich spürte Frust und Zorn und eine tierische Macht, die sich zeigte, wo sie sich vorher nur verborgen hatte. Ein Meister der Verschleierung. Ich hatte mit einem Bienennest in meinem Kopf gelebt und es nicht summen gehört.

Oh, Himmel, alles war wahr! Fell und Zähne zeigten sich in meinem Bad. Schrien, weil sie nicht gefunden werden wollten. Tauchten zurück in die Schwärze und wurden von Jill wieder hervorgestoßen. Es riss. Ein mächtiges fremdes Band riss in meinem Kopf und gab frei, was mir gestohlen worden war. Jeder Traum, jeder Satz, jedes Blinzeln.

„Oh Gott, hilf mir“, flüsterte ich. Ich atmete zitternd ein und ließ die Steine aus meinen Händen kullern. Plötzlich kullerten auch all meine Gedanken zurück ins Bewusstsein, wie Murmeln, die eine Glasscheibe herunterrollten. „Siehst du es? Kannst du es sehen?“

Jills Hände griffen nach mir und sie teilte meine Träume, konnte sehen, was er vergraben hatte. Er hatte jenen verhängnisvollen Samstagabend in mein Unterbewusstsein geschubst und es ihr dadurch geschenkt. Was hatte sie gesagt? Sie beherrschte das Unterbewusste. Sie war bei mir, redete mit mir, erklärte es mir. Ich kroch in ihre Arme und konnte nicht mehr zurück. Meine Welt war verloren, denn er hatte sie kaputt gemacht. Warum war er nur in mein Haus eingedrungen?

Manche Leute mochten nach der Wahrheit streben, ganz egal, was sie einem einbrachte, aber ich sehnte mich nach meiner unschuldigen Vorstellung zurück, dass es nur Menschen gab und niemand meinen Kopf bestehlen konnte.

„Er hat es gemerkt“, sagte Jill.

Mein Blick fiel auf die Schale Wasser am Boden und ich brauchte einen Moment, um zu verstehen, dass nicht die Dunkelheit im Raum das Wasser so schattig aussehen ließ. Ich fand keine Reflexion mehr auf der Oberfläche. Vorsichtig tauchte ich eine Fingerkuppe hinein und betrachtete einen teerfarbenen Tropfen darauf. Als ich ihn verstrich, fühlte er sich ölig an.

„Was ist das?“

„Ich habe die Schwärze aus deinem Kopf geholt. Sie hat das Wasser der Klarheit verfärbt. Es ist wie eine Übertragung von dir auf die Flüssigkeit.“

„Wie ist das möglich?“ Ich wollte das nicht in meinem Kopf gehabt haben.

„Magie.“

Ich hatte meine Schwierigkeiten mit den Änderungen. Aber das hier war eindeutig mehr als nur eine Meditation gewesen. Ich wusste nun von ihm und Jill hatte mir gezeigt, dass auch sie anders war. Meine Haut fühlte sich kalt an. In gewisser Weise war ich ins kalte Wasser geworfen worden. Ich verfügte über keine besonderen Fähigkeiten, er aber schon.

„Wie soll ich mich dagegen verteidigen?“ Unwohl rieb ich über meinen Arm.

„Ich bin deine Verteidigung.“

Ich schaute auf das Band und die Schale. „Kann ich aufstehen? Ist es jetzt vorbei?“

Sie nickte und half mir, die Schnur aus dem Weg zu legen. Meine Knie schmerzten und erst jetzt merkte ich, dass meine Beine eingeschlafen waren und Ameisen durch meine Nervenbahnen zu krabbeln schienen. Kleine schwarze Ameisen voller Säure. So viele, dass ich das Gesicht verzog und panisch über meine Haut zu kratzen begann.

Jill hielt meine Hände fest. „Emily, ich verstehe es jetzt.“

Ich schluckte. Mein Mund war trocken und meine Zunge bleischwer. Seit wann war Reden so mühsam? „Was denn?“

„Weshalb es nicht geklappt hat. Warum er es dich nicht erfolgreich vergessen lassen konnte.“

„Und?“

Sie stieß die Luft aus. „Er hat zugelassen, dass du ihn berührst. Das war wie ein Stromschlag, richtig? Der

Moment, als du fühltest, dass sich alles in dein Bewusstsein einbrennen würde.“ Sie wedelte mit ihrem Finger. „Genau das ist passiert. Ihr habt dadurch eine Verbindung zueinander aufgebaut, die nicht mehr rein mental war.“

Ich runzelte die Stirn, weil ich das Gefühl hatte zu ersticken. Jill schob mich aufs Bett und ich setzte mich bereitwillig hin. Sie ging zur Minibar und holte mir eine Flasche Wasser. Es zischte, als sie sie aufschraubte.

„Hier, trink das. Meditation ist anstrengend. Aber wenigstens fühlst du dich bald gesund.“

Darüber hätte ich fast lachen mögen. Der Schüttelfrost von heute Morgen war nun wirklich mein kleinstes Problem. Es gab diesen Werwolf und er hatte gemerkt, was wir getan hatten. Ich wusste noch nicht, welchen Ärger das nach sich zog, aber ich musste nicht das Orakel von Delphi sein, um zu wissen, dass es eine Fortsetzung geben würde.

„Also“, meinte sie und nahm sich selbst etwas zu trinken. „Bis zu dem Moment, als du sein Knie angefasst hast“, sie sagte das, als wäre es ziemlich absurd, „hast du nur beobachtet. Du hast gesehen und gehört, aber das sind alles mentale Vorgänge. Nichts wortwörtlich Greifbares, okay.“

Ich nickte und nippte an meinem Getränk. Im Kontrast dazu fühlte sich mein Mund noch staubiger an. Die Kälte des Wassers tat so gut, dass ich die halbe Falsche in einem Zug leerte, bevor ich sie zitternd absetzte.

Jill lächelte und nickte mir zu. „Also bis zu diesem Zeitpunkt hätte er bei dir alles ausblenden können. Einfach den Deckmantel des Vergessens drüber und sein

Problem hätte sich erledigt. Doch dann hast du eine körperliche Verbindung hergestellt, es greifbar gemacht und damit echter. Das ist schwer zu erklären, aber es macht wirklich einen Unterschied bei der Magie. Du hast einen ganz anderen Sinn in deiner Wahrnehmung eingeschaltet, der sich nicht so einfach kontrollieren lässt wie das, was du nur mit deinem Kopf aufnimmst."

Sie schaute an die Decke und suchte nach Worten. „Weißt du, er ist ein verkopftes Wesen. Er stiehlt sich in den Verstand der anderen, er kommt besser an die Sinne heran, die in deinem Kopf sitzen: hören, sehen, riechen, schmecken. Fühlen gehört zu den Händen, zu den körperlichen Dingen. So wie Emotionen."

„Okay."

„Das ist wie bei Tagzauberei."

„Bei was?"

„Tagzauberei. Manche Wesen können besser Magie wirken, wenn die Sonne scheint, und haben einen Nachteil bei Nacht. Er ist sozusagen spezialisiert auf Kopfzauberei. Das ist für ihn leicht, aber alles, was nicht den Kopf betrifft, ist dafür umso schwerer."

Sie strahlte mich an und ich musste zugeben, dass sie ein Beispiel gefunden hatte, dem ich besser folgen konnte, auch wenn ich mich fragte, wer diese Tagzauberei betrieb oder welche Wesen es noch gab. Momentan drückte ein anderer Schuh jedoch mehr.

„Was wird er nun tun?"

Jill zuckte mit den Schultern und schüttelte den Kopf. „Ihr habt eine Verbindung. Die ist nicht weg, nur weil wir jetzt wissen, was los ist."

„Und was heißt das?"

„Eigentlich können Werwölfe niemanden auspendeln

…"

„Du aber schon?"

„Ja."

Mir fiel ein, dass wir sein Fell dabei hatten. Ich hatte den starken Verdacht, dass Jill das verwenden würde. „Und er kann mich auspendeln?"

„Nicht direkt. Werwölfe finden Leute anders als ich. Er wird kein Pendel und keine Karte benutzen. Er wird die Witterung aufnehmen."

Ich fühlte mich wie das Pendel einer Wanduhr.

Tick.

Tack.

Hin.

Her.

Alles schwang und nichts hielt still. „Dann kommt er her?"

„Vielleicht. Kann sein, dass er lieber abwartet, wenn er merkt, dass deine Spur aus Saskatoon herausführt. Er weiß, wo du wohnst. Er kann sich Zeit lassen."

„Oder?"

„Oder er findet, dass das Thema zu wichtig ist, um es ruhen zu lassen. Dann macht er sich auf den Weg und läuft her."

„Er läuft?"

„Ja, denn wenn er ein Auto nimmt, kann er dich nicht ausreichend wittern. Er muss deiner Spur folgen. Das ist anstrengend und nichts, was man nebenbei macht."

Ich warf einen Blick auf meine Uhr und zuckte zusammen. Ich hatte nur nachsehen wollen, wie viel Zeit uns wohl bliebe, aber es war Abend geworden. Seit unserer Ankunft waren Stunden vergangen. Ich hatte geglaubt, die ganze Meditation hätte vielleicht zwanzig

Minuten gedauert. Durch die zugezogenen Vorhänge war es nicht mehr möglich zu erkennen, wie der Tag verging. Also stand ich auf und zog sie wieder auf.

Noch stand die Sonne am Himmel, doch bald würde sie untergehen. Dann läge alles in der Schwärze der Nacht und man würde nur noch sehen, was Sterne und Mond freigaben, falls keine Wolken aufzogen.

Ich sah Elaine über den Platz auf das Haupthaus zulaufen. An ihrer Seite war ein Mann, den ich nur von Bildern kannte. Billy Bonnet. In Wirklichkeit wirkte er viel dynamischer. Sein Gang war voller Kraft. Er drehte seinen Kopf und sah direkt in meine Richtung. Eine seltsame Energie ging von ihm aus. Dann waren sie verschwunden. Ich blinzelte. Fast hatte ich erwartet, dass sich ein Gewitter anbahnte, ähnlich dem, das in mir selbst aufgezogen war, doch am Himmel war alles friedlich. Es war die Ruhe vor dem Sturm. Der Wolf würde kommen.

„Wie schnell sind Wölfe?“, fragte ich.

„Keine Ahnung.“ Jill stellte sich neben mich ans Fenster und wir sahen gemeinsam nach draußen. Ich beobachtete eine Touristin mittleren Alters in Jeans, Shirt und Cowboyhut, wie sie fröhlich jemandem zuwinkte, der außerhalb meines Sichtfelds stand.

„Vielleicht zwanzig Meilen die Stunde?“ Sie schaute auf die Uhr und dann wieder in die Ferne, als würde sie die Strecke abschätzen. „Ich bin nie mit einer Stoppuhr neben einem Werwolf hergelaufen. Es sind keine normalen Wölfe. Sie haben viele ihrer Attribute wie Geruchssinn und Schnelligkeit, aber ich kann dir nicht sagen, wie ausdauernd er rennen kann.“

Jill sah mich von der Seite an. „Außerdem: Wir wissen

nicht, ob er das macht. Oder wann er das macht. Gut möglich, dass er erstmal darüber nachdenkt, wie er vorgehen soll. Dass du dich von seiner Zauberkunst befreit hast, dürfte ihn ziemlich aus der Bahn geworfen haben."

„Kann er nachts denn auch so schnell rennen?"

„Er ist ein Sohn des Mondes. Jeder Vollmond zwingt ihn zur Wandlung, jeder andere Mond erleichtert ihm den Willen dazu. Wenn du mich fragst, wartet er für so einen Ausflug sogar lieber auf die Nacht. In der Dunkelheit kann er sich besser verbergen. Die Prärie bietet keine guten Schlupfwinkel. Zu viel Gras, zu wenig Bäume. Bei Tag wird er leichter gesehen und so was vermeidet er."

„Dann lass uns rausgehen, solange die Sonne scheint. Ich brauche Luft."

Sie nickte und legte ihre Hand auf meine Schulter. „Ist gut. Was macht das Fieber? Es ist weg, oder?"

Ich strich mit der Hand über mein Gesicht. „Ja, fühlt sich normal an." Sofern ich das Wort *normal* noch benutzen konnte.

„Das ist gut. Dein Körper braucht nicht mehr gegen seine Magie anzukämpfen. Bei dir war das wie eine Infektion. Was machen die Kopfschmerzen?"

Ich lächelte. „Sind auch weg."

„Fühlt sich gut an, stimmt's?"

Jill war schon erstaunlich. Sie stieß mich auf die einfachen und positiven Dinge, für die mir gerade jeder Sinn fehlte. Tatsächlich hatte ich mich seit letztem Samstag nicht mehr so frei im Kopf gefühlt. Da waren keine Schmerzen, kein Druck, kein Stechen hinter den Augen. Und obwohl nun alles so verfahren war und dieses Knäuel aus Unruhe und Ratlosigkeit den Platz mit meinem Magen getauscht hatte, war das unbestimmte Gefühl verschwunden, dass etwas nicht stimmte oder dass ich langsam verrückt wurde. Mit mir war alles in Ordnung. Vielleicht nicht mit der ganzen Welt, aber zumindest mit mir. Das war gut.

Ich ging auf die Toilette und zog mir dann eine weiche Jacke über. Jill schüttete das schwarze Wasser ins Klo und spülte es davon. Dadurch ging eine weitere Last verloren.

Die Abendluft war mild und duftete nach saftigem Gras. Der Geruch von Vieh lag in der Luft und aus dem Speisesaal vom Haupthaus drang das fröhliche Lachen von Gästen und Arbeitern, die gemeinsam aßen. Trotz der Leichtigkeit in meinem Kopf, war mein Magen wie zugeschnürt und ich hatte keinen Hunger. Ich wusste nicht, ob das für Jill auch galt.

„Möchtest du etwas essen?" Ich nickte zum Haupthaus, doch Jill lehnte ab.

„Lass uns lieber spazieren."

Das Abendlicht verlieh dem Rasen einen goldenen Glanz. Ich stakste, als würde ich meine Beine zum ersten Mal benutzen, also hakte ich mich bei Jill unter. Ich konnte verstehen, weshalb es Michael hierhergezogen hatte. Alles wirkte so friedlich und als gäbe es keine andere Welt mehr dort draußen, die noch existierte. Menschen in Büros oder das Hupen von Autos an überfüllten Kreuzungen waren so fern, dass ich gewillt war, sie zu vergessen. Wenn es nur nicht jenen haarigen Besucher in meiner Wanne gegeben hätte.

„Eigentlich wissen wir nicht, wo er ist. Also wissen wir nicht, wie lange er braucht, bis er hier sein kann."

„Stimmt."

„Ich habe einfach angenommen, dass er in Saskatoon ist, weil er bei mir im Haus war, aber das ist nicht unbedingt so, oder?"

„Nein. Ich lasse nachher mal das Pendel kreisen."

„Kannst du ihn darüber auch verfolgen?"

Sie lächelte. „So wie die gestrichelten Linien in Comics, wenn einer von A nach B fliegt? Nein, das würde mich zu viel Kraft kosten. Ich müsste es die ganze Zeit aufrecht erhalten."

Wenn ich über die Hügel blickte, wirkte alles endlos weit. Bis an den hintersten Horizont gab es grünes Gras und sanfte Hügelkämme. Es war verführerisch zu glauben, dass mir hier nichts passieren konnte. Verführerisch und dumm. Zirruswölkchen schwebten am Himmel, so leicht und einem geheimen Muster folgend. Ich wäre gerne dort oben bei ihnen, wo er mich nie finden konnte. Ich hatte wissen wollen, wer er ist, um meine Gedanken zu behalten, ihn zu überreden, mich in Ruhe zu lassen.

Nun wusste ich, was geschehen war, hatte meine Erinnerungen beisammen wie ein Potpourri jener Geister aus meinem Traum. Ich brauchte ihn nicht mehr, um frei zu sein. Also sollte er fortbleiben. In meinen Augen war er eine Bedrohung. Seine Worte gaben mir Rätsel auf.

„Er hat doch gesagt, wenn ich ihn im richtigen Leben interessant fände, würde er sich mir offenbaren. Wenn wir eine Beziehung hätten. Das ist doch verrückt. Ich will, dass er sich von mir fernhält."

„Ich glaube nicht, dass das passiert. Wir wissen immer noch nicht, wer er im richtigen Leben ist, aber das wäre besser.“

Ein Windhauch streichelte die Grashalme und ließ sie wogen wie Wellen auf einem See. Ich schlug den Kragen meiner Jacke hoch. Hier draußen war es zwar nicht kalt, aber innerlich war mir so.

„Warum?“

„Weil wir ihn dann besser erpressen können.“

Ich sah sie an, als hätte sie den Verstand verloren. „Erpressen? Einen Werwolf? Ich mache mir gleich in die Hose wegen dem und du willst ihn erpressen?“

„Ja, sicher. Das ist die einzige Lösung. Schau mal, du willst keine Beziehung mit ihm, was in seinen Augen der einzig legitime Grund wäre, dass du von ihm weißt, richtig?“

„Ähm ...“

„Also scheidet dieser Weg aus.“

„Aber?“

„Wenn du weißt, wer er ist, hast du ihn in der Hand.“

„So wie Rumpelstilzchen?“

Jill lachte. „Ich wette, er kriegt Fellausfall, wenn er das hört. Gut, dass du ihn Joe genannt hast. Das ist ...“ Sie runzelte die Stirn. „Viel besser, schätze ich.“

Sie starrte vor sich hin und sprach nicht weiter. Ich war kurz davor, sie zu schütteln.

„Weswegen ist das besser, Jillie?“

„Weiß ich noch nicht. Aber irgendwas an dem Gedanken ist brauchbar. Ich lasse mir was einfallen.“

„So wie das mit der Erpressung?“

„Wenn du nicht tun willst, was er will, musst du ihn dazu bringen, dass er tut, was du willst.“

Ich stieß ein trockenes Lachen aus. „Zum Glück wird das kinderleicht.“

„Wer weiß? Es macht die ganze Sache doch spannend."

Hilflos wedelte ich mit den Händen durch die Luft und krampfte sie dann zusammen. „Spannend? Krimis sind spannend, aber das hier ist mein Leben. Das macht es entsetzlich. Es gibt mir keinen Kick von Abenteuer."

Jill nahm mich bei den Schultern und sah mich an. „Du hast nur Angst vor dem Unbekannten. Du machst ihn größer und mächtiger, als er ist. Finde raus, wer er als Mensch ist, und er wird kein Unbekannter mehr sein, den du fürchten musst."

„Sondern ein Bekannter, den ich fürchten kann?"

Jill tat mir mir, was ich vorhin mit ihr hatte tun wollen. Sie schüttelte mich ganz leicht. „Jetzt atme mal tief durch. Siehst du mich ausflippen wegen Wuffi-Wolf?"

Nahm ich das wirklich als Einzige ernst? Oder hatte sie recht und ich nahm es zu ernst? Ich folgte ihrem Rat und atmete die würzige Abendluft ein.

„Schön bis in den Bauch atmen", riet sie mir.

Das half sogar. Ich ließ den Blick wandern und nahm den Frieden der Landschaft in mich auf. Pferde grasten auf einem Hügelkamm – schwarze Rösser wie im Scherenschnitt vor goldenem Licht. Der Schimmer des Abends verwandelte das dumpfe Gelb einiger trockener Grasflächen zu purem Gold. Es war wie im Märchen, wo man Stroh zu Gold spann. Hier draußen passierte es jeden Tag, wenn die Sonne unterging und die Dämmerung aufzog. Dann tauschte ein großer greller Stern das Licht mit Millionen Sternen im Lichterteppich der Nacht. Manchmal war der Himmel so klar und glänzend, dass man keine Lampe brauchte. Dann war die Milchstraße ein Silberstreif am Firmament. So viele Orte, wo mich kein Werwolf jagen würde. Dass er gern jagte, hatte er mir gesagt. Also glaubte ich, dass er auch mich jagen würde.

Ich dachte für einen winzigen Moment darüber nach, bei der NASA einzubrechen, mir eine Rakete zu klauen und fort aus seinem Einflusskreis zu fliegen. Durch die Verbindung, von der Jill gesprochen hatte, schien mir kein Fleck auf der Welt mehr sicher zu sein.

„Wir haben noch eine Möglichkeit“, flüsterte ich.

„Welche?“ Jill schien ehrlich erstaunt, dass ich trotz meiner mangelnden Mysterienkenntnisse einen eigenen Vorschlag unterbreiten konnte.

„Wir bringen ihn um.“

# KAPITEL 10

Letztlich entschieden wir uns dafür, erstmal etwas essen zu gehen. Bis wir zurück im Gemeinschaftsraum waren, saßen nur noch wenige Gäste am Tisch und plauderten über ihre Tageserlebnisse. Ich sah weder Elaine noch Billy, der vorhin bei ihr gewesen war. Und auch von meinem Bruder fehlte jede Spur.

Wir nahmen uns vom Grillfleisch, dem Weißkrautsalat und Wildreis. Bei Michael gab es oft ein kleines Buffet, das auch noch stehenblieb, wenn nicht mehr gegrillt wurde. Wir suchten uns einen Tisch am Rand und obwohl ich in eine ungewisse Zukunft blickte, knurrte mein Magen.

„Wie kann ich jetzt essen?", fragte ich verwundert.

„Na ja, du warst schon vorm Sonnenaufgang wach und ich kann mich nicht erinnern, dass du was gegessen hast, seit ich bei dir war. Hattest du davor was?"

„Nein", gab ich zu.

Mir war gar nicht aufgefallen, dass ich schon wieder

nichts gegessen hatte. Zum Glück bekam Elaine das nicht mit. Vielleicht verbrachte sie zu viel Zeit mit Kinderbetreuung, aber ihr Tick mit der ausgewogenen Ernährung artete schnell zu einer Standpauke aus. Dabei war sie jünger als ich. Eigentlich sollte ich sie belehren. Leider war sie die Vernünftigere und das machte es schwierig.

Jill warf einen Blick aus dem Fenster, wo die Dunkelheit die Hügel schwarz färbte. „Dann wünsche ich dir ein gutes Frühstück." Sie zwinkerte mir zu.

Ich aß viel von dem Reis. Er schmeckte köstlich. Es war irgendeine Marinade dran, die ich nicht kannte.

„Wenn wir mal von dem Umstand absehen, dass du keiner Fliege was zuleide tust, und Mord an einem Werwolf dadurch auch ausscheidet, wäre es sowieso schwierig", erklärte sie. „Ich meine, die Jungs sind kaum zu erwischen. Er hat ja diese Zaubernummer mit dir im Bad gemacht und dich kontrolliert. Schwinge mal ein Messer, wenn er deine Bewegungen einfriert. Das ist nicht nur ein schleichender Tod in Superzeitlupe, du bist dann ein Standbild."

Sie schob sich einen Bissen Fleisch in den Mund, kaute hastig, um weitersprechen zu können, und deutete dann mit ihrer Gabel auf mich. „Jetzt denkst du vielleicht, du überraschst ihn einfach, aber er wittert dich, bevor du zur Tür rein bist. Bei vielen Werwölfen ist die Wahrnehmung stark an ihr wölfisches Erbe angelehnt. Sie erkennen unbelebte oder ruhende Dinge nicht so gut, aber sobald du zuckst und dich bewegst, hat er dich auf dem Radar. Also wie willst du an ihn drankommen, wenn er jede Veränderung registriert?"

Ich zuckte mit den Schultern. „Keine Sorge, ich bringe

ihn schon nicht um."
„Ich weiß."
„Okay, und jetzt?"
„Jetzt stopfe ich mir den Bauch voll, denn ich bin noch ganz platt von der Meditation. Immerhin hat er sich echt Mühe gegeben, die Erinnerungen in dir zu vergraben, und es war nicht leicht dranzukommen."
Ich griff über den Tisch nach ihrer Hand und sah sie an, bis sie meinen Blick erwiderte. „Danke."
Sie lächelte, als würde ich mich über ein Urlaubsmitbringsel freuen. „Dafür sind wir Freundinnen."
„Es ..." Ich suchte nach den richtigen Worten, und weil ich fand, dass es sie nicht gab, sagte ich es so, wie ich es dachte. „Es ist ziemlich cool, dass du eine Hexe bist."
Sie wackelte mit den Augenbrauen. „Ich weiß."
„Das mit der toten Hexe in deiner Verwandtschaft ..."
„Ja, sie war eine."
Ich nickte und forschte weiter. „Und das mit den weiblichen Nachkommen, die an Vollmond geboren werden und auf die ihre Kräfte übergehen?"
„Das stimmt auch."
„Die beste Tarnung ist wohl wirklich die Wahrheit. All die Jahre war ich blind."
„Die ganze Welt ist blind." Sie kaute auf dem Weißkrautsalat und verdrehte genüsslich die Augen. „Ich glaube, ich heirate Michaels Koch."
Das ließ mich kichern, und gleichzeitig war ich heilfroh, trotz der Situation kichern zu können. Ich hätte es nicht für möglich gehalten. „Okay, bevor du heiratest und nach dem Essen, was machen wir dazwischen?"
„Wir pendeln ihn aus."

„Mit den Haaren aus der Wanne."

„Ja. Durch die Meditation wissen wir eindeutig, dass er in deiner Wanne lag, um sich dort das Fieber abzukühlen."

Ich nagte an meiner Unterlippe. „Weiß er, dass du von ihm weißt?"

Sie wiegelte die Hand hin und her. „Gute Frage. Bisher habe ich keine Werwolfzauber durchbrochen. Ich habe dich nur geführt, gefunden hast du die Wahrheit allein. Durch unsere Verbindung konnte ich alles sehen, was du findest, aber kann sein, dass er das nicht weiß. Eventuell fragt er sich, wie du es geschafft hast."

„Dann bist du mein Ass im Ärmel."

Jill zwinkerte. „Das kann sehr gut sein."

Wir verspeisten unsere Portionen und zogen uns in die Hütte zurück. Die Nächte auf der Farm wurden selten lang, da das Vieh am nächsten Morgen versorgt werden musste. Ein paar Gästen machte das nichts aus und sie blieben zurück und spielten am Pooltisch Billard. Michael war wirklich gut darin, über die Banden zu spielen, aber er konnte hier auch üben, so viel er wollte.

„Brauchen wir etwas für die Pendelsache?"

Jill lief zu ihrer Tasche und holte die Flusen, die aus meinem Abflussrohr stammten, hervor. „Hältst du das mal?" Sie drückte mir das Büschel in die Hand und wühlte weiter, während ich auf das Relikt von ihm starrte.

„Könnten wir damit keine DNA-Analyse machen lassen?"

„Könnten wir schon, aber wenn er sich verwandelt, verändert sich das Material. Es hat nun tierische Komponenten. Ich bin mir nicht sicher, ob ein Labor das mit seiner DNA in Menschengestalt abgleichen kann. Außerdem bräuchten wir dazu erst mal eine menschliche Vergleichsprobe. Hast du eine? Ich nämlich nicht."

Enttäuscht zupfte ich an den Fellspitzen. „Da leben wir schon in modernen Zeiten, und dann hilft es trotzdem nicht weiter."

„Also ich verlasse mich lieber auf Magie als auf Wissenschaft." Sie zog eine Karte von Saskatchewan aus dem Seitenfach ihrer Tasche und legte sie auf den Tisch. Dann kramte sie einen Kristall an einem Band hervor.

„Was ist das?"

„Ein Bergkristall in Obeliskenform. Er steht für Klarheit und die Form ist hilfreich, weil sie eine Spitze hat. Man könnte genauso gut eine Kegelform verwenden."

„Okay."

„Im Prinzip ist es ziemlich einfach. Wenn du Klarheit möchtest, helfen dir klare Naturprodukte wie Wasser oder durchsichtige Kristalle."

„Wofür ist das Lederband?", wollte ich wissen.

Jill grinste mich an. „Damit der Kristall nicht runterfällt." Ich verdrehte die Augen. Sie wickelte sich das Band um den Finger und hielt es mir vor die Nase. „Schau, so lasse ich es baumeln. Cool, huh?"

„Ich haue dich gleich."

Sie lachte und warf sich die Haare zurück.

„Du bist so eine Hexe", fand ich.

„Dankeschön."

„Brauchst du sonst noch was?"

Sie nickte. „Ja, holst du mir von draußen eine handvoll Erde?"

Ich hatte den leisen Verdacht, dass sie mir eine

unnötige Aufgabe aufbrummte, um ich weiter zu ärgern. „Wofür?“

„Das aktiviert die Karte.“

Schweigend legte ich den Kopf in den Nacken und starrte an die Decke. Das klang so blöd, das musste ein Scherz sein, oder? „Willst du sie mit Wurm drin oder ohne?“

Sie zog belustigt eine Braue hoch. „Suche du es dir aus.“

Ich stemmte die Hände in die Seiten. „Spielt das etwa keine Rolle?“

„Für den Wurm bestimmt. Ich meine, ich werfe die Erde so auf die Karte.“ Sie machte eine entsprechende Handbewegung und untermalte es mit einem „Wusch“.

Innerlich zählte ich bis drei und schüttelte den Kopf. Mir war immer noch nicht klar, ob sie mich verschaukelte. „Wusch?“

„Er könnte sich ... keine Ahnung ... den Kopf oder Po aufschlagen, wo auch immer das bei Würmern ist.“

Resigniert klatschte ich mir die Hände ins Gesicht und gab es auf. Ich ging vor die Tür und kam mir reichlich blöd vor, als ich mich bückte und meine Finger in den Boden bohrte. Ich nahm die verlangte handvoll Erde mit und machte die Tür hinter mir zu. „Bitte, einmal Humus von draußen.“

„Leg es dort in die Schale.“

Ich tat, was sie verlangte, und klopfte mir die Hand an der Jeans ab. Jill hatte derweil die Karte auseinandergefaltet und auf dem Boden im Wohnzimmer ausgebreitet. Ich war froh, dass wir nicht im Schlafzimmer waren, wenn sie wirklich Erde schmeißen wollte. Sie stellte Kerzen auf den Boden, einfache Teelichter, die keiner besonderen Anordnung folgten.

„Musst du damit kein Pentagramm legen, oder so?"

„Nein, ich will niemanden beschwören."

„Wofür dann die Kerzen?"

„Für das Licht. Draußen ist es dunkel."

Ich hockte mich im Schneidersitz zu ihr auf den Boden. „Ja, okay, aber wir haben Lampen."

„Feuer ist natürlich, elektrisches Licht nicht. Für alle Rituale gilt, dass natürliche Materialien besser helfen. Außerdem brauche ich noch ein bisschen Feuer."

„Ist es okay, wenn ich hier sitze?"

Sie nickte und stellte eine silberne Schale mit dem Fellbüschel vor sich hin. Dann murmelte sie Worte jener seltsamen Sprache. Mir war klar, dass sie begonnen hatte. Weder zuckten draußen Blitze am Himmel, noch bewegten sich wie von unsichtbarer Hand die Vorhänge im Zimmer. Es war ernüchternd, wie unspektakulär Magie ausgeübt werden konnte. Jill hatte die Augen geschlossen und wippte auf den Knien vor und zurück. Ihre Worte wurden zu einem Singsang und hoben sich zu fremdländischen Klängen empor. Ob ich es wollte oder nicht, mein Herzschlag begann sich zu beschleunigen und ich spürte das Drängen ihrer Worte in mir, als wäre ich ein Resonanzkörper ihrer Musik.

Abrupt endete sie und schlug die Augen auf. Ihr Blick war verschleiert, als wäre sie selbst entrückt. Sie griff nach einer der Kerzen, hielt sie in beiden Händen und hob sie über den Kopf empor. Dann murmelte sie Verse. Ich verstand den Inhalt nicht, nur der gleichmäßige Takt ihrer Stimme und die Reime der Töne sagten mir, dass sie einer festgelegten Form folgten.

Sie tropfte etwas Wachs auf das Fell und senkte die Kerze vor ihre Brust. Nun tauchte sie einen Finger in das heiße Wachs neben den Docht und drückte ihn sich an die Stirn. Als sie den Finger fortnahm, konnte ich die Maserung ihres Fingerabdrucks darin sehen. Es war wie ein Wachsstempel für alte Briefe, doch die Position an ihrem Kopf erinnerte mich an ein drittes Auge, wie man es aus Märchenbüchern kannte. Das machte Sinn, denn sie wollte etwas sehen, jemanden finden.

Dann hielt sie die Kerze ans Fell und es fing Feuer. Ich zuckte zusammen und unterdrückte den Impuls, mich einzumischen und den Brand zu löschen. Jill blieb ruhig und so sank ich zurück in meine Position und beobachtete das Züngeln der Flammen. Sie verschmorten die Haare, die sich von der Hitze aufrollten und schwarz und dünn wurden. Mir war klar, dass der Moment für Laborproben vorbei war. Der Geruch von verschmorten Haaren breitete sich im Zimmer aus und ich rümpfte die Nase und schaute weiter auf Jill.

Sie zeigte keine Regung wegen des Gestanks. Mit ruhigem Griff nahm sie die Schale mit der Erde und ließ sie in die freie Hand rieseln. Dann sprach sie ein schnelles Wort und warf die Erde auf die Karte, wie sie es gesagt hatte.

Und das sollte die Karte aktivieren? Wurde sie durch Erde zu Erde? Ich verstand so wenig von dem, was sie tat. Tausend Fragezeichen brannten unter meinem Schädel und es schien nicht genügend Momente zu geben, sie alle zu beantworten.

Jill wickelte sich die Lederschnur um den Finger und hielt den Kristall über den Teil der Karte, an dem wir uns befanden. Dann begann er, in kreiselnden Bewegungen zu schwingen, ohne dass ich sehen konnte, dass Jill diese Bewegung aus dem Handgelenk oder Finger entstehen ließ. Es musste Magie sein. Ich schluckte und hielt die Luft an. Das Licht im Zimmer schien sich zu verändern. Es war, als würden Schatten über den Boden kriechen. Der Kristall suchte für uns nach dem Wolf. Er wanderte fort von uns und jene Schatten machten den Anschein, als würden sie mit ihm reisen. Ich war erleichtert, dass er nicht neben uns hielt. Das bedeutete doch, dass der Werwolf nicht hier war. Je weiter ihr Kristall zog, umso weiter fort war er.

Über Saskatoon blieb er stehen und damit meine ich, dass er wirklich anhielt. Wie aus dem Nichts. Die Spitze des Obelisken zeigte ganz klar auf die Stadt, aus der wir abgereist waren.

Jill blinzelte und ihr Blick wurde klar. Sie lockerte ihre Schultern und das war der Augenblick, an dem ich endlich wieder atmen konnte.

„Saskatoon?"

Sie nickte. „Ja, er ist dort."

Die Stadt war groß. Das konnte alles heißen. „Und jetzt? Hast du einen Stadtplan dabei, damit wir herausfinden, wo er dort ist?"

Jill rieb sich den Wachsabdruck von der Stirn und warf ihn in die Schale mit dem verschmorten Fell. „So funktioniert das nicht. Das Auspendeln ist zu ungenau, weil es nicht direkt auf ihn zeigt, sondern auf den Quadranten des magischen Netzes, den er berührt."

Frustriert atmete ich aus. „Ich habe davon kein Wort verstanden. Kannst du mir das erklären?"

Sie stand auf und schaltete das Licht wieder an. Dann

blies sie die Kerzen am Boden aus und entsorgte sie in der Fellschale.

„Das magische Netz ist wie ein Gitter aus Fäden." Jill streckte die Finger ihrer Hände aus und verwob sie ineinander, um es mir zu verdeutlichen. Dann machte sie mit ihrer Arbeit weiter. „Mal ähnelt es einem Spinnennetz, mal einem dichten Knäuel, mal ist es wie Bienenwaben oder Schachbrettlinien. Manchmal ist es wie eine grobe, löchrige Häkeldecke. Ich kann ihn durch seine persönliche Signatur auspendeln, denn wir alle stehen in Kontakt zu Fäden, die in der Nähe verlaufen. Stell dir vor, es wären Glöckchen daran befestigt und sie würden klingeln, wenn man sie berührt. Ich kann dir sagen, in welchem Bereich auf der Karte er ist. Ich kann dir nicht sagen, in welchem Haus, Auto oder Zug er sich befindet. Dafür müsste er sich in einem dichten magischen Knäuel aufhalten. Aber dabei zieht er dann an mehreren Fäden. Das ist kompliziert."

Ich seufzte und dachte nach. „Also wissen wir nur, dass er in der Stadt ist. Aber das Netz in der Stadt ist nicht genau genug, um ihn aufzuspüren."

„Richtig. Und ob das viel bringen würde, weiß ich auch nicht. Nehmen wir mal an, er fährt gerade mit dem Auto eine Straße entlang. Dann wüssten wir, wo er in dem Moment ist, aber wir wüssten nicht, wo er losfuhr oder ankam, was sein üblicher Aufenthaltsort ist. Ich meine, es könnte stimmen, aber genauso wäre es möglich, dass wir vor einem Wohnhaus stehen und denken, er lebt dort, während er eigentlich bloß dran vorbeigefahren ist."

„Okay. Es ist nur eine Momentaufnahme, keine Bewegungsüberwachung."

Sie nickte. „Ich kann dir nicht mal sagen, ob er sich bewegt oder an dem Ort bleibt."

Gänsehaut kroch über meinen Rücken wie Würmer in Komposterde. „Vielleicht ist er in meinem Haus."

Jill war gerade dabei, die Erde von der Karte zu schütteln, und hielt inne. „Ja, das kann sein."

An seiner Stelle wäre ich das vermutlich. Ich versuchte es mit Bauchatmen, um mich zu beruhigen. Der Gedanke, dass er gerade dabei sein könnte, durch meinen Flur zu laufen, die Treppe hochzusteigen und sogar in mein Schlafzimmer zu gehen, während er nach mir suchte, war schwer zu verdauen.

„Ich bin froh, dass wir hergefahren sind", sagte Jill sanft. „Besser, er ist in deinem Haus als bei dir." Sie benetzte ihre Lippen und versuchte diplomatisch zu sein. „Es ist nur ein Haus. Steine und Holz. Er wird dort nichts kaputtmachen."

„Was, wenn er mir auflauert?"

Sie sah auf ihre Uhr und ich machte automatisch dasselbe. Mitternacht war schon vorbei. Wieso kamen mir Jills Rituale immer viel kürzer vor, als sie in Wahrheit dauerten?

„Dann würde er umsonst warten. Du bist ja hier. Und ich denke nicht, dass er heute noch herkommt. Wenn er dir hierher folgt, braucht er mindestens fünf oder sechs Stunden für die einfache Strecke. Dann ist die Sonne schon wieder aufgegangen und auf der Farm geht die Arbeit früh los. Das wäre nichts, was seinem Drang nach Verborgenheit entspricht."

„Er würde umdrehen?"

„Wahrscheinlich. Kann sein, dass er sich herantastet. Dass er heute Nacht einen Teil der Strecke erkundet und morgen bis zu der Grenze seiner Tour mit dem Auto vorfährt und so weiter. Bis er dich hat … ich meine findet."

„Das ist beunruhigend. Er lässt nicht locker, oder?"

Sie schüttelte den Kopf und faltete die Karte sorgfältig zusammen. „Nein. Er ist ein Jäger. Nicht zu jagen, ist keine Option."

Ich nickte und rieb mir die Augen. „Na, schön. Aber heute Nacht darf ich schlafen. Ich falle um vor Müdigkeit. Die letzten Nächte waren so anstrengend."

Sie lächelte mich an. „Genau, ruh dich aus und träume deinen Kopf frei. Es hilft immer, eine Nacht über Dinge zu schlafen." Jill besah das Chaos aus geworfener und von der Karte geschüttelter Erde am Boden. „Hast du einen Besen, damit wir das auskehren können?"

„Ach, stimmt. Du hast ja deinen Reisebesen nicht dabei."

Ich stand auf und verließ die Blockhütte. Die frische Luft tat gut. Sie war nicht besonders kühl, aber sie roch wenigstens nicht nach verschmorten Haaren. Ich holte einen Besen aus Michaels Putzraum. Jill nahm ihn mir ab und fegte die Erde zurück vor die Tür, von wo ich sie geholt hatte. Es war schon seltsam, wie sich der Kreis manchmal schloss. Die Erde war wieder an ihrem Platz, doch der Werwolf hatte mich aus meinem Zuhause vertrieben. Ich brauchte einen Plan, wie ich mit dem Wissen über ihn umgehen und mich gegen seine Versuche wehren konnte, mich alles vergessen zu lassen.

Erst einmal ging ich schlafen. Ich lag eine Weile wach im Bett, denn ich war zwar müde, aber mein Kopf weigerte sich, Pausen beim Denken zu machen. Ich fühlte mich wie eine Tonne Blei, als ich auf der Matratze lag. Es half, als ich der Schwere in meinen Knochen nachspürte, jeder übermüdeten Faser. Ich schloss die Augen und fühlte nur noch. Jill hatte mich gelehrt zu fühlen. Mein Bauch war eine ganz andere Baustelle als mein Kopf. Er schien verknotet und zugeschnürt. Während in meinem Kopf die Gedanken umherflogen, wog mein Bauch viel zu schwer. Am Ende war es Jills Atem, der mich in der Schlaf führte, so wie sie mich durch meine Erinnerungen geführt hatte. Ich lauschte ihrem Atem und fand endlich selbst zur Ruhe.

# KAPITEL 11

*Ein Heulen brach sich Bahn. Es tobte in meinen Ohren. Nur in meinen Ohren. So nah. So fern. Ich blickte zu Boden und sah dieselben Fliesen, die in meinem Badezimmer lagen.*

*„Emily", flüsterte seine dunkle Stimme hinter mir. „Was hast du getan?"*

*„Lass mich."*

*Ich stolperte vorwärts – weg von ihm. Der Boden war kühl.*

*„Was war so falsch an der Illusion?"*

*Ich leckte über meine Lippen, wand mich hin und her. Sand klebte an meinen Füßen. Ich spürte ihn zwischen den Zehen, dabei waren da nur Fliesen.*

*„Bleib weg", bat ich ihn.*

*Wind streifte mein Haar, ließ es in mein Gesicht wehen. Ich strich es hinter die Ohren und sah empor. Der Himmel hing voller Sterne. Etwas stimmte nicht mit dem Mond. Es fehlte eine Ecke. Ich dachte an eine Maus, die einen Teil herausgebissen hatte.*

*„Ich soll wegbleiben?", fragte er. „Du hast mich doch zurück in deine Gedanken geholt."*

*„Du hättest mich nie bestehlen sollen."*

*„Wie hast du das gemacht?"*

*Panisch wollte ich bloß fort von ihm, von seiner Stimme und all den bohrenden Fragen. Sie bissen Teile aus mir wie die Maus aus dem Mond. „Komm nicht her!"*

*„Ich tue doch gar nichts."*

*Mein Herz raste und jeder Herzschlag ließ das Blut in meinen Ohren rauschen. „Ich will, dass diese Träume aufhören."*

*Wieso waren sie nicht vorbei?*

*„Emily."*

*„Geh weg. Geh fort von mir!"*

*Er lachte dunkel. „Du hast mich doch geholt. All die Gedanken wieder ausgegraben. Weißt du denn nicht, dass sie wie Portale sind, die mich rufen? Die mich in deinen Kopf einlassen."*

*„Nein!"*

*Ich rannte ... und kam doch keinen Schritt voran.*

*„Was ist so schlimm daran, die Erinnerungen ruhen zu lassen?"*

*„Bitte lass mich doch auch in Ruhe!"*

*Ich stürzte nach links, nach rechts. Immer war da seine Stimme und ich wich ihr aus, wie ein Hase, der Haken schlug. Fort. Nur fort von dieser Stimme. Ich zitterte. Mir war so kalt. Innerlich war ich verloren, weil ich ihn gefunden hatte, weil er mich gefunden hatte. Ich wollte doch nur frei sein. Rennen. Fliehen. Geh weg!*

*„Ich habe dich schlafen lassen, Prinzessin."*

*Seine Worten strichen über meine Nerven, rieben an ihnen und machten sie wund. Und trotzdem war da etwas an seinem Ton, der ... mich atmen ließ. Ich keuchte und rang nach Luft. Meine Lungen brannten. Überall war Sand an meinen Füßen, Gras an meinen Knöcheln. Es kitzelte meine Haut.*

*„Aber du wolltest nicht schlafen“, tadelte er. „Du wolltest mich finden. Mich suchen. Unsere Erinnerung ausgraben. Weißt du noch?“*

*„Du warst in meinem Badezimmer.“ Fliesen pflasterten meine Gedanken. Ich lief auf ihnen und konnte sie trotzdem nicht berühren.*

*„Du sagtest, du willst es nicht vergessen. Hast du dich deshalb erinnert?“*

*Ich rieb über meine Arme, fühlte die Härchen meiner Gänsehaut. Sie waren kleine Unebenheiten unter meinen Fingerkuppen. Ich drückte meine Hände an die Schläfen und schüttelte den Kopf. Er war in meinem Kopf. Er war überall. Egal, wo er war. Ich konnte nicht weg. Nicht aus meinem Kopf. Portale. Wir hatten sie für ihn aufgemacht. Ihn eingelassen.*

*„Hör auf!“, wimmerte ich.*

*„Du kannst nicht vor dem davonlaufen, was in dir ist.“*

*„Du bist nicht in mir.“*

*Er stieß den Atem aus, hauchte mir in den Nacken. Ich schlug mit der Hand danach und berührte nur Luft. Ich rieb über meinen Hals und versuchte zu atmen.*

*„Doch, das bin ich.“*

*„Du musst diese Portale nicht nutzen. Niemand muss durch eine Tür gehen, nur weil sie offensteht.“*

*„Der freie Wille reicht nur soweit wie deine Bestimmung.“*

*„Es gibt kein Schicksal."*

*„Wir werden sehen." Feine Äste kratzten über meine Haut. „Siehst du mich?"*

*Er nahm die Bilder von meinen Augen. All die Fliesen waren nur eine Täuschung. Und die Stimme, die er hinter mir hatte entstehen lassen, um mich zu treiben wie eine Beute, tauchte vor mir auf.*

*„Hallo."*

Ich schlug die Augen auf und bemerkte sofort, dass etwas nicht stimmte. Das Bett, in dem ich gelegen hatte, war verschwunden. Über mir gab es keine Holzbalken mehr, sondern nur noch freien Himmel und Zweige. Ich wollte schreien, doch er ließ mich nicht, bannte den Lärm aus meiner Stimme, wie er es schon einmal getan hatte.

Ein schwarzer Schatten erhob sich in der Nacht, setzte sich von den Bäumen und Büschen ab. Haare, so viele Haare. Sie bedeckten seinen Körper. Das Licht des Mondes tanzte durch die Zweige. Ich warf einen schnellen Blick hinauf. Kleine Blätter bewegten sich vor der Himmelslampe. Es fehlte ein Teil. Es war derselbe Mond, den ich vorhin schon gesehen hatte. Ich hatte nicht geträumt. Es war kein Vollmond mehr. Trotzdem hatte er sich in einen Wolf verwandelt, konnte es einfach.

Ich stieß die Luft aus und kämpfte mit den Tränen. Er hatte mich hergelockt, mich dazu gebracht, dass ich selbst zu ihm kam, ja sogar zu ihm rannte. Ich ballte die Hände zu Fäusten und grub die Zehen in den Waldboden. Sand klebte daran. Kleine Krumen aus Erde zwischen meinen Zehen.

Ich trug keine Jacke, dafür überzog eine Gänsehaut

meinen Körper und ich krümmte mich zusammen.

„Ich will das nicht mehr. Nicht schon wieder. Lass mir doch die Erinnerungen. Du weißt nicht, was es in mir bewirkt, wenn du sie in mir begräbst. Es ist wie ..." Ich leckte über meine Lippen und unterdrückte den Drang, an meiner Kopfhaut zu kratzen. „Du machst sie zu Fremdkörpern. Ich habe das Gefühl, verrückt zu werden, nicht ich selbst zu sein. Ich hatte dasselbe Fieber wie du in meiner Wanne."

Er machte einen Schritt auf mich zu. Ich zuckte zusammen, als ein Teil seiner Pfote mich berührte. Kleine Flammen schienen auf meiner Haut zu brennen. Der Blick aus seinen braunen Augen war überrascht.

Er schluckte und schüttelte den Kopf, als wollte er sich über etwas klar werden. „Jetzt ist dir kalt." Seine Stimme war sanft.

Ich wich vor seiner Berührung zurück. „Du hättest mich nicht aus dem Bett holen sollen."

Wieso war er überhaupt hier? Die Nacht war so tiefschwarz, dass der Morgen noch weit hinter den Hügeln lag. Ich wusste, dass das Licht der Sonne langsam näher kroch, aber es würde noch mindestens eine Stunde vergehen, bis es den Himmel hell machte. Er dürfte gar nicht hier sein. Eben war er noch in Saskatoon. Jill hatte nichts davon gesagt, dass er fliegen konnte. Wie war es möglich, dass er nun hier draußen im Freien stand, in jenem kleinen Waldstück, das Michael angelegt hatte, um ein schattiges Plätzchen zu schaffen?

Ich roch den Waldboden und Moschus. Für einen flüchtigen Moment schloss ich die Augen und atmete seinen Duft ein. Er wirkte so vertraut, als hätte ich ihn schon hundertmal gerochen. Ich presste die Lippen aufeinander und schlug die Augen auf.

Er stand direkt vor mir und beobachtete mich. Seine braunen Augen blieben farblich zwar ruhig und flackerten nicht wie das Blau an jenem alles verändernden Abend, doch sein Blick war aufgewühlt.

„Dass du dich erinnert hast", raunte er, „war wie ein Kurzschluss für mich." Er stieß den Atem aus und machte sich nicht die Mühe, sein Staunen zu verbergen. „Das ist noch nie passiert."

Ich schlang die Arme um meinen Bauch. „Mir auch nicht."

Ich nahm sein Bild in mir auf: das Fell, die Augen, Nase, Ohren, Pfoten, alles. In mir stieg der Verdacht auf, dass ich ihn unter dutzenden Wölfen seiner Art erkennen würde. Selbst jetzt bei Nacht im fahlen Licht. Selbst jetzt, wo seine Verwandlung zum Wolf nicht abgeschlossen war. Er stand aufrecht auf zwei Beinen, seine Kiefer waren nicht vollständig verformt. Er konnte noch mit mir sprechen. Er war so wenig ein ganzer Wolf, wie der Mond voll war. Als wäre auch aus seinem Wolf noch eine Ecke herausgebissen.

Er legte den Kopf schief. So wie die Wölfe im Zoo. Hatten sie gespürt, dass ich von einem Werwolf aufgesucht worden war? Und wie würden sie reagieren, wenn er bei ihnen auftauchte? Ich hatte mich noch nicht an all die Fragen in meinem Kopf gewöhnt.

„Ich wollte nicht, dass du damit kämpfst. Eigentlich gibt es keine Nebenwirkungen für das Vergessen."

„Das hilft mir aber nicht. Du kannst das nicht noch mal tun."

Er seufzte. „So einfach ist das nicht."

Seine Zähne blitzten im Licht, wenn er sprach. Ich

wollte wirklich nicht an Rotkäppchen denken, aber ich tat es. Zwar trug ich kein rotes Käppchen, doch zumindest rötliches Haar. Trotzdem wirkte er nicht böse und ich glaubte nicht, dass ich einen Jäger brauchte, um ihn zu erschießen. Er sollte nicht sterben, er sollte nur nicht mehr diesen Staub auf meine Erinnerungen streuen.

Mein Herz hämmerte wild in der Brust. Ich tat, was Jill mir geraten hatte, und hörte auf meinen Bauch. Vorsichtig streckte ich die Hand nach ihm aus und berührte seinen Arm. Wenn es stimmte, konnte dieses physische Band es schwer für ihn machen, mich noch einmal zu manipulieren. Und vielleicht konnte ich ihn dazu bringen, dass er es ließ.

Sein Fell war warm und im Kontrast fühlte sich meine Haut noch kälter an. Es war Mai und nicht November. Doch der Boden blieb im Schatten der Bäume auch am Tag kühl. Ich hatte das Gefühl, dass Feuchtigkeit vom nahen See aufstieg und diesen klammen Dunst erzeugte. Nie schienen die Temperaturen zu stimmen, wenn wir uns sahen. Entweder fror einer von uns oder hatte Fieber.

Als er nicht abweisend reagierte, strich ich mit der ganzen Hand über seinen Unterarm. Ich wusste, dass ein Mensch im Wolfspelz vor mir stand. Er war nicht nur eine Kreatur. Er hatte ein Leben außerhalb dieser Erscheinung und war auch ein Mann. Ich wusste nur nicht, welcher.

Sicher war ich mir nicht, doch ich hatte den Eindruck, dass auch er nun eine Gänsehaut bekam. Es war, als würde sein Fell sich unter meiner Berührung aufstellen und irgendwie auch aufladen. Kleine Blitze schienen zwischen uns zu knistern und ließen meine Hand surren. Ich suchte seinen Blick und hielt ihm stand. Das Braun seiner Augen loderte.

Innerlich schubste ich mich über eine Schwelle, als ich weitersprach. Es kam mir vor, als redete nicht ich mit ihm, sondern ein Teil von mir, der unter diesem Kontakt wach zu werden begann.

„Du hast gesagt, du würdest mir meine Erinnerungen lassen, wenn du mir als Mann gefällst."

Er runzelte die Stirn, soweit das bei seinem wölfischen Antlitz möglich war.

„Ja." Das Wort drang als Knurren aus seinem Hals. Seine Stimme klang rau.

Ich leckte vorsichtig über meine Unterlippe und sein Blick klebte an mir. Keine meiner Bewegungen entging ihm. Mir fiel ein, was Jill gesagt hatte. Solange ich stillstand, blieb ich für ihn nur ein Schatten, doch sobald ich mich regte oder zuckte, geriet ich in seinen Fokus. Das schien selbst für so flüchtige Dinge zu gelten wie das Benetzen meiner Lippen.

Ein Kribbeln breitete sich in meinem Bauch aus. Ich spielte mit dem Feuer. Es ging um mein Leben, aber wenn ich nicht spielte, konnte ich nicht gewinnen.

„Also gibt es doch eine Möglichkeit", sagte ich sanft. Ich ließ meine Stimme wie zuckrigen Honig klingen. Sein Brustkorb hob und senkte sich rasch. Das war ein Thema, auf das er reagierte. Ich war auf dem richtigen Weg.

Für eine Weile sprach keiner von uns. Wir sahen uns nur an und ich nahm die Energie wahr, die von ihm ausging. Dort, wo meine Hand auf seinem Fell lag, sprang sie auf mich über. Diese Kette zwischen uns hatte die Macht, seinen Kontrollzwang auszuschalten.

Schließlich nickte er. „Ja, ich könnte eine Ausnahme machen.“

„Du hast gesagt, wenn du mir als Mann gefällst und ich mit dir so, wie du sonst bist, eine Beziehung eingehen würde, dann dürfte ich meine Erinnerungen und mein Wissen an dich behalten.“

„Ja.“

Die Gänsehaut auf meinem Rücken verstärkte sich bei diesem geraunten Wort, das mehr Sturm als Sprache war. „Also gefalle ich dir?“

Er schluckte und starrte mich an.

„Denn das alles würde ja keinen Sinn machen“, fuhr ich fort, „wenn du nicht auch diese Beziehung mit mir eingehen würdest, oder? Du würdest mir mein Geheimnis nicht bloß deshalb lassen, weil ich dich mag. Zu dem Deal gehören zwei.“

Langsam nickte er. „Das ist richtig.“

Ich zog gespielt nachdenklich meine Unterlippe zwischen die Zähne und wie ich es erhofft hatte, folgte sein Blick auch dieser Bewegung und saugte sie in sich auf. Ich war reichlich aus der Übung, was das Flirten betraf. Ein bisschen war es wohl wie Fahrradfahren, man verlernte es trotzdem nicht spurlos. Und am verwunderlichsten war der Umstand, dass ich Gefallen daran fand.

Ich stand in meiner Pyjamahose und dem Tanktop barfuß vor einem Werwolf im Wald und versuchte ihn auf eine Art zu bezaubern, die wenig mit seiner Art zu zaubern gemeinsam hatte. Ich hatte nur um meine Erinnerungen kämpfen wollen und nicht damit gerechnet, dass es aufregend sein würde.

Wieso hatte ich über diesen Satz nicht genug nachgedacht? Er wollte eine Beziehung mit mir.

„Ich glaube nicht, dass du mich im Badezimmer spontan so toll gefunden hast, dass du mich deshalb als Freundin willst."

Das buschige Fell über seinen Augen zuckte. „Sondern?"

„Du warst nicht zufällig in meinem Haus, oder? Du wusstest vorher, dass ich dort wohne. Du kanntest es. Du kanntest mich."

Er blinzelte und schnaufte. Dann schenkte er mir ein halbes Nicken. Nur eine Andeutung, aber das reichte mir.

Ich hob das Kinn und streichelte mit den Fingern durch sein Fell. „Du hast gesagt, du gibst mir eine Chance, dich kennenzulernen."

„Ja."

„Aber welche Chance habe ich, wenn mein Kopf durch die fehlenden Erinnerungen immer schmerzt? Wenn mir schwindlig ist? Ich Fieber habe und Schüttelfrost? Wenn ich denke, dass ich verrückt werde, weil manches keinen Sinn ergibt?"

„Was denn genau?"

„Der Wein." Ich forschte in seinen Augen nach der Antwort. „Ich trinke keinen. Hast du mir die leere Flasche hingestellt?"

Er lächelte wölfisch und rückte ein paar Zentimeter näher. „Ja."

„Das passte nicht."

Er nickte. „Okay. Ich merke es mir."

„Wolltest du, dass ich denke, ich hätte mich bewusstlos getrunken? So sehr, dass ich mich nicht mehr erinnern kann?“

„Im Allgemeinen funktioniert das.“

„Nicht jeder Mensch, den du triffst, ist ein Säufer.“

Er leckte mit der Zungenspitze über seine Zähne. „Das stimmt.“ Sein Blick brannte sich förmlich in mich.

„Was ist also mit meiner Chance, dich kennenzulernen?“

„Das willst du doch eigentlich gar nicht, oder?“ Er legte seine Pfote in meinen Rücken und zog mich an sich heran. Sein Körper war muskulös und warm. Das Fell, das meine nackten Arme berührte, fühlte sich seidig an. Im Dunkeln war es schwarz wie seine Pupillen. „Du versuchst mich zu beeinflussen.“ Er zog mich noch näher. Ich hatte das Gefühl zu zerspringen. In meinem Bauch tobte ein wilder Aufruhr. Ich war ihm näher als je zuvor. „Oder?“

Er beugte sich tiefer, legte seinen Kopf an meinen. Ich fühlte seinen Atem auf meiner Wange. „Siehst du dich selbst, als die Freundin eines Werwolfs?“ Sein Fell kitzelte meine Haut. Er suchte meinen Blick.

Ich war gebannt wie damals, konnte nicht fortsehen. Aber ich wusste nicht, ob er mich bannte, oder ob ich selbst gefangen war.

„Sag mir deinen Namen“, flüsterte ich und lehnte mich an ihn. Ich berührte ihn nun auch mit meiner anderen Hand, erkundete sein Fell und seinen starken Körper darunter. Wenn er wirklich mit mir zusammen sein wollte, musste diese Nähe doch genau das sein, wonach er sich sehnte. Reichte es, damit er sich mir öffnete? Damit er vergaß, dass er im Vergessenen lebte?

„Ich kann nicht, Emily.“

Ich schenkte ihm einen Augenaufschlag und streichelte

über seinen warmen Bauch. „Du musst doch einsam sein."

„Wie jeder andere auch, der eine Frau will, die er nicht haben kann."

Ich schüttelte den Kopf. „Das glaube ich dir nicht. Für dich ist es schlimmer, denn du lässt nicht zu, dass man dich sieht."

„Ich hab dir die Chance gegeben." Er legte seine Pfote an meine Schläfe und zog mich mit der anderen so nahe, dass mein Bauch auf seinem lag. Ich bog meinen Rücken durch, um ihn im Auge zu behalten. Unsere Blicke verankerten sich. Ich fühlte seinen Herzschlag durch meine Haut. „Ich habe es mir wirklich gewünscht, Emily."

„Ich will dich nicht Joe nennen müssen, wenn du nicht Joe heißt. Bitte sag mir deinen Namen. Lasse zu, dass es persönlich wird."

Seine Hand wanderte von meinem Rücken tiefer hinab auf meinen Po. Er presste meine Hüften an seine, hob mich leicht an und kam mir in der Bewegung entgegen. Ich spürte seine Erregung durch den Stoff meiner Kleidung und das Fell, das ihn bedeckte. Mir blieb die Luft weg.

„Es ist doch schon persönlich", raunte er und streichelte meine Wange. „Schließ die Augen."

Ich konnte nicht anders, tat, was er befahl, denn ich stand unter seinem Bann. Ich fühlte seinen Körper an meinem, roch den Wald und ihn. Er war warm in der kühlen Nacht. Sein Herzschlag pochte in meinem Bauch. Ich spürte den Takt seines Blutes. Und dann spürte ich Hände. Echte Hände von einem Menschen. Ich wollte meine Augen öffnen, weil er sich in seiner Gestalt verwandelte, doch es ging nicht und das machte mich verrückt.

„Lass mich dich sehen“, bat ich ihn.

Er antwortete nicht und löste auch nicht den Bann. Ich zitterte in seiner Umarmung, war so nah an der Wahrheit und gleichzeitig so blind dafür. Also nutzte ich meine Hände, um ihn zu erkunden. Er veränderte sich nicht vollständig. Er blieb groß und kräftig, doch als ich meine Hände hinaufgleiten ließ, wich das Fell warmer Haut. Sie war glatt und männlich. Ich fühlte seinen sehnigen Körper, den Haaransatz an seinem Kopf.

Er streichelte meine Wange.

„Rede mit mir.“ Ich flüsterte meine Worte in die Nacht.

Er legte mir einen Finger an den Mund. Ich wusste, dass er mir damit sagen wollte, dass er nicht sprechen würde. Mit einem Mal wurde mir klar, weshalb. Er hatte gesagt, ich hätte eine Chance gehabt, ihn kennenzulernen. Demnach musste ich ihm begegnet sein. Lange genug, um seine menschliche Stimme zu erkennen.

Er nahm den Finger fort und spielte mit meinem Haar. Seine Hand griff an meinen Hinterkopf und zog mich an sich. Die Bewegung kam so plötzlich, dass ich nicht reagieren konnte. Sein Mund war auf meinem. Warm und männlich. Ich konnte seine Lippen fühlen, seine menschlichen Lippen. Er strich sie sanft hin und her, erkundete mich damit.

Ich krallte meine Finger in seine Schultern, war so überrumpelt, wollte weg und mich gleichzeitig der Berührung hingeben. Ich war hin- und hergerissen zwischen meinem auflodernden Verlangen und dem

Tumult meiner Gedanken. Es war, als hätte er diesmal einen Turbo in meinem Kopf geschaltet. Das hier war nicht das Wiedersehen, das ich erwartet hatte.

Ich sollte das nicht tun. Er hatte Gefühle für mich und ich wusste nicht, wer er war. Nur, was er war. Aber es schmeckte wie die Frucht vom verbotenen Baum. Ich war so lange nicht mehr geküsst worden und schon viel länger nicht mehr von einem Mann, der mich wirklich wollte. So sehr, dass er die halbe Nacht zu mir gerannt war, all die Meilen von Saskatoon bis hierher. So schnell, dass er alle Rekorde brach. Er hatte mich in dieses versteckte Wäldchen getrieben, doch ich ihn auch.

Und so kam ich seinem Mund entgegen und erwiderte den Kuss. Er stöhnte und zog mich an sich, teilte meine Lippen mit seiner Zunge und tauchte in meinen Mund ein. Ich folgte meinem Bauchgefühl und nahm, was er mir gab. Er schmeckte würzig und wild, wie ein Kuss gewordenes Abenteuer. Ich kostete, wie sehr er mich wollte, wie sehr ich ihm gefiel.

Himmel, ein Werwolf küsste mich! Ich stand mit ihm bei Mondschein zwischen den Bäumen und ließ mich von seinem Körper und seiner Nähe wärmen. Warum musste alles so kompliziert sein?

„Emily." Er flüsterte meinen Namen so leise an meinen Lippen, dass ich seine Stimme nicht erkannte.

„Bitte ..." Ich wusste nicht einmal, worum genau ich ihn bat, aber es musste etwas geschehen.

Dann änderte sich die Stimmung. Ich hörte ihn frustriert knurren und fühlte wie seine Hände wieder zu Fell wurden.

„Was tust du?", fragte ich erschrocken.

Ich griff nach ihm und bekam Fell zu fassen. Als der

Bann von meinen Augenlidern fiel, riss ich sie auf und schaute ihn an. Er war wieder der Wolf, als der er gekommen war. Ich sah ein blaues Blitzen in seinen Augen, bevor sie braun wurden. Das mit dem Farbwechsel in seinen Augen war eigenartig, aber die Atmosphäre war zu geladen, um darüber nachzudenken. Er witterte in der Luft und starrte mich dann an. Sein Blick wirkte zornig, als hätte ich ihn betrogen. Er legte seine Pfote an meine Schläfe und bleckte die Zähne.

Panik keimte in mir auf und kroch durch meine Adern wie kleine Vipern. Alle Härchen stellten sich mir auf.

„Tu das nicht“, keuchte ich.

Seine Augenlider zuckten und ich konnte fühlen, wie seine Pfote an meiner Schläfe zitterte. Er kämpfte mit sich um die Kontrolle und ich wusste, dass er darüber nachdachte, mich ins Land des Vergessens zu schicken.

Ich sollte nicht mehr herausfinden, wozu er sich entschied. Wie ein Ninjakämpfer sprang ein Schatten durch die Baumkrone, landete halb auf ihm und riss ihn von mir weg. Ich stolperte von der Wucht und kämpfte um mein Gleichgewicht. Das Geräusch von knackenden Zweigen und zwei Körpern, die über den Boden rollten, drang durch die Dunkelheit. Beide rappelten sich hoch und sprangen auseinander. Der Wolf knurrte und fletschte die Zähne. Er hielt seine Pfote an die Wange und der Blick aus seinen Augen war voller Wut.

Die andere Person bezog zwischen uns Stellung. Ich brauchte einen Moment, um zu erkennen, dass es Jill war.

„Lass sie in Ruhe!“, schrie meine Freundin.

Sie hielt ihren Arm erhoben und hatte irgendetwas in der Hand, das ich nicht erkennen konnte. Er machte einen Satz nach vorn und packte sie. Wütend nahm er ihr die kleine Waffe weg, die aussah, als ob Jill sie aus einer Dornenhecke gerissen hatte.

Ich hatte Mühe zu glauben, dass sie gerade wie ein Flugwesen aus dem Baum gesprungen war. Sie hatte zwar gesagt, dass sie gut springen konnte, doch der Witz mit dem »Hüpffrosch« hatte mich glauben lassen, dass sie mich verschaukelte. Ich schaute von ihr zu ihm und sah, dass er an der Wange verletzt war. Blut rann heraus, wo der Dorn ihn gestochen hatte.

„Verflucht, was soll das?“ Er ließ sie los und machte einen Schritt von ihr fort. Seine Augen brannten grimmig, doch er schien sie nicht verletzen zu wollen. „Ich weiß, was du bist. Denkst du wirklich, ich überlasse dir mein Blut?“

Er wedelte mit ihrem Dornenzweig in der Luft.

Jills Lächeln zeigte Zähne, ansonsten sprach sie ruhig und gefasst. „Du wirst uns in Ruhe lassen. Wage es nicht noch einmal, in ihren Kopf einzudringen. Und bei mir solltest du dich das sowieso nicht trauen. Ich habe genügend Fallen in meinem Verstand für dich vorbereitet, die aus dir eine sabbernde Hülle machen würden, wenn du es versuchst.“

„Du bist eine Hexe und weißt von unserer Existenz. Mit dir habe ich kein Problem. Aber sie hätte es nicht wissen dürfen.“ Seine Pranke deutete in meine Richtung und mein Magen versteinerte. Langsam ging ich zur Seite.

Jill stellte sich vor mich und blockierte damit seine Sicht auf mich.

„Dann hättest du nicht in ihrem Haus sein sollen“, wandte sie ein. „Ich kenne sie mein ganzes Leben und habe nichts verraten. Du schaffst es nicht mal ein paar Stunden. Der Fehler liegt auf deiner Seite."

Sie reckte ihr Kinn vor und machte einen Schritt auf ihn zu. Es war grotesk, denn er war mindestens einsneunzig groß und sie so klein wie ich. Sie stemmte ihre Hände in die Hüften und starrte zu ihm hoch. „Du hättest nicht zulassen dürfen, dass sie dich berührt. Das Band zwischen euch ist nicht mehr nur rein mental. Es wird dir nie gelingen, sie zu beherrschen wie andere. Du hast es verbockt. Und deine wiederholten Eingriffe haben dafür gesorgt, dass sie krank wurde." Nun sprach sie mit einem warnenden Zischen weiter. „Das kann ich nicht zulassen. Also lass sie in Frieden."

Er verzog sein Gesicht zu einer Grimasse. „Sie darf es keinem sagen."

Jill nickte vage. „Da passe ich auf."

Er sah an ihr vorbei zu mir. Es war als hätte es nie einen Kuss zwischen uns gegeben. Ich grub meine Füße in den Waldboden, bohrte die Zehenspitzen tief hinein. Keine Ahnung, ob das mit der Erdung wirklich klappte, aber ich hatte gesehen, wie Jill einem Werwolf die Stirn bot. Ich hatte gesehen, dass er wirklich hergekommen war und existierte. Dann stimmte auch alles andere, oder?

„Ich dachte, du hättest dich von allein an mich erinnert. Aber da habe ich mich wohl geirrt." Er lachte ohne Humor. „Da war keine Bestimmung, oder? Nur die mentale Führung deiner Hexenfreundin." Frustriert stieß er die Luft aus und schüttelte den Kopf. „Ich werde mich dir nie mehr zu erkennen geben."

Dann rannte er davon und er war verdammt schnell. Obwohl der Wald nicht dicht war, verlor ich ihn praktisch sofort aus den Augen. Meister der Tarnung, das konnte ich nur bestätigen. Selbst die Nähe, die wir eben noch gespürt hatten, konnte er bestens verbergen.

Jill war sofort an meiner Seite, legte ihre Hände um mein Gesicht und schaute mich prüfend an.

„Bist du okay?“

Ich schluckte und nickte. „Danke.“

Sie zog mich in eine Umarmung und wir saßen eine Weile nur so da, kauerten auf dem Waldboden und wiegten uns hin und her. Ich stellte mir vor, ich wäre Gras am Strand in einer Meeresbrise. Ich konnte nicht erklären weshalb, doch es gab mir Kraft. Erdung. Natur. Ein wenig tauchte ich in Jills Welt ein. Ich konnte kaum ermessen, wie sie die Dinge wahrnahm.

„Verdammt, ich habe so einen Schreck bekommen, als ich wach wurde und du weg warst“, murmelte sie. „Ich bin gleich hinausgerannt.“

Sie trug nicht viel mehr am Leib als ich. Er hatte uns im Schlaf erwischt. „Wie konnte er so schnell hier sein?“

Sie schüttelte den Kopf. „Er ist wohl schneller, als ich dachte.“

„Das war doch sein Fell. Ich meine, du hast ihn doch wirklich in Saskatoon ausgependelt.“

„Ja. Er war dort beim Ritual. Irrtum ausgeschlossen.“

Ich rieb mir die Stirn und war heilfroh darum, dass ich meine Erinnerungen noch hatte.

„Danke.“

Jill lächelte. „Hast du schon gesagt. Tut mir leid, dass ich nicht gleich hier war. Warst du lange mit ihm allein?“

Ich holte tief Luft und sah hinauf zum Himmel. Der abnehmende Mond leuchtete ungerührt weiter, als wäre nichts gewesen. Es war schon eigenartig, er hing dort oben Nacht für Nacht, sah alles und es spielte keine Rolle für ihn. Aber für mich tat es das. Ich konnte nicht vergessen, was passiert war.

Mit zittrigen Fingern strich ich über meine Lippen. „Er hat mich geküsst."

„Was?" Fassungslos sah sie mich an. „Jetzt gerade?"

„Er hat sich dafür verwandelt."

Das interessierte sie noch mehr. „Aber wenn du ihn gesehen hast, was meint er damit, dass er sich dir nicht zu erkennen gibt?"

„Er hat meine Augen geschlossen. Ich weiß überhaupt nichts."

Jill half mir auf die Beine und wir stützten uns gegenseitig, während wir zurückliefen. Wie hatte ich diesen weiten Weg nur im Schlaf bewältigen können?

„Wir stehen nicht so ganz ohne Hinweise da", meinte Jill. „Ich habe ihn mit dem Dorn erwischt."

„Hab ich gesehen. Du traust dich wirklich was. Aber er hat deine Waffe doch mitgenommen."

„Ich habe keine Angst vor ihm." Sie zwinkerte. „Lass dich vom Äußeren nicht täuschen, meine Kräfte sind alt und stark. Und was das andere betrifft: Er hat recht, dass ich sein Blut für den Fluch brauchte, aber es reichte schon, dass ich es in dem Moment bekam, als ich ihn stach. Es war nicht nötig, dass ich es behalte und für ein späteres Ritual mitnehme."

Verblüfft sah ich sie an. „Warum weiß er das nicht?"

Einmal mehr bekam ich ihr verschlagenes Lächeln zu sehen. „Er hat seine Geheimnisse und ich meine. Es gibt genügend, was ich nicht über ihn weiß. Zum Glück gilt das andersrum auch."

„Okay." Ich drückte sie. „Und was für ein Fluch war

das?“

Wir liefen über den Hügel, hinter dem unsere Hütte lag. Der Anblick tat so gut. Drinnen würde es warm sein und irgendwie würde es sich anfühlen, als hätten wir es überstanden, wenn wir erst dort waren.

„Nichts Schlimmes. Erinnerst du dich an die Stelle, wo ich ihn gestochen habe?“

„Seine Wange?“

„Ja, die linke.“ Sie legte den Finger auf ihre eigene. „Wenn du vor ihm stehst und ihn direkt danach fragst, ob er ein Werwolf ist, wird er dort bluten, ob er will oder nicht. Er ist mental stark, aber diese Werwölfe vergessen immer, dass der Körper viel schwächer ist.“

„*Wenn ich ihn frage?* Warte mal, aber woher weiß ich, ob ich ihn fragen soll?“

Sie wiegelte ab. „Ja, da ist der Haken. Du kannst nicht vorher wissen, ob er es ist. Du solltest besser einen Verdacht haben.“

„Also soll ich hingehen und jeden verdächtigen Mann danach fragen, ob er der Werwolf ist? Wenn derjenige es nicht ist, wird er mich ganz schön dämlich anschauen.“

„Das Risiko besteht. Ich sage ja auch nicht, dass du jeden auf der Straße darauf ansprechen sollst. Er sollte schon in die engere Auswahl fallen.“

Ich rieb über meine Arme und dachte über die Möglichkeiten nach. „Also, er ist bereits in mein Leben getreten. Er sagte vorhin, er hätte mir die Chance gegeben, ihn kennenzulernen.“

„Okay. Wen kennst du alles?“

Wir redeten leiser, als wir über den Platz mit den Gebäuden liefen. „Das kann ja jeder bis zum Postboten sein.“

„Verhält der sich denn verdächtig?“

„Der Postmann?“

Sie nickte.

„Nein, zum Glück nicht.“

„Wer noch?“

Vielleicht war es nicht sinnvoll die Leute in der Reihenfolge ihrer Entfernung von meinem Wohnort abzuklappern, aber ich sagte das Nächstbeste. „Phil, allerdings ist er zu alt. Vorhin beim Kuss, da hat sich seine Haut glatt angefühlt. Jung.“

Jill schnaubte. „Definitiv nicht dein Nachbar.“

Ich öffnete ihr die Tür und wir gingen fröstelnd hinein. „Scheiße, ist mir kalt.“

Sie trat auf der Stelle und sah mich misstrauisch an. „Was ist mit seinem Neffen?“

„Liam?“

Ich ging zu meinem Koffer und kramte ein halbes Dutzend Socken und eine Kuscheljacke heraus. Erschöpft ließ ich mich aufs Bett nieder, rubbelte meine Füße warm und vom Sand sauber und zog mir dann über jeden drei Socken. Es war mir egal, wie das aussah.

Jill hatte beim Verlassen der Blockhütte wenigstens ihre Schuhe angezogen. Allerdings war ihr Pyjama nicht wärmer als mein Outfit. Jetzt wickelte sie sich in ihre Bettdecke ein und sah mich nachdenklich an.

„Der ist doch neu bei dir aufgetaucht.“

„Eigentlich ist er bei Phil aufgetaucht. Ich wohne bloß nebenan.“

„Ich weiß nicht.“ Sie wirkte nicht überzeugt. „Es ist schon ein doller Zufall, dass er sich genau dann ankündigt, als du deine Chance bekommen solltest.“

Ich runzelte die Stirn und schlang mich auch in meine

Decke. „Er sah groß und kräftig aus."

„Schon, aber die Größe verändert sich, wenn sie transformieren. Im echten Leben kann er kleiner sein. Auch schwächer. Aber die Haarfarbe stimmt."

Mir fielen seine merkwürdigen Augen wieder ein. „Was ist mit seiner Augenfarbe? Mal sind sie blau, dann braun. Was ist denn jetzt richtig? Hat er blaue Augen als Mensch und wenn er zum Wolf wird, werden sie braun?"

„Ah, das." Jill nickte erst und schüttelte dann den Kopf. Sie breitete die Hände aus, als würde sie mir etwas darlegen wollen. „Eine Transformation – also sein Wechsel zwischen Mensch und Wolf – ist wie die Neugeburt seiner Wolfsgestalt. Alle neugeborenen Wölfe haben blaue Augen. So wie Hundewelpen. Daher hat jeder Werwolf bei der Wandlung blaue Augen. Die Farbe danach ist entscheidend. Das Braun ist der richtige Hinweis. Der Helligkeitsgrad kann variieren."

Ich rieb mir die Schläfen. Meine Fingerkuppen kribbelten. Ich wusste nicht, ob es an der Nervosität lag oder es ein Rest jenes Knisterns zwischen ihm und mir war.

„Okay, also Liam hat sowohl braune Augen als auch braune Haare. Aber ich verstehe das nicht. Er sieht doch gut aus und wir haben uns gut verstanden. Der Wolf meinte jedoch, er sei nicht interessant für mich."

Jill zuckte die Schultern, was dazu führte, dass sie aussah, wie ein bebender Deckenberg. „Vielleicht weil er keinen Job hat und in einer Hütte wohnt?"

Ich stieß ablehnend die Luft aus. „Für Wendy wäre das ein Problem, aber mir ist das egal. Ich habe ein Haus und einen Job. Ich suche keinen Versorger."

Sie lächelte und schien langsam aufzutauen. Jill warf

die Decke gerade aufs Bett, schüttelte ihr Kissen auf und kletterte rein. Dann stemmte sie den Kopf auf den Ellbogen und sah mich gutgelaunt an.

„Also ich fände das romantisch. Stell dir vor, er kennt dich noch von früher, hatte vielleicht schon damals etwas für dich übrig, aber du hast ihn komplett übersehen. Darum weiß er, dass du ihn nicht bemerkt hast, und rechnet sich keine großen Chancen aus. Jetzt kommt er zurück nach Saskatoon und sucht den Neuanfang.“ Sie runzelte die Stirn. „Er hätte dir aber nicht gleich eine Hirnreinigung antun müssen. Wenn es wirklich Liam ist, bin ich trotzdem sauer auf ihn.“

Ich liebte Jill dafür, dass sie so solidarisch sein konnte. Mir fiel ein, wie ich aus dem Haus getreten war und an der Tür stand, um abzuschließen. Ich hatte sie und Elaine mit ihm reden sehen und er wirkte dabei so neutral. Stand er am Ende auf mich? Ein Typ wie Liam?

„Er hat nicht mit euch geflirtet, oder habe ich was übersehen?“

Sie schüttelte den Kopf. „Nein, keine entsprechenden Signale. Ich fand, er hat dafür mehr auf dich geachtet. Okay, also Liam wäre ein heißer und zum Glück auch optisch heißer Kandidat. Wer noch?“

Ich war ziemlich erledigt vom Tag und hatte Mühe, sinnvolle Überlegungen anzustellen. Im Grunde schien alles möglich zu sein. „Was ist mit Billy Bonnet?“

„Du bist ihm doch gar nicht begegnet.“ Jill war verwundert.

„Ich habe ihn vorhin mit Elaine über den Platz laufen sehen. Er hat direkt in meine Richtung geblickt und irgendetwas an ihm war seltsam.“ Ich zuckte die Schultern. „Außerdem sagte er ja nur, dass ich die

Gelegenheit hatte, ihn kennenzulernen. Nicht, ob ich von ihr Gebrauch gemacht habe."

„Ja, aber Billy war hier und nicht in Saskatoon."

Ich nickte. „Stimmt. Das passt nicht zum Auspendeln."

„Und ich kann mich täuschen, aber hatte er nicht blaue Augen? Du weißt schon, die ganzen Fotos von ihm. Ich hab ihn blond und blauäugig in Erinnerung."

Damit hatte sie recht. Im Gegensatz zu Elaine hatte ich nicht nur auf seinen Hintern geachtet und mir fiel ein Bild von ihm mit Hut ein, wo er dieses James-Dean-Lächeln zur Schau trug. Überhaupt sah er dem toten Schauspieler sehr ähnlich. Es wäre mal spannend, Billy als Wachsfigur von ihm getarnt in eine Ausstellung zu setzen und zu schauen, wie viele ihn für die Nachbildung hielten. Mit dem Gesicht hätte er nicht zum Rodeo gemusst. Insofern passte er gut zu Elaine. Die sah auch eher aus wie jemand fürs Fernsehen.

Ich war zu müde, um über Zufallsbekanntschaften nachzudenken. Warum in die Ferne schweifen, wenn wir mit Liam einen guten Kandidaten zur Auswahl hatten? Es kam mir seltsam vor, dass ich ihn bisher nur nett, aber nicht unbedingt anziehend für die Rolle als meinen nächsten Freund gefunden hatte. Wenn ich ihn nun austauschte gegen den Werwolf von heute Nacht, gegen das Kribbeln unserer Berührungen und ... oh, diesen Kuss, dann wurde Liam spannender. Konnte er es tatsächlich sein?

Ich hatte mit ihm geflirtet, um ihm zu geben, was er wollte, damit er mir ließ, was ich wollte. Ich hatte nicht damit gerechnet, dass ich nun den Bauch voller Fragezeichen und sturmgebeutelter Gefühle hatte. Eigentlich war ich sauer. Doch wenn ich daran dachte, wie enttäuscht er war, als er merkte, dass ich ihn nicht von allein zurück in meine Erinnerungen geholt hatte, oder dass er sich mir nun nicht mehr zu erkennen geben wollte, dann hatte ich dieses Ziehen im Brustkorb, das mir nicht behagte. Es gab keine Logik dafür.

Wir wünschten uns eine gute Nacht und zum ersten Mal seit langem hatte ich keine weiteren Träume. Vermutlich, weil er auf dem Rückweg nach Saskatoon war. Weg von meinem Leben und mit Enttäuschung im Bauch. In meinen Gedanken war er noch da.

# KAPITEL 12

Als ich aufwachte, fühlte ich mich leer. Ich schreckte nicht hoch oder wälzte mich auch nicht herum. Ich schlug einfach die Augen auf und starrte an die Decke. Holzbalken hingen über mir und riefen mir ins Gedächtnis, wo ich war, und sofort dachte ich an die Begegnung der vergangenen Nacht.

Mein Herz schnappte sich einen Hammer und klopfte in meiner Brust damit herum, als wäre ich ein Amboss. Ich sog die Luft ein und erinnerte mich an seinen würzigen Duft. Er war nicht mehr hier, aber die Erlebnisse hafteten an mir, als wäre er keine zwei Sekunden fort. Verdammt, ich war im Eimer!

Seufzend zog ich mir den Arm über die Augen und blieb auf dem Rücken liegen. Der Kuss brannte auf meinen Lippen und spielte mit meinen Nerven wie kleine Kurzschlüsse auf der Haut.

„Alles okay?“ Jills vom Schlaf kratzige Stimme drang an mein Ohr und durchbrach den Fluch, Dinge zu fühlen, die so unpassend waren.

„Nicht wirklich."

„Hast du noch mal geträumt?"

Ich schüttelte den Kopf und zog mir das Kissen übers Gesicht. Das Rascheln von Jills Bettzeug mischte sich unter das Knistern meines eigenen Bezuges.

„Woran denkst du?", wollte sie wissen.

„An diesen Kuss." Ich leckte flüchtig über meine Lippen, berührte, was er berührt hatte. Ich war so bescheuert. Wie konnte mich das aus der Bahn werfen? Ich war siebenundzwanzig und nicht siebzehn. Er hatte mir den Kopf nicht verdreht, sondern ihn entrümpelt, als wären meine Erinnerungen an ihn Abfall, den man vor die Tür stellte. Und dann hatte er es noch einmal tun wollen.

Sicher war ich mir da zwar nicht, denn Jill hatte den Moment genutzt, um aufzutauchen und mich zu schützen, aber ich hatte seine Augen gesehen und das Zittern in seiner Pfote gespürt. Zumindest hatte er darüber nachgedacht. Solange Jill nicht da war, solange er dachte, dass ich mich allein an ihn erinnert hatte, wäre das sogar ohne Spuren gegangen. Jill war mein Back-up, die Sicherheitskopie meiner Erlebnisse. Vermutlich hatte er ihr deshalb die Forderung durchgehen lassen, dass ich unbehelligt davonkam, wenn sie dafür sorgte, dass ich es für mich behielt.

Warum auch nicht? Wenn er eine Ausnahme bei seiner Freundin machen konnte, war der Grundstein für Ausnahmen gelegt. Ich brauchte also nicht mehr über eine Beziehung mit ihm nachzudenken, um meinen Kopf aus der Schlinge zu ziehen. Trotzdem tat ich es. An ihn denken. An den Kuss. Seine Wärme. Seinen Geruch und Geschmack.

Jill räusperte sich wenig dezent. „War er denn gut?“

Ich bekam Gänsehaut und nickte still.

„Hast du was gesagt oder gemacht?“, fragte sie. „Ich kann dich unter dem Kissen nicht sehen.“

Seufzend packte ich es zur Seite und sah sie an. Ihre ordentliche Frisur war verstrubbelt, ihre Augen ohne den dramatischen Anstrich vom Kajal. Trotzdem war sie schön. Ich dagegen dachte eher daran, dass ich aufs Klo musste oder meine Zähne putzen sollte. Ging es ihr ansatzweise ähnlich?

„Musst du auch aufs Klo?“

Sie runzelte die Stirn. „Gerade nicht, nein. Du kannst ruhig gehen.“

Ich tapste ins Bad und erledigte ein kurzes Morgenprogramm. Mit leerer Blase und Minzgeschmack auf der Zunge ging ich zurück ins Zimmer. Die Sonne schien zwischen den Vorhängen durch, aber das sagte wenig darüber aus, ob wir lange oder kurz geschlafen hatten. Ich fühlte mich ziemlich gerädert, darum tippte ich auf kurz.

Jill lag faul ausgestreckt auf dem Bett und lächelte, als ich wieder auftauchte. „Ich habe meine Frage nicht vergessen. War der Kuss gut?“

Ich atmete geräuschvoll aus. Der Tumult in meinem Bauch war zurück und stritt sich mit dem hämmernden Herzen um die Vorherrschaft.

„Ziemlich.“

„Uuuuh!“

„Küsse du mal ’nen Werwolf und sag mir, dass das nichts ausmacht. Na ja, für dich vielleicht weniger als für mich. Ich meine, du kennst den ganzen Magiekram.“

Jill wälzte sich herum und setzte sich gemütlich hin.

„Da bist du mir einen Schritt voraus. Ich habe noch keinen Werwolf geküsst.“ Sie zuckte die Schultern. „Also, keinen, von dem ich wüsste. Aber die tarnen sich sehr gut. Am Ende war vielleicht jeder, den ich geküsst habe, einer. Stell dir das bloß mal vor.“

„Lieber nicht. Außerdem hätte Joe Inkognito ...“, ich malte den Namen mit Gänsefüßchen in die Luft, „es seiner Freundin gesagt. Wenn deine Kusspartner nichts gesagt haben, waren es wohl keine Wölfe.“

Ich hockte mich neben sie aufs Bett und war plötzlich sauer. „Der küsst mich und sagt mir nicht mal seinen Namen. Das ist doch blöd.“

„Aber echt, er zwingt mich ja förmlich dazu, ihn Wuffi-Wolf zu nennen.“

„Bitte nicht. Ich will keinen ‚*Wuffi-Wolf*‘ geküsst haben.“

Sie grinste mich an. „Na, gut. Dann nehme ich eben deinen Namen für ihn. Joe.“ Jill kniff die Augen zusammen und klatschte sich an die Stirn. „Genau, jetzt fällt mir was damit ein! Du willst doch herausfinden, welcher Mann in deinem Umfeld der Wolf ist.“

Eigentlich musste ich das nicht mehr. Es war nicht mehr nötig, ihn mit seiner Identität an die Wand zu stellen. Er hatte mir gestattet, mein Wissen zu behalten. Trotzdem war ich neugierig. Schon allein, weil ich keinen Fremden geküsst haben wollte. Erst recht keinen fremden Wolf.

„Und?“

„Na, pass auf. Das könntest du ganz unverfänglich in eine Unterhaltung einfließen lassen, selbst wenn der Kerl, den du ansprichst nicht der Richtige ist. Du erzählst einfach, dass du letztes Wochenende jemanden kennengelernt hast. Samstagabend genauer gesagt. Einen geheimnisvollen Joe."

Ich ließ mir die Idee durch den Kopf gehen. Es klang besser, als das Gespräch mit der Werwolf-Frage zu eröffnen. „Könnte gehen."

„Wenn er es nicht ist, denkt er bloß, dass du ihm von einem neuen Date erzählst."

„Aber wenn er es ist ..."

„Wird er ziemlich komisch reagieren. Ein nervöser Blick oder ein Zucken am Auge oder er fragt dich, wie du es gemerkt hast."

Ich lächelte sie an und drückte ihr einen Schmatz auf die Wange. „Du bist die Beste."

Sie tippte sich an die Wange und nickte. „Und wenn du ihm dann die Werwolf-Frage stellst, wird er dafür bluten."

Das Lachen, das sie folgen ließ, würde ich sofort einer Hexe zuschreiben. Zum Glück klang sie sonst nicht so, denn es war gruselig. Jill hatte eine perfide Form von Hexenhumor entwickelt.

Wir machten uns fürs Frühstück fertig und gingen zum Speiseraum. Die Sonne glänzte am Himmel wie eine polierte Goldmünze und ließ alles himmelblau strahlen. Trotzdem war es noch knackig frisch. Ich schätzte, dass es in der Nacht nicht wärmer als fünf Grad gewesen war, und innerlich war ich viel zu nah zwischen Gefrier- und Siedepunkt balanciert. Wenigstens rannte ich jetzt nicht mit Schnupfen herum. Im Gegenteil: Auch wenn gestern gefühlt zu viel passiert war, ging es mir körperlich deutlich besser als vor der Meditation.

„Warum feiern wir deine geistige Unabhängigkeit nachher nicht mit einer Runde Quad-Fahren? Ich kann nicht reiten, aber über die Hügel düsen fände ich lustig."

Mir gefiel Jills Vorschlag, auch wenn ich mit Pferden keine Schwierigkeiten hatte. Wir traten ins Haupthaus ein und hatten den Moment großen Trubels bereits wieder verpasst. Das Leben auf Farmen begann früh. Arbeiter waren nicht mehr hier, aber es gab einige Nachzügler unter den Touristen.

„Ich hätte gedacht, dass wenigstens Elaine hier ist." Von meiner Schwester war nichts zu sehen und sie gehörte ganz sicher nicht zur Sorte Frühaufsteher. Meistens war ich froh, wenn sie ansatzweise pünktlich kam.

„Woran das wohl liegt?" Jill lächelte kokett. „Elaine und Billy sind beide nicht zu sehen. Das muss ein Zufall sein."

Ich war noch hungriger als gestern und es war schon allein deshalb bedauerlich, dass meine Schwester nicht da war, weil sie mich bestimmt für den vollen Teller gelobt hätte.

„Ich schätze, wir finden sie hinten bei den Koppeln. Billy wird so knapp vor der Meisterschaft bestimmt trainieren."

„Und Elaine wird am Zaun kaum auffallen, weil sich noch andere die Nasen plattdrücken, um ihn zu sehen. All die männlichen Urlauber hatten sich die Ferien mit ihren Frauen wohl anders vorgestellt. Wobei die vermutlich auch zuschauen und jubeln, Rodeo-süchtig wie halb Kanada ist."

Ich lächelte über ihre Bemerkung. „Elaine fällt immer auf. Eigentlich sieht sie viel mehr aus wie eine Hexe als du. Die rote Wallemähne, die blasse Haut."

„Ja, und dann läuft sie immer mit dieser Katze auf der

Schulter herum. Und erst der Buckel und der Besen ...“

„Ist ja schon gut“, wehrte ich ab. „Du kannst Vorurteile mögen oder nicht, aber die Leute haben solche Bilder im Kopf.“

Sie zuckte die Schultern. „Ich mag Vorurteile. Dadurch hält mich jeder für eine verschrobene Esoterikerin und keiner ahnt, was ich wirklich bin. Die Welt ist so schön, findest du nicht auch?“

Ich schaufelte Rühreier mit Speck in mich rein und schüttelte nur den Kopf. Mit einer Sache hatte Jill allerdings recht: Die Welt war wieder halbwegs okay. Ich wurde nicht mehr verfolgt, hatte mich von der Beute in den Jäger verwandelt. Nun würde ich herausbekommen, wer er war und er hatte keine Möglichkeit, die Wahrheit vor mir zu verheimlichen, wenn ich ihn fand. Es war ein guter Rollentausch, von dem er vermutlich nicht mal etwas ahnte.

Bevor wir uns auf die Quads schwangen, wollte ich wenigstens meiner Familie Hallo sagen. Also nutzten wir die Gelegenheit für einen Spaziergang. Ich spürte, wie die Sonne langsam ihre Wärme auf die Hügel brachte. Der Boden war noch klamm und meine Nase definitiv wärmer als meine Füße. Ich hatte meine Sonnencreme vergessen und hoffte, dass ich nach der Zeit hier nicht so mit Sommersprossen gesprenkelt war wie eine Autoscheibe im Sommer mit toten Fliegen.

Michaels alter Collie lag faul im Gras und ließ seine Zunge aus dem Maul hängen. Er blinzelte aus seinen treuen Augen und ich war froh, dass es ihm hier gut ging. Hoffentlich hatte er noch ein paar schöne Jahre. Ich wollte ihm sein Fell kraulen und mich zu ihm bücken, doch er winselte und lief davon.

„Werwolfduft", erklärte Jill. „Den hast du noch nicht ganz abbekommen. Am besten seifst du dich mehrmals da ab, wo er dich berührt hat."

Ich rollte mit den Augen. „Toll. Reagieren jetzt alle Tiere so auf mich?"

„Vermutlich nicht. Hunde und Wölfe sind Werwölfen gegenüber empfindlich. Wie heißt es immer so schön: Verwandtschaft kann man sich nicht aussuchen."

„Also würden Hunde immer auf ihn reagieren?"

„Nicht in seiner Menschengestalt. Nur auf sein wölfisches Aussehen. Er hat dich gestern auch als Wolf berührt."

Ich sah zu den roten Farmgebäuden zurück, die friedlich im Tal hinter uns lagen.

„Es ist alles okay", sagte Jill. „Lass uns weiterlaufen."

Sie hatte recht, er war weg. Trotzdem blieb ein schales Gefühl in mir zurück. Er war hier gewesen, vielleicht über dasselbe Büschel Gras gelaufen, das ich nun mit meiner Stiefelspitze berührte, und nun sah ich Gespenster.

Wir folgten dem Sandweg und ich konnte die Tiere hören. Das Wiehern der Pferde, schabende Hufe und das Muhen der Rinder hingen in der Luft wie nächtliches Grillenzirpen. Alles erschien friedvoll und normal. Hinter der nächsten Biegung tauchten Büsche und Stallungen auf. Unzählige Wagen parkten auf dem Platz bei der Scheune. Der Rasen dort war plattgefahren und vom sandigen Profil der Reifen durchzogen. Einige Pferde standen auf der Koppel und würden bald für Ausritte gesattelt werden. Die entsprechenden Gäste standen schon da. Allerdings nicht an diesem Gehege. Zweihundert Meter weiter lag ein rundes Areal, das mit stabilen Lattenzäunen eingegrenzt war. In diesem Moment kam es mir vor wie eine Arena. Reisende und Arbeiter standen dort beisammen, lehnten am Zaun und sahen einem Mann auf einem Pferd zu, der sehr viel Staub aufwirbelte.

Die Erde spritzte unter den Hufen des Mustangs davon wie Schneebälle, die wir als Kinder im Winter geworfen hatten. Das Keuchen und Wiehern des Pferdes mischte sich unter das wilde Trappeln seiner Hufe. Es bockte und stemmte sich auf, trat nach hinten und buckelte. Es zeigte das ganze Programm eines Pferdes, das seinen Reiter abwerfen wollte.

Billy Bonnet machte den Augenblick zu seinem Königreich. Alle Blicke klebten an ihm und auch ich konnte nicht verhindern, dass ich staunend näherlief. Er beherrschte den Mustang geradezu mühelos. Eine Hand streckte er in die Luft und ließ sie die Bewegungen des Tieres ausgleichen. In der anderen hielt er die Zügel. Er war der Inbegriff einer Rodeoreklame mit seiner Jungend und Kraft, dem Cowboyhut, karierten Hemd und dem roten Halstuch. Ich kannte keinen Reiter, der nicht längst am Boden gelegen hätte.

Als ich ihn sah, wusste ich, dass er dieses Jahr gewinnen würde. Das war mehr als Kunst und Können, es war ein Talent und eine Verbundenheit mit dem Pferd, eine Ruhe, die er in all dieser Hektik noch in sich trug.

Ich erspähte Elaine in der Menge der Zuschauer, obwohl sich verdammt viele Schaulustige am Rand der Arena drängten. Mehr als es Platz in Michaels Hütten gab. All die Autos stammten offensichtlich von Leuten, die extra angereist waren, um den Wunderknaben des

Pferdesports zu sehen. Sie alle schnupperten am Duft des Sieges und jeder von ihnen schien dasselbe zu denken wie ich: dass hier der nächste Champion ritt. Dieses Gefühl schien die Menge zu verbinden und auch Elaine fieberte mit ihm mit. Sie hatte dieses Glänzen in den Augen, eine Begeisterung wie aus Kindertagen, wenn das erste Mal die Lichter am Weihnachtsbaum angingen.

Die meisten Ritte endeten damit, dass der Reiter in hohem Bogen in den Dreck flog und zusah, dass er keine Hufe abbekam. Bei Billy gab das Pferd auf. Ich schmunzelte, nahm zwei Finger in den Mund und pfiff anerkennend.

Elaine sah zu mir herüber und grinste mich fröhlich an. Sie applaudierte begeistert und drängte sich in Billys Richtung, als er abstieg. Doch er ließ sich Zeit. Die Gäste waren ihm anscheinend egal. Er streichelte das Pferd und redete ihm gut zu. Wenn ich es nicht besser wüsste, würde ich sagen, dass er sich mit ihm unterhielt und es dabei beruhigte.

Da weder Elaine noch Billy ansprechbar wirkten, hielt ich Ausschau nach Michael. Er lehnte zufrieden an der Scheune und klopfte seinen Hut am Hosenbein ab. Als er mich sah, lächelte er. In diesem Moment mochte ich glauben, dass die Zeit stillstand und sich manches niemals ändern würde, egal wie sich unser Aussehen wandelte.

„Komm, lass uns zu Michael gehen.“ Ich hakte mich bei Jill unter und wir bummelten zu ihm.

„Einen fröhlichen guten Morgen“, grüßte sie ihn. „Du wirst mehr Hütten für Gäste bauen müssen. Die rennen dir ja die Bude ein.“

Er nickte und tippte sich zum Gruß an die Stirn. „Ich glaube, es war hier früher nie so voll."

„Eröffne doch ein Rodeo-Trainingszentrum für junge Reitfreunde und künftige Champions."

Was sollte man sagen? Meine Freundin dachte eben groß.

Michael lachte. „Das hier wird kein olympisches Dorf, Jill. Es ist eine Farm."

Sie verschränkte die Arme vor der Brust, lehnte sich neben ihn an die Scheunenwand und zuckte mit den Schultern. „Rede du dir das nur weiter ein. Die Leute kommen trotzdem. Besser du hast Platz für sie."

„Herzlichen Glückwunsch zu dieser tollen Partnerschaft mit Billy." Ich drückte meinen Bruder. „Das könnte etwas Großes werden."

„Schauen wir mal." Michael war nie großspurig gewesen.

„Vermisst du es?"

„Rodeo?" Er nickte. „Klar. Wenn ich ihm zusehe, kommen viele Erinnerungen hoch. Aber so gut wie er war ich nie. Ist wohl keiner auf diesem Planeten."

„Frag' die anderen zwei", schlug ich vor.

„Welche anderen zwei?"

„Na ja, er war letztes Jahr dritter."

Michael grinste. „Das wird ihm nicht noch mal passieren. Es kommt für alles eine Zeit. Anscheinend auch für euch. Habt ihr gut geschlafen und euch erholt?"

„Ja, danke. Mir geht's besser."

„Tut mir leid, dass ich nicht viel Zeit für euch hatte."

So war mein Bruder eben. Wir hatten uns verkrochen und er schob es auf sich, dass wir keinen geselligen Abend hatten.

Ich nahm ihn noch einmal in den Arm. „Du brauchst eine Freundin“, stellte ich fest.

Er sah mich amüsiert an und schaute dann zu Jill. „Oh, wie lieb. Du hast mir eine mitgebracht. Und gleich so eine Hübsche. Das wäre doch nicht nötig gewesen.“

Sie schüttelte den Kopf. „Das würde nicht klappen. Du bist zu nett.“ Dann machte sie eine allumfassende Handbewegung. „Und du lebst am A… der Welt.“

„Bald werde ich ein reicher Mann sein. Schau nur auf die Besucher.“

„Ich habe mein eigenes Geld, aber danke, dass du dachtest, das würde etwas ändern. Hm, da fällt mir ein, dass deine Schwester eine ganz reizende und Geld liebende Arbeitskollegin hat. Sie sucht noch einen Gönner für Barbados oder eine dieser Inseln.“

„Etwa Wendy?“, wollte er wissen. „Da fange ich lieber was mit einer meiner Kühe an.“

Jill lachte und klappste ihm auf die Schulter. „Böse Vorurteile gegen Farmer und ihre Tierliebe.“

„Ja, aber ich darf solche Witze machen: Ich bin Farmer. Wenn du das machst, ist es politisch inkorrekt.“

„Das wird sie abhalten“, murmelte ich ironisch.

Jill überging meinen Kommentar. „Da vorne könntest du einen Fanshop errichten.“ Sie zeigte auf eine Stelle zwischen Einfahrt und Parkplatz. „Autogramme, T-Shirts und für die kleinen Mädchen: Pferdetagebücher.“

„Ich kann mich gerade so beherrschen. Aber wieso seid ihr noch hier? Wollt ihr kein Autogramm von ihm bekommen? Die Schlange ist nur noch halb so lang.“

Ich wüsste wirklich nicht, was ich mit einem unterschriebenen Blatt anfangen sollte. Vielleicht konnte man die Unterschrift auf einen Scheck mogeln, doch ich hatte so eine Ahnung, dass das nicht gut ausgehen würde. Trotzdem gesellten wir uns zu den anderen.

„Ist es okay, wenn wir nachher Quads fahren?", erkundigte ich mich bei Michael.

„Klar. Ob du es glaubst oder nicht, seit Billy hier ist, wollen alle nur noch reiten und die Quads stehen in der Ecke. Bedient euch. Sie sind nicht ausgebucht."

„Dann nehme ich den schwarzroten", meldete sich Jill. „Der sieht irgendwie gemein aus."

Mein Bruder grinste, sparte sich aber einen Kommentar zu ihrem Auswahlverfahren. Zum Glück suchte sie sich Männer nach anderen Gesichtspunkten aus.

Wir standen am Ende der Besucherschlange, inzwischen waren das wohl noch zwanzig Leute. Ich spähte nach vorn und sah Billy Autogramme schreiben und freundlich lächeln, während einer von Michaels Arbeitern das Pferd versorgte.

Billy zog seinen Hut, lächelte und setzte ihn einem kleinen Jungen auf den Kopf, der wohl seinen Helden gefunden hatte.

„Gott, ist das niedlich", meinte Jill. „Jetzt werden ihm die Frauen zu Füßen liegen."

„Ach, so geht das. Ich muss nur Hüte verteilen und die Frauen mögen mich?", wollte Michael wissen.

„Ja, und nimm deinen alten Hund mit. Das hilft auch."

„Hüte und Hunde. So leicht ist das. Und ich dachte, das hätte was mit mir zu tun."

Ich rieb ihm tröstend über den Rücken. „Du findest schon noch die Richtige."

„Und ansonsten gibt es ja noch Wendy." Jill grinste hämisch.

Wir rückten zwei Plätze vor in der Schlange. Die Familie mit dem Jungen lief glückselig zurück zu ihrem Jeep. Billy sah ihnen kurz nach, dann huschte sein Blick über die Menge. Er nickte Michael zu und befasste sich wieder mit seinem nächsten Fan in der Schlange. Es sah aus, als wollte er ein weiteres Autogramm schreiben, doch dann zögerte er und runzelte die Brauen. Sein Blick wanderte zurück zu uns und blieb an Jill hängen. Sie spitzte amüsiert den Mund. Ihre Augen funkelten.

„Na, das dürfte interessant werden“, murmelte sie.

Sofort hielt ich Ausschau nach Elaine. Sie stand zwei Meter neben Billy und schaute so finster wie ein Unwetter. Wenn sie gekonnt hätte, wären wohl Blitze aus ihren Augen geschossen.

Michael gab sich nicht die Mühe, sein Glucksen zu verbergen. „Der Billy und die Jillie, das dürfte wirklich interessant werden.“

Sie stieß ihm wenig damenhaft den Ellbogen in die Seite. „Ups, tut mir leid, aber das musste sein. Trotzdem danke. Ein guter Grund, nichts mit ihm anzufangen.“

Elaine war der zweite gute Grund, aber ich erwähnte das nicht. Zwischen Jill und meiner Schwester herrschte ein kleiner Wettstreit. Ich wollte Jill keinen Anlass geben, zu viel mit dem Pferdemann zu flirten. Allerdings konnte ich nicht beeinflussen, was er tat, und jetzt gerade sah er wieder zu ihr.

Wir warteten etwa zehn weitere Minuten und ich begann zu zählen, wie oft er zu Jill spähte und dabei lächelte. Ich kam auf fünfundzwanzig Mal und meine Freundin sah aus, als bekäme sie gleich einen Lachkrampf, während Elaine den Eindruck erweckte, ein Atemzelt zu brauchen.

Als wir bei ihm angelangten, übernahm mein Bruder den Part der Vorstellung. „Das hier ist meine reizende Schwester Emily.“

Ich fand es nett von Billy, dass er mich dabei ansah und ausnahmsweise nicht zu Jill starrte. Trotzdem wusste ich, was kommen würde, und wartete es wie einen Aufprall ab. In Elaines Augen krachten wir vermutlich gerade mit Vollgas in eine Wand.

„Billy, das ist Jillie. Die Freundin meiner Schwester.“ Er betonte den Reim absichtlich.

„Jill“, stellte sie klar.

„William“, korrigierte auch er.

Ich wollte wetten, dass er das »Billy« sonst nie berichtigte. Beide schienen zu finden, dass William und Jill weniger blöd klang, und sie hatten recht.

Er hatte ozeanblaue Augen, sandfarbenes Haar und Grübchen, wenn er lächelte. Am auffallendsten war jedoch, dass er eine eigenartige Energie ausstrahlte, die über Charisma weit hinausging. Ich konnte nicht benennen, was es war. Wären seine Augen und Haare braun gewesen, hätte ich ihn verdächtigt, der Wolf zu sein. Vermutlich sah ich Gespenster, aber durch Jill hatte ich ja gelernt, dass es sie auch gab.

Meine Schwester schloss sich der Vorstellungsrunde an. „Ist das nicht spannend? Jill verkauft esotcrische Produkte.“

„Tatsächlich?“, fragte Billy.

Jill nickte. „Ja, ich biete auch Aurenreinigungen an.“ Sie gab sich keine Mühe, ihr Grinsen zu verbergen.

Elaine sah aus, als könnte sie ihr Glück kaum fassen, dass sich meine Freundin ihrer Meinung nach selbst um Kopf und Kragen redete.

„Aurenreinigung?“, wiederholte Billy. Er schien sich gut zu unterhalten. „Was muss ich mir denn darunter vorstellen?“

Jills Augenbrauen hüpften kurz nach oben. „Na ja, wenn deine Aura beispielsweise von Ängsten verunreinigt ist und du dadurch nicht mehr in der Lage bist, Freude zu empfinden, dann ist das ungesund. Kleine Ängste hier und da sind normal und schützen vor Unfällen, aber wenn sie dich im Handeln lähmen, sollte man über eine Aurenreinigung nachdenken.“

„Das ist wirklich spannend“, bestätigte Billy Elaines Aussage.

Meine Schwester sah aus, als hätte sie Mühe, ihre Kinnlade im Gesicht zu behalten.

„Ja, nicht wahr?“ Jill lächelte unschuldig. „Eine meiner Kundinnen hat dieses Problem gerade. Ihre Tochter ist sehr jung und unerwartet schwanger geworden. Sie will das Kind behalten und meine Kundin ist so von Zukunftsängsten zerfressen, dass sie sich nicht mehr freuen kann, obwohl sie für ihre Tochter da sein will. Und da komme ich ins Spiel.“

„Das ist sehr löblich.“ Billy wirkte aufrichtig und das machte ihn noch verdächtiger. Normalerweise reagierten Männer auf solche Themen anders. Zum Teufel, ich selbst hatte daran nicht geglaubt!

Obwohl wir zu viert um ihn herumstanden, widmete er sich fast nur Jill. Ich hätte angenommen, dass sie das auskostete. Er war ein begehrter und gutaussehender Mann. Seltsamerweise war sie es, die nach einigen Minuten das Gespräch unterbrach.

„Emily und ich wollen noch Quads fahren, aber es hat mich gefreut, dich kennenzulernen.“

Elaine war sichtlich erstaunt und erleichtert. Ihre einzige Konkurrentin räumte freiwillig das Feld. Ich war mindestens genauso verwundert, denn hatte Jill nicht gesagt, es dürfte interessant werden? Warum ging sie dann jetzt?

„Wirklich? Ihr seid auf einer Farm und fahrt lieber Quad, als zu reiten?“ Billy hatte Schwierigkeiten mit der Vorstellung.

Jill winkte mit beiden Händen ab. „Ich kann überhaupt nicht reiten und setze mich lieber auf eines dieser Fahrzeuge. Das mit den Pferden überlasse ich dir.“

Ich war nicht unbedingt eine Expertin auf dem Gebiet, doch war es nicht eher ein schlechtes Signal, wenn sie sein Interesse nicht teilte? Sofort rechnete ich damit, dass er enttäuscht sein würde, doch es schien ihn anzuspornen. Das passte zu meinem Verdacht, dass er seltsam war.

Wir verabschiedeten uns und ließen die anderen hinter uns zurück. Als wir außer Hörweite waren, fragte ich Jill aus. „Hey, was ist los? Gefällt er dir nicht?“

Sie schmunzelte. „Doch, er sieht prima aus.“

„Dann magst du keine Pferde?“

„Doch. Sie haben vier Beine, fressen Gras und wiehern. Dagegen habe ich nichts. Du weißt, dass ich dic Natur mag.“

Ich runzelte die Stirn. „Aber dann ... Ich verstehe das nicht. Du hast vorhin gesagt, er wäre interessant.“

„Oh, ja. Allerdings.“ Jill schien einen guten Witz zu kennen. Ich hatte nur keine Ahnung, welchen.

Also hielt ich sie am Arm zurück. „Was ist dann los? Ich glaube, er mochte dich. Er kann doch nicht der

Werwolf sein, oder?“

„Nein, er ist kein Wolf. Wäre er einer, würde ich gar nichts merken. Aber von Billy geht etwas aus. Das meinte ich mit ‚interessant‘.“

Eine Woge warmer Luft wirbelte durch meine Haare und ich sah zum Himmel. Die Wölkchen veränderten sich und trieben schneller. Das Gras geriet in Bewegung und verwandelte sich in Wellen auf einem grünen Ozean.

„Du meinst, er ist auch so ein magisches Wesen?“, hakte ich nach.

„Ja, Leute wie ihn gibt es nicht so oft. Auch nicht in der magischen Welt.“

„Und was ist er?“

Sie legte eine dramatische Pause ein und ich wollte sie am liebsten wieder schütteln. „Ist ja schon gut“, gab sie nach. „William Bonnet ist ein Wiedergänger.“

# KAPITEL 13

„Wiedergänger?“ Ich blies die Luft aus den Backen und hatte keine Ahnung, was das sein sollte. „Eine Art Zombie?“ Jill lachte. „Ernsthaft, das klingt wie ein Nebendarsteller in einem Mumienfilm.“

Sie lachte nur noch lauter. „Ich glaube, er wäre nicht erfreut, wenn du ihn ‚Imhotep‘ nennst, wie diese Mumie im Film.“

„Das mache ich bestimmt nicht. Jetzt erkläre mir das mit dem Wiedergänger mal.“

„Okay.“ Sie nickte und wischte sich eine Träne aus dem Augenwinkel. Dann liefen wir weiter. „Also, Billys Seele ist sehr alt. Er ist nicht erst in diesem Leben hier gewesen. Er hat eine alte Aura, weswegen er das mit der Aurenreinigung auch so lustig fand.“

Ich kratzte mich am Nacken und schüttelte den Kopf. „Nein, tut mir leid, ich weiß immer noch nicht, was er ist.“

„So im Vorbeigehen kann ich dir nicht sagen, wie alt genau er schon ist, aber er ist mindestens hundert Jahre alt. Eher einhundertfünfzig. Ich bräuchte Haare oder Blut von ihm, um es genauer festzustellen. Natürlich könnten wir ihn auch einfach fragen." Sie zwinkerte vergnügt.

„Er sieht aber gar nicht so alt aus. Wenn ich es nicht besser wüsste, würde ich ihn sogar jünger schätzen als Michael."

Jill wedelte mit der Hand. „Nein, nein. So alt ist sein Körper auch nicht. Das liegt daran, dass das nicht sein erster Körper ist."

„Was?" Ich merkte selber, dass ich eine Grimasse schnitt. Eigentlich hatte ich angenommen, mich an Jills Welt zu gewöhnen, die unwissentlich auch meine war. Ich hatte gedacht, dass Geschichten über Wölfe, Hexen und Geister stimmten. Ich hatte allerdings nicht mit einer erweiterten Palette an Wesenheiten gerechnet. Was war mit Nymphen und Meerjungfrauen? Drachen und Vampiren? Ich hatte wohl noch viel zu entdecken. Im Augenblick konnte jedes Märchen wahr werden.

„Billys Seele ist wiedergeboren", erklärte Jill. „So wie meine magischen Kräfte auch alt und wiedergeboren sind. Bei mir sind es die Kräfte, bei ihm sein Geist."

Also hatte ich Gespenster gesehen, weil er eins war. Wieso klappte das bei meiner toten Nachbarin nicht? Die Antwort gab ich mir selbst. Lory war tot und Billy nicht. Ich würde vermutlich bald Knoten im Hirn haben.

„Und erinnert er sich an seine früheren Leben, oder wie ist das?"

Sie wiegte ihren Kopf hin und her. „Ja und nein. Das mit den Pferden kann er schon sehr lange. Er hat auf jeden Fall emotionale Erinnerungen, aber er kann sich nicht unbedingt an Ereignisse von früher zurückerinnern."

Mein Gesicht schien Bände zu sprechen, denn Jill fuhr fort: „Sagen wir, er hat vor drei Leben mal reiten gelernt, dann kann er es intuitiv immer noch und muss es nicht neu lernen. Es fällt ihm sozusagen in den Schoß und er verknüpft damit positive oder negative Stimmungen, je nachdem, was er früher für Erfahrungen machte. Aber er weiß deshalb trotzdem nicht mehr, wie er als Junge vor drei Leben vom Pferd fiel, um es zu lernen."

Der Wind nahm weiter zu. Ich strich mir die Haare aus dem Gesicht, kramte ein Haargummi aus der Tasche und machte mir einen Zopf. „Kommt daher sein Talent? Er hat einfach mehrere Leben Vorsprung beim Üben?"

Sie nickte. „Genauso funktioniert das. Ein anderes Beispiel wäre, dass er mal im letzten Leben einen schlimmen Fehler begangen hat. Dann hätte er auch in diesem Leben draus gelernt. Er kennt keine Details, allerdings weiß er, dass er es lassen sollte. Er ist sehr intuitiv. Bei manchen Dingen merkt er erst, dass er sie kann, wenn er sie ausprobiert. Es könnte sein, dass ihm bestimmte Kenntnisse in diesem Leben gar nicht bewusst sind, weil er sie nicht abfragt, und er nutzt sie erst in späteren Leben wieder oder nie mehr. Sagen wir, er war früher ein guter Eisfischer. Dieses Talent braucht man heute nicht mehr. Dann kann er es zwar, hat aber keine Ahnung davon."

Ich hatte auch von so allerhand keine Ahnung. Es kam mir vor, als könnte man so was wie den schwarzen Gürtel in Magiekunde haben, und ich trug nicht mal einen Bademantelgürtel. „Okay. Aber sobald er es anwendet, ist es ihm klar?"

„Ja, ihm wäre bewusst, dass es eine frühere Fähigkeit

ist. Das macht er so automatisch wie atmen. Und er hat Kenntnis davon, dass er nicht neu auf der Welt ist."

Ich rieb mir die Stirn. „Und was war er früher? Weiß er das auch?"

Jill zuckte mit den Schultern. „Ich weiß nicht, was er alles weiß. Kann sein, dass er sich gut informiert hat. Es lässt sich mit Ritualen ermitteln. Ich würde sagen, er hat indianische Wurzeln. Fast alle Wiedergänger – du kannst sie auch Geistreisende nennen – stammen aus diesem Kulturkreis."

Der blonde, blauäugige William Bonnet war ein Indianer? Weder sein Äußeres noch sein Name waren dafür ein Indikator. Die magische Welt schien uns Normalsterbliche an der Nase herumzuführen.

„Wie kann denn das sein? Sollte er nicht ... na ja ... bei seinen eigenen Leuten wiedergeboren werden?"

Jill grinste mich an. „Ich liebe es, wenn du schon vor dem Mittagessen politisch inkorrekt bist ... oder überhaupt mal. Es gibt vieles, was ich über ihn und seinesgleichen in Erfahrung bringen könnte. Schon allein deshalb wäre er interessant. Persönlich bin ich erst einem Wiedergänger begegnet. Aber nur weil magische Wesen aufeinandertreffen, heißt das nicht, dass sie ihr Wissen oder ihre Zeit auch einander zur Verfügung stellen. Das wäre ja so, als ob wir automatisch beste Freundinnen mit allen Frauen aus Saskatoon sein müssten, nur weil sie auch von da sind. Der Wiedergänger, den ich getroffen habe, war ein echter Einsiedler und sehr verschlossen."

Ich machte eine vage Geste. „Billy sah aus, als wäre er zugänglich. Besonders für dich."

Sie lächelte und so sehr sie auch versuchte, das zu

überspielen, ihre Wangen wurden rosa. „Kann sein. Aber Elaine würde mich hassen. Andererseits mag sie mich eh nicht und es wäre im Dienste der Wissenschaft. Sie weiß gar nicht zu würdigen, was er ist."

Das konnte sein, nur fand ich den Gedanken problematisch. „Vielleicht will er lieber, dass du dich für sein ‚Wer' als sein ‚Was' interessierst."

So wie Matthew nicht wegen seines Geldes von Wendy angegraben werden wollte.

Wir kamen bei den Quads an und jede von uns schnappte sich eins. Jill stürzte sich auf das schwarz-rote Gefährt. Ich konnte nicht finden, dass es gemeiner aussah als andere, aber wer wusste schon, ob Quads nicht auch Auren besaßen. Ich nahm ein Modell, das weniger sportlich aussah. Sie alle funktionierten, also war es egal.

Wir düsten los und ich fühlte mich herrlich frei und unbeschwert, als wir scheinbar über die Hügel dahinflogen. Das Land war endlos weit. Von einem Hügelkamm konnte ich ein paar Touristen auf Pferden sehen, die mit dem Lasso versuchten, Kälbchen zu fangen. Das Konzept von Michaels Farm war es, die Gäste hautnah am Leben der Wrangler teilhaben zu lassen, um authentische Erfahrungen zu sammeln. Daher trennte er den Speiseraum auch nicht von dem der Arbeiter. Es sollte die Möglichkeit für viele Begegnungen geben. Ich wusste von ihm, dass diese Idee gut ankam und etliche Gäste jedes Jahr anreisten. Andere Touristen sattelten gerade unter Anleitung ihre Pferde für einen Ausritt.

Wir ließen das Treiben hinter uns und fuhren Richtung Seeufer. Der Lake Diefenbaker war ein großer Stausee, der blaugrau zwischen den sanften, grünen Hügeln lag. Einige Pferde standen auf den Wiesen. Michael ließ seine Tiere frei grasen.

Was mich immer wieder aufs Neue fesselte, war die endlose Weite dieses Hügelmeers. Bis zum Horizont gab es nur grünes Land. Die Buckel und Wölbungen hätten genauso gut Sanddünen einer Wüste sein können. Man musste sie nur gelb anstreichen. Alles würde genauso sein, nur wäre es nicht mehr die Prärie, sondern die Sahara. Es war erstaunlich, wie wenig man verändern musste, um etwas völlig anderes vor sich zu haben.

Nach einer Weile stießen wir auf den vermutlich einzigen Baum im Umkreis von zehn Kilometern, stellten die Quads ab und machten es uns im Schatten darunter gemütlich. Es war mittlerweile so warm, dass ich mein Shirt auszog. Darunter trug ich ein Top mit schmalen Trägern, also saß ich nicht in Unterwäsche herum. Mit dem verschwitzten Shirt wischte ich mir die Haut trocken und streckte mich dann im Gras aus. Jill und ich lagen Kopf an Kopf und starrten ins Blätterdach.

„Was meinst du, was das für ein Baum ist? Sieht nicht aus wie ein Ahorn und mit dem Rest kenne ich mich nicht aus."

Jill kicherte. „Du kennst natürlich nur den Nationalbaum. Das ist eine Buche. Ich frage mich, wie die hierher gekommen ist. Hier ist weit und breit keine andere."

Ich glaubte nicht daran, dass sie auf natürliche Art hier gelandet war. Eher konnte ich mir vorstellen, dass vor circa zwanzig Jahren ein paar Jugendliche einen Ausflug mit Pferden oder Quads gemacht hatten, und es lustig fanden, einen Baum mitten ins Nichts zu pflanzen.

„Kannst du sie nicht fragen?“, schlug ich vor.

„Wen?“

„Die Buche.“

Sie klappste mich am Arm.

„Aua.“

„Nein, ich kann den Baum nicht fragen. Dafür bräuchte er ein Bewusstsein.“

„Und das hat er nicht?“

„Nein. Sonst hätte ich wirklich was gegen Holzhandel.“

Wir lagen eine Weile schweigend im Gras und betrachteten die wogenden Blätter. Hier draußen in der Prärie, wo es kaum einen Busch oder Baum gab, war es ohnehin windiger als anderswo. Ungebremst trieb die Luft über die Halme der Gräser.

An manchen Tagen erschlug mich die Weite. Doch während ich mich selbst ganz klein fühlte, konnten auch meine Probleme mitschrumpfen. Das Leben war im Grunde wie der Baum, den ich anstarrte. Man konnte an jedem Ast anders abbiegen, sich an jedem Zweig wieder neu entscheiden. Es gab tausende Möglichkeiten, so wie es tausende Blätter gab, und die Chance dafür, ein bestimmtes Blatt zu erreichen und eine bestimmte Handlung herbeizuführen, war winzig klein. Das Blatt, auf dem ich angelangt war, kam mir vor wie ein buntes Herbstblatt an einem Frühlingsbaum. Ein Blatt aus Magie.

„Ich bin froh, dass du meine Freundin bist, Jillie.“

Sie räkelte sich gemütlich. „Ja, ich auch.“

„Er kommt nicht mehr her, oder?“

„Nein, ich wüsste nicht wozu.“

„Es ist nur …“ Ich schluckte und suchte im Blättermeer nach Worten. „Als du gesagt hast, dass er mir folgen würde, hatte ich Angst, dass er es tut. Und jetzt sagst du, dass er nicht mehr kommt, und irgendwie ..."

„Willst du das auch nicht?" Sie wälzte sich auf den Bauch und stützte ihr Kinn auf den Händen ab.

„Keine Ahnung. Ich denke zu viel an ihn. An den Kuss."

„Zwischen euch besteht eine Verbindung, ob ihr die wollt oder nicht."

„Aber ich müsste sauer auf ihn sein, weil er mir das mit den Erinnerungen angetan hat."

Sie nickte. „Es ist seine Natur, so zu handeln. Du nimmst mir ja auch meine Haarfarbe nicht übel."

„Deine Haarfarbe bringt mich nicht durcheinander." Ich seufzte. „Weißt du, ich will einfach rausfinden, wer er ist. Der Gedanke, dass ich ihm über den Weg laufe und es nicht weiß, während er es weiß, ist falsch."

„Okay. Das haben wir besprochen. Du findest ihn durch den Fluch."

Ich nagte an meiner Unterlippe. „Ja, schon. Ich mache mir nur Sorgen, was ist, wenn ich ihn aufspüre, und ihn total doof finde. Dann hat mich so ein Idiot geküsst." Ich schluckte hart. „Mit Zunge."

Jill kicherte. „Wenn er ein Trottel ist, kann ich ihm noch einen Fluch verpassen. Irgendwas Gemeines, damit du dich besser fühlst. So was wie ..."

„Giftsumach in der Tagescreme?", riet ich.

„Das ist kein Fluch. Das ist Chemie. So was bekommst du auch hin. Ich dachte eher daran, dass er immer sabbern muss, wenn ihm eine Frau gefällt. Stell dir mal vor, er spricht sie an und ihm hängen dann so Speichelfäden aus ..."

„Ist schon gut." Ich hob die Hand, bevor sich das Bild

weiter in meinem Kopf festsetzte. „Also das ist eklig."

Sie machte ein unschuldiges Gesicht. „Ja, natürlich. Erst einmal: Wo wäre sonst der Spaß? Und außerdem bin ich eine Hexe. Ich habe einen Ruf zu verlieren."

„Weil ihr Hexen euch immer freitags zum Mittagessen trefft und diejenige gewinnt, die das gemeinste Erlebnis berichtet?"

„Nein." Sie runzelte die Stirn. „An so was habe ich noch gar nicht gedacht."

Ich verdrehte die Augen. Als ich so dalag, hatte ich das Gefühl, der Boden würde vibrieren. Ich stemmte mich hoch und sah Jill fragend an. „Spürst du das auch?"

Sie konzentrierte sich einen Moment und nickte dann. „Wir bekommen Besuch."

„Von ihm?"

„Wuffi-Wolf?" Ich machte ein grimmiges Gesicht. Jill hielt sich die Hand vor den Mund. „Entschuldigung, ist mir so rausgerutscht." Sie schüttelte den Kopf. „Nein, das ist Hufgetrappel."

Wir standen auf, um mehr sehen zu können, doch der Baum stand in einer Senke und alles, was auf dieser Seite des Sees lag, war nicht so gut einsehbar.

„Warte eine Sekunde." Jill sprang aus dem Stand in die Baumkrone hoch und hielt sich am Astwerk fest. Ich starrte auf die Stelle, an der ihre Füße eben noch im Gras gestanden hatten, und dann hinauf zu der Frau, die zwischen den Zweigen hing. Sie war wie eine Katze, die mit einem Satz auf die Küchentheke hüpfte.

„Na, das ist interessant", rief sie mir von oben zu und hopste dann zurück auf den Boden. Sie landete sogar wie eine Katze. Von wegen Frosch.

„Was ist interessant?"

„William galoppiert in unsere Richtung."

Vermutlich war sie die einzige Person, die ihn William nannte. Das hatte sie vor dem Namensabgleich nicht getan. Es hätte ihr egal sein können, wenn sie ihn langweilig finden würde. So ganz nahm ich ihr die Geschichte nicht ab, dass ihr Interesse nur dem Dienst der Wissenschaft galt.

Ich zuckte die Schultern. „Vielleicht kennt er auch den einzigen Baum weit und breit und will sich nach dem Training ausruhen."

Sie lächelte wissend. „Ich würde das nicht Training nennen. Er kann es längst. Und ich glaube auch nicht dran, dass er zu diesem Baum will."

Wenn ich ein Messer dabei gehabt hätte, hätte ich liebend gern zum Spaß ein Herz mit »B + J« in die Rinde geritzt. Jill hätte sich wohl darüber ausgelassen, wie wenig er infrage kam, und sein Gesicht hätte ich gern gesehen, wenn er es entdeckte. Leider fiel das flach.

„Aber er ist letztes Jahr nur Dritter geworden." Wie passte das mit den Fähigkeiten früherer Leben zusammen?

„Muss ihm schwer gefallen sein, absichtlich zu verlieren. Talent und Können zu verbergen, ist auch eine Kunst. Ich muss mich ständig anstrengen, nicht zu hüpfen, wenn ich im Supermarkt etwas aus dem obersten Regal will."

Sie strich ihre Kleidung glatt und prüfte ihre Frisur. Bestimmt tat sie das alles nur für die Wissenschaft. Dann kramte sie einen Apfelbonbon aus der Tasche und hielt mir auch einen hin. „Apfelatem?"

Ich verkniff mir ein Grinsen und nahm den Bonbon. Es gab weit und breit keinen Donutstand und das Essen auf der Farm war mir fast schon zu gesund. Ich war kein Mensch ohne Zucker.

Das Hufgetrappel kam immer näher und schließlich ritt Billy über den kleinen Hügelkamm auf uns zu. Er brachte sein Pferd neben uns zum Stehen und tippte sich zum Gruß an die Hutkrempe.

„Einen schönen Tag, die Damen."

Ich wusste, wie endlos weit das Land war, und verkniff mir ein »Die Welt ist klein«. Sie war es einfach nicht.

„William." Jill sah zu ihm auf und lächelte. „Bist du vor deinen Fans geflohen?"

Er schwang sich vom Pferd, kraulte es und schickte es zum Seeufer trinken. Der weiß-braun gescheckte Mustang trabte davon. Billy nahm seinen Hut ab und fuhr sich durchs helle Haar.

„Warm geworden." Das ersparte es ihm auch, sein Pferd abzureiben. Im Moment war es, als hätte jemand einen heißen Föhn angeschaltet. „Ich bin nur euren Spuren gefolgt."

Ich runzelte die Stirn und starrte auf die Reifen der Quads. Dann ließ ich meinen Blick in die Richtung wandern, aus der wir hergefahren waren. Für mich war da bloß eine weite Fläche grünen Rasens, die sich mit dem Wind bewegte, und keine Spuren freizugeben schien.

„Ein Fährtenleser ist er also auch noch. Warum bin ich nicht überrascht?" Jill stützte eine Hand in die Seite und sah ihn herausfordernd an. Konfrontierte sie ihn so direkt mit seiner indianischen Abstammung?

Sein Blick wanderte fragend zu mir und dann wieder zu ihr. Sie zuckte mit den Schultern und ihr Gesicht sprach Bände.

Billy wirkte erstaunt. „Sie weiß es?“

„Seit gestern.“

Ich strich mir verlegen durchs Haar. Es gab keine Strähne, die ich hinter ein Ohr stecken konnte, denn mein Zopf saß bestens.

Er schien die Information gedanklich zu verdauen, dann grinste er. „Eine unkonventionelle Hexe ist eigentlich nicht überraschend.“

Irgendwie dachte ich erneut an den Film Avatar mit seinen blauen Männchen und ihrer Standardbegrüßung »Ich sehe dich«. Es sah so aus, dass auch die Magiebegabten unserer Welt sich gegenseitig erkannten.

„Wieso bist du uns gefolgt?“, fragte ich ihn.

Er lächelte mich an und sein Blick huschte zu Jill. Arme Elaine. Billy war meiner Freundin gefolgt wie der Wolf mir.

„Unsere Begegnung vorhin war viel zu kurz.“ Seine blaugrauen Augen hingen an ihr. „Ich wollte das vertiefen.“

„Soll ich euch alleine lassen?“, bot ich an.

„Gerne“, stimmte Billy zu.

„Nein.“ Jill verschränkte die Arme vor der Brust. „Tut mir leid, aber ich habe Emily hierher begleitet, weil ihr ein Werwolf Probleme gemacht hat.“

„Tatsächlich?“ Billy sah mich interessiert an. „Du kennst also schon ein paar von uns, wie?“

„Hexe als Freundin, Werwolf als Verehrer, Geist als Nachbarin ...“, zählte Jill auf. „Seelenreisender als Freund des Bruders.“ Sie nickte in seine Richtung.

Unter diesem Aspekt hatte ich mein Leben noch nie betrachtet. Und obwohl es Magiebegabte in Hülle und Fülle in meinem Umfeld zu geben schien, hatte ich davon nichts bemerkt.

„Und ist das Problem mit dem Wolf geregelt?“, wollte er wissen.

„Ja, ich habe ihm die Meinung gegeigt und ihn verflucht.“ Sie sah Billy zufrieden an.

Er wirkte kein bisschen schockiert. „Also, dann brauchst du dich nicht mehr darum zu kümmern?“

Sie kratzte sich am Hals. „Eigentlich nicht.“

„Dann hast du frei?“

Ich fragte mich, ob ich eine Leuchtreklame brauchte, um von den beiden noch bemerkt zu werden.

„Eigentlich schon.“

„Sag mal, wirst du auch vom Vollmond angezogen?“, fragte ich ihn.

Jill gluckste und Billy schaute mich irritiert an. Ich durfte doch wohl solche Fragen stellen. Jill hatte es bei Matthew Welpenschutz genannt. Ich war ein Küken in der magischen Welt, gestern frisch geschlüpft. Wenn ich seltsame Fragen stellte, war das zulässig.

„Nein, ich bin kein Werwesen.“

„Und keine Mumie“, resümierte ich.

Jill sah aus, als ob sie Atemprobleme bekam. Sie hielt sich den Bauch und grinste.

„Nein, ich bin auch keine Mumie.“

„Und du stehst auf meine Freundin?“

Beide machten große Augen und schauten sich kurz an. Jill warf mir einen Blick zu, als wollte sie sagen, dass mir ein paar Tassen im Geschirrschrank fehlten. Das wusste ich schon. Die gelbe war heruntergefallen.

Aber sie war meine Freundin, hatte auf mich aufgepasst und mir beim Werwolf geholfen. Ich beherrschte zwar keine Magie, doch ich wollte wenigstens wissen, ob ich sie mit Billy alleine lassen konnte, ohne mir Sorgen machen zu müssen. Vielleicht war meine Art, auf sie aufzupassen, nicht so professionell, wie ihre Art es bei mir zu tun. Ich kannte Billy und seine Absichten nicht, vor allem nicht seine Fähigkeiten. Lieber sollte er mich für dumm halten, als dass ich beunruhigt wäre. Er wirkte nett und aufrichtig, allerdings traf das auf den Werwolf in Menschengestalt wohl auch zu.

Er sah mich prüfend an und zuckte dann mit den Schultern. „Ja, ich stehe auf deine Freundin und bin hergeritten, um sie zu sehen. Ich habe keine ansteckenden Krankheiten und keine Vorstrafen. Ich halte mich an die Menschenrechte und komme in Frieden. Ich bin älter als sie, aber nicht zu alt. Sie kann ‚nein' sagen, wenn sie nicht will, und dann verschwinde ich wieder."

Er kramte in seiner Brieftasche und drückte mir zwei Karten in die Hand. „Das ist mein Führerschein und das meine Visitenkarte."

Billy zählte die Scheine ab. „Ich führe sechsundneunzig Dollar bei mir und bin somit kein Landstreicher."

Ich gab ihm seinen Führerschein wieder, aber behielt die Visitenkarte. So witzig seine Vorstellung auch war, wer wusste, wofür die noch gut sein konnte?

Er steckte seine Geldbörse zurück in die Hosentasche. „Kleidung kaufe ich in Größe L und meinen Kaffee trinke ich schwarz. Ansonsten arbeite ich jetzt mit deinem Bruder zusammen und nehme an der nächsten Rodeomeisterschaft teil. Das werden zehn verrückte Tage im Juli."

Ich hatte kein Interesse, ihn nach seinem Sternzeichen

oder seiner Lieblingsfarbe zu fragen. Mir ging es nur darum, dass Jill keinen Ärger mit einem Magiebegabten bekam, wie ich ihn gehabt hatte.

„Und du tust ihr nichts?“

Jill hob amüsiert die Brauen und beobachtete unser Geplänkel. Sie schien es lustig zu finden, dass ich ihn prüfte.

Billy sah mich ernst an. „Hey, ich verspreche dir, dass deiner Freundin bei mir nichts geschieht. Ich würde auf sie aufpassen, also brauchst du es nicht.“

Er schien mich für die Anstandsdame zu halten, aber das war egal. Er war ein Wiedergänger. Schräger als er konnte ich nicht sein.

„Mich wundert, warum du dich auf eine Hexe einlassen willst“, fuhr ich fort. „Ich meine, stell sie dir als wütende Exfreundin mit einem Hang zum Verfluchen vor. Warum gehst du das Risiko ein?“

Ich liebte Jill wie eine Schwester, aber als Mann hätte ich Sorgen, sie zu verärgern. Mir ging der Giftsumach in der Tagescreme nicht aus dem Kopf, und das war nur der chemische Teil ihrer Möglichkeiten.

„Siehst du“, meinte er und nickte. „Ich will das auch nicht. Niemand zieht gerne den Ärger einer Hexe auf sich. Also kannst du davon ausgehen, dass ich mich gut benehme.“

Jill legte mir die Hand auf den Arm. „Ist schon in Ordnung.“

Ich drückte sie und sah sie ernst an. „Sei nicht zimperlich, wenn er dich ärgert.“

Das ließ sie lachen. „Okay. Soll ich wirklich nicht bei dir bleiben?“

„Du hast selbst gesagt, dass der Wolf mich in Ruhe

lässt. Mach dir eine schöne Zeit mit Billy. Ich kann was mit Elaine und Michael unternehmen."

Sie lächelte mich an. „Danke."

Ich stieg auf mein Quad, winkte den beiden und fuhr davon.

Die nächste Zeit verbrachte ich mit meinen Geschwistern. Ich half Michael auf der Farm und galoppierte mit Elaine durch die Prärie, als wären wir Indianer und unser wirkliches Leben läge weit entfernt. Hier draußen konnte man fast alles hinter sich lassen.

Aber die Nächte ließen mir keine Ruhe. Ich träumte nicht mehr von ihm. Er hielt sich aus meinen Gedanken fern und ich lag wach und starrte auf den Traumfänger über meinem Bett. Ich hängte ihn sogar ab, weil ich ausprobieren wollte, ob das Ding vielleicht wirklich nur seine Träume gefiltert hatte. Nichts geschah. Er ließ mich mit mir allein.

Jill schlief jede Nacht bei mir in der Hütte. Sie verbrachte viel Zeit mit Billy und tauschte sich mit ihm über magische Dinge aus, doch ich hatte meine Zweifel, dass sie darüber hinaus auch nur Händchen hielten. Jill war bei Männern nie vorschnell, doch bei ihm schien sie die Sache noch langsamer anzugehen. Manchmal klang sie schwärmerisch, wenn sie von ihm sprach, dann wieder, als redete sie über einen guten Bekannten. Sie nannte ihn jetzt Will. Es reimte sich weiterhin auf ihren Namen, aber es hörte sich nicht mehr nach einem kleinen Jungen an. »Billy« klang – ehrlich gesagt – nicht gerade sexy. An der Art, wie sie »Will« sagte, hörte man ganz genau, dass sie von einem attraktiven Mann sprach.

Als ich in der Nacht von Samstag auf Sonntag nicht

schlafen konnte, weil mein Kopf ohne seine Träume leer blieb, drehte ich mich in ihre Richtung.

„Kannst du auch nicht schlafen?"

Sie gähnte und streckte sich faul. „Doch."

„Was macht sexy Will?"

Jill gab einen resignierten Laut von sich. „Keine Ahnung. Ich nehme an, er schläft." Nach einer kleinen Pause fügte sie hinzu: „Wie jeder vernünftige Mensch das um diese Zeit tut."

„Bleibst du mit ihm in Kontakt?"

Sie rieb sich die Augen. „Vermutlich."

Es war nicht ihre Art, so einsilbig zu sein. „Du erzählst mir doch sonst von deinen Bekanntschaften."

„Ja." Sie gähnte geräuschvoll. „Ich weiß selbst nicht, was ich will."

„Aber wir reisen morgen Vormittag ab."

„Das ist auch gut. Dann habe ich Zeit zum Nachdenken. Und jetzt schlaf. Und wenn du nicht schlafen kannst, dann zähle die Männer in deinem Kopf, die potentielle Werwölfe sein könnten. Lasse sie einfach wie Schäfchen über den Zaun springen."

Am nächsten Vormittag packten wir unsere Taschen und aßen ein letztes Frühstück auf der Ranch. Ich wollte nicht zurück nach Saskatoon, denn wenn ich erst einmal heimkehrte, würden mich die alltäglichen Dinge wie Arbeiten und die weniger alltägliche Suche nach dem Werwolf vereinnahmen. Ich würde die Abende am Lagerfeuer mit Gitarrenmusik und Grillfleisch vermissen, den Duft der weiten Prärie und das Gefühl, für alles genügend Zeit zu haben.

Falls die nächsten Wochen in Saskatoon schrecklich

schiefliefen, falls der Werwolf ein Trottel war, falls mir alles zu viel wurde, würde ich einfach hierher zurückkehren und bei Michael auf der Farm bleiben.

Als ich Jill davon erzählte, schmunzelte sie nur. „Es wird schon nicht so schlimm werden. Wer könnte er denn schlimmstenfalls sein?"

Wenn ich es realistisch betrachtete, war er sicher weder ein Mörder noch sonst ein abstoßender Verbrecher. Er könnte andere Interessen haben, hässlich aussehen und ... keine Ahnung. Sicher war er kein Hohlkopf, denn er hatte sich nicht wie einer angehört. Ich kannte seine richtige Stimme nicht, und wenn die Natur Sinn für Ironie hatte, lief er mit einer unmännlichen Fistelstimme herum. Aber sie hatte recht, selbst eine unangenehme Vorstellung würde nicht dafür sorgen, dass ich das Bedürfnis hatte, meinen Mund mit Seife auszuspülen. Tatsächlich dachte ich zu viel an diesen Kuss unter den Bäumen, und seit ich nichts anderes mehr träumte, zerlegte ich ihn in alle Einzelteile. Was mir wirklich fehlte, war seine Wahrnehmung auf die Dinge. Nur konnte ich schlecht betteln gehen, dass er sich meldete. Ebenso wie Jill war ich zu einem klaren Fall von »sie weiß nicht, was sie will« geworden.

Jill klappte ihren Koffer zu, ließ den Verschluss einrasten und klatschte sich die Hände ab. „So, ich bin fast fertig für die Abreise, aber ich möchte Will noch Auf Wiedersehen sagen."

Ich nickte. „Sag ihm liebe Grüße."

„Ja, er lacht immer noch, wenn er an dein Verhör zurückdenkt."

Jill verschwand und ich kontrollierte die Schränke und Schubladen danach, ob wir etwas vergessen hatten. Ich schaute gerade auf der Ablage bei der Dusche nach, als es an der Tür klopfte. Ich machte auf und Elaine stand vor mir. Sie sah hübsch aus in der gelben Sommerbluse und den hellen Caprihosen. Die roten Sandalen hätte ich ihr am liebsten geklaut.

„Na, schon alles fertig?", fragte sie mich und trat ein.

„Fast, ich prüfe gerade, ob wir alles haben."

Sie setzte sich aufs Bett und sah mir dabei zu, wie ich umher huschte. „Jill ist nicht da?"

„Nein."

Elaine nickte und dachte sich vermutlich ihren Teil. „Weißt du eigentlich, dass Billy und ich uns wirklich gut verstanden haben? Dieser erste Abend war so toll." Ich hörte mit dem Kramen auf und sah sie an. „Du und Jill wart früh schlafen gegangen und wir haben uns bis in die Nacht hinein unterhalten. Er hat mit mir geflirtet. Ich bilde mir das nicht ein. Auch der nächste Morgen war toll. Wir hatten uns fürs Frühstück verabredet und er hat mich abgeholt. Alles war bestens. Aber kaum tauchst du mit Jill auf, ging es bergab."

Ich hatte selbst ein schlechtes Gewissen deswegen, aber um nichts auf der Welt hätte ich auf Jill verzichten wollen. Sie hatte auf mich aufgepasst, mich die Begegnung mit einem Werwolf überstehen lassen und mir die Augen geöffnet.

„Elaine, wenn ein Mann dich mag, dann sollte das auch so bleiben, wenn andere Frauen in seinem Blickfeld auftauchen."

Sie wirkte enttäuscht. „Toll, für den Satz kann ich mir echt was kaufen."

„Du kannst doch sonst jeden haben, den du willst."

Deshalb hielt ich es auch nicht für ein großes Problem.

Elaine war schnell begeistert, doch meistens hielt es nicht lange. Und natürlich war sie wie ein Kind, das ein Spielzeug nicht haben konnte, und es deshalb umso mehr begehrte.

„Aber Billy war anders. Er ist nicht so wie die anderen Männer."

Ich nickte. „Ja, das stimmt."

Ganz sicher meinte ich etwas völlig anderes als sie. Ich fand meine Schwester toll, nur hatte sie keine Ahnung, was er war, und ich konnte es ihr nicht sagen. Wäre Billy einfach bloß Billy, hätte ich geholfen, dass sie ihn bekam. Aber sie passten so gut zusammen wie Weihwasser und Schwefel. Ich konnte mir nicht vorstellen, dass sie mit einem Mann glücklich werden könnte, der zum einen diese alte Seele besaß und zum anderen dadurch tausend Dinge besser anstellte als sie. Elaine war vieles, aber sie war schlecht im Verlieren und sie würde es nicht verdauen, in der Rolle der Partnerin nur Mittelmaß zu sein.

Lieber sollte sie einen Mann haben, der sie bewunderte. Billy interessierte sich offensichtlich mehr für Magie und für Jill. Sie war eine waschechte Hexe und scheute trotzdem davor zurück, sich auf Billy einzulassen. Also musste etwas an der Sache mit ihm einen Haken haben, und ich wollte nicht, dass Elaine es mit diesem Haken zu tun bekam.

„Weißt du, er sieht zwar gut aus und ist charismatisch, aber du weißt nicht, ob er noch so toll ist, wenn du seine Socken zusammenlegst. Er ist nur ein Kerl, nichts ... Besonderes." Bei der Lüge spürte ich, wie meine Wangen glühten. „Also, was ich eigentlich sagen will, ist, dass er auch nur pupst, wenn er Bohnen isst. Du hast eine

Idealvorstellung von ihm in deinem Kopf und so toll kann er gar nicht sein. Nicht, wenn er sich so schnell von anderen Frauen ablenken lässt. Ich will mehr für dich."

Ich war mein Leben lang in der Rolle der unscheinbaren Schwester herumgelaufen und Elaine hatte vieles leichter gehabt, während ich zurückstecken musste. Sie konnte es ruhig einmal verkraften, wenn sie nun hinter Jill zurückstand. Besonders, wenn sie Billy nicht gewachsen war. Ich war froh darüber, dass wir nun abreisen würden und das Kapitel Billy Bonnet endete.

„Es ist nur, dass er mir wirklich gefiel."

„Ich glaube, mit ihm stimmt etwas nicht. Er ist irgendwie seltsam."

Sie machte ein ungläubiges Gesicht. „Na klar, erzählst du das Jill etwa auch?"

„Ja, ich habe mit ihr darüber geredet, dass er seltsam ist. Sie weiß das."

Elaines Augen wurden schmal. „Wow, du meinst das ernst?"

Ich probierte es mit Jills Methode, die Wahrheit ins Lächerliche zu ziehen. „Na, hör mal. Fandest du es nicht komisch, wie interessiert er bei dem Thema Aurenreinigung wirkte? Welcher echte Mann glaubt denn an solche Sachen?"

Meine Schwester runzelte die Stirn und blinzelte mehrmals. Sie wusste, dass sie ihn nicht haben konnte. Es war nur gesund, wenn sie den Ausweg, den ich ihr bot, ihn als tollen Mann zu hinterfragen, annahm.

„Du hast recht. Das ist nicht gerade männlich."

„Denk nur, was er noch für andere seltsame Anwandlungen haben könnte? Er sieht gut aus, aber du könntest ihn doch gar nicht ernst nehmen."

„Ich …“

„Alle sehen nur den Rodeostar, doch privat hat er bestimmt ein paar Macken.“

Sie nickte scheinheilig. „Ja, er steht auf Jill.“

Ich verdrehte die Augen. Wenigstens hatte sich die Stimmung verändert. Zwischen uns schien wieder alles in Ordnung zu sein.

Bis auf … „Das mit dem Telefon neulich habe ich nicht vergessen“, erinnerte mich Elaine. „Ich soll auf den blöden Rautenstrick von deinem Chef abfahren? Geht's noch?“

Eigentlich war ich dankbar für einen Themenwechsel, aber es hätte ruhig ein anderer sein dürfen.

„Du bist so über ihn hergezogen, dabei ist er ein netter Kerl. Also habe ich dich ein bisschen geärgert.“

„Ein netter Kerl.“ Sie schnaubte. „Ich sag dir mal was: Der ist doch komisch. Niemand muss heutzutage noch aussehen wie ein Buchhalter aus den fünfziger Jahren.“

„Ich habe ihm schon gesagt, dass er sich eine andere Brille besorgen soll.“

„Vielleicht sieht er mit der dann besser und merkt, dass er wie ein Kauz herumläuft.“

Als Jill zurückkehrte, beluden wir den Pickup und verabschiedeten uns von Michael. Die Rückfahrt verlief wesentlich friedlicher als unsere Anreise, und die meiste Zeit schaute ich aus dem Fenster und dachte daran, dass ich meinem komplizierten Leben entgegenfuhr. Es erschien mir aussichtslos, in einer Stadt mit über zweihunderttausend Einwohnern den Mann zu finden, der mir den einzigen Kuss des Jahres gegeben hatte.

# KAPITEL 14

Ich saß auf meiner Couch, knabberte selbstgemachtes Popcorn und sah mir »Entscheidung aus Liebe« an. Der Film war ungefähr so alt wie ich und noch immer wunderschön. Julia Roberts, jung und rothaarig, pflegte darin den leukämiekranken Victor, einen jungen Mann, der zwar reich war, sich dafür aber nun einmal keine Gesundheit kaufen konnte. Zwei Welten prallten aufeinander: Sie war aus der einfachen Arbeiterschicht, er gebildet und weltmännisch und zum Tode verurteilt. Und über allem wuchs die Liebe. Er entschied sich, seine Chemotherapie abzubrechen, ihr vorzulügen, er sei nun gesund, und mit ihr ein normales Leben fernab von Krankenhäusern und traurigen Menschen ohne Haare zu führen. So als wäre alles in Ordnung. Und das, obwohl es das gar nicht war.

Ich heulte und schniefte und dachte, dass ich eigentlich gar keine echten Probleme hatte. Dann klingelte es an meiner Tür. Es war sieben Uhr abends und ich erwartete niemanden. Keiner aus meinem

Freundeskreis klingelte, ohne sich vorher telefonisch angekündigt zu haben. Mein Koffer stand noch gepackt im Flur, weil ich keine Lust gehabt hatte, alles zu waschen oder in den Schrank zu räumen. Meine Haare waren vom Sofakissen verstrubbelt. Ich wischte mir Nase und Wangen trocken und öffnete blinzelnd die Tür.

Liam stand dort draußen und als er mich sah, machte er gleich ein besorgtes Gesicht.

„Emily, was ist denn los?“

Mein Herz fing an zu rasen. Ich hatte nur noch eine Frage im Kopf: War er es?

Er drückte die Fliegengittertür weg und zog mich in seine Arme. Eigentlich waren wir nicht so vertraut, aber das schien ihn nicht zu kümmern.

„Hey“, murmelte er und strich mir tröstend über den Rücken.

Ich ließ mich einfach von ihm halten und atmete seinen Duft ein. Er roch herb und nach Seife. Niemand war gestorben und ich hatte keinen Grund, zu weinen wie eine Witwe.

Es gab Filme, die brachten mich einfach zum Heulen. Auf meinen Schultern und meinem Nacken blühte eine Gänsehaut auf, die sich meinen ganzen Rücken hinabzog.

Ich schnäuzte in mein Kleenex, erzeugte dabei Geräusche wie ein Elefant im Zoo und war denkbar unelegant. Es spielte keine Rolle. Ich trug wieder meinen Nicki-Anzug und hatte nur auf der Couch sitzen und mich in das Kissen kuscheln wollen. Eine Träne hing in meinen Wimpern und ich war damit beschäftigt, sie fortzublinzeln. Vermutlich hielt er mich für eine notorische Anruferin bei Kummer-Hotlines.

„Alles in Ordnung“, schniefte ich. „Ich habe nur einen traurigen Film gesehen.“ Ich machte einen Schritt von ihm weg und er sah mich erstaunt an.

„Der muss aber verdammt traurig gewesen sein. Sicher, dass nicht noch was anderes ist?“

Ich schluckte und betrachtete ihn nachdenklich. Er hatte braune Augen und dunkelbraunes Haar. All die Muskeln, die sich unter seinem Shirt spannten, passten zu dem, was ich in den Armen des Wolfes gespürt hatte.

„Kann ich reinkommen?“, fragte er.

Ich benetzte meine Lippen. „Warst du schon mal hier im Haus?“

Sein Gesicht machte klar, dass er nicht mit dieser Frage gerechnet hatte.

„Nein, ich kenne es nur von außen. Deine Großeltern haben mich nie hereingebeten. Wahrscheinlich war ich ihnen zu frech.“

Es konnte eine Lüge sein. Ich wollte wissen, wie er reagierte, wenn er sich umsah. Also lud ich ihn ein und bot ihm eine Führung an.

„Hier ist meine Couch. Im Moment habe ich nur Popcorn auf dem Tisch stehen, aber wenn du willst, kannst du auch Wein haben.“

Ich nahm seine Reaktion unter die Lupe. „Nein, schon okay. Ich trinke eher Bier.“

Irgendwie war das noch kein Beweis. Er bewegte sich sehr selbstsicher. Man könnte es auch als animalisch bezeichnen. Vielleicht waren das die Spuren des Wolfes in ihm.

„Hier ist meine Küche. Ich habe sogar einen extra Gefrierschrank, in dem ich Tonnen von Eiswürfeln aufbewahre.“

Ich klappte die Schranktür auf und kühle Luft schlug mir entgegen.

Er grinste mich an und zeigte mit dem Finger auf eines der Fächer. „Hey, ein Eisschrank. Davon habe ich schon mal gehört, aber gut, so ein Ding mal zu sehen."

Ich klappte die Tür wieder zu, bevor er zu piepsen anfing, weil die Temperatur nicht mehr stimmte.

„Gleich dort hinten ist das Badezimmer."

Ich stieß die Tür auf und er stellte sich zu mir in den Eingang und sah sich um. Diesmal deutete er auf die Badewanne.

„Das Ding gefällt mir. Die hat ja goldene Füße."

Ich sah ihn verwirrt an. Entweder war er wirklich noch nie hier gewesen, oder er amüsierte sich so gut, weil er wusste, was ich vorhatte.

„Mein Großvater hat früher seine Jagdhunde darin abgeduscht. Da habe ich mal ein dickes Büschel Haare aus dem Abguss gefischt. Man denkt vielleicht nicht an so was, aber Hunde haaren. Die sind da nicht anders als Wölfe."

„Kein schöner Gedanke, dass da Fell drin steckt. Ich hoffe, du hast die Wanne seither geputzt."

Das lief nicht wirklich, wie ich mir das vorgestellt hatte. Eine Hausführung lockte ihn noch nicht aus der Reserve. „Letzten Samstag habe ich übrigens jemanden kennengelernt."

Er sah mich neugierig an. „Echt?"

„Ja, Joe."

Ich blickte ihm tief in die Augen und er runzelte die Stirn. Dann hob er vorsichtig die Hände. „Das erzählst du mir hoffentlich nicht, weil du mich aufdringlich findest, oder so."

„Nein, es fiel mir nur gerade ein."

Liam nickte und lächelte. „Das ist ja toll."

Freute er sich wirklich? Vielleicht war er ein guter Schauspieler, ein Meister der Tarnung. Ach, was soll's?

Ich hatte genug von subtilen Fragen. Ich konnte noch immer nicht mit Sicherheit sagen, dass er es nicht war, auch wenn ich so meine Zweifel hatte. Um ihn wirklich von meiner Verdächtigenliste, auf der er im Grunde der einzige Verdächtige war, streichen zu können, kam ich nicht drum herum.

„Sag mal, Liam, du bist nicht zufällig ein Werwolf?"

Ich sprach es und starrte ihm auf die Wange. Glatte, gebräunte Haut mit einem leichten Bartschatten. Alles makellos. Er hatte eine gute Größe, ich musste meinen Kopf in den Nacken legen, um ihn zu betrachten, jetzt, wo wir so dicht beieinander standen. Ich konnte seine Wange bestens erkennen. Nichts passierte, außer dass er mich ansah, als bräuchte ich ärztliche Hilfe.

Verdammt, war das peinlich. Erst der Heulkrampf an der Tür und nun das. Ich versuchte, so gut es ging, zurückzurudern.

„Das war ein Witz. Ich habe eine Wette verloren und musste dem nächsten Mann, den ich treffe, diese blöde Frage stellen." Ich lächelte verlegen und spielte es runter. „Das warst dummerweise du." Ich schlug die Hände zusammen. „Erledigt."

Er schloss langsam seinen Mund, schmunzelte und ließ mir die Ausrede durchgehen. Ich war wirklich erleichtert, denn ich wusste noch genau, welche Zweifel ich bei Jills Enthüllung gehabt hatte. Ich wollte nicht, dass es ihm mit mir genauso ging. Ich mochte ihn. Er war nett, aber er war nicht der Wolf. Das war schade und erleichternd zugleich.

Liam klopfte mir auf die Schulter und sagte: „Besser es erwischt mich als Joe, oder? Der hätte bestimmt dumm aus der Wäsche geguckt.“ Er schüttelte den Kopf. „Für einen kurzen Moment dachte ich schon, du hast eine Schraube locker.“

Wir gingen ins Wohnzimmer und schauten den Film gemeinsam fertig. Mit ihm daneben, war es seltsamerweise nicht mehr ganz so traurig. Ich erzählte ihm, was er wissen musste, um der Handlung zu folgen, und wir aßen Popcorn und tranken Cola.

Ich berichtete ihm nebenher von meinem Wochenende auf der Farm. Dabei ließ ich den Teil mit der Magie aus. Er erkundigte sich auch nach Joe und ich erfand eine fadenscheinige Geschichte.

„Bist du verknallt?“, wollte er wissen.

Ich merkte, dass er nicht mit mir flirtete, und ich wusste nicht, ob es daran lag, dass ich einen anderen Mann ins Spiel gebracht hatte. Deshalb begrenzte ich es auf eine Bekanntschaft mit Joe.

„Nein, so weit würde ich nicht gehen. Er war nett, aber im Grunde kenne ich ihn nicht. Es war ein Date und seither habe ich ihn nicht gesehen.“

„Na ja, du warst krank und die letzten Tage verreist. Da war das schwierig.“

„Genau.“

„Und willst du ihn wiedersehen?“

Ich spielte mit meinem leeren Colaglas. Ich wollte wissen, wer der Werwolf war, aber ich war mir nicht sicher, ob ich ihn danach noch treffen wollte.

„Gute Frage. Das ist kompliziert. Ein Teil von mir sagt ja, ein anderer nein.“

Wir verstanden uns prima. Nur wusste ich nicht, was ich mit der Information machen sollte, dass Liam kein Haarproblem bei Vollmond hatte. Das bedeutete für mich, weiter zu suchen. Nicht zu wissen, wen es traf. Insgeheim hatte ich gehofft, dass meine Nachforschung bei Liam enden würde, schon allein weil es die einfachste Lösung war.

Jetzt stand ich wieder am Anfang und bekam keine neuen Träume für weitere Anhaltspunkte.

Als ich diese Nacht schlief, war ich wieder bei den Bäumen, berührte und küsste ihn im Licht der Sterne. Aber er küsste mich nicht zurück. Und plötzlich stand ich allein im Dickicht.

# KAPITEL 15

Die verräterischen Sommersprossen waren an der Sonne dunkler geworden ich versuchte, sie mit Schminke zu überdecken. Ich sah mehr nach Urlaub aus und nicht, als wäre ich krank gewesen.

Ich ließ den Kaffee durchlaufen und stöberte in der Zeitung. Es gab Coupons für Toilettenpapier und Schuhcreme. Außerdem war eine elektrische Zahnbürste im Angebot. Ich trennte alles sauber heraus und steckte es in meine Tasche. Der Kaffee wollte mich nicht munter machen und nichts, was ich tat, war geeignet, meine Gedanken auf andere Wege zu bringen. Ich dachte nur an den Wolf. Die Ungewissheit drückte wie Zement in meiner Brust.

Ich fuhr zum Einkaufszentrum und holte mir meine übliche Ration am Donutstand.

„Hey, Emily. Wieder zwei Himbeerdonuts?“

Ich nickte und kramte das Geld heraus. Dabei sah ich zu, wie er die Teigkringel verpackte. Er war ein unscheinbarer Kerl, etwa Mitte zwanzig. Grübelnd gab ich ihm das Geld. Er war mir noch nie wirklich aufgefallen, aber ich hatte dutzende Gelegenheiten dazu gehabt.

*»Glaub mir eins, meine Hübsche: Im echten Leben – damit meine ich das, das für dich normal ist – da stehst du nicht auf Typen wie mich.«*

Die Worte spukten durch meinen Kopf wie ein schlechter Witz. Ich wollte nicht, dass er es war, aber ich konnte es nicht ausschließen.

„Verzeihung, bist du Joe?"

Er runzelte die Stirn und reichte mir die Donuts. Dann zeigte er auf sein Namensschild, das preisgab, dass er Jeff Boyd hieß.

„Jeff, nicht Joe." Er lächelte. Anscheinend gefiel es ihm, dass ich Smalltalk machte und versuchte, persönliche Dinge über ihn zu erfragen. Er war so groß wie ich mit Absätzen, also klein für einen Mann. Allerdings verwandelte sich die Gestalt, wenn er zum Werwolf wurde. Muskeln und Größe waren kein Anhaltspunkt. Seine Augen waren mittelbraun und seine Haare irgendwo zwischen Ocker und dunklem Holz. Ich war mir nicht sicher, ob er sich Strähnchen machen ließ.

„Jeff, okay." Ich nickte und nahm meinen Mut zusammen. „Was denkst du über Werwölfe?"

Er sah mich bass erstaunt an. Dann grinste er. „Ich spiele eher *Vampires* und *Call of Cthulhu*."

Ich hatte keine Ahnung, was er mir sagen wollte. Anders als Liam schien er mich nicht für verrückt zu halten. Dafür hatte ich gerade meine Schwierigkeiten mit ihm.

„Aha", sagte ich, obwohl ich nichts verstand. „Und bist du ein Werwolf?"

Ich starrte auf seine Wange, während er vergnügt weitersprach. „Nein, ich habe mir einen Alienisten erstellt. Und mein anderer Char ist ein Vampir vom Clan der …“

Hinter mir in der Schlange räusperte sich ein Mann und wollte etwas kaufen. Ich war erleichtert, dass dieses absonderliche Gespräch dadurch beendet wurde. Jeff, der Donutverkäufer, blutete nicht aus der Wange und mehr musste ich nicht wissen.

„Tut mir leid“, sagte ich und machte dem anderen Platz.

Jeff winkte mir hinterher. „Bis morgen, Emily.“

Ich stopfte die Donuts in meine Tasche und eilte zum Laden. Bisher hatte ich einen Wunschkandidaten und einen weniger wünschenswerten Verdächtigen von der Liste gestrichen. Jeff lebte offenbar in seiner eigenen Fantasiewelt und ich wollte nicht auch noch herausfinden, welche das bei ihm war.

Als ich beim Laden ankam, war Matthew schon dort und sortierte das Wechselgeld in die Kasse. „Na, geht es dir wieder besser?“

Ich nickte und ging auf ihn zu. „Ja, danke. Ich muss mit dir über etwas reden.“

Er ließ seine Arbeit liegen und sah mich fragend an. Ich stellte meine Tasche auf der Verkaufstheke ab und spielte mit dem Trageriemen. Das Leder war an einigen Stellen rissig geworden.

„Letzte Woche hatte ich doch Fieber und Schüttelfrost und du hast gesagt, du brauchst keinen Krankenschein.“

„Und?“

„Elaine hat mich dann mit raus auf die Farm von meinem Bruder genommen.“

Ich sah zu ihm auf und seine Brauen zogen sich zusammen. „Verstehe, frische Luft zur Erholung."

„Genau." Ich nutzte seine gute Idee und war froh, dass er es nicht unpassend fand. „Es ist nur so, dass ich mich dort schnell besser fühlte, und deshalb sollten wir die Zeit ab Donnerstag von meinem Urlaubskonto abziehen."

Er machte ein erstauntes Gesicht. „Wow, das ist ... Danke für deine Offenheit."

Ich nickte und war froh, dass das Thema vom Tisch zu sein schien. „Dann ziehst du es einfach vom Urlaub ab, ja?"

Matthew rückte seine Brille etwas höher und verschränkte die Arme vor der Brust.

„Nein." Seine braunen Augen sahen mich ernst an. „Du hast in letzter Zeit viele Überstunden gemacht. Verrechnen wir es damit. Ich denke nicht daran, dir das als Urlaub in Rechnung zu stellen."

„Aber ..."

„Wendy fehlt andauernd, wenn sie keine Lust hat. Und wenn sie da ist, macht sie weniger als du. Ich werde dich nicht schlechter stellen als sie, obwohl du die bessere Mitarbeiterin bist."

Er wirkte gereizt und das war untypisch für ihn. „Wieso bist du deshalb sauer?"

„Emily, ich bin kein Ausbeuter. Es ist ist okay so. Lassen wir es dabei."

Sein abweisendes Verhalten war mir unangenehm und ich wollte nicht einfach nach hinten gehen und den Rest des Tages so tun, als wäre nichts. Ich fragte ihn vorsichtig: „Geht's dir gut?"

Matthew atmete geräuschvoll aus. „Alles bestens, ich

habe nur Zahnschmerzen." Er ließ seine Arme sinken und schüttelte den Kopf. „Tut mir leid, wenn ich nicht gut drauf bin." Dann machte er an der Kasse weiter. Ich fühlte mich wie neulich Wendy, als er mit der Arbeit weitergemacht und sie einfach nicht mehr beachtet hatte.

Ich nahm meine Tasche und brachte sie nach hinten. Es gefiel mir nicht, dass er schlecht gelaunt war, und es lag wie ein Stein in meinem Magen. Ich ging einige Regale in einer anderen Ecke des Ladens durch und versuchte, mich unsichtbar zu machen. Die halbe Zeit wünschte ich mich zurück auf die Farm.

Als Wendy kam, grüßte sie ihn höflich und gesellte sich dann zu mir. Sie half mir sogar bei der Arbeit und redete leise mit mir, damit er es nicht hörte.

„Er hat total schlechte Laune, seit du weg warst. Zahnschmerzen. Er war auch ein paar mal weg, um sich behandeln zu lassen. Stell dir vor, er hat mich mit dem Laden und der ganzen Arbeit allein gelassen."

Ich erwähnte nicht, dass ich das auch öfter mal allein machte, wenn sie fehlte. „Dann bleibt zu hoffen, dass sein Zahnarzt das schnell hinbekommt."

„Freitag war so eine angetrunkene Frau da. Die muss schon mal hier gewesen sein. Er hat sie aus dem Laden verwiesen und ihr gesagt, sie soll nicht mehr auftauchen. Der ist doch sonst nicht so ruppig. Er hat nur noch schlechte Laune. Warum habe ich bloß noch keinen reichen Mann gefunden, der mich von diesem Elend befreit und nach Barbados einlädt?"

Ich nickte schmunzelnd. „Das wäre im Moment wirklich leichter, hm?"

„Willst du nie auch mal woanders sein?"

„Doch.“ Ich sortierte den Wühltisch neu. Er war zwar genau zum Wühlen da, aber dadurch sah er auch schnell furchtbar aus. „Jetzt gerade wäre ich gerne auf der Farm von meinem Bruder.“

„Oh, ja. Er hat eine eigene Ranch, richtig?“

„Ja, sie läuft sehr gut.“

„Ich mag irgendwie keine Farmen. Dieses einfache Leben ist nichts für mich. Schade eigentlich. Er ist noch Single, oder?“

Ich kniff die Lippen zusammen und dachte daran, dass Michael lieber etwas mit einer Kuh als mit Wendy anfangen würde. Dabei war sie gar nicht so übel. Sie konnte richtig nett sein. Sie träumte nur immer zwei Nummern zu groß.

„Ja, stimmt.“

„Muss schwer sein, auf einer Farm nette Frauen kennenzulernen. Da laufen wohl nur Männer herum.“

„Es gibt auch Touristinnen, aber die kommen meistens mit der Familie – Kinder und Ehemann. Und die anderen waren wohl bisher nichts.“

„Würde er denn erwarten, dass seine Frau auf der Farm mitarbeitet?“

Ich lächelte. „Ja, ich denke schon. Das könnte natürlich auch im Büro sein. Er muss sich um die Buchhaltung und die Reservierungen kümmern, die Verpflegung und alles Mögliche organisieren.“

Wendy sah mich nachdenklich an. „Das könnte ich auch machen.“

„Ja, nur ...“ Ich zuckte die Schultern. „Er würde auch wollen, dass seine Frau mit ihm auf der Farm lebt. Wären Holzhütten auch was für dich?“

Sie schnitt eine Grimasse. „Oh Gott! Warum ist es so

schwer, einen tollen Mann zu finden?“

Ich erzählte ihr nicht, dass es noch schwerer war, unter all den Männern einen Werwolf zu erkennen.

Als der Laden öffnete, bezog Wendy wieder Stellung an der Kasse. Ich dekorierte das Schaufenster mit einigen neuen Artikeln. Matthew war weiterhin ungenießbar, aber er ließ uns in Ruhe, und eigentlich hätte der Tag dadurch gut vorbeigehen können.

„Ach, schau mal, ist das nicht eine hässliche Schneekugel?“, hörte ich eine Frau hinter mir sagen.

„Hallo Emily.“

Die Stimme stellte mir sämtliche Nackenhaare auf. Mir wurde fast schlecht, als ich ihn hörte. Ich versuchte, ihn zu ignorieren, wollte nur, dass er wieder verschwand.

„Ist lange her“, fuhr er fort. „Du arbeitest also immer noch hier.“

„Oh, was für schreckliche Vasen!“, tönte die Frau.

„Wir suchen etwas Partydeko für meinen Junggesellenabschied.“

Ich krampfte die Hand um ein Windlicht, das ich gerade hielt.

„Such woanders“, zischte ich. Ich sah ihn noch immer nicht an, wandte ihm demonstrativ den Rücken zu. Diese Stimme aus meiner Vergangenheit hatte ich nie wieder hören wollen. Es gab für alles ein Verfallsdatum und Dillon, mein Ex, war abgelaufen.

Er lachte hässlich. „Geht man hier so mit zahlender Kundschaft um?“

„Ja, bedien uns gefälligst“, mischte sich die Frau ein.

Ich war drauf und dran, das Windlicht nach ihr zu schmeißen. Sie waren nicht hier, weil sie etwas kaufen wollten, sondern nur, um mir unter die Nase zu reiben, dass sie heiraten würden. Und als Gipfel der Demütigung sollte ich sie dabei bedienen. Abscheu wallte in mir auf und meine Hände zitterten. Jetzt gerade wollte ich nur, dass Jill Giftsumach in ihre Tagescreme füllte. Die Luft im Raum schien dick wie Quecksilber und nicht mehr atembar zu sein.

Dann spürte ich eine Hand an meinem Arm und wäre beinahe aus der Haut gefahren. Ich dachte schon, es wäre Dillons, doch die Stimme an meinem Ohr nahm mir den Schrecken.

„Alles okay, Emily.“ Es war Matthew. „Ich kümmere mich darum.“

Er nahm mir das Windlicht aus der Hand und stellte es ab. Ich schaute über die Schulter direkt in seine gütigen Augen, in denen nichts von seiner früheren Abweisung mehr zu sehen war. Er stand wie ein schützender Schild zwischen mir und Dillon. Erleichterung sprudelte durch mein Herz und ich nickte dankbar.

Ich wollte ihm sagen, dass er das nicht tun musste, aber die traurige Wahrheit war, dass ich seine Hilfe brauchte. Ich wollte, dass er mir das abnahm und dass ich mich verkriechen konnte. Aber ich wollte auch, dass er nicht nett zu ihnen war, denn das verdienten sie nicht.

Mit leiser Stimme flüsterte ich: „Das ist mein Ex.“

Matthews Augen wurden schmal. Dann nickte er.

„Wird das heute noch mal was?“, stichelte Dillons Natter von Freundin.

Mein Boss legte mir die Hand in den Rücken. „Geh lieber.“

Mit wackligen Beinen lief ich davon, sah nicht nach rechts oder links, sondern ging schnurstracks ins Lager, wo der Zutritt für Kundschaft verboten war. Ich rieb über meine Arme, doch die Gänsehaut wollte nicht verschwinden. Alle guten Gefühle für Dillon waren tot, aber Scham und Wut gingen nicht so leicht weg. Tränen brannten in meinen Augen, weil ich noch immer für den größten Fehler in meinem Leben bezahlte. Mir war klar, dass ich emotional freier sein würde, wenn ich einen neuen Freund hätte. Ich hatte nicht aktiv nach jemand Neuem gesucht, aber ich sollte das wirklich angehen. Das war vermutlich noch wichtiger, als den Werwolf zu suchen, der nichts mehr von mir wissen wollte.

Ich begann damit, die neue Ware elektronisch zu erfassen, um mich abzulenken. Aber meine Finger wollten mir nicht gehorchen, schienen sich immer wieder über den Tasten zu verknoten, und nichts gelang mir, bis ich aufgab und zitternd durchatmete. Ich spürte ein Stechen hinter den Augen und rieb mir die Stirn.

„Alles okay bei dir?“, hörte ich Matthew hinter mir und sprang vom Stuhl auf. „Hey.“ Er kam beschwichtigend auf mich zu. Er trug hässliche Rautenpullis, die aussahen, als hätte eine Hausfrauengruppe aus Neufundland sie gestrickt. Und seine Brille war altmodisch. Elaine hatte recht, er sah aus wie ein Buchhalter aus den Fünfzigern. Aber er war ein lieber Kerl und jetzt gerade war das tausend Mal mehr wert als irgendwas anderes.

„Es tut mir leid“, sagte ich. „Es ist unprofessionell, private Schwierigkeiten in den Laden ...“

Er unterbrach mich. „Das war nicht deine Schuld. Und nur damit du es weißt, ich habe ihnen Hausverbot erteilt und damit gedroht, die Polizei zu rufen, wenn sie noch einmal eine meiner Mitarbeiterinnen belästigen sollten.“

Ich schluckte und starrte ihn sprachlos an. Seine

schlechte Laune wegen der Zahnschmerzen hatte er wohl auf die beiden übertragen. Es war nicht so gut wie vergiftete Tagescreme, die am Tag ihrer Hochzeit für den schlimmsten Ausschlag ihres Lebens sorgte, aber es war nah dran.

„Danke."

Matthew überbrückte die letzten Meter zwischen uns und legte seine Hand auf meinen Arm. Meine Haut kribbelte unter seiner Berührung und ich merkte, wie mein Herz schneller schlug. Er war nett. Er war wirklich nett. Und ich sah zwar nicht aus wie Elaine oder Jill, doch ich war auch hübsch. Er hatte gesagt, er wollte nichts mit einer Mitarbeiterin anfangen, bloß hatte er das zu Wendy gesagt, damit sie ihn in Ruhe ließ. Ich wusste, wie er geschaut hatte, als ich davon sprach, dass die betrunkene Frau mich für eifersüchtig hielt. Er hatte mir nicht in die Augen schauen können. Jetzt gerade tat er es und die Verschlossenheit von heute Morgen war wie fortgeblasen.

Ich blinzelte gegen unnötige Tränen an. Es war wie ein Kampf gegen Windmühlen. Ich verlor und schluckte schwer, wollte mich schon abwenden, doch Matthew zog mich in eine Umarmung und ich ließ es geschehen. Wir hatten uns noch nie umarmt, aber es fühlte sich nicht falsch an. Es spielte keine Rolle, dass er mein Boss war. Ich schlang die Arme um seinen Rücken und vergrub mein Gesicht an seinem Hals.

All die Probleme der letzten Zeit hatten sich aufsummiert und ausgerechnet jetzt beschlossen, überzuquellen und mir das Gefühl von Hilflosigkeit zu geben.

„Schon gut", murmelte er und strich über meinen

Rücken.

Ich lehnte mich an ihn und wollte nicht mehr allein sein. Mir war egal, was ich damit lostrat.

„Er hätte nicht herkommen sollen.“ Matthew klang finster. Er hörte sich an wie jemand, der Dillon gern die Knochen brechen wollte. Er war nicht Superman und auch kein anderer Muskelheld. Es spielte keine Rolle, dass er ihn nicht verprügeln konnte. Ich war froh, dass er es einfach nur gern getan hätte. Anders als Dillon war Matthew für mich da.

Ich klammerte mich an ihn und er protestierte nicht. Die Zeit schien stillzustehen. Er war warm und solide. Ich ließ mich mit dem Moment treiben, von seinen Armen halten und ohne nachzudenken berührte ich mit meinen Lippen seinen Hals. Matthew erstarrte, doch seine Arme hielten mich fest. Ich spürte seinen Herzschlag durch meine Brust klopfen. Bei ihm konnte ich mich wohlfühlen. Er war ein harmloser Kerl, der mir nichts tun würde. Keiner dieser überheblichen Kerle, die mir ihren Willen aufzwangen.

„Emily“, flüsterte er.

Ich gab ihm einen sanften Kuss auf den Hals. Ganz tief sog ich seinen Duft ein. Er roch so frisch. Wie Wald und ... Moschus. Gänsehaut kroch über meinen Rücken. Das konnte nicht sein. Ich krallte die Finger in seinen Pulli und mir war fast schlecht. Hitze schoss in meine Wangen, ich nahm den Kopf zurück und starrte ihn an.

Seine Augen schienen zu leuchten. Jenes warme Braun hinter den dicken Brillengläsern. Er wirkte so unscheinbar. Ich hielt mich an seinem Strickpullover fest. So unauffällig. Mir wurde plötzlich schwindlig. Bitte nicht. Bitte mach, dass der Werwolf sich nicht als stiller

Typ getarnt hatte. Mein Mund war trocken und mein Herz hämmerte wild.

Ich schaute Matthew an. Natürlich würde er mich für verrückt erklären, wenn er es nicht war, aber mein Bauchgefühl drängte mich, ihn zu fragen.

„Bist du ein Werwolf?“

Sein Gesichtsausdruck veränderte sich schlagartig. Er sah mich aus großen Augen an. „Emily, so ein Unsinn.“ Er wirkte so aufrichtig. Ich war drauf und dran, ihm zu glauben und mich zu entschuldigen.

Ein kleiner roter Punkt bildete sich auf seiner linken Wange. Schockiert starrte ich ihn an. Aus dem Nichts schien eine Wunde zu entstehen, aus der ein feiner Bluttropfen perlte. Er lief sein Gesicht hinab. Ich wurde starr wie ein Stein.

Matthews Augenlid zuckte. Er runzelte die Stirn und nahm verwirrt die Hand an seine Wange. Mit der Fingerkuppe fing er den Tropfen auf und schaute ihn fassungslos an. Die Erkenntnis, was los war, stand ihm ins Gesicht geschrieben.

„Der Dorn ...“, murmelte er.

Das war der Augenblick, als Wendy auftauchte. „Alles klar bei euch? Das war ja mal ein Auftritt mit dem ... Igitt, du blutest ja!“, stellte sie fest.

„Lass uns allein“, forderte Matthew, ohne den Blick von mir zu nehmen. Ich fühlte mich klein wie ein Kaninchen. Wendy sagte kein Wort mehr, sondern ging einfach. Ich hörte ihre Schritte hinter mir.

„Hast du sie etwa gebannt?“, flüsterte ich und erinnerte mich zurück an die schicksalhafte Begegnung im Badezimmer, als ich mich nicht mehr rühren konnte oder immer machte, was er verlangte, weil er diesen

Zwang ausübte.

„Emily."

„Wieso du?" Ich erstickte fast an den Worten. Langsam ging ich einen Schritt rückwärts. „Du warst so nett. Ich dachte ... ich dachte wirklich, du wärst genau das Gegenteil." Zitternd atmete ich ein und legte die Hände auf meine Wangen.

„Es liegt mir im Blut, mich zu verstellen."

Im Gegensatz zu Jill, die sich hinter ihrer echten Identität versteckte, tarnte Matthew sich mit einer komplett verkehrten.

„Die ganze Zeit warst du es." Ich rieb meine Hände über die Augen und fühlte mich mit einem Mal so müde und erschlagen.

„Wie hast du es gemerkt?"

Ich atmete tief durch die Nase ein. „An deinem Geruch. Du riechst wie im Wald. Wie beim ..."

Ich schaffte es nicht, das Wort auszusprechen. Matthew hatte keine Probleme damit.

„Kuss." Es perlte mit dunklem Klang aus seiner Kehle und schon wieder rann mir ein Schauder über den Rücken. Ich überkreuzte die Arme vor der Brust und hielt meine Schultern fest, krallte meine Nägel in die eigene Haut. Es hielt mich im Hier und Jetzt, als ich drohte, mich zu verlieren.

Ich erinnerte mich an den Kuss. Klar und deutlich. Viel zu deutlich.

„So oft habe ich mir gewünscht, es dir sagen zu können", gestand er und schloss den Abstand zwischen uns wieder. Ich konnte nicht noch einmal zurückweichen, denn meine Beine gehorchten mir nicht mehr. Er schlug mich in seinen Bann, wie er es brauchte, und selbst jetzt, da ich wusste, wer und was er war, konnte ich nichts dagegen unternehmen.

Ich hatte mir nur überlegt, dass ich den Wolf suchen wollte. Ich hatte nicht darüber nachgedacht, was ich dann tun sollte, wenn ich ihn gefunden hatte.

Er legte seine Hand an meine Wange und streichelte mich mit dem Daumen. Die Wunde auf seiner Wange verkrustete langsam und stach mir wie ein Mahnmal ins Auge. Ich wünschte, Jill wäre hier gewesen. Vermutlich reinigte sie gerade eine Aura. Ich konnte ihre Hilfe brauchen, doch mit Matthews zweiter Identität musste ich alleine fertig werden.

„Ich habe jede Nacht an dich gedacht, auch wenn ich nicht mehr in deinen Träumen war“, raunte er. Sein Blick wurde dunkel. Sehnsüchtig. „Dieser Kuss hat mich um den Verstand gebracht.“

„Du hast keine Zahnschmerzen, oder?“

Er schüttelte ganz leicht den Kopf. „Nein. Ich habe mich nur scheußlich gefühlt und brauchte einen Grund für Wendy. Ich war nicht ich selbst.“ Er ließ eine Schulter kreisen, als wäre er verspannt. „Und ich habe es nicht mehr geschafft, nett zu ihr zu sein oder so zu tun, als wäre dieser Alltag irgendwie wichtig.“

Sein Daumen wanderte zu meinem Mund und er strich über meine Lippen. Sein Blick klebte an mir und auch ohne dass er sich wirklich verwandelte, schien er zu wachsen und über mir aufzuragen.

Ich wollte mich noch kleiner machen. Matthew war kein schwacher Eigenbrötler. Er konnte mich einfach davonschnipsen. In ihm lauerte eine Kraft, die ich ihm nicht zugetraut hätte. Mir ging auf, dass er Dillon wirklich jeden Knochen hätte brechen können.

Mein Herz klopfte bis zum Hals. Sein Blick glitt von meinem Mund tiefer. Er nahm seine andere Hand hoch und legte mir den Zeigefinger in die Mulde zwischen meinen Schlüsselbeinen. Ich spürte seine Fingerkuppe an meinem Puls.

„Ich tue dir nichts. Das habe ich nie."

„Du hast meinen Kopf bestohlen. Und neulich Nacht wolltest du es wieder tun."

„Ich wollte nicht. Ich ..." Unter seinen Augen schien es zu brodeln. „Ich wollte dich für mich. Dass du mich willst. Dass du mich magst."

Er beugte sich zu mir herab und sein Mund schwebte über meinem. Und für einen flüchtigen Augenblick stand mein Herz einfach still. „Dass du mich bemerkst." Dann waren seine Lippen auf meinem Mund, seine Hand wanderte in mein Haar und zog mich an sich. Er ließ meinen Puls los und schlang den Arm um meinen Rücken. Er war verdammt stark, presste mich an sich, als wollte er ein Kleeblatt zwischen Buchdeckel sperren.

Meine Beine gehorchten mir nicht, aber mein Oberkörper war frei. Ich versuchte mich, von ihm wegzulehnen, meine Lippen zusammenzupressen und drückte meine Hände gegen seine Brust. Ich hätte auch versuchen können, ein Hochhaus wegzuschieben.

Seine Finger massierten meinen Hinterkopf, suchten und strichen durch mein Haar. Er spreizte seine Finger über meinem Rücken, um so viel von mir zu halten, wie er nur konnte. Matthews Mund zeigte nichts von diesem Kampf. Genüsslich und zurückhaltend erforschte er mich.

Ich hatte ihn gefunden, ihn enttarnt. Aber statt ihn damit in der Hand zu haben, hatte ich ihm den letzten

Grund genommen, sich zurückzuhalten.

„Küss mich", murmelte er und massierte meine Lippen mit seinen.

„Bitte, ich ..."

„Schließ die Augen und küsse mich wie im Wald."

Etwas in mir bröckelte. Mein Herz zog sich zusammen. Er bat mich um denselben Kuss, der mich die letzten drei Nächte umgetrieben hatte. Diesen Kuss, der mein Denken beherrschte. Jill hatte recht, wir konnten es wollen oder nicht, aber zwischen uns bestand eine Verbindung. Sie hatte verhindert, dass ich vergessen konnte, was er mich vergessen lassen wollte. Und sie verhinderte seither immer noch, dass ich irgendwas von uns vergaß. Schon gar keine Berührung. Nicht seinen Duft und nicht seine Nähe.

Ich gab nach. Es war einfach, dem Schicksal die Schuld zu geben und nicht immer nur kämpfen zu müssen. Es bedeutete nicht, dass ich nicht sauer auf ihn war, denn das war ich. Aber ich brauchte diesen Kuss so sehr, wie er ihn brauchte und wollte.

Seine Lippen schmeckten so vertraut. Ein Knurren drang aus seiner Kehle, als ich den Kuss erwiderte. Hunderte Libellen schienen um uns zu flattern, als wären wir an einem blauen See an einem Sommertag. Überall, nur nicht in diesem fensterlosen Lager, inmitten der unausgepackten Kartons. Ich stieß ihn nicht mehr von mir weg, sondern legte meine Hände um seinen Nacken.

Wir ließen uns Zeit, küssten uns und atmeten einander ein. Unsere Lippen fanden sich, so wie wir uns gefunden hatten. Ich redete mir ein, dass es nichts bedeutete, aber die Verletzung durch Dillon heilte in Matthews Nähe.

„Matt", flüsterte ich in den Kuss. Ich wollte seinen Namen sagen, hatte seine Identität gefunden. Und gleichzeitig gab ich ihm diesen Kosenamen, weil er nicht mehr nur mein Boss war. „Matt", sprach ich es noch einmal aus.

Vielleicht war es ein Fehler, ihn zu küssen, und möglicherweise brauchte ich von Jill eine Aurenreinigung, um wieder klar zu werden. Ich hatte noch nie jemanden geküsst, auf den ich wütend war. Also legte ich diese Wut in den Kuss hinein. Ich küsste ihn härter und krallte ihm meine Nägel in die Haut.

In ihm lauerte ein Hunger, auf den ich nicht gefasst war. Er hatte ihn unterdrückt, wie ich meine Wut, und nun ließ er ihn frei. Matthew zerrte mich an sich und küsste mich fordernd. Seine Lippen teilten meine und er drängte seine Zunge in meinem Mund und nahm von mir Besitz. Mir war klar, dass mich seine animalische Seite küsste, dass der Wolf in ihm die Führung übernahm. Seine Leidenschaft überrollte mich und ich sank hilflos in den Moment.

Er drückte mich gegen den Schreibtisch, legte mich halb auf die Tischplatte und war über mir, bevor ich atmen konnte. Er griff nach meinen Händen und hielt sie links und rechts von meinem Kopf auf dem Tisch fest. Ich wollte sprechen, etwas einwenden, ihn irgendwie unterbrechen, aber er lähmte meinen Körper mit seiner Macht und küsste mich schwindlig. Ich spürte ihn zwischen meinen Beinen. Er war hart und rieb sich an mir und das war der Moment, in dem ich meine Lähmung überwand.

„Stopp!"

Es war, als hätte ich ihm ein Brett vor den Kopf

geknallt. Er hielt inne und atmete keuchend aus. Wir starrten einander in die Augen. Plötzlich war er wieder Matthew und blinzelte mehrmals. Mir war klar, wie ich aussehen musste mit meinem wilden Haar. Ich lag unter ihm auf der Tischplatte und starrte ihn an wie ein Reh das heranfahrende Auto. Er wirkte regelrecht bestürzt und zog mich vom Tisch hoch. Dann ließ er mich los und machte einen Satz nach hinten. Fahrig strich er sich die Hand durchs Haar.

„Tut mir leid. Emily, ich ..." Er sah mich an und ich erkannte, wie aufgewühlt er war. „Ich habe die Kontrolle verloren."

Ich schlang die Arme um meinen Bauch und starrte ihn an. Das war nicht Matthew gewesen. Der ganze Kuss war ... anders.

„Das sollte nicht passieren, nicht so." Er schüttelte den Kopf. „Entschuldige. Alles okay?"

Der Moment war viel zu unerwartet in mein Leben geplatzt. Ich hatte keine Ahnung, was ich davon halten sollte.

„Ich brauche einen Moment ..."

Er nickte. „Ja. Wenn du möchtest, kannst du auch nach Hause gehen. Ich kann von dir nicht verlangen, dass du jetzt weiterarbeitest."

Ich nickte stumm und rutschte von der Tischplatte. Große Güte, ich würde nie wieder an diesem Schreibtisch vorbeigehen können, ohne an das hier zu denken.

Matthew sah aus, als wollte er meinen Arm berühren, als ich an ihm vorbeiging, doch er tat es nicht. Ich sah ihm an, wie er sich zurückhielt, wie er bemüht war, nichts Falsches zu tun.

Ich schluckte schwer. Es fiel mir nicht leicht, aber ich

versuchte stets fair zu bleiben, und das hier hatte er nicht allein verschuldet.

„Ich habe auch ...“ Ich schaute zu Boden und suchte die richtigen Worte im grauen Zement. Dann sah ich ihm direkt in die Augen. „Ich habe den Kuss erwidert. Also schiebe es nicht allein auf dich.“

Er schaute mich überrascht an. Ich war ihm ein kleines Stück entgegengekommen, aber viel mehr als das bekam ich gerade nicht hin. Also ließ ich ihn stehen, holte meine Tasche und verschwand mit einem knappen Gruß an Wendy durch die Tür des Ladens. Ich lief immer weiter. Vorbei an all den Leuten im Einkaufszentrum. Vorbei an lachenden Kindern, telefonierenden Männern oder Frauen, die miteinander plauderten. Sie erlebten normale Dinge, während ich emotional unter einem Vorschlaghammer auseinanderfiel.

Ich tippte Jill eine SMS, dass sie zu mir nach Hause kommen sollte. Dann ging ich wie ferngesteuert zu meinem Auto und fuhr heim.

# KAPITEL 16

Ich konnte mich an die Fahrt nicht erinnern. Irgendwann schaltete ich einfach den Motor aus und stieg vor meinem Haus aus. Jill war noch nicht da. Ich sah mich um. Alles wirkte wie immer, doch emotional lebte ich in einer Parallelwelt, so als hätte jemand eine Glasscheibe zwischen mich und das Hier gezogen, durch die ich alles sah und trotzdem nicht dazugehörte. Mein Blick wanderte zum Apfelbaum in Phils Garten und ich fragte mich, ob es dem Geist seiner Frau dort genauso ging.

Ich lief zu meinem Briefkasten und holte die Post heraus. Die Welt schien einen Sinn für Humor zu haben, denn mir fiel ein Schreiben der Zoogesellschaft in die Hände. Ich riss den Umschlag auf und zog den Brief heraus. Es war die Bestätigung meiner Patenschaft für den Wolf. In mir stieg ein unschönes Lachen auf und ich legte den Kopf in den Nacken, starrte in den babyblauen Himmel und atmete tief durch.

Das Geräusch eines Motors tauchte hinter mir in der

Einfahrt auf und als ich mich umdrehte, kam Jill angefahren. Sie parkte mich zu, stieg aus und schob die Sonnenbrille in ihre Haare.

„Hi, was ist denn los? Ich bin so schnell es ging hergedüst.“ Sie kam auf mich zu und nahm mir den Brief ab. Dann sah sie mich fragend an. „Ist es wegen der Wolfspatenschaft?“

Ich schüttelte den Kopf. „Nein, es ist wegen dem Wolf.“

„Wuffi-Wolf?“, stellte sie klar.

„Matthew-Wolf.“

Ihre Augen wurden riesengroß. „Nein!“ Ungläubig stieß sie das Wort aus. „Du willst doch nicht etwa sagen, dass ...“ Sie sah sich heimlich um, immerhin hatte ich Nachbarn. „Dass er mondsüchtig ist?“ Den letzten Satz tuschelte sie, obwohl er ziemlich unverfänglich war.

Trotzdem wollte ich nicht in meiner Einfahrt stehen, während ich dieses heikle Thema erörterte, also schnappte ich Jill am Arm und zog sie nach drinnen.

Wir ließen die Schuhe im Flur stehen und ich ging in die Küche und kramte zwei Gläser aus dem Schrank.

„Möchtest du Cola oder Wasser?“, fragte ich sie.

„Schnaps.“

Ich schüttelte den Kopf. „So was habe ich nicht.“

„Dann eben Wein, oder hat er alles weggeschüttet?“

Ich schenkte ihr Wein ein und nahm mir Cola. Der Zucker würde meinen Kreislauf hoffentlich auf Vordermann bringen, denn ich war ganz kaputt von den Ereignissen. Wir setzten uns auf die Couch und ich kuschelte mich in mein Kissen.

„Bist du dir sicher wegen Matthew?“, wollte sie wissen.

„Er hat aus der Wange geblutet. Sonst hätte ich seine Lügen vermutlich geglaubt.“

„Puh." Jill stieß die Luft aus. Dann schlug sie sich die Hand an die Stirn. „Himmel, und ich sag noch, er steht unter Welpenschutz. Ausgerechnet."

Diese Kleinigkeit beschäftigte mich gerade nicht, aber ich wusste, wie es war, wenn einem unnötige Details einfielen.

„Ich war schon ganz paranoid. Ich meine, gestern habe ich Liam gefragt und mir eine blöde Ausrede einfallen lassen müssen. Und heute früh, bevor ich zur Arbeit bin, hatte ich sogar meinen Donutverkäufer im Verdacht."

Jill kicherte. „Entschuldigung. Ich stelle mir das nur gerade vor. Erzähl weiter."

Ich berichtete ihr von Matthews schlechter Laune, Dillons Auftauchen im Laden und wie mein Boss sich dann plötzlich so umgänglich verhalten hatte. Ich ließ weder die Umarmung noch den Kuss aus.

„Und war es wie der Kuss neulich Nacht?"

„Teilweise. Und dann überhaupt nicht mehr. Ich habe Matt noch nie so erlebt."

„Uh, jetzt sind wir schon bei Matt." Sie zwinkerte mir zu.

Ich leerte mein Colaglas und stellte es am Boden ab. Dann nahm ich mein Kissen in die Arme und legte den Kopf auf die Sofalehne. „Ich weiß nicht, was ich tun soll. Ich kann doch morgen nicht einfach wieder zur Arbeit gehen."

Jill zuckte mit den Schultern. „Dann bleib zu Hause. Er feuert dich garantiert nicht."

Müde rieb ich über meine Stirn. Inzwischen hatte ich eine andere Art von Kopfschmerzen.

„Immerhin weißt du es jetzt", fand Jill. „Du musst nicht mehr überlegen, wer er sein könnte."

„Ich habe das Gefühl, immer wenn ich ein Problem löse, taucht ein neues auf."

Sie nickte und tätschelte mein Knie. „Ist ja auch so."

Es klingelte an meiner Tür und mit einem Ruck saß ich aufrecht auf der Couch. Ich fühlte mich wie ein dünner Strohhalm – zum Bersten gespannt, um im nächsten Moment abzuknicken.

„Ich gehe schon", sagte Jill.

Ich griff nach ihrer Hand. „Glaubst du, er ist es?"

Es klingelte erneut und sie schüttelte den Kopf. „Das finde ich raus."

Sie straffte sich und lief zur Tür. Ich machte mich hinter der Sofalehne klein und schaute nur soweit mit dem Kopf heraus, um sie beobachten zu können.

„Ja, bitte?", hörte ich sie fragen. Es war klar, dass dort nicht Matthew stand. Sie wirkte viel zu förmlich.

„Ich habe eine Lieferung für Miss Emily Kincade."

Ich vernahm ein Rascheln, aber ich hatte keine Ahnung von einer Lieferung. Matthew hatte versucht, mein Gedächtnis zu zerlöchern, aber ich hatte definitiv nichts bestellt.

„Das bin ich", log Jill und quittierte etwas. Im nächsten Moment machte sie die Tür zu und hielt einen riesengroßen Strauß Blumen im Arm. Sie hielt ihn wirklich im Arm und nicht nur in den Händen. Das passte in keine Vase mehr, sondern nur noch in einen Eimer. Es war eine bunte Mischung aus Rosen, Pfingstrosen und Gerbera.

Sie kam zu mir zurück und hielt mir das Bouquet unter die Nase.

„Da ist eine Karte dran", sagte sie und drehte es in meine Richtung.

Ich glaubte bereits zu wissen, von wem die Blumen waren. Trotzdem nahm ich sie vom Strauß und klappte sie auf. *»Es tut mir leid. Matt«*, stand darauf.

Ich zeigte es ihr und sie betrachtete mit einem anerkennenden Nicken den Strauß. „Der Mann denkt groß."

Ich rollte mit den Augen. „Wo soll ich die denn hin tun? Die passen ja kaum in eine Dusche."

„Hast du keine große Vase?"

„Nein." Ich stand auf, lief zum Schrank und machte ihn auf. Es standen einige Vasen von meinen Großeltern drin. Keine hatte die Ausmaße eines Eimers.

Jill zuckte, so gut es mit den Blumen im Arm ging, die Schultern. „Dann machen wir eben zwei Sträuße draus."

Ich nahm zwei Vasen aus dem Schrank und wir liefen in die Küche und teilten den Strauß. Jill richtete ihn zu zwei neuen Sträußen her, kürzte einige Stiele und am Ende sah es richtig gut aus.

„Wie ein Sommergarten", meinte sie und schnupperte an den Blüten.

Ich wusste nicht, wie ich es finden sollte, von ihm Blumen zu bekommen. Ein Teil von mir verbuchte es als Zeichen des guten Willens und der Schuldgefühle von ihm. Ein anderer Teil, der mir nervöse Gefühle im Bauch bereitete, bestand darauf, dass er seine Zuneigung auf weniger animalische Art bekunden wollte.

Wir hatten etwa eine halbe Stunde damit vertrödelt, die Blumen neu zu richten, als es wieder an der Tür klingelte.

„Das ist er bestimmt", flüsterte ich. Panisch versteckte ich mich hinter dem Kühlschrank, während Jill für mich zur Tür lief.

„Ja bitte?“

„Hallo, ich habe eine Lieferung für Miss Emily Kincade.“

Ungläubig spähte ich hinter dem Schrank hervor. Da stand schon wieder ein Blumenbote und überreichte Jill einen weiteren Strauß. Diesmal war er nur noch aus Rosen. Weiße, rosa und rote Blüten reihten sich aneinander. Ich schluckte und mein Mund wurde trocken.

Was hatte er vor?

Jill wünschte dem Boten einen fröhlichen Tag und kam dann grinsend auf mich zu. „Du wirst nie erraten, was ich hier habe.“

Ich suchte nach der Karte und klappte sie auf. *»Lass uns reden. Wie wäre es mit einem Abendessen?«*

Ich schaute auf die Uhr. Es war früher Nachmittag. Meinte er heute?

„Sieh es mal so“, sagte Jill. „Sie sind wenigstens nicht von deinem Donutverkäufer.“

Ein Motor knatterte heran und ich sah aus dem Fenster. In Gedanken fuhr bereits ein weiterer Strauß vor, aber es waren zwei Männer auf einem Motorrad, die in Phils Einfahrt parkten. Beide stiegen ab und steckten ihre Helme an den Lenker. Einer von ihnen war Liam, den anderen kannte ich nicht.

„Wow, sein Freund sieht auch gut aus“, fand Jill.

Da konnte ich nicht widersprechen. Dann legte Liam seinen Arm um den anderen. Das hätte man als kumpelhaft durchgehen lassen können, auch wenn Männer das nicht unbedingt oft taten, doch dann zog der Fremde Liam an sich heran und küsste ihn. Sie verschwanden aus unserem Sichtfeld. Ich kam mir vor wie in einem Cartoon, bei dem Donald Duck der Kiefer bis auf den Boden klappte.

Jill lachte neben mir. „Wer hätte das gedacht? Dein heißer Nachbar ist ein Chippendale!“

Ich stand da und bedauerte meine miserable Menschenkenntnis. Ich hatte immer angenommen, dass ich merken würde, ob ein Mann hetero war oder nicht. So viel dazu. Dann hatte Liam also nicht nur deshalb nicht mit mir geflirtet, weil ich ihm von Joe erzählt hatte. Und es erklärte auch sein Desinteresse an Jill und Elaine.

Ich ging zum Schrank und holte neue Vasen für den zweiten Riesenstrauß. „Vielleicht sollte ich mit ihm Essen gehen“, überlegte ich laut. „Ich meine, Liam ist schwul, den Donutverkäufer will ich nicht, Dillon war ein totaler Reinfall und schlimmer als er kann eigentlich nur der Serienmörder Ted Bundy sein.“

„Ein guter Grund“, stimmte Jill zu. „Matthew ist nicht Ted Bundy, also kannst du mit ihm ausgehen.“

Ich zerlegte den Blumenstrauß und empfand eine gewisse Wut. „Ich habe irgendwie keine Auswahl, oder?“

„Na ja, du hast Dillon als netten Kerl in einer Bar kennengelernt. Ich meine, jeder erst mal nette Typ kann sich als Blödmann entpuppen.“ Sie zuckte mit den Schultern. „Bei Matthew weißt du wenigstens, was du bekommst. Du kennst die Leiche in seinem Keller.“

„Ich fand ihn nett. Bevor ich seinen Geruch erkannt habe, fand ich ihn nett.“

„Also, er ist auch nett. Welpenschutz und so.“

Ich arrangierte die Blumen in den Vasen. „Aber wenn er sich nicht unter Kontrolle hat, ist er nicht der Matt, den ich kenne.“

Jill rieb sich über das Kinn. „Okay, nur musst du bedenken, dass der normale Matthew im Rautenstrick auch noch nie Sexappeal entwickelt hat. Dann riechst du den Wolf in ihm, entfesselst ihn und zack …“ Sie klatschte ihre Hände zusammen. „Ist er eine echte Rakete.“

Ich schüttelte den Kopf. „Ich will nicht unbedingt beim ersten echten Kuss auf einer Tischplatte landen.“

„Es war doch der zweite Kuss.“

Ich stemmte eine Hand in die Seite. „Der erste Kuss war mit dem Wolf.“

„Er hat sich dabei aber verwandelt.“

„Okay, allerdings hatte ich die Augen zu und habe ihn nicht gesehen. Ich wusste nicht, dass es Matt ist. Das im Laden war ganz bewusst mit ihm. Und außerdem will ich auch nicht beim zweiten Kuss auf dem Tisch landen.“

Sie grinste mich frech an. „Beim wievielten Kuss würdest du denn wollen?“

Frustriert atmete ich aus. „Dir ist klar, dass ich keinen Job mehr habe, wenn das nicht klappt, oder?“

„Er wird dich nicht hinauswerfen. Er leidet doch wahrscheinlich schon seit dem ersten Tag still vor sich hin.“

Daran hatte ich noch gar nicht gedacht. Er hatte mich wirklich als Freundin gewollt. Es klingelte an der Tür und Jill machte sich auf den Weg. Ein dritter Strauß Blumen wurde gebracht. Ich war noch nicht mit dem zweiten fertig. Es war klar, dass er mich nach wie vor wollte.

Das mit den Blumen musste aufhören. Ich schnappte mein Handy und rief ihn an.

„Hey“, meldete er sich.

„Bitte hör auf, mir Blumen zu schicken. Ich habe auch gar nicht genügend Vasen.“

Jill sah mich neugierig an. Sie hielt einen Strauß roter Rosen in der Hand. Ich brauchte nicht auf die Karte zu schauen, um die Bedeutung zu kennen.

„Gehst du mit mir essen?“, fragte er.

„Das ist zu früh. Ich brauche Zeit zum Nachdenken.“

Er zögerte. „Denkst du wirklich darüber nach?“

Ich schaffte es nicht, ihm Antworten zu geben, die ich nicht hatte. „Ich lege jetzt auf, Matt.“

Dann kappte ich die Verbindung.

„Komm, setz dich“, meinte Jill. „Du bist ganz weiß im Gesicht. Ich mache das mit den Blumen.“

Ich nahm mir ein weiteres Glas Cola und sah ihr dabei zu, wie sie meine Blumen versorgte. „Gut, dass du sie abbestellt hast“, sagte sie. „Das war die letzte Vase. Hast du seine Karte schon gelesen?“

Ich schüttelte den Kopf. Jill nahm die Karte und las sie laut vor.

*„Du bist in meinem Kopf.“* Sie drehte sie in der Hand, aber es stand sonst nichts weiter drauf. „Ein großer Romantiker ist er ja nicht gerade. Rote Rosen. Was weiß er schon von Frauen?“

Ich erkannte Ironie, wenn ich sie hörte. „Was würdest du tun?“

„Kommt drauf an. Löst er was bei dir aus?“

Das konnte ich nicht abstreiten. Ich wusste nicht, ob es unbedingt Schmetterlinge im Bauch waren, doch er ging mir nahe.

„Wie kann das eigentlich sein?“, fragte ich sie. „Ich arbeite schon so lange für ihn und habe nie über ihn nachgedacht. Er war nett, nur ...“

„Er war nicht interessant?“, schlug sie vor. Sie verteilte die Vasen überall im Raum und ein wenig fühlte ich mich wie in einer Blumenfiliale.

„Am Samstag in der Wanne hatte er recht. Er sagte, ich wäre nicht an ihm interessiert. Er hat gar nicht spekuliert, sondern wusste es aus Erfahrung.“

„Okay, aber jetzt weißt du Bescheid. Ich an deiner Stelle würde mit ihm essen gehen. So wie er das auf der zweiten Karte vorgeschlagen hat. Du hast doch den Kopf voller Fragen und er kann dir Antworten geben.“

„Und wenn es nicht funktioniert?“

Sie zuckte mit den Schultern. „Dann kündigst du und gehst wieder zu Michael auf die Farm. Aber schicke mir ab und zu eine Postkarte.“

Ich lächelte. „Mein Haus steht hier, ich gehe nicht weg.“

„Und ich bin auch da und du willst mich nicht verlassen?“

„Genau.“

Gerade, als ich daran dachte, ihn anzurufen und die Verabredung zu bestätigen, läutete es erneut an der Tür. Jedes Mal dachte ich ein bisschen weniger daran, dass er es sein könnte, und immer mehr siegte der Gedanke, dass ein neuer Blumenstrauß vorbeigebracht wurde. Trotzdem war ich mir nicht sicher, denn ich hatte sie abbestellt.

Abermals ging Jill zur Tür. „Oh, Blumen!“, rief sie und ich schüttelte den Kopf.

Dieses Mal kam der Strauß zusammen mit einer Vase. Wir brauchten ihn nicht mehr zu zerteilen.

„Dieser Lieferant hat bald keine Blumen mehr“, murmelte ich und schaute auf die Karte, die daran hing.

*»Ich schicke Blumen, bis du mit mir essen gehst.«*

Jill las über meine Schulter gelehnt mit und kicherte. „Klingt wie eine Kampfansage.“

„Ich hätte fast seine Einladung bestätigt, aber ich lasse mich nicht erpressen.“

„Ja“, stimmte sie fröhlich zu. „Zeig es dem Wolf!“

In den nächsten Stunden erreichten mich noch sechs weitere Sträuße mit Gefäßen. Er hatte alle mit eigenen Nachrichten versehen und es fiel mir immer schwerer, sie mit dem Bild in Verbindung zu bringen, das ich bisher von Matthew gehabt hatte. Diese Blumenoffensive mit ihren Botschaften war weder zurückhaltend, noch schüchtern, noch irgendwie passiv.

*»Denkst du auch an unsere Küsse?«*

*»Du hast recht, du hast mich auch geküsst.«*

*»Ich habe Zeit, hast du Platz für noch mehr Sträuße?«*

*»Melde dich bei mir.«*

*»Ich habe nachgedacht. Sagen wir, wenn du Interesse hast, meldest du dich nicht. Ich wiederhole: Du meldest dich nicht.«*

*»Dich nicht zu melden, ist ein Ja. Bis dann.«*

Jill war guter Dinge. Sie hatte drei Gläser Wein getrunken und gluckste fröhlich über seine Botschaften. „Bis dann“, trällerte sie.

Es war inzwischen Abend geworden und der Blumenbote, der uns durch all die Zustellungen kennengelernt hatte, teilte uns mit, dass er nun Feierabend machte und neue Sträuße erst morgen ausgeliefert würden. Vorausgesetzt, dass es noch mehr Aufträge gab. Wir hatten also vorerst Ruhe.

Ich schüttelte den Kopf und starrte auf das Blumenmeer. „Was mache ich mit all den Vasen?“

Irgendwann würden die Sträuße welken, aber die XXL-Kübel würden mir erhalten bleiben. Ich hatte zwar ein Haus, doch es war kaum größer als eine Wohnung.

„Samstag ist Töpfermarkt. Verkaufe sie dort", schlug Jill vor.

Sie trank noch mehr Wein und es war klar, dass ich sie nicht mehr Auto fahren lassen konnte. Bis zuletzt hatte ich Matthews Einladung zum Abendessen ignoriert und beschloss, dass meine Freundin am besten bei mir blieb. Nicht, weil ich mich vor Matt fürchtete, denn das tat ich nicht. Jill hatte recht behalten, dass ich ihn weniger erschreckend finden würde, wenn ich ihn erst kannte. Außerdem waren seine Blumengrüße romantisch. Ich fühlte mich geschmeichelt, so offen von einem Mann umworben zu werden. Gewissermaßen machte ihn das männlicher.

Jeder neue Strauß hatte mein Wut über seinen Gedankeneingriff verkleinert. Er hatte schließlich nicht wissen können, dass ich mit solchen Nebenwirkungen darauf reagierte.

Dann war da noch die Sache mit dem Kuss vorhin. Ich brauchte nur die Augen zu schließen und wurde in den Moment zurückgezogen, als ob er gerade passierte. Ja, er war sehr heftig geworden, aber nicht grob. Was ich gespürt hatte, war seine Leidenschaft, und ich musste mir eingestehen, dass ich es aufregend fand, dass ich das bei ihm auslösen konnte.

Jill schüttete den restlichen Wein in ihr Glas und schaute dann suchend in die Flasche. Dabei drückte sie ihr Auge an die Öffnung und kniff das andere zu.

„Die ist ja alle", stellte sie fest und gluckste. Jill trank fast nie und vertrug es keinen Meter. „Ist ja ulkig, die haben dir eine leere Flasche verkauft."

Ich nahm sie ihr ab und stellte sie zur Spüle. „Mehr Wein habe ich nicht."

Sie machte große Augen und nippte an ihrem Glas. Dann wedelte sie aufgeregt mit dem Zeigefinger. „Ruf ihn an. Sag ihm, du brauchst keine Blumen. Er soll Alkohol schicken." Sie beendete den Satz mit einem Schluckauf.

„Ja, bestimmt. Vielleicht steigst du einfach auf Kaffee um."

Sie kniff die Augen zusammen und sah mich an. Dann starrte sie auf die Blumen. „Von diesen Blütendingern wird mir ganz komisch. Das ist der Duft. Der macht mich schwindlig."

Genau, von Blumen sah man alles doppelt. Ein sehr bekanntes Phänomen.

„Los, ab ins Bett." Ich verfrachtete sie nach oben ins zweite Schlafzimmer. Es war das ehemalige Kinderzimmer meiner Mutter, aber es sah nicht kindlich aus. Sie war hier volljährig geworden und Kuscheltiere oder Spielzeug gab es nicht mehr.

Ich machte mich auf die Suche nach einer Zahnbürste für Jill und ließ sie allein. Schließlich fand ich nach längerem Kramen eine in meiner Vorratskammer. Sie war hinter das Regal gefallen. Als ich nach einigen Minuten zurückging, hörte ich Jill telefonieren.

„Das sind wirklich schöne Blumen", lallte sie. „Danke dafür. Ich hab mich sehr gefreut."

Oh nein! Ich schlug mir die Hand an die Stirn und schüttelte den Kopf. Wenn sie blau war, machte sie das wirklich mit allen Peinlichkeiten.

„Genau", hörte ich sie sagen. „So schöne Blumen. ...

Hm? … Wo ich bin? Bei mir zu Hause, Schnuffi. Wuffi. Wuff, wuff."

Ich schloss die Augen und lehnte mich an die Wand. Sie war so ein Huhn!

„Ja, ja, klar, weiß ich, was du bist. … Ach, das warst du neulich in dem Wäldchen? Iss eigentlich kein Wäldchen, fünf Bäume oder so. Totale Pampa." Dann kicherte sie. „Besoffen? Wer iss hier besoff'n? … Iss gut, ich sag's Jill. … Huh? Ach, das bin ich. Dann sag ich's Emily. Moment. … Emily!" Ich hörte es rascheln und dann poltern. Wenn mich mein Gehör nicht täuschte, war sie aus dem Bett gefallen.

Mit einem Satz hastete ich um die Tür und stand im Zimmer. Meine Freundin lag am Boden, grinste mich an und hielt mir den Hörer hin. „Aua, iss für dich. So ein Wolfsjunge will mit dir essen gehen."

Ich half ihr aufzustehen, legte den Hörer auf den Nachttisch und reichte ihr die Zahnbürste. „Schaffst du es alleine?"

„Klar, bin ja nicht mehr fünf." Dann wankte sie ins Bad davon.

Ich atmete tief durch und nahm das Telefon ans Ohr. „Hallo?"

„Emily." Es war Matthews Stimme und gleichzeitig war sie es nicht. Sie hatte einen rauchigen Unterton und obwohl er nur meinen Namen sagte, klang es wie eine sinnliche Einladung.

Ich schluckte und setzte mich auf die Bettkante. „Ich habe das Telefon nicht gehört, deshalb ist Jill wohl drangegangen."

„Ich habe dich nicht angerufen."

„Du …" Irritiert starrte ich an die Wand. Es war eine

Streublumentapete mit Mohn und Gänseblümchen. Lauter bunte Blüten, die mir bei diesem Gespräch leider nicht halfen. Ich sah zur Badezimmertür. „Aber …“

„Jill hat mich angerufen. Ich habe ihre Stimme erst nicht erkannt.“ Das ging mir mit seiner genauso. Wann hatte er angefangen, sich so männlich anzuhören? „Sie hat in den Hörer gelallt.“

„Ja, weißt du, du hättest den ganzen Wein wegschütten sollen.“ Sie war so was von fällig.

„Es stört mich nicht, dass wir jetzt telefonieren. Schön, dich zu hören.“

Meine Zunge klebte am Gaumen, als hätte ich staubtrockene Spanplatten gegessen. Ich wollte es nicht, doch mein Herz machte Saltos und mein Magen schlug Purzelbäume.

„Bist du noch dran?“, wollte er wissen.

Ich hätte auflegen können, allerdings war ich nicht mehr im Kindergarten, und wegen morgen wusste ich noch immer nicht, was ich tun sollte. Mit der Fingerkuppe malte ich kleine Rautenmuster auf die Bettdecke. Arbeiten gehen oder nicht? Ich konnte es mir leicht machen und mich für »oder nicht« entscheiden. Aber wenn ich meine Feigheit mal in die Ecke stellte, musste ich mir eingestehen, dass ich ihn wiedersehen wollte. Dass ich selbst diesen Kuss wiederholen wollte. Ich hatte noch immer keine Antwort darauf, wann Matthew plötzlich sexy geworden war. Es lag an der Art, wie er nun sprach, wie er sich auf einmal bewegte und ganz besonders wie er mich ansah. Allein daran zu denken, sorgte dafür, dass mein Bauch in ein wildes Tohuwabohu aus Gefühlen verfiel.

„Ja, ich bin noch dran.“

Ich hörte förmlich das Lächeln aus seiner Stimme. „Gut. Mochtest du die Blumen auch so sehr wie Jill?“

Ich schloss die Augen und musste schmunzeln. „Das ist verrückt, weißt du das?“

„Ja.“ Unter der Dunkelheit meiner Augenlider gab es nur noch meinen Herzschlag und seine Stimme an meinem Ohr. Ich ließ mich zurück aufs Bett fallen und lag einfach nur da. „Ich habe dich früher nie bemerkt.“

„Ich weiß.“ Leise atmete ich aus, doch er hörte es trotzdem. „Ich hätte jetzt gerne deinen Atem an meinem Ohr. Nicht diesen Telefonhörer.“

„Ich weiß nicht, was ich wegen morgen machen soll.“

„Was genau meinst du? Die Arbeit?“

Ich nickte und dachte an den Kuss zurück. „Ja.“

„Was möchtest du machen?“

„Wenn ich das wüsste.“

„Hast du Angst vor mir?“

Seine Frage entsetzte mich. „Himmel, nein!“

„Wir haben die Karten auf den Tisch gepackt. Du kennst mich jetzt, weißt, was ich bin.“

Unsicher benetzte ich meine Lippen. „Kommst du damit klar?“

Er lachte leise. „Ich muss. Jill hat mir Drohungen an den Kopf geschmissen.“

„Ich meine es ernst.“

„Okay, ganz ernst. Ich will, dass du meine Freundin bist. Ich will, dass du dich mit mir triffst. Ich will, dass du morgen zur Arbeit kommst und ... ich kann dich auch küssen, ohne dass du auf dem Tisch landest.“

Das war nicht der Matthew, den ich kannte. Es fiel mir immer wieder auf. All die Monate, die wir uns kannten, hatte er sich vollkommen verstellt.

„Warum hast du mich nie gefragt? Nach einem Date, meine ich."

Er stieß den Atem aus. „Es ist eine Weile her, da war ich so gut wie verlobt. Ich meine, ich wollte sie fragen, ob sie mich heiratet, aber vorher wollte ich, dass sie weiß, wen sie da heiratet. Also habe ich es ihr gesagt." Matthew ließ die Worte in der Luft hängen und es war klar, dass die Geschichte kein gutes Ende finden würde.

„Das klingt nicht nach: *‚Und wenn sie nicht gestorben sind'.*"

„Nein."

„Was ist passiert?"

Es raschelte im Hörer. Ich stellte mir vor, wie er sich mit der Hand durchs Haar fuhr.

„Erst hat sie mich ausgelacht und als ich mich vor ihren Augen verwandelt habe, hat sie mit Töpfen und Pfannen nach mir geworfen. Wir waren gerade in der Küche. Ich erzähle so was nie wieder in einer Küche."

„Okay." Ich bedauerte, dass er das erlebt hatte. Meine Probleme wirkten plötzlich ganz klein. Mit einem Mal war ich sehr dankbar dafür, normal zu sein. Es war mir bisher nicht als etwas Besonderes vorgekommen, doch ich hatte seine Bürde nie tragen brauchen. „Tut mir leid."

„Als sie zu kreischen anfing, habe ich ihr die Erinnerung genommen."

Ich hatte das Gefühl, dass sich eine Faust um mein Herz schloss. Mir fiel nichts ein, was ich dazu hätte sagen können, also wartete ich, dass er weitersprach.

„Es ist mir nie etwas schwerer gefallen, als ihre Erinnerungen wegzusperren. Und nachdem ich es getan hatte, war es, als hätte ich eine unsichtbare Grenze überschritten. Ab da war es ganz leicht. Zu leicht. Und eine Weile kam ich wirklich klar. Dann habe ich dich kennengelernt und ...“ Er stockte.

„Und?“, fragte ich atemlos.

Für eine kurze Zeit sagte er nichts mehr, dann räusperte er sich. „Triff dich mit mir. Ich will das nicht am Telefon besprechen.“

„Jill ist bei mir.“

„Dann geht es heute nicht mehr?“

„Nein.“

Es folgte eine Pause, in der wir beide nichts mehr sagten. Schließlich redete Matt wieder. „Dann bis morgen.“

Ich schaffte es nicht, ihm zu antworten, denn ich wusste nicht, was morgen war. Er wollte, dass ich in den Laden kam und er mich küssen konnte. Soviel hatte ich verstanden.

Ohne weiteres Reden trennte ich die Verbindung. Adrenalin surrte durch meine Adern und ich brauchte ein paar Sekunden, um die Augen zu öffnen und mich hochzurappeln. Mit zitternder Hand legte ich das Telefon beiseite. Ich hatte in diesem einen Gespräch mehr erfahren als in der ganzen Zeit, die wir im Laden zusammen verbracht hatten. Er hatte mich also deshalb nicht um eine Verabredung gebeten, weil er schlechte Erfahrungen gesammelt hatte. Wenn ihm schon eine Frau schreiend davonlief, mit der er zusammen war, hätte ich es wohl auch getan. Ich war ja nicht einmal in ihn verliebt.

Ein verräterisches Ziehen im Herzen machte mich restlos nervös. Das alles war nur die Aufregung, weil er ein Werwolf war. Das Kribbeln kam, weil er eben nicht nur Rautenstrick trug. Ich warf einen grimmigen Blick zum Badezimmer, weil Jill mir dieses Gespräch eingebrockt hatte. Wie lange putzte sie eigentlich ihre Zähne?

Ich stand auf und klopfte leise an die Tür. „Jill?"

Nichts. Vorsichtig drückte ich die Klinke nach unten und spähte durch einen kleinen Spalt. „Jill?"

Sie machte noch immer keine Anstalten zu antworten, also öffnete ich die Tür ganz und ging hinein. Jill saß angezogen auf dem heruntergeklappten Toilettensitz und hatte den Kopf auf das Waschbecken gelegt, das an der Wand daneben hing. Ihre Finger umklammerten den Beckenrand und eine Zahnpastaspur klebte an ihrer Wange. Sie schlief friedlich wie eine Schnapsleiche und sah ganz unschuldig aus. Meine Standpauke löste sich in Luft auf.

Ich ging vor ihr in die Hocke und rüttelte an ihrem Knie.

„Jillie?"

Sie gab ein Grunzen von sich und schmatzte dann dreimal. Mehr Antworten bekam ich nicht. Also stand ich auf, wischte ihr die Zahnpasta aus dem Gesicht, klemmte sie mir unter den Arm und zog sie vorsichtig hoch. In Filmen sah das immer so leicht aus. Jill war so klein wie ich und wog so wenig wie ein Grashüpfer. Eigentlich. Aber wenn sie sich nicht rührte und leblos in meinen Armen hing, wog sie so viel wie ein Zementsack.

„Jill", keuchte ich und stolperte vorwärts.

Sie gab murmelnde Geräusche von sich und schlurfte teilnahmslos mit mir mit. Eine gefühlte Ewigkeit später hatte ich sie ins Bett verfrachtet und zog die Vorhänge zu. Ich nahm es in Kauf, dass sie in ihren Kleidern schlief. Morgen würde sie einen Kater haben, der sich gewaschen hatte, und ich konnte nur hoffen, dass ihre Hexenfähigkeiten ihr dabei halfen, das durchzustehen.

Ich schloss die Tür, machte mich selbst fürs Bett fertig und legte mich schlafen. Meine Gedanken rotierten wie ein Mühlrad im Fluss. Ständig wurden neue Gedanken aufgeladen und mein Kopf schien immer voller zu werden und schließlich überzulaufen. Als ich glaubte, dass das heute mit dem Schlafen nichts mehr werden würde, nickte ich doch weg.

# KAPITEL 17

*Ich war in seinen Armen. Wir standen zwischen den Kartons und er tröstete mich. Ich wusste schon nicht mehr, weshalb ich traurig war. Das alles schien so weit weg. Alles vor der Berührung löste sich in Nichtigkeit auf. Nur die Zeit mit ihm zählte.*

*Ich wusste, er würde mich küssen. Das hier war schon einmal passiert. Und gerade, als ich zu wissen glaubte, was als Nächstes geschah, war nichts wie sonst. Vergangene Erfahrungen und die Orte um uns herum verschwammen wie Regentropfen in einer Pfütze.*

*„Ich habe sooft davon geträumt, dich zu küssen“, raunte er.*

*Seine Stimme trug mich auf Wolken davon. Wir schwebten. Fort von dem Lagerraum, vom Einkaufszentrum, von der Stadt. Die Nacht hing über uns. Ein Lichtermeer aus Sternen am Himmel, ein Lampenmeer am Boden. Überall funkelte Licht. Er nahm mich hoch mit hinauf. Bis alles hell wurde. Bis nur noch der Mond schien. Groß und voll. Ein Mond über den Wolken und unter den Sternen. Er machte, dass ich fliegen konnte.*

*„Wenn wir träumen, können wir an jedem Ort sein."*

*Die Erkenntnis sickerte zu mir durch. Ich träumte. Ich lag in meinem Bett und träumte. Mein Körper war unter einer Decke, doch mein Kopf flog mit dem Mond. Mit ihm.*

*„Nach all den Blumen, nach dem Telefonat ..."*

*Nach all den Nächten, in denen er nicht mehr in meinen Träumen gewesen war.*

*„Ich wusste nicht, ob du morgen wirklich kommst."*

*„Ich weiß es auch nicht."*

*Vorsichtig streckte ich meine Hand aus und berührte den Mond. Er war weich wie ein Watteball. Glitzerstaub flirrte in der Luft. Er hing an meinen Fingern wie feinster Elfenstaub. Ich lächelte, weil ich den Mond berührt hatte.*

*Wolfsaugen betrachteten mich. Braun tanzte im Blau, bis dieses unterging. Braun wie Toffeebonbons. Er konnte ein Mensch sein. Er konnte ein Wolf sein. Doch seine Augen blickten mich immer gleich an. Hungrig. Sehnsüchtig. Als würde er in mir etwas finden, das er vor langer Zeit verloren hatte. Und gleichzeitig als wäre ich etwas, das er noch nie kennengelernt hatte.*

*Zwei Seelen, die im Einklang waren, als teilten wir ein Herz. Und keiner von uns hatte gewusst, dass er es teilte, bis die Magie dazukam.*

*Er griff nach meiner Hand und verwob seine Finger mit meinen. Ich spürte den Zauber, der uns verband. Eine Melodie klang in meinem Kopf. Schön wie Sternengesang. Bunt wie Licht. Mein Herz klopfte schneller, schlug im Takt der Melodie.*

*Die Zeit verging.*

*„Was ist, wenn wir verschlafen?", fragte ich ihn.*

*Mondschein glänzte in seinen Augen. „Dann verschlafen wir beide."*

*Ich spielte mit seinen Händen und er zog mich an sich, begann mit mir zu tanzen. Nach einiger Zeit merkte ich, dass er meiner Melodie folgte, als könnte auch er sie hören.*

*Ich war ihm nahe, aber er küsste mich nicht. Fragend sah ich ihn an.*

*„Es kann auch so sein", flüsterte er.*

*Meine Hand fand seine Wange. Ich suchte seine Lippen, doch er schüttelte den Kopf.*

*„Küss mich in der Wirklichkeit, Emily. Komm morgen zu mir."*

Der Wecker schrillte los und die Traumbilder zerfaserten wie herabfallende Herbstblätter. Frustriert stellte ich ihn ab und rieb meine Schläfen. Das konnte nicht wahr sein! Ich legte mich zurück aufs Kissen und schloss die Augen, versuchte, den Traum zu mir zurück zu zwingen. Aber die Bilder waren fort und je mehr ich im Schlaf versinken wollte, desto wacher wurde ich. Mein Herz schlug immer schneller und mein Blutdruck kochte hoch. Warum, zum Teufel, ging das nicht?

Ruckartig setzte ich mich auf und warf die Decke von mir. Sie landete raschelnd auf dem Boden. Oh Gott! Was sollte ich nur damit anstellen, dass er mich im Traum aufgesucht hatte? Und dann das. Nach dem wilden »Ich werfe dich auf den Tisch und küsse dir hemmungslos die Sinne davon«-Erlebnis, kam die Wendung im Traum völlig unerwartet.

Auf leisen Sohlen tapste ich in den Flur zu Jills Zimmer. Sie lag quer im Bett auf dem Rücken, hatte Arme und Beine von sich gestreckt wie ein Schrankenkreuz und grunzte im Schlaf. Ich hatte keine Ahnung, welche Träume sie gerade besuchten. Ich schrieb ihr eine Notiz, dass ich zur Arbeit musste, und legte sie ihr ans Bett.

Dann ließ ich mir Zeit beim Duschen, schlürfte meinen Kaffee inmitten eines Blumenmeers und besah mir jedes Zeitungsangebot dreimal. Ich schnitt sogar Coupons aus, die ich nicht brauchte, nur um zu trödeln. Natürlich würde ich zur Arbeit gehen, doch der bloße Gedanke ließ mein Herz durch den gesamten Körper hämmern wie ein Bausatz für Sprengstoff. Schließlich war die Kaffeekanne leer, die Zeitung zerschnitten und mein morgendlicher Ablauf ausgereizt. Irgendwann würde es sowieso passieren, dass ich ihm im echten Leben über den Weg lief. Heute. In nicht einmal einer Stunde. Minuten oder Sekunden spielten keine große Rolle. Die Zeit tickte davon und der Moment rückte näher. Ich sammelte die ausgeschnittenen Gutscheine vom Tisch und steckte sie in meine Tasche. Dann verließ ich leise das Haus, um Jill nicht mit einer zufallenden Tür hochzuschrecken. Die Vorstellung, dass sie friedlich in meinem Haus schlief, war tröstlich.

Ich fuhr zum Einkaufszentrum, ohne mich an die Fahrt zu erinnern. Ich war in Gedanken mehr beim Mond als bei den Ampeln. Schließlich parkte ich und holte mir Donuts.

„Hey, wie immer, Emily?“, fragte mich der Verkäufer, von dem ich nun wusste, dass er Jeff Boyd hieß.

„Hallo. Ja, wie sonst.“

Ich kramte in meiner Tasche nach dem Geld, während er unser Gespräch über Fantasiewesen wieder aufnahm. „Ich kann noch immer nicht glauben, dass du auch Rollenspiel machst", plauderte er.

„Was für Rollenspiele?" Ich sah ihn irritiert an. Auf diesen Fesselkram oder irgendwelche »Nimm mich fest, ich war böse«-Spiele stand ich nicht.

„Na, *Cthulhu*", meinte er. „Ich habe neulich auch *Deadlands* ausprobiert. Du spielst mit Karten statt nur mit Würfeln und brauchst wie beim Pokern ein gutes Blatt. Das war wirklich cool." Er sah mich strahlend an. „Das solltest du auch ausprobieren. Mach doch am Wochenende einfach mal bei uns mit. Das wäre der Hammer, wenn ich eine heiße Braut wie dich mitbringe."

„Ähm ..." Ich nahm ihm die Donuts ab und drückte ihm das Geld in die Hand. Ich gab ihm sogar Trinkgeld. Ansonsten wurde es Zeit, einen Traum bei ihm platzen zu lassen. „Ehrlich, Jeff, ich habe keine Ahnung, wovon du sprichst. Daran habe ich kein Interesse."

„Oh, verstehe. Du hast schon deine eigene Runde, oder? Hätte ich mir denken können."

Ich wusste nicht, was er meinte, und ich ging nicht so weit, zu nicken und zu lügen. Aber ich widersprach auch nicht, denn er schien mir gerade selbst einen Ausweg genannt zu haben. Ich winkte ihm mit der Donutpackung in der Hand und holte meinen Kaffee. Fast war ich froh, dass mich dort niemand mit Namen kannte und dass ich – Himmel bewahre – dort nicht auch noch einen Verkäufer danach gefragt hatte, ob er ein Werwolf war.

Solange ich mich an meiner Routine aus Donuts und Kaffeebesorgen entlanghangeln konnte, schien alles beinahe wie immer zu sein. Doch sobald man mir den Becher in die Hand drückte, begann das Flattern in meinen Nerven, denn das nächste Ziel war der Laden.

Matthew.

Der ein Werwolf war.

Ich wollte nicht darüber nachdenken, doch mein Kopf interessierte sich nicht dafür, was ich wollte. Mit fahrigen Bewegungen steckte ich die Pappmanschette auf den Becher und lief wie in Trance weg vom Kaffeestand. Meine Füße fanden den üblichen Weg, auch wenn meine Knie die Idee nicht mochten. Sie waren wie Wackelpudding. Meine Schwester liebte das Zeug, doch ich konnte es nicht leiden. Schon gar nicht in den Beinen.

Ich malte mir aus, wie ich es schaffen sollte, mich ungesehen in den Laden zu schleichen und meine Tasche und mich selbst im Pausenraum zu verstecken. Das Einkaufszentrum aufzusuchen, schien mit einem Mal keine so gute Idee gewesen zu sein. Ich dachte an den Geist im Apfelbaum und versuchte mir vorzustellen, selbst unsichtbar zu sein. Vielleicht konnte ich der Begegnung aus dem Weg gehen. Vielleicht kam er später. Und ganz vielleicht hatte er Schnupfen und blieb zu Hause. Alles war möglich. Ich musste mich nur hineinschleichen. Wo war meine Zeitung von heute Morgen, wenn ich sie brauchte, um sie mir ganz unauffällig vors Gesicht zu halten?

Matthew fing mich an der Tür ab und ich hatte schwer den Verdacht, dass er dort schon eine Weile auf mich gewartet hatte.

„Hallo Emily.“ Seine Stimme klang wie im Traum der vergangenen Nacht, als wir bei Mondschein getanzt hatten. Alles in mir erinnerte sich an jene Begegnung, nur weil er sich so anhörte wie im Traum. Fast ein Kuss. Unsere Herzen hatten sich geküsst, doch unsere Lippen nicht.

Aber ich kippte aus einem anderen Grund als nur wegen seiner Stimme fast rückwärts aus meinen Schuhen, und das nicht, weil ich nun angesichts der sommerlichen Wärme zu Sandaletten statt meinen heißgeliebten Stiefeln gewechselt hatte. Auch meine Stiefel hätten mir nicht mehr Halt geboten.

Es war die Stimme aus der Nacht und ich wusste, dass Matthew vor mir stand, doch er sah völlig anders aus, als ich ihn kannte. Verschwunden waren die Hornbrille, der Rautenstrick, die Arbeitshosen. Vor mir stand ein Mann voller Selbstvertrauen. Er trug ein Shirt, das seine Muskeln nicht verheimlichte. Die Jeans saßen knackig auf seinen Hüften und ich wollte wetten, wenn er sich umdrehte, konnte sein Hintern gut mit Billy Bonnets Allerwertestem mithalten. Die Brille auf seiner Nase hatte nur einen schmalen Rahmen und auch keine tellerrunden Gläser mehr. Selbst die Haare waren anders gestylt.

Ich schluckte. Die Wüste in meinem Mund war zurück. Himmel, Arsch und Zwirn! Matt war sexy.

Sprachlos starrte ich ihn an. Hatte ich den Morgen wirklich mit dem Ausschneiden von Coupons zugebracht, während er hier auf mich wartete und so aussah?

Er lehnte lässig im Türrahmen und hielt mir mit seinen gebräunten Händen einen Becher und eine Papiertüte hoch. „Ich habe Muffins und Kaffee besorgt."

„Ähm ..." Unsicher schaute ich auf meine Hände. „Ich

habe mir schon Donuts und Kaffee geholt."

Er lächelte und betrachtete mich in aller Seelenruhe. „Die sind für mich. Wir können nachher zusammen frühstücken."

„Ja, ich ..." Mein Kopf war wie leergefegt und diesmal hatte es nichts damit zu tun, dass er mich bestahl. Ich starrte ihn an. Nach einer Weile merkte ich, dass mein Mund offenstand, und ich machte ihn zu.

Da hatte ich mich gestern in seine Arme geflüchtet, weil ich ihn für keinen dieser Machos mit zu dickem Ego hielt. Dem alten Matthew im Rautenstrick hatte ich nicht zugetraut, dass er mal eben meine Erinnerungen ausradierte. Dem Mann vor mir traute ich selbst einen Mondflug zu und gewissermaßen hatte er wirklich einen mit mir unternommen.

Wie es schien, fiel ich immer wieder auf trügerische Männer herein. Erst Dillon, mein fremdgehender Ex, und nun Matthew, der ein Wolf im Schafspelz war. Früher in einem Rautenmuster-Schafspelz, aber trotzdem. Er war ein Meister der Trugbilder.

„Komm rein", sagte er und hielt mir die Tür auf.

Meine Stimme hatte noch immer einen unbekannten Ausflugsort angesteuert und ich ging wortlos hinein. Er folgte mir nach hinten, wo ich meine Sachen verstaute und er seinen Kaffee mit den Muffins abstellte. Ich beschäftigte mich ausführlicher als nötig mit meiner Tasche, spürte seinen Blick im Nacken. Meine Hände zitterten. Ich traute mir selbst nicht über den Weg.

„Ich glaube, ich gehe mal Waren einräumen", murmelte ich und wollte mich davonstehlen. Er machte mich viel zu nervös.

Seine Hand landete neben mir an der Wand und er

blockierte mir mit seinem durchgestreckten Arm den Weg. Er brachte seinen Mund an mein Ohr. „Das kann Wendy machen."

Auf dieses Geschäftskonzept baute er nicht wirklich, oder? Wendy schonte beim Ausräumen vor allem ihre Fingernägel.

Langsam drehte ich mich zu ihm um. „Siehst du jetzt immer so aus?"

Er zuckte mit den Schultern. „Wenn kein Vollmond ist."

Fast hätte ich mit meinem Finger ein Rautenmuster auf dem jetzt einfarbigen Stoff seines Shirts gemalt, doch ich bremste meine Hand in der Luft, bevor ich ihn berührte.

„Warum hast du das getan?", flüsterte ich.

„Was genau meinst du?" Er hatte seine Stimme ebenfalls gesenkt. Wahrscheinlich tat man das automatisch, wenn man von Geheimnissen sprach, selbst wenn niemand sonst hier war.

„Diese Fassade. Die schreckliche Brille, die langweiligen Sachen."

Er zuckte mit den Schultern. „Tarnung liegt mir im Blut. Und es hilft mir, meinen Wolf zu kontrollieren." Matthew sah mir tief in die Augen und ich hätte mich in seinen verlieren können. Obwohl er sich gerade nicht verwandelte, war schon wieder alles anders, und ich schaffte es nicht, meinen Blick abzuwenden.

„Deinen Wolf?"

Matthew lächelte und in seinen Augen blitzte ein Feuer auf. „Er geht gerne alles dominanter an."

Mir war klar, dass wir beide an den Kuss auf dem Schreibtisch dachten. Meine Wangen glühten und sein

Körper wirkte wie ein Magnet auf mich. Ich bemühte mich, es mir nicht anmerken zu lassen. „Aber wenn dir die Tarnung hilft, ihn zu unterdrücken, und du jetzt so herumläufst … Das verstehe ich nicht."

„Ich habe beschlossen, mich nicht mehr zu verstecken. Nicht vor dir. Du weißt, was ich bin, und stehst trotzdem hier." Er beugte sich näher. „Damit habe ich nicht gerechnet. Ich wollte dich die ganze Zeit, aber ich dachte nicht, dass es funktionieren könnte."

Dass er nun anders aussah, zeigte mir, dass er inzwischen daran glaubte. Er tarnte sich nicht mehr und das bedeutete wohl auch, dass er wieder auf der Jagd nach mir war. Diesmal aus anderen Gründen.

„Du dachtest, ich renne schreiend davon, wenn ich es weiß? Dass ich bin wie sie."

Er stieß die Luft aus. „Schlechte Erfahrungen führen zu schlechten Annahmen."

Was das anging, war er ein gebrannter Wolf. Zwar rannte ich nicht schreiend davon, aber ich wusste nicht, wie ich die Sache mit seinem zweiten Gesicht finden sollte. Wir scheuten doch alle vor dem Unbekannten zurück. Andererseits hatte ich Jill. Sie war meine beste Freundin, Hexe hin oder her. Ich mochte sie für ihre Art. Dasselbe sollte ich Matthew auch zugestehen und ihn nach seinem Verhalten beurteilen. Sein Verhalten hatte mich in seine Arme getrieben. Trotz zunächst mangelnder Attraktivität. Ich hatte ihn umarmt. Ihn auf den Hals geküsst. Seine Nähe gesucht und mich darin wohlgefühlt.

Nur reichte das nicht unbedingt für eine Beziehung. Ich wusste fast nichts über ihn, kannte ihn vor allem als Chef.

„Wenn das funktionieren soll …“, begann ich und sein Blick schlug um. Ich bekam eine Gänsehaut. Blaue Funken pulsierten im Braun. Fast dachte ich, dass ihm ein Fell wachsen würde, doch bis auf seine Augen veränderte sich höchstens seine Körperspannung.

„Du hast da blaue Punkte“, stammelte ich.

Er lächelte. „Mein Wolf hört dir auch zu. Es klingt, als gäbe es eine Chance für uns beide. Das macht ihn munter.“ Matthews Lächeln vertiefte sich. „Du bist die andere Sache, nach der er süchtig ist.“

„Die andere?“ Meine Worte kamen als dünnes Flüstern heraus.

„Du und der Mond.“

Ich konnte nicht anders. Er brachte mich dazu, dass ich ihn anlächelte. Matthew war wie eine Matroschka. Außen gab es Rautenstrick, als Nächstes das hier und darunter versteckte sich noch ein Wolf. Jill würde wohl finden, dass er ein vielschichtiger Mann war, und ich war geneigt, ihr zuzustimmen.

„Wenn das funktionieren soll …?“, griff er meine Worte auf, denn ich hatte völlig den Faden verloren.

„Oh, ach so.“ Ich lächelte verlegen. „Dann sollten wir Dates haben. Ich kenne dich nicht. Und dein zweites Ich kenne ich noch viel weniger.“ Die erste Begegnung mit seinem Wolf kam mir in den Sinn. „Außer beim Baden.“

Er nickte amüsiert. „Ja, er und ich – also wir – baden wirklich gerne.“

Ich schüttelte den Kopf. „Da komme ich ganz durcheinander, wenn du von dir als wir sprichst. Es klingt so antiquiert royal.“

„Dann sage ich nur noch ‚*ich*‘“, stimmte er zu.

Es war seltsam, dass mein Wissen über die Liebe, die

er einmal für eine andere Frau empfunden hatte, ihn menschlicher machte, obwohl es besonders sein Wolf war, der mir deswegen leidtat. Wenn er wirklich den leidenschaftlichen Teil in Matthew beherrschte, hatte er am meisten gelitten. Ich hatte keine Ahnung, wie trennbar seine zwei Seiten waren. Konnte man sie wirklich umdrehen wie Münzen und einzeln betrachten? Einer Kopf, der andere Zahl?

„Was hältst du von einem klassischen Kinodate?“, schlug er vor.

Ich starrte in seine funkelnd braunen Augen. Die blauen Glanzpunkte erinnerten mich daran, schon einmal fremde Wesen in blau gesehen hatte. „Aber nicht in *Avatar*. Den habe ich schon mit Jill gesehen.“

„Klar, wenn du ihn schon kennst.“

„Das ist es eigentlich gar nicht“, räumte ich ihn. „Ich meinte, dass ich ihn schon mit einer Hexe gesehen habe. Jetzt noch mit einem Werwolf? Und obendrein fand Jill, dass der Regisseur sich wohl von Hexentieren hat leiten lassen. Das ist ein bisschen sehr viel Fantasy beim Fantasy-Schauen.“

Er lächelte und schüttelte den Kopf. „Ich bin keine Fantasie, Emily. Ich bin echt.“

Verlegen nickte ich. „Für dich ist das ganz selbstverständlich ...“

„Und was das andere betrifft, immer Mittwochabends treffen wir Magiebegabten uns zum Kino. Dann ist der ganze Saal voll. Das ist wie ein Treffen der Anonymen Alkoholiker.“

Ich starrte ihn mit großen Augen an und überlegte, wie oft ich schon mittwochs im Kino gewesen war. „Heute ist nicht Mittwoch“, stammelte ich.

Matthew präsentierte sich mit einem wölfischen Grinsen. Nicht, weil er die Zähne aus dem Rotkäppchen-Märchen besaß, sondern weil er so verschlagen aussah. „Das war ein Scherz."

Ich starrte ihn an und klatschte ihm dann die flache Hand auf die Brust. „Hey, das ist nicht lustig. Du kannst mich doch nicht so auf die Schippe nehmen."

Weder entschuldigte er sich, noch versprach er Besserung. Sein Blick folgte meiner Hand auf seiner Brust. Dann sah er mir mit einer Glut in die Augen, die sämtliche Knochen in mir einschmolz.

„Hallihallo", flötete Wendy aus dem Ladenbereich.

Hastig nahm ich meine Hand fort und schlüpfte unter Matthews Arm hindurch. „Ähm ... Kino klingt gut." Ich leckte über meine Lippen, strich meine Haare glatt und versuchte, so normal wie möglich auszusehen. Noch immer brannte eine verräterische Wärme in meinen Wangen und ich wusste, dass rote Flecken in meinem Gesicht tanzten. Einen Teil würde die Tagescreme abfangen, dieselbe, die mich vor zu vielen Sommersprossen rettete.

Matthew hatte den Kopf schräg gelegt und beobachtete mich wie der Wolf im Zoo bei meinem Treiben. Ihm schien es ausgerechnet jetzt egal zu sein, Wendy gegenüber eine Fassade aufrechtzuerhalten.

Ihre klackenden Schritte näherten sich dem Personalraum und schon rauschte sie hinein. Ich hatte mir umsonst Mühe gegeben. Sie beachtete mich gar nicht. Ihr Blick blieb an Matthew hängen und es war, als liefe sie gegen eine Wand. Mitten in ihrem Anmarsch blieb sie wie angewurzelt stehen. Es war fast derselbe Effekt, den er bei mir seinerzeit im Badezimmer erzielt hatte, nur dass er diesmal nichts tat. Er stand einfach bloß da und beobachtete die nächste Frau bei ihrer Reaktion.

„Matthew?“, fragte Wendy ungläubig. „Bist du es wirklich?“

Er lächelte geduldig. „Ja, tatsächlich.“

Sie suchte kurz hilflos meinen Blick, bevor sie wieder zu ihm stierte. „Du siehst ganz anders aus.“

Der Winter ist kalt. Der Abend dunkel. Das Meer wässrig. Ja, er sah ganz anders aussah. Es war so offensichtlich, dass es kaum ausgesprochen werden brauchte.

Er zuckte ungerührt mit den Schultern. „Mir war nach einem Tapetenwechsel.“

„Ja, das ist toll.“ Sie nickte und war noch immer geschockt. Vermutlich bedauerte sie es gerade, sich bei ihrem Flirtversuch nicht mehr angestrengt zu haben. Jetzt würde sie sofort mit ihm Kaffee kaufen gehen. Es wäre ihr nicht mehr peinlich, mit ihm gesehen zu werden. Ihr Blick sprach Bände.

„Wie war die Feier?“

„Feier?“, fragte sie ratlos.

„Du hattest mich zu einer mitnehmen wollen.“ Mir fiel fast die Kinnlade herunter. Früher hätte er sie nie so dreist daran erinnert. „Ging es auch ohne meine Begleitung?“

Sie wand sich erkennbar unter seiner Frage. Man brauchte keine Kristallkugel, um zu wissen, dass Wendy auf keiner Feier war. Ich fragte mich, wohin sie ihn eigentlich mitgenommen hätte, wenn seine Antwort ja gewesen wäre.

„Doch, es war ganz schön.“

„Viel los?“

Sie schüttelte den Kopf und kramte sich Antworten zu recht. „Ja, sehr laut und … voll. Aber was reden wir von mir?“ Wendy deutete auf seinen neuen Look. „Wie kam es zu dem Tapetenwechsel?“

Sein Blick wanderte ungeniert in meine Richtung. Ein Kloß formte sich in meinem Hals und jemand schien Knoten in meine Stimmbänder gemacht zu haben. Ich schluckte hart, als mich Wendys fassungsloser Blick traf.

„Emily meinte, ich könnte eine neue Brille gebrauchen“, klärte Matthew die Situation. Ich war ihm dankbar dafür, dass er nichts von seinen romantischen Absichten erwähnte.

Wendys Blick wurde finster. Sie war nicht besonders schlau, aber den Braten schien sie zu riechen. „Na, wie gut, dass du gleich noch den Rest ausgetauscht hast“, murmelte sie.

„Ich gehe auspacken“, sagte ich und suchte das Weite.

Im Moment war mein Gesicht wahrscheinlich roter als meine Haare. Ich wählte einen Arbeitsbereich, der mich weit von Wendys Platz an der Kasse wegbrachte. Wieso war ich heute nur aufgestanden? Okay, ich hatte ein Date. Beim Kino konnte man sich zwar kaum unterhalten, aber das war mir gerade sehr recht. An diesem Morgen waren schon zu viele Worte gefallen. Die Erinnerung an Matthews Blick, bevor Wendy auftauchte, ließ mein Herz trommeln.

Es dauerte eine Zeit, bis sich das Gefühl einstellte, dass der Tag doch noch normal laufen könnte. Ich war drauf und dran, mich zu entspannen, und wagte mich aus meiner Deckung. Wendy bediente die Kasse und warf gelegentlich verstohlene Blicke in meine Richtung, doch als Matthew auf mich zukam, ließ sie uns nicht aus den Augen.

Er legte seinen Arm auf das Regal neben mir und lächelte mich an. Er gab sich keine Mühe, leise und diskret zu sprechen.

„Du hast toll gearbeitet, Emily. Lass uns Frühstückspause machen. Wendy hält die Stellung an der Kasse.“ Dann hob er den Kopf, ohne sie wirklich anzusehen. „Richtig, Wendy?“

Ich begegnete ihrem Blick. „Klar“, antwortete sie widerwillig.

„Na, dann.“ Matthews Hand wies Richtung Pausenraum. „Darf ich bitten, Emily?“

Die Art, wie er meinen Namen sagte, stellte nicht nur *meine* Nackenhaare auf. Da war ich sicher. Allerdings taten sie es bei Wendy wohl aus einem anderen Grund.

Wir gingen nach hinten und packten unser Essen auf den Tisch.

„Wenn du so weitermachst, hasst Wendy mich.“

„Wieso sollte sie? Sie hat sich bisher nicht für mich interessiert.“

„Dafür tut sie es jetzt umso mehr.“ Ich sah ihn bedeutungsvoll an.

„Ich habe mich nicht nur unter Rautenmustern versteckt, weil ich ein Werwolf bin, Emily. Ich wollte eine Frau finden, die nicht so oberflächlich ist, nur auf mein Aussehen, meinen Status als Geschäftsführer oder mein Bankkonto zu stehen.“

Damit war Wendy definitiv durchgefallen. Er stand neben mir und legte seine Hand auf meine. „Du warst immer freundlich und respektvoll, hast mich vom Instant-Kaffee befreit und mir deine Meinung gesagt.“

Er strich mit seinen Fingerkuppen über meine Haut. „Weißt du noch, wie du dich in meine Arme geflüchtet hast, als dein Ex hier war? Ich sah aus wie ein Maulwurf. Alles, was du an mir mochtest, war mein Charakter."

Er hob mein Kinn mit einem Finger an und ich sah ihm in die Augen. „Wenn es funktioniert hätte, als ich noch so aussah, warum dann nicht auch jetzt? Das mit der Sache im Bad tut mir leid. Ich hätte deine Erinnerungen nicht beeinflussen sollen. Verzeihst du mir das?"

„Wenn du es nicht wieder tust."

Er nickte. „Versprochen."

Ich hatte Sorge, wieder auf einem Tisch zu landen, weil der Blick in seinen Augen ganz klar sagte, dass er mich wollte. Mein Magen zog sich zusammen und ich ahnte, dass mein Blick nichts anderes verhieß. Aber ich wollte mich von seinem Zauber und seinen Reizen nicht verleiten lassen. Nicht, weil es mir nicht gefallen hätte, sondern weil ich wollte, dass wir uns erst besser kennenlernten. Weil ich wollte, dass es etwas bedeutete.

Ich war schon eine ganze Weile Single und an manchen Tagen hatte ich das Gefühl, dass ich so ausgehungert nach Nähe war, dass ich einfach irgendeinen Mann anspringen sollte. Bloß dachte ich dabei automatisch auch an den Moment danach, wenn der Siedepunkt abgeflaut und alles nichts mehr wert wäre. Es war noch nicht einmal so, dass ich mich dafür nicht im Spiegel hätte ansehen können. Wir waren alle nur Menschen.

Doch tief in meinem Herzen war ich eine ewige Romantikerin, die sich nicht einfach den Schweiß vom Körper duschen und dann verschwinden wollte. Ich wollte die Nähe eines Mannes auch danach, einfach nur beisammen liegen und gemeinsam an die Decke starren. Ein laues Lüftchen, das durchs Fenster hereinwehte und unsere Körper trocknete. Ich wollte reden und zusammen einschlafen und dass er noch da war, wenn ich wach wurde. Noch da war, wenn es mir mal nicht so gut ging. Noch da war, wenn ich etwas Tolles erlebte und Lust hatte, es zu teilen. Mein Leben bestand aus so viel mehr Sequenzen als zerwühlten Bettlaken. Ich sehnte mich danach, es mit jemandem teilen zu können.

Also trat ich einen Schritt von Matt weg und setzte mich an den Tisch. Er ließ es geschehen und setzte sich dazu. Wir plauderten über Alltäglichkeiten, über den Film, den wir schauen würden, über uns und nicht über seine Andersartigkeit. Ich entspannte mich und als die Pause vorbei war, ging ich beschwingt durch den Tag.

Manchmal ertappte ich mich dabei, wie ich träumerisch vor mich hinstarrte. Und manchmal fiel mir ein, was er war, und eine neugierige Aufregung packte mich. Er war so viel mehr als das Paket aus gutem Aussehen, Geschäftsführung und Bankkonto. Er war liebenswert und einfach magisch.

Schließlich verschwand Wendy mit einem misstrauischen Blick in den Feierabend. Sie war nicht mehr da, als wir gemeinsam den Laden verließen und zum Kino bummelten. Wir kauften Popcorn und er war so wagemutig, mich den Film aussuchen zu lassen. Ich wollte Romantik und er musste es ausbaden. Baden schien sein Schicksal zu sein.

Er beklagte sich nicht. Seine gute Laune hielt das ganze Date an. Als es vorbei war, brachte er mich zu meinem Wagen. Wir waren mit unseren Autos da und so entfiel das klassische Heimbringen. Trotzdem lächelte er auf eine Weise, die mich wissen ließ, was passieren würde.

Sterne leuchteten über der Stadt und fanden ihren Weg durch das Licht der Parkplatzlaternen. Die Luft war geladen von der Hitze des Tages. Hier draußen zwischen den Häusern stand sie wie die geparkten Autos. Kein Lüftchen wehte mehr. Trotzdem flog ich innerlich davon, so wie im Traum. Tausende Schmetterlinge in meinem Körper brachten mich zum Schweben. Alles war so leicht, als hätte man mir Heliumballons umgebunden, die mein Gewicht auflösten.

Er drückte mich gegen mein Auto und lehnte sich an mich. Ich spürte die Wärme seines Körpers, die Hitze der Luft, und ein dünner Schweißfilm überzog meine Haut.

„Du weißt, was jetzt kommt", flüsterte er und nahm mein Gesicht zwischen seine Hände.

Es war, als folgten wir der Spur aller Liebenden. So viele Dates und Küsse pflasterten die ganze Welt. Immer wieder geschah es zum ersten Mal. Er hatte mich schon geküsst, sogar zweimal. Ich hätte es verändern können, selbst das Heft in die Hand nehmen und ihn küssen können. Aber es gefiel mir, dass er es tat. Er gab mir das Gefühl, sein Schatz zu sein. Die andere Sache, nach der er süchtig war, außer dem Mond.

Und als seine Lippen meine berührten, stand die Zeit still. Wir waren gefangen in unserer Zweisamkeit, so dass sich alles andere verlor. Meine Hände suchten Halt an seinem Shirt und ich schob mich näher an ihn heran. Der Kuss war wie aus einem unserer Träume, wenn es auch nur uns gab. Er fühlte sich so intensiv an.

*»Küss mich in der Wirklichkeit.«* Sein Arm schloss

sich um meine Taille, während seine andere Hand mein Zopfband löste und mein Haar zerwühlte. Ich wusste, dass er mich auf keine Motorhaube werfen würde. Dieses Mal gab es nur den Kuss.

Ich öffnete die Augen und beobachtete ihn, wie er mich küsste. Seine Lider waren geschlossen, seine Brauen zusammengezogen, Mondlicht glänzte auf seiner Haut. In einem anderen Moment hätte ich es gern mit der Zungenspitze berührt. Ich dachte an den Glitzerstaub aus unserem Traum und fragte mich, wie der Mond schmeckte.

Ich neckte ihn mit meinen Zähnen, zwickte ihn ganz leicht in die Unterlippe. Er runzelte die Stirn und öffnete die Augenlider. Wir sahen einander direkt an und blaue Funken tanzten in seinem Blick. Ein Schaudern packte mich, als mir klar wurde, dass ich seinen Wolf reizen wollte.

Er lächelte an meinen Lippen, atmete tief ein und legte seine Stirn an meine. „Das ist gefährlich", flüsterte er.

„Ich bin sicher, du passt auf mich auf."

„Die Schwierigkeit ist nur, dich vor mir selbst zu beschützen."

Ich lächelte und schob ihn ein Stück zurück. „Besuchst du mich nachher in meinem Traum?"

Er sah mich überrascht an. „Willst du das denn? Lädst du mich freiwillig ein?"

Ich nickte und hauchte ihm einen Kuss auf die Wange. „Langsam gewöhne ich mich daran." Ganz zart knabberte ich an seinem Ohr und fühlte, wie er unter meinen Händen bebte. „Du hast mir gefehlt, als du nicht mehr in meinem Kopf warst", gestand ich.

Er seufzte und zog mich in seine Arme. „Du fehlst mir

immer. Sogar, wenn du bei mir bist."

Ich suchte seinen Blick. „Und was kann man dagegen tun?"

„Versprich mir, dass ich dich morgen wiedersehe."

„Okay."

„Und übermorgen. Und an jedem Tag, der folgt."

Ich schmunzelte und strich mit der Hand über seine Schulter. „Ein Mann, der das Danach liebt", scherzte ich. Das brachte das Blau in seinen Augen zum Leuchten. „Kann sein, dass du mich nicht mehr loswirst."

Matthew lächelte. „Fahr vorsichtig. Ich besuche dich nachher."

Zitternd stieg ich in den Wagen und atmete erst wieder, als ich vom Parkplatz auf die Straße gefahren war. Die Erkenntnis hatte mir fast die Luft geraubt.

Er war der Mann in meinen Träumen.

Machte ihn das nicht wie von selbst zu meinem Traummann?

# KAPITEL 18

Als ich heimkam, saß Jill im Schein des Fernsehers in meinem Wohnzimmer und strahlte mich an. „Hey, Emily."

Ich hatte nicht erwartet, dass sie noch da war, aber ich fand es schön. Ich setzte mich zu ihr auf die Couch und schlüpfte aus meinen Schuhen. „Wie geht's dir?", wollte ich wissen. „Hast du einen Kater?"

Sie machte eine wegwerfende Handbewegung. „Nichts, was sich mit Magie und ein paar Tinkturen nicht beheben ließe. Und du, hast du einen Wolf?"

Verlegen strich ich mit der Hand über meinen Nacken und hielt dabei offenes Haar zwischen den Fingern. Richtig, er hatte meine Frisur verändert. Das Haarband war fort und ich mutmaßte, dass er es behalten wollte. Sammelte er gerne Souvenirs? Das erinnerte mich an die Schneekugel mit dem Wolf, jenen Geschenkartikel, den er nach seinem Auftauchen in meinem Badezimmer plötzlich im Sortiment führte. Nun wurde mir klar, dass er meine Reaktion hatte testen wollen.

„Wir haben uns geküsst“, gab ich zu. „Vorher waren wir noch im Kino.“

Sie legte den Arm um mich und gab mir einen Kuss auf die Wange. „Klingt gut. Ich war zwar auf der Farm drauf und dran, ihn zu verfluchen, aber ich schätze, er ist richtig verknallt in dich.“

„Wir treffen uns nachher noch.“

„Er kommt vorbei?“

Ich schüttelte den Kopf. „Er besucht mich im Schlaf.“

Sie zog überrascht die Brauen hoch. „Na, warum auch nicht? Nutzt das ruhig, dass er ein paar Dinge kann, die herkömmliche Männer nicht hinkriegen.“

Das ließ mich grinsen. „Herkömmliche Männer. Das klingt wie: herkömmliche Reinigungsmittel.“

Jill kicherte. „Herkömmliche Männer bekommen den Schmutz nicht richtig weg, aber mit Magic Man, dem Wolfsreiniger, wird bis in die Träume geputzt.“

„Und wie war dein Tag?“

Sie grinste mich an. „Ich hatte einen total schönen Tag mit deinem Nachbarn.“

„Mit Liam?“, hakte ich nach.

„Nein, mit Phil. Er ist so reizend. Als er sah, dass ich bei dir im Haus bin, hat er mich zu sich eingeladen. Er hat mich nach meinen Kräutertees ausgefragt, weil du sie ihm empfohlen hast. Ich glaube, er mag mich“, meinte sie schmunzelnd. „Die meisten Männer halten mich wegen meines *Hobbys* für verschroben, aber Phil war so angetan davon, dass wir am Ende eine kleine Geistsitzung abgehalten haben. Ich habe ihm erzählt, dass Lory im Apfelbaum wohnt, und ab da war er wie ein kleines Kind vorm Geschenktisch. Die beiden haben sich stundenlang unterhalten.“ Sie seufzte. „Das war ja so romantisch. Ich hatte fast Tränchen in den Augen. Er sagt, er gibt mir seine ganze Rente, wenn wir das öfter machen. Aber er soll sein Geld behalten. Ich mache das umsonst für ihn. Stell dir vor, er hält mich für ein Medium. Ist das nicht süß?"

Sie schüttelte den Kopf und sah mich gerührt an. „Wenn er vierzig Jahre jünger wäre und nicht schon so verliebt in seine tote Frau, würde ich ihn selber wollen. Das ist echte Liebe. Bis in den Tod und darüber hinaus." Jill legte den Kopf schief, lauschte in die Nacht und lächelte dann. „Ach, wie schön. Sie singt wieder. Du glaubst gar nicht, wie sehr sie sich gefreut hat, dass ich sie gesehen habe und eine Verbindung für sie herstellen konnte." Dann gab Jill ein Glucksen von sich. „Sein Gesicht war zu komisch, als ich ihm von ihr ausrichtete, dass er die Bäume nicht so verkehrt schneiden soll. Sie würden aussehen wie die knorrigen Hände einer Vogelscheuche. Aber ich habe ihm Lorys Anleitung ganz genau erklärt. Beim nächsten Schnitt soll ich dabei sein. Das wird lustig."

Es freute mich für Phil, dass er nach langer Zeit endlich wieder einen wirklich schönen Tag gehabt hatte. „Danke", sagte ich daher.

„Ach, wofür? Er ist so ein Schatz. Ich hatte viel Spaß."

„Was macht die Frau mit den Aliens?"

Jill zuckte die Schultern. „Ich weiß nicht, sie hat sich nicht mehr gemeldet. Aber puh, ich meine: dreißig Aliens! Das kann ja dauern. Bis die alle durch sind, stellt sich der erste wieder hinten an."

Ich kicherte los und versuchte nicht näher daran zu denken. „Und die Aurenreinigung?"

„Mache ich morgen. Es ist so unnötig, sich immer

Sorgen zu machen. Sorgen verhindern nicht, was passiert. Man kann sie nicht essen und sich nichts dafür kaufen. Soll sie sich doch freuen, dass sie lebt und neues Leben entsteht. Phil wäre so glücklich, wenn Lory noch da wäre. Er hätte anderes zu tun, als seine Zeit mit Sorgen zu verschwenden."

„Amen."

Wir legten uns schlafen und dieses Mal brauchte ich Jill nicht die Treppen hochzuhelfen.

„Träum' was Schönes", sagte sie zwinkernd.

Und das tat ich.

Matt und ich verbrachten die nächsten Tage damit, Dates zu haben. Auch sonst war er ausgesprochen entgegenkommend. So sehr, dass Wendy mich darauf ansprach.

„Also du und Matthew, ja?"

Ich wischte gerade einen Tisch sauber, auf dem ich die neuesten Artikel für eine Präsentation anordnen wollte. Und obwohl der Wolf in der Schneekugel nicht neu war, hatte ich trotzdem einen dazugestellt. Mitten im aufblühenden Sommer.

„Wir gehen ab und zu aus", gab ich zu.

„Jetzt sieht er ja auch besser aus." Der Satz störte mich, denn ich fand es frech von ihr, mir ihre eigene Oberflächlichkeit vorzuwerfen. „Hat er auch ein hübsches Haus?"

„Keine Ahnung, Wendy. Ich war noch nicht bei ihm."

Sie sah mich säuerlich an. „Ich nehme es dir nicht übel, dass du jetzt mit ihm flirtest, obwohl er mich zuerst interessiert hat."

Wie bitte?

Ich blickte in seine Richtung. Er stand einen halben Laden entfernt und war in das Verkaufsgespräch mit einer hübschen Kundin vertieft, die ihm liebreizende Augenaufschläge schenkte. Der Anblick versetzte mir einen Stich ins Herz. Ich war bisher mit angehaltener Handbremse durch unsere Dates gefahren, aber ich sollte wohl einen Gang höher schalten, denn die Wahrheit war, dass ich ihn für mich wollte und es nicht ertragen würde, ihn an eine andere zu verlieren, die sich weniger bedeckt hielt.

Ich stemmte die Hand in die Seite und schaute Wendy finster an. Meine ganze Eifersucht – ja, ich war eifersüchtig – entlud sich in meinem Gesicht. Obwohl sie größer war als ich, höhere Absätze trug und dadurch auf mich herunter sah, schien sie etwas in mir zu entdecken, das sie klein werden ließ.

„Du hast dich nie für ihn interessiert, sondern höchstens für sein Geld. Er verdient echte Gefühle und nicht deine Gier." Ich wedelte mit dem Putzlappen vor ihrer Nase. „Solltest du mir noch einmal unterstellen, ich wäre wie du, vergesse ich mich. Haben wir uns verstanden, Wendy?"

Sie starrte mich sprachlos an, dann schluckte sie und knickte ein. „Ich wollte dich nicht beleidigen ..."

„Doch, wolltest du. Also, um deine Frage zu beantworten: Ja, ich und Matthew. Gewöhne dich dran und grabe woanders nach Gold."

Damit drehte ich mich wieder zum Tisch um und arbeitete weiter. Er war ein echter Schatz, aber anders, als sie dachte. Als die Kundin aus dem Laden verschwand, ließ ich meine Arbeit stehen und liegen und ging einfach zu ihm rüber. Er lächelte mich an, wie er es immer tat, und ahnte kein bisschen, was ich vorhatte. Ich legte meine Hände an seine Wangen, stellte mich auf die Zehenspitzen und küsste ihn mitten im Geschäft. Mir war egal, ob uns jemand sah. Ich hatte mich dazu entschieden, endlich zu ihm zu stehen.

Matthew reagierte überrascht, ließ sich dann aber nicht bitten. Er erwiderte den Kuss und die Anspannung gluckerte wie durch einen Abguss davon. Wir küssten uns nicht mit Zunge, fielen nicht übereinander her. Mehr als um Leidenschaft ging es um Bedeutung.

„Nimmst du mich heute mit zu dir?", fragte ich ihn.

Ich kuschelte mich in seine Umarmung und hätte ewig so dastehen können.

Matthew zögerte und sah mich ernst an. „Heute ist Vollmond, Emily."

„Ja, ich weiß."

„Willst du das wirklich?"

„Es gibt euch doch nur im Doppelpack." Ich nahm die Unterlippe zwischen meine Zähne und schenkte ihm denselben Augenaufschlag, mit dem er zuvor von der Kundin behelligt worden war. Doch seine Reaktion bei mir war eine völlig andere und das wärmte mein Herz. „Wer weiß, vielleicht mag ich deinen Wolf sogar noch mehr als dich."

Er drehte mich so, dass sein Blick außer von mir höchstens durch eine Wand bemerkt werden konnte. Blaue Tupfen leuchteten verräterisch im Braun seiner Augen. „Du willst mich doch nicht mit mir selbst eifersüchtig machen, oder?"

Ich spielte am Saum seines Ausschnitts. „Die Frau vorhin hat mich ja auch eifersüchtig gemacht."

Ich konnte deutlich sehen, wie sein Brustkorb sich

hob, als er scharf einatmete. „Ach, wirklich? Du und eifersüchtig?“

„Anscheinend gibt es das doch.“

Ich erinnerte mich daran, wie wir zusammen Kaffee gekauft hatten und er es für ein Ding der Unmöglichkeit gehalten hatte, dass ich das je werden könnte.

Er nickte. „Okay, dann werden wir es Wendy überlassen, den Laden zu schließen. Bei Vollmond mache ich immer früher Feierabend.“

Wir machten uns an die Arbeit, doch die Vorfreude vibrierte so stark in mir, dass man sie mit einem Oszilloskop hätte messen können. Als wir das Geschäft endlich verließen, steckte meine Standpauke bei Wendy so tief, dass sie keinen einzigen Spruch machte, sondern artig das Ruder übernahm. Diesmal fuhren wir nur mit seinem Wagen und ließen meinen stehen. Ich brauchte kein Fluchtfahrzeug, nicht einmal, wenn er zum Wolf wurde. Vielleicht hätte es mich beunruhigt, wenn ich seinem Wolf noch nie begegnet wäre, doch ich hatte ihn schon zweimal getroffen. Beide Erlebnisse waren sehr aufregend gewesen und ließen regelmäßig mein Herz höher schlagen, sobald ich daran zurückdachte.

Matthew hielt mir die Wagentür auf und ließ mich einsteigen. Sein Geländewagen saß sich deutlich bequemer als mein altes Gefährt. Er fuhr mit mir in die entgegengesetzte Richtung von meinem Haus nach Norden. An der Circle Drive Bridge passierten wir den Fluss. Im Winter konnte es so kalt sein, dass Eisschollen darauf trieben, doch jetzt glänzte nur die Sonne auf den Wellen. Bäume standen an beiden Uferseiten und reckten ihr grünes Laub in den Himmel. Er fuhr nach *Lawson Heights* ab, einem Stadtviertel am Nordrand von Saskatoon, das an den Fluss grenzte. Vermutlich war er hierher gezogen, weil die Prärie nicht mehr weit lag und er im Schatten der Bäume den Fluss hinauf jagen konnte. Es war ein sehr schönes Viertel. Überall standen reizende Einfamilienhäuser und gepflegter Rasen säumte die Einfahrten zu großen Doppelgaragen. Ich musste schmunzeln, als ich sah, dass auch er einen Golfplatz in seiner Nachbarschaft hatte und noch mehr, als er seinen Wagen vor einem Haus abstellte, das direkt an den Golfplatz angrenzte und nur eine Straßenbiegung vom Fluss entfernt lag. *Mallin Crescent* stand auf dem Straßenschild.

Mit einem anerkennenden Pfeifen stieg ich aus. „Was sagen deine reichen Nachbarn dazu, dass du ein Werwolf bist?“

„Keine Ahnung. Ich habe ihre Gesichter nicht gesehen, als ich meinen Infoflyer in ihre Briefkästen geworfen habe.“ Okay, langsam lernte ich seinen Humor kennen.

Matthews Haus hatte anders als die meisten eine Steinfassade. Weiße Türen und Fenster mit weißen Fensterläden ließen es sehr einladend wirken. Sein Rasen war so ordentlich gepflegt wie der aller anderen. Es war lustig, sich einen Werwolf bei der Gartenarbeit vorzustellen, doch natürlich achtete Matthew darauf, nicht aufzufallen, indem er anders auftrat als seine Nachbarn. Es war sehr schön hier, aber er hatte keinen Phil und wenn ich raten müsste auch keinen Geist im Apfelbaum.

Während er aufschloss, betrachtete ich die große Fassade des Hauses. „Findest du es nicht ein bisschen klein hier für dich allein?“

Er schüttelte den Kopf und hielt mir die Tür auf. „Du

bist die erste Frau, die mich dafür diskriminiert, dass ich Geld habe."

Ich machte große Augen und ein unschuldiges Gesicht. Er gab mir eine Führung durch seine untere Etage. Ich fand sie größer als meine beiden Stockwerke zusammen. Schließlich bot er mir einen Platz neben seinem Kamin an. Es war zu heiß für ein Feuer, doch es war auch so sehr gemütlich. „Möchtest du etwas trinken? Aus sicherer Quelle weiß ich, dass ich dir keinen Wein anbieten brauche."

„Hast du Limonade?"

„Klar."

Von meinem Platz am Kamin konnte ich ihn bei der Arbeit in der Küche beobachten. Matthews Räume waren sehr offen angelegt. Ich hatte den Verdacht, dass er sich in zu kleinen Räumen nicht wohlfühlte. Hätte ich eine Wölfin in mir, würde es mir wohl genauso gehen, doch die Vorstellung war ungewohnt. Ich sollte öfter versuchen, mich in ihn hineinzuversetzen. „Kämst du in einer engen Wohnung klar?", fragte ich ihn.

Er schnitt einige Zitronen auf, presste einen Teil aus und goss den Saft in eine Kanne. Die restlichen Stücke warf er so hinein. Dann füllte er es mit Eiswürfeln und Wasser auf.

„Es würde gehen, aber ich bin am liebsten im Freien oder habe wenigstens gerne Platz." Matthew brachte zwei Gläser Limonade mit und setzte sich neben mich. „Hier, bitte."

Ich kostete einen Schluck und verzog den Mund. Es schmeckte unheimlich sauer. Doch nach diesem ersten Eindruck siegte das erfrischende Gefühl. „Eigentlich gar nicht so schlecht", gab ich zu. „Meistens trinke ich

SevenUp.“ Zumindest, wenn ich von Limonade sprach.

Er lächelte und beobachtete mich über den Glasrand hinweg, während er trank. Seine Finger hielten das Getränk. Ich stellte mir vor, wie kühl und feucht sie davon waren und wie er sie nahm, um meine Wirbelsäule hinabzustreichen.

„Einen Penny für deine Gedanken“, sagte er.

„Das wäre schon zu teuer.“

Er ließ sich nicht täuschen. „Ich glaube nicht. Ich glaube, du hast an etwas sehr Schönes gedacht.“

Ich sah die Eiswürfel in seinem Glas schwimmen und dachte daran, wie ich ihn schon einmal mit Eiswürfeln gesehen hatte. „Wie war das für dich in meiner Wanne?“

„Nass. Außerdem hatte ich Fieber und hing in meiner Transformation fest.“

„Und du warst in meinem Haus, weil ...“

„Weil ich manchmal in der Gegend bin. Einfach so. Ich weiß, du wohnst dort, und wenn ich auch dort bin, habe ich das Gefühl, dir nahe zu sein.“

Ich ließ meinen Blick durch sein Zimmer schweifen. Natürlich war ich neugierig, wie er so lebte und seine Tage verbrachte. Welches war sein Lieblingsmöbel und woran hingen seine Erinnerungen? Trotzdem war es nur ein Haus und wenn man auszog, blieb es nur ein Haus. Es lebte nicht.

„Wie lange hast du gebadet?“

„Ich hatte kein Zeitgefühl mehr. Irgendwann war dein Eisschrank leer. Ich dachte, du bist noch länger bei der Arbeit und dass ich mich verwandle, bevor du wieder da bist. Ich hoffte auf den Sonnenuntergang.“

„Und als ich dann kam?“

Er rieb sich die Stirn. „Ich hatte das Bild von damals

im Kopf, als ich meiner Freundin die Erinnerungen löschte, als sie mich geschockt ansah. Ich dachte, jetzt wiederholt sich alles. Ausgerechnet mit dir.“

„Hat es aber nicht.“

Er lächelte erleichtert. „Nein.“

„Als ich dich in der Wanne berührt habe ... Für mich war das wie ein magischer Moment. Ich hatte nicht damit gerechnet, dass es etwas in mir auslöst. Eigentlich dachte ich nur, du bist Teil meiner Fantasie und dass ich durch dich hindurchfassen könnte. Und dann war alles viel zu echt. Als würde mich ein Stromschlag treffen.“

Matthew starrte in sein Getränk. „Du hast mir die Beherrschung geraubt. Ich wurde noch nie als Wolf von einer Frau berührt“, gab er zu und suchte meinen Blick. „Schon gar nicht von einer, für die ich Gefühle hatte.“

Sein Geständnis ließ mein Herz flattern. „Nicht?“

Er stellte sein Glas ab und nahm meine Hand. Seine war so kühl, wie ich es fantasiert hatte. Eine kalte Innenfläche und ein warmer Handrücken. Ich rieb mit meinem Daumen darüber und benetzte meine Lippen.

„Nicht nur das“, sprach er weiter. „Damals waren es unerwiderte Gefühle. Aber auf der Lichtung zwischen den Bäumen, als du zu mir kamst ...“

„Du hast mich im Traum angelockt“, frischte ich sein Gedächtnis auf.

„Na, ja. Du hattest deine Erinnerung an mich zurück und das hat mir die Tore zu deinem Verstand weit geöffnet. Das tut es immer noch.“ Er schluckte und legte meine Hand an seine Wange. Seine Bartstoppeln kratzten sanft über meine Haut. „Der Kuss war das Beste.“

Da konnte ich nicht widersprechen. Wir hatten uns

seither einige Male geküsst, auch in unseren Träumen, aber jener erste Kuss verblasste nie.

„Wie hast du mich überhaupt auf der Farm gefunden? Du warst doch noch nie dort. Wir hatten dich ausgependelt und du warst in Saskatoon."

Er neigte den Kopf. „Ausgependelt? Woher hattest du etwas von mir?"

Ich grinste ihn an. „Du hast mit deinem Fell meinen Wannenabguss verstopft."

Er nickte nachdenklich. „Es sind immer die kleinen Dinge, die einem das Genick brechen."

„Tja,. du hast den Wein ganz umsonst arrangiert."

„Ich war an dem Abend in Saskatoon. Als ich merkte, dass du dich erinnerst, blieb mir glatt das Herz stehen. Ich dachte, das kann nicht sein. Das war noch nie passiert. Wie hattest du dich erinnern können? Ich bin zu deinem Haus gefahren, aber obwohl du dich bei mir krankgemeldet hattest, warst du nicht da. Dann dachte ich, dass du mit deiner Schwester weggefahren bist. Ich wusste noch von euren Wochenendplänen durch das Telefonat im Pausenraum."

Ich nickte ebenfalls und bediente mich seiner Worte. „Es sind immer die kleinen Dinge, die dir das Genick brechen. Aber wie hast du die Farm gefunden? Jill sagte, es würde Stunden dauern, bis du der Fährte gefolgt wärst."

„Hätte es auch", gab er zu. „Aber ich habe keine Witterung aufgenommen, sondern das Internet benutzt. Den Namen von deinem Bruder wusste ich nicht mehr, allerdings habe ich mich vor einer Weile auf Facebook mit deiner Schwester angefreundet."

Ich lachte los und schüttelte den Kopf. „Das kann nicht

sein. Sie mag dich nicht sonderlich.“ Die Worte waren heraus, bevor ich nachgedacht hatte, also versuchte ich, sie geradezubiegen. „Den alten Matthew, meine ich. Mit Rautenstrick und gemeinen Arbeitszeiten.“

„Ja, der.“ Er tat, als würde er sich erinnern. „Der alte Hund. Ein echter Sklaventreiber. Du hast recht, Elaine hätte sich nie mit mir in meiner Person befreundet. Aber ich habe einen falschen Account. Ein anderer Name, eine andere Identität. Ich habe mich als jemand von der Universität ausgegeben. Immerhin der größte Arbeitgeber der Stadt. Außerdem studiert sie dort und dann ist es nicht mehr so unwahrscheinlich, dass sie mich zu ihren Kontakten hinzufügt, ohne mich wirklich zu kennen.“

„Ich staune immer wieder, was für Täuschungen du benutzt. Was für ein Foto hast du verwendet?“

Er grinste mich an. „Das Bild von einem Grauwolf. Sieht aber eher aus wie ein verwilderter, armer Hund, das gebe ich zu. Sehr mitleiderregend. Frauen stehen drauf.“ Matthew zuckte mit den Schultern. „Ein kleiner Selfie-Witz unter Werwölfen. Wir nehmen gerne Wolfsbilder für Profile.“

„Na, wie schön.“ Ich entdeckte immer neue Seiten an Matthew. „Und dann?“

„An dem Abend bin ich einfach auf ihr Profil und habe in ihrer Chronik gelesen, was sie so macht. Eigentlich interessierte ich mich eher für Infos über dich, die sie manchmal reinschreibt. In diesem Fall hatte sie geschrieben, dass ihr zusammen euren Bruder besucht.“

„Okay, sie geht unvorsichtig mit persönlichen Daten um, aber woher wusstest du, wo die Farm ist?“

„Das war ganz leicht. Ich kann es dir am Laptop

zeigen, wenn du willst. Sie hatte einen Link der Homepage beigefügt, um Werbung für die Farm zu machen. Elaine wollte sie als Urlaubsziel empfehlen. Man solle doch vorher reservieren."

Also war er einfach in sein Auto gestiegen und hatte die Strecke in höchstens zwei Stunden bewältigt. Schneller, falls er aufs Gas getreten war.

„Im Moment braucht sie gar keine Werbung zu machen. Michael hat jetzt Billy Bonnet bei sich und alle rennen ihm die Türen ein."

Ich fand es verrückt, dass ausgerechnet Elaine mit Matthew vernetzt war. In modernen Zeiten war ja scheinbar jeder mit jedem bekannt, selbst mit jenen, die man eigentlich nicht mochte. Allerdings nahm ich an, dass sich Elaines Einstellung ihm gegenüber durch sein neues Äußeres beträchtlich verändern würde. Für attraktive Männer hatte sie etwas übrig. Ich hatte ihr noch nichts von unseren Dates erzählt. Mir war mehr danach, sie vor vollendete Tatsachen zu stellen. Ich wollte das hier genießen und solange wir kein offizielles Paar waren, hätte sie mir reinzureden versucht.

Der Umstand, dass ich mit einem Werwolf zusammen war und eine Hexe als Freundin hatte, war nichts, was ich meiner Familie offenbaren konnte. Nicht einmal Michael, der wirklich nett und umgänglich war, und auch nicht meinen Eltern.

„Stört es dich?", fragte er mich.

Ich wusste nicht, worauf er hinauswollte. Ahnte er von meinen Überlegungen über unser Geheimnis? „Was meinst du?"

„Dass ich einige Informationen über dich eingeholt habe."

Gut, er wusste, wo mein Haus stand, und hatte sich auf Facebook mit Elaine vernetzt. Das war nichts, was mir die Tränen in die Augen trieb. Meine Adresse stand sowieso auf dem Personalbogen und das mit Elaine fand ich eher witzig. Ausgerechnet sie.

Also schüttelte ich den Kopf. „Dass du in meiner Wanne liegst, wenn ich nicht da bin, finde ich viel persönlicher. Immerhin bist du bei mir eingebrochen. Das ist kriminell." Ich sah ihn amüsiert an.

„Es war höhere Gewalt."

„Das ist deine Verteidigung? Der Mond?"

„Für Leute wie mich ist das ein sehr guter Grund."

Ich nickte und grinste ihn an. „Ist gut, ich merke es mir. Wenn ich irgendwas mache, das aus dem Rahmen fällt, schiebe ich es auf den Mond."

Er zog mich näher an sich heran. „Das ist sehr trickreich."

Ich kuschelte mich in seine Umarmung. „Wann hast du dich das erste Mal verwandelt?"

Er stieß den Atem aus. „Ich glaube, die Frage ist intimer als die nach meinem ersten Sex."

Das entlockte mir nur ein Schulterzucken. „Ist gut, wenn du willst, frage ich dich das."

„Zum ersten Mal verwandelt habe ich mich mit vierzehn." Er strich mit seiner Nase durch mein Haar. Mir war klar, dass er an mir roch und dass Düfte für ihn eine stärkere Bedeutung hatten. „Meinen ersten Sex hatte ich mit neunzehn."

„Das war ja deutlich später."

Er seufzte. „Mich trieben andere Dinge als normale Dates um. Ich hätte schon gerne welche gehabt, aber an die Sache mit der Verwandlung musste ich mich erstmal gewöhnen. Sonst reden Teenager von Computern, Sport oder Mädels. Oder wo man Bier mit gefälschten Ausweisen besorgen kann. Ich hatte Monat für Monat ein haariges Problem, wachte manchmal morgens kaputt auf einem Feld oder am Fluss auf. Ich lernte, mich aus der Nachbarschaft zu schleichen, Menschen zu meiden, wo es gute Orte für mich gab und wo nicht. Ich lernte, meinen Jagdtrieb zu kontrollieren. Und so blöd das klingt, nach jeder Vollmondnacht hatte ich erst mal Schwierigkeiten, wieder auf zwei Beinen zu laufen. Ich wollte in der Schule nicht auffallen. Ich war … ziemlich beschäftigt mit diesem Werwolfspaket."

Ich drückte ihn fest an mich. Meine Kindheit im Schatten einer hübschen Schwester war im Vergleich dazu wirklich ein Kindergeburtstag. „Liegt das bei euch in der Familie?"

Er nickte. „Mein Opa hat das auch. Und nachdem meine Oma gestorben war, beschloss er, ein Wolf zu bleiben. Er ist jetzt irgendwo in Nunavut und streift durch die Tundra. Wir treffen ihn manchmal in Iqaluit. Er ist sehr wortkarg geworden. Seine menschliche Stimme klingt ganz rau und ungeübt. Als Wolf braucht er keine Worte. Manchmal verwandeln wir uns zusammen und streifen gemeinsam durch die Gegend. Soweit ich weiß, gibt es eine Siedlung mit Inuits, bei denen er auch in Wolfsform geduldet ist. Er ist Teil ihrer Mythologie. Bei manchen gilt er als heiliges Tier oder Geistbringer. Wenn im Winter unter minus vierzig Grad herrschen, sucht er sie auf. Er ist alt geworden und seine Knochen wollen nicht mehr wie früher."

„Wovon lebt er dort?"

Matthew lächelte. „Er mag die Schneehühner

besonders gern. Aber er isst auch Fisch und solche Dinge."

„Roh?"

„Er ist ein Wolf, Emily. Er trägt keinen Wasserkocher bei sich."

„Und du?" Ich sah ihn unsicher an.

„Es geht. Wenn ich ein Wolf bin, jage ich gern. Es gefällt mir, Witterung aufzunehmen und Spuren zu folgen. Aber ich muss nicht unbedingt töten und fressen, wenn ich vorher gut gegessen habe. Das habe ich mit den Jahren gelernt. Als Teenager passierte mir das eher mal, dass ich meinen Hunger nicht unter Kontrolle hatte. Es ist schwieriger, sich im Morgengrauen zurück durch die Nachbarschaft zu schleichen, wenn einem Blut im Gesicht klebt."

Ich versuchte wirklich, nicht allzu entsetzt zu gucken, aber es gab Aspekte in seiner Jugend, bei denen ich froh war, dass sie mir nicht widerfahren waren. Wie furchtbar ihm manches vorgekommen sein musste. „Wie war das für dich?"

„Ungewohnt", gab er zu. „Anfangs musste ich mich übergeben, wenn ich mich morgens im Spiegel sah, verdreckt und ..." Er schüttelte den Kopf. „Es ist schwer, sich nicht zu hassen. Besonders als Jugendlicher, wenn man sich schnell mal hasst, weil man dieses oder jenes nicht hat oder nicht kann ... Oder eben macht."

Ich strich über seine Wange und sah ihm in die Augen. „Du bist kein Monster, Matthew."

„Erzähl das dem Jungen im Spiegel mit dem Blut am Körper ... und am Mund."

Ich küsste ihn sanft auf die Lippen. „Siehst du?", sagte ich und suchte seinen Blick. „Ich küsse dich auf denselben Mund. Weil du trotzdem du bist.“

Er schluckte schwer und biss die Kiefer zusammen. Ich sah die angespannten Muskeln an seinen Wangen zucken, sah wie viel ihm das bedeutete. Alles, was er wollte, war geliebt zu werden, und ich wollte, dass er den Gedanken, er könnte ein Monster sein, aus seinem Kopf verbannte. In diesem Moment wünschte auch ich mir die Fähigkeit, in ihn hineingreifen und seine Wahrnehmung ändern zu können. Aber ich war nur ein Mensch und für ihn war das alles, was er wollte.

Keiner von uns hatte einen Makel oder konnte etwas dafür, wie er geboren war. Ich wollte nicht, dass er dem Leben eines einsamen Wolfes in den nördlichen Weiten Kanadas folgte, das sein Großvater für sich gewählt hatte. So viele von uns hatten das Glück der Normalität und dachten nur darüber nach, ob ihre Nasen zu groß oder zu klein waren.

„Aber es hat doch auch Vorteile, oder? Dass du ein Werwolf bist. Ich meine, du kannst in meine Träume kommen. Du bist stärker als andere. Du kannst anders hören und riechen, oder?“

Er nickte und zeigte auf seine Brille. „Ich besitze die Wahrnehmung von meinen Wolfsgenen. Die Augen sind etwas schlechter, daher die Brille, aber jedes Bruchstück einer Bewegung sehe ich ganz klar. Das kann im Sommer nerven, wenn so viele Insekten unterwegs sind. Das mit dem Geruch ist in der Natur nützlicher als in der Stadt. Da kann es zu viel werden. Die betrunkene Frau im Geschäft – ich habe keinen Scherz gemacht, als ich sagte, dass ich sie längst gerochen hatte, bevor ich sie sah. Ich könnte sie nie für mich arbeiten lassen. Ich hatte auch schon mal mit Wendy ein längeres Gespräch darüber, dass sie nicht zu viel Parfum benutzen soll."

Ich machte große Augen und kicherte, als ich es mir vorstellte. „Was hast du ihr gesagt?"

„Dass nicht alles besser davon wird, dass man mehr nimmt. Dass ich allergisch auf zu viel chemische Gerüche reagiere. Gegen Allergien kann sie nichts sagen und braucht es nicht persönlich nehmen."

„Okay. Dann muss ich mir merken, dass du dich als Allergiker ausgibst. Denn schließlich ..." Ich strich mit meiner Hand über seine Brust, „weiß eine Freundin doch solche Dinge, oder?"

Er schluckte und leckte über seine Lippen. „Dann sind wir das jetzt? Ein Paar?"

Mein Kreislauf schien Übungen in der Schwerelosigkeit durchzuführen. Mein Herz klopfte wie verrückt und ich wollte so sehr zu ihm gehören, dass es wehtat. „Ja."

Ich hatte es klar und deutlich sagen wollen, doch stattdessen kam nur ein dünnes Flüstern über meine Lippen. Mir blieb die Luft weg, als ich den Ausdruck in seinen Augen sah. Er senkte seinen Mund auf meinen und wir küssten uns. Obwohl draußen noch die Sonne am Himmel stand, schien für mich mit ihm der Mond. Er küsste mich so schwindlig, dass es auch ein Traum hätte sein können. Jener, bei dem wir schwebten, uns vom Boden abstießen und nie mehr fielen.

Ich verschränkte meine Hände hinter seinem Nacken und spielte mit seinem Mund. Sein Atem wärmte mein Gesicht und ich atmete ihn tief ein. Ich war kein Wolf und meine Nase kannte nicht halb so viele Eindrücke wie seine, aber ich erkannte seinen Duft, wollte am liebsten darin versinken und ihn auf meinem Kopfkissen haben.

Immer wenn ich träumte, tat er es auch. Ich wusste, wo er war, sogar wenn ich meine Augen schloss. Er war bei mir. Immer bei mir. In diesem Moment wusste ich, dass wir nie mehr getrennt sein würden. „Du bist mein Traumprinz", murmelte ich.

Er presste mich fest an sich. „Dein Traumprinz wird sich bald verwandeln."

Ich nickte. „Ist gut. Ich bin noch da, wenn du von deinem nächtlichen Ausflug zurückkommst." Er sah mich erstaunt an. „Soll ich dich irgendwohin fahren?"

„Du hilfst mir dabei?"

„Ja, wir gehören jetzt zusammen. Fahre mit mir raus", schlug ich vor.

Er half mir hoch und ging in die Küche. „Ich packe dir einen Proviantkorb und eine Decke ein. Wenn ich ein Wolf bin, bin ich es die ganze Nacht. Diesmal werde ich mich vollständig vor dir verwandeln und dann auch nicht mehr sprechen können."

„Und musst du auch die ganze Nacht jagen?"

Er schüttelte den Kopf. „Nein, wenn der Mond seinen höchsten Stand überwunden hat, wird auch der Drang kleiner."

„Dann könntest du also erst durch die Steppe toben und dann zu mir zurück ins Auto springen? Ich nehme dich mit und fahre dich nach Hause. Du könntest dich hier zurückverwandeln."

Er lächelte. „Könnte ich."

„Na, dann los." Ich klatschte in die Hände. „Ich will meinen tollen Mondaufgang nicht verpassen."

Ich sah die Erleichterung in seinem Gesicht, weil ich so sorglos mit dem Thema umging. Er wirkte nicht so entspannt wie sonst, denn seine Verwandlung stand bevor, aber er wollte mich dabei haben, er wollte, dass ich beide Teile von ihm lieben konnte. Ich fand es gut, dass er nicht versuchte, seinen Wolf vor mir zu verstecken.

Wir beluden seinen Wagen und er fuhr mit mir nach Norden aus der Stadt heraus. Wir mieden den Highway 11 und bogen westlich auf eine Landstraße ab, die uns näher am Fluss entlangführte. Das Land war unheimlich grün und weit. Der blaue Himmel schien unerreichbar und die Wolken wie zum Anfassen. Schließlich bogen wir auf einen unbefestigten Feldweg ab. Links von uns lagen riesige Getreidefelder und rechts von uns standen Büsche und Sträucher entlang des Flussufers. Einige Tümpel hatten sich zwischen den Wiesen gebildet. Wenn der Sommer heißer wurde, konnten sie austrocknen. Auch jetzt sahen manche von ihnen schon aus wie matschige Pfützen.

Matthew parkte den Wagen in einer Bucht zwischen Bäumen und stellte den Motor ab.

„Hier sollte niemand vorbeikommen“, sagte er und stieg aus. Er zeigte mir die Umgebung und wo er langlaufen würde. „Du kannst auch zurückfahren, wenn du magst.“

Sein Angebot war freundlich wie immer, aber ich wollte nicht von ihm weg. „Ich bleibe hier, wie wir es besprochen haben.“

Ich legte mir die Decke auf die Rückbank, weil ich vorhatte zu schlafen, solange er nicht bei mir war. Groß genug war sein Auto dafür.

Wir picknickten gemeinsam – er hatte mir gesagt, es würde seinen Hunger kontrollieren. Dann sahen wir zu, wie die Sonne tiefer und tiefer sank und die Schatten immer länger wurden. Unruhe stahl sich in seinen Blick.

„Alles in Ordnung?", fragte ich ihn.

Er nickte. „Ich merke nur, dass es bald losgeht. Momentan fühle ich mich, als würde ich beschleunigt werden. So wie wenn du im Auto das Gaspedal durchdrückst und in den Sitz gezogen wirst. Meine Haut kribbelt wie Ameisen." Verlegen rieb er sich den Nacken. „Ich werde mich mal langsam ausziehen."

Daran hatte ich überhaupt nicht gedacht. Mein Herz schaltete einen Gang hoch. „Ähm, klar. Dann … lass dich nicht stören."

Er begegnete meinem Blick. Ihm wurde klar, dass ich nicht vorhatte wegzuschauen. Er lächelte und begann sich auszuziehen. Zuerst fiel das Shirt auf den Boden. Sein Körper war überall leicht gebräunt. Ich sah die Konturen seiner Muskeln an Armen und Bauch. Er sah nicht aus wie ein Gewichtheber und das fand ich gut. Ich kannte seine Kraft. Es wäre nicht Matthew, wenn er sie zur Schau stellen würde. Es lag ihm im Blut, dass andere ihn unterschätzten.

Auf der Brust hatte er Haare. Ich war noch nie mit einem Mann zusammen gewesen, der dort Haare hatte. Natürlich hätte er noch mehr, wenn er zum Wolf wurde, und seine wölfischen Wurzeln waren vielleicht die Ursache für seinen Haarwuchs auch in Menschengestalt. Ich schaute ihn fasziniert an. Sie waren braun und kräuselten sich leicht. Eine dünnere Spur von ihnen lief seinen Bauch hinab und verschwand unter dem Bund seiner Jeans.

Ich schluckte. Es gefiel mir. Merkwürdigerweise gefiel es mir. Ich freute mich darauf, mit meinen Fingern hindurch zu streichen. Zum Glück hatte er weder Haare auf den Schultern noch am Rücken. Das konnte ich erkennen, als er sich nach unten beugte, um seine Hose auszuziehen. Seine Muskelstränge tanzten unter der Bemühung. Ich ließ ihn keine Sekunde aus den Augen, was ihn sichtlich amüsierte.

„Du willst es genau wissen, oder?“, fragte er.

Ich würde nicht mal versuchen, das abzustreiten. Seine Beine waren lang und schlank. Ich konnte kein Fett daran finden, nur Sehnen, Muskeln und einige gekräuselte Beinhaare. Zum Glück waren das nicht meine. Ich würde so fluchen beim Epilieren. Seine Socken wanderten auf den Wäscheberg. Er hatte einen Leberfleck am Fußrücken, einen hohen Spann und sein großer Zeh war am längsten. Bei manchen Leuten war es der zweite Zeh. Keine Ahnung, weshalb mir das immer auffiel. Ich tippte darauf, dass seine Füße etwa vier bis fünf Nummern größer waren als meine.

Und natürlich konnte ich noch sehr lange auf seine Füße starren, während mein eigentlicher Gedanke seinen Boxershorts galt. Ich sah, wie er den Stoff über seine Beine schob, vorbei an den Füßen, auf die ich immer noch starrte. Nervös spielte ich mit meinen Fingern. Mir war klar, dass wir jetzt nichts anstellen würden. Es dauerte nicht mehr lange, bis er zum Wolf wurde. Aber irgendwann würden wir es tun, und das machte mich fiebrig.

„Du kannst mich ruhig ansehen, Emily.“

Himmel, ich hatte das doch schon gesehen. Ich war wirklich keine Jungfrau mehr und ich hatte ihn gespürt, als er mich geküsst hatte. Ihm schien es nichts auszumachen. Wenn man glaubte, dass das eigentliche Problem die eigene Wolfsgestalt war, fand man vermutlich nicht mehr so viel an seinem menschlichen Äußeren auszusetzen.

Ich atmete aus und ließ meinen Blick seine Beine hinaufwandern. Zwischen seinen Schenkeln verdichteten sich die Haare, aber ich sah deutlich, was ihn zum Mann machte. Außerdem stellte ich fest, dass ihm die Situation hier durchaus gefiel.

Ich krallte meine Nägel in den Sitzbezug, stellte mir vor, wie ich seinen Rücken kratzte, während er auf mir lag. Röte schoss in meine Wangen und ich sah in sein Gesicht. Ein Feuer brannte in seinen Augen, das von seinen zwei Süchten ausgelöst wurde.

Der Himmel färbte sich glutrot und betonte die Schatten auf seinem Körper. Ich wollte ihn küssen, doch seine Verwandlung setzte ein. Es ging viel schneller als beim letzten Mal. Kaum war die Sonne hinter dem weiten Grasland untergegangen, setzte ihre Kraft aus und überließ die Macht dem Mond. Es war noch Licht am Himmel. So viel, dass es hell war. So viel, dass ich den Mond nur blass leuchten sah. Aber er stand am Himmel und die Sonne tat es nicht. Das reichte anscheinend aus. Ich erinnerte mich an seine erste Verwandlung zurück, die ich mitbekommen hatte. Sie hatte auch im Licht eingesetzt.

Fell wuchs auf seinen Armen und Beinen, dehnte sich über seinen ganzen Körper aus, der sich mehr und mehr zur Gestalt eines Wolfes wandelte. Sein Gesicht wich den Konturen des Tiers, das ihn ihm lebte. Blaue Augen strahlten mich an und veränderten sich ständig. Die Farbe kippte von einem zum anderen Blauton. Wie ein Strudel. Schließlich saß ein großer Wolf neben mir im Wagen. Er war viel größer als normale Wölfe.

Das Blau in seinem Blick machte einem warmen Braun Platz. Ein neuer Wolf war unter dem Mond geboren. Diesmal war er voll verwandelt, so wie er es gesagt hatte. Ich wusste, dass er nun nicht mehr reden konnte. Das Verrückte war, dass ich ihn in seinen Augen erkannte.

Er saß neben mir und ich konnte die Atmung seines Brustkorbes sehen. Ich starrte ihn an und streckte vorsichtig die Hand nach ihm aus. Er schob seinen Kopf in meine Handfläche und ließ sich von mir hinter den Ohren kraulen.

Das.

War.

Total.

Verrückt!

Er sah gefährlich und wild aus. Hätte ich ihn nicht gekannt, wäre ich sicher weggelaufen. Aber das hier war Matt. Mein Matt. Er war nie zuvor von einer Frau in seiner Wolfsgestalt berührt worden und ich konnte kaum ermessen, wie viel ihm das hier bedeuten musste.

Ich stieß ein Lachen aus und küsste seine feuchte Nasenspitze. Er kniff die Augen zusammen und blinzelte mich an. Dann knurrte er und nickte zur Tür. Ich riegelte sie für ihn auf und er sprang hinaus in die Nacht, sah noch einmal zurück zu mir und jagte dann davon. Ich schlug die Tür zu, um mich keiner Mückeninvasion auszusetzen, und sah ihm noch lange nach, auch als er längst fort war. Doch irgendwann wurde die Nacht zu schwarz, um etwas zu erkennen. Obwohl der Mond schien, fehlten mir die Straßenlaternen der Stadt. Ich krabbelte nach hinten auf die Rückbank, zog meine Schuhe aus und wickelte mich in die Decke.

Ich starrte aus dem Fenster in die Dunkelheit und

dachte daran, dass mein Freund gerade dort draußen umher rannte und Hasen jagte, oder was er so fand. Und ich lag hier im Auto, war immer noch ich, und trotzdem irgendwie dabei. Dann lächelte ich, weil ich fand, dass mein Freund ein sehr schöner, wilder Wolf war, und weil keiner außer mir einen Wolf hatte. Mein eigener Werwolf. Groß, stark und von Magie erfüllt.

Ich schickte meiner Hexenfreundin eine Gruß-SMS von meinem Ausflug, weil es niemanden sonst gab, mit dem ich diesen Moment hätte teilen können. Das war okay für mich. Ich konnte mit Matthew und Jill reden, und vielleicht würde sie bald einen Wiedergänger zum Freund haben. Ich war zwar nur die kleine Emily mit den Sommersprossen im Gesicht, aber ich war in ein riesiges Abenteuer gestolpert.

So ganz mit mir allein im Geländewagen irgendwo draußen am nächtlichen Flussufer wurde jeder Vogelruf zum Erlebnis. Ich fühlte mich wagemutig und frei. Mir würde nichts passieren. Auch wenn ich Matthew nicht sah, war er dort draußen und witterte alles, was sich mir näherte. Ich wusste, er passte auf mich auf. Er konnte Leuten seinen Willen aufzwingen, sie versteinern und ihnen die Schreie und selbst ihre Erinnerungen rauben. Das war eine aufregende Form von Macht und ich musste zugeben, dass es mich anmachte.

Grinsend aß ich das Obst aus dem Picknickkorb auf, kugelte mich auf der Rückbank zusammen und machte die Augen zu. Ich hätte nicht gedacht, schlafen zu können, aber ich war eingedämmert, bevor mir einfiel, dass Matthew in diesem Traum nicht bei mir sein würde, weil er selbst gar nicht schlief.

# KAPITEL 19

Ein schabendes Geräusch an der Autotür gefolgt von einem kurzen Heulen rissen mich aus dem Schlaf. Ich brauchte einen Augenblick, um mich zu orientieren. Dann merkte ich, dass ich in einem Auto lag und die Erinnerungen purzelten zurück an ihren Platz. Draußen stand mein Freund, der Wolf. Ich stemmte mich hoch und sah aus dem Fenster. Seine Augen leuchteten in der Nacht, zwei Monde in der Finsternis. Ich krabbelte nach vorne und öffnete ihm die Beifahrertür.

Er sprang auf den Sitz und ich zog die Tür wieder zu. Dabei berührte ich sein Fell und spürte den warmen Dampf, der von seinem Körper ausging. Er atmete schwer und mir wurde klar, dass er hierher gerannt sein musste. Er sah noch wilder aus als vorhin, als hätte die Zeit, die er in dieser Gestalt verbracht hatte, sein Wolfsein verstärkt. Seine Wildheit. In den Tiefen der Nacht barg auch sein Fell mehr Schatten. Schatten und Geheimnisse. Ich war nun ein Teil davon.

Liebevoll sah ich ihn an und strich über seinen

Rücken. „Willkommen zurück.“ Ich legte ihm die Decke hin und er machte es sich darauf bequem.

Mir fiel kein besseres Wort dafür ein, aber er wirkte nervös und erleichtert zugleich. Ich startete den Motor und die Scheinwerfer flammten auf. Vorsichtig lenkte ich den Wagen zurück auf den Feldweg. Ich war es nicht gewohnt, mit seinem Geländewagen zu fahren. Die Reifen nahmen ihren Weg durch die holprige Fahrspur und ließen das Auto schaukeln wie ein Schiff. Es machte mir viel Spaß und ich grinste ihn an.

„Ja, jetzt schwitzt du Blut und Wasser, weil du mich ans Steuer gelassen hast, hm?“

Er blinzelte mich an und hechelte weiter. Seiner Wolfszunge fehlten die Wörter, aber sein Blick sprach Bände und ich lachte und pfiff vergnügt ein Lied. In meiner Auswahl war ich nicht sehr originell und gab seinen empfindlichen Ohren »Old MacDonald had a farm« zum Besten. Schließlich jaulte er mit und ich war erstaunt, wie gut er die Töne traf. Trotzdem verstand ich den Wink und hörte auf.

„Entschuldige. Ich muss mich erst noch dran gewöhnen, dass du Superohren hast.“

Entspannt legte er den Kopf auf seine Vorderpfoten und schloss die Augen. Er war ein großer schwarzer Begleiter, ein Geschöpf der Nacht und des Mondes, das mich in seinen Bann gezogen hatte. Stolz und Zuneigung mischten sich in meinem Bauch. Er vertraute mir, hatte mich in sein Leben eingelassen.

Ich fuhr uns zurück, parkte in seiner Garage und machte das Tor zu. Im Schutz der Mauern sprang er aus dem Wagen. Ich öffnete ihm die Verbindungstür zum Haus und er tauchte hindurch und lief zur Küche. Ich staunte, wie er mit den Schatten verschmolz. Trotzdem sehnte ich mich nach etwas Licht und legte im Flur hinter uns den Schalter um. Der Schein strahlte gedämpft bis in die Räume vor mir.

Vor dem Wasserhahn blieb Matthew stehen und ich hätte mir die Hand an den Kopf schlagen können, weil ich nicht daran gedacht hatte, dass er durstig sein könnte.

„Mist, tut mir leid“, sagte ich und füllte ihm Wasser in eine Schale. Es erschien mir zwar unpassend, sie ihm wie einem Hund auf den Boden zu stellen, aber ich hatte keine Ahnung wie er in Wolfsform sonst Getränke zu sich nahm. Er schleckte gierig das Wasser aus der Schüssel.

„Irgendwie bin ich es so gewohnt, dass Leute mir einfach sagen, was sie wollen. Ich muss mich noch daran gewöhnen, dass du das so nicht kannst“, plapperte ich weiter.

Jetzt, da ich nicht mehr Auto fuhr, hatte ich nichts, was mich beschäftigte. Matthew war nicht in der Lage, etwas zum Gespräch beizusteuern, und ich hatte das dringende Bedürfnis, deshalb noch mehr zu reden als sonst.

„Du musst mir noch eine kleine Einführung in Wolfskunde geben, damit ich dich besser unterstützen kann.“ Dann schluckte ich und zuckte verlegen mit den Schultern. „Außerdem war ja der Fluss nebendran. Ich hatte wohl einfach angenommen, du trinkst am Ufer, wenn du Durst hast.“

Er hatte die Schüssel fast leer. Einige saubere Tropfen funkelten noch darin. „Aber du hast recht, Flusswasser würde ich auch nicht unbedingt trinken wollen.“

Matthew nahm den Kopf hoch und sah mich an. Sein Blick löste ein aufgeregtes Flattern in meinem Bauch aus. Es flog hoch bis zu meinem Herzen. Er war so groß und stark, viel stärker als ich, und trotzdem ließ er es zu, dass ich mich um ihn kümmerte. Er musste das hier nicht mehr allein bewältigen.

„Möchtest du noch mehr?“

Er schüttelte den Kopf, schüttelte sich dann am ganzen Körper und kratzte sich mit der Hinterpfote am Ohr. Es war ungewohnt, ihn so in seiner Rolle als Wolf zu erleben. Als Mensch würde er sich nie mit dem Fuß am Ohr kratzen.

„Soll ich dich kratzen?“, bot ich ihm an.

Ich hätte schwören können, dass er grinste, auch wenn das wölfische Pendant dazu seltsam aussah. Er nickte und trabte dann davon. Etwas ratlos lief ich hinter ihm her.

„War das ein Ja? Ich frage nur, weil du wegläufst, Schatz.“

Irgendwie war das eigenartig und Jill hätte sich bestimmt kaputtgelacht. Aber sie kannte sich auch besser aus als ich. Ich nahm mir ganz fest vor, die bessere Expertin für Wölfe zu werden. Matthew hatte keine Behinderung, er war einfach anders, und es war meine Aufgabe, es besser zu verstehen. Wahrscheinlich würde ich in einem Jahr lachen, wenn ich an meine gegenwärtige Unbeholfenheit zurückdachte. Das war ein guter Gedanke. Ich würde es schaffen.

Ich folgte ihm ins Wohnzimmer, wo er sich auf dem Fell vorm Kamin streckte und gähnte. Dann ließ er sich darauf nieder und sah mich an. Wenigstens wusste ich diesmal, was er von mir wollte, aber jetzt war ich es, die vorher etwas benötigte.

„Bin gleich da“, versprach ich. „Ich muss nur mal zur Toilette.“

Ich verschwand in sein ultraschickes Badezimmer und rieb mir die Schläfen, während ich sein Klo benutzte. Das war mit Sicherheit das Seltsamste, was mir je in meinem Leben passiert war. Einen Werwolf zum Freund zu haben, war völlig anders, als mit einem Menschen zusammen zu sein, und auch in seiner verwandelten Form war er nicht einfach ein Tier. Er war immer noch Matthew und ich war sogar in ihn als Wolf verknallt. Ein bisschen kam ich mir vor wie in »Die Schöne und das Biest«. Ich hatte gelernt, über mehr als nur Rautenstrick und Hornbrille hinwegzusehen. All sein Fell veränderte nicht sein gutes Wesen.

Elaine würde mit Sicherheit finden, dass ich einen Dachschaden hatte, aber mit meiner Schwester würde er auch nie zusammen sein wollen. Mir ging auf, dass man als magiebegabtes Wesen zu sehr auf die Toleranz anderer angewiesen war. Himmel, es war ja schon ein Kampf gewesen, die Gleichberechtigung der Frauen gesellschaftsfähig zu machen. Aber das hier? Ich konnte nachvollziehen, weshalb er im Verborgenen blieb.

Ich drückte den Spülknopf, richtete meine Kleidung und betrachtete mich im Spiegel. Die Sonne würde bald aufgehen und ich legte mich sonst pünktlich ins Bett. Kein Wunder, dass Matthew es vermied, am Tag nach seiner Verwandlung im Laden zu erscheinen. Zum Glück war morgen Sonntag, oder vielmehr heute, denn Mitternacht war längst vorbei.

Ich wusch die Tagescreme von meiner müden Haut und genoss das kühle Wasser im Gesicht. Es war mir egal, dass meine Sommersprossen nun herausstachen wie Mohn auf hellem Kuchenteig. Zumindest hatte ich einen Freund gefunden, den solche Dinge garantiert nicht störten, selbst wenn ich für jedes Haar in seinem Pelz eine Sommersprosse hätte.

Als ich zu Matthew zurückging, richtete er seine Ohren auf und öffnete die Augen. Ich erkannte, dass er selbst im Schlaf geschärfte Sinne besaß, die ihn wachsam machten. Ich legte mich zu ihm auf den Boden, schmiegte mich an seinen warmen Körper und kraulte ihm das Fell. Er gab einen zufriedenen Laut von sich. An seiner Seite entspannte ich mich und die Müdigkeit meldete sich zurück. Mit ihm in meinen Armen schlief ich ein und diesmal begegneten wir einander im Traum. In guten wie in schlechten Zeiten. Im Bewussten wie im Unterbewussten. Wir wären für alle Zeit verbunden. Ihn im Traum zu spüren, war, wie seine Seele zu küssen. Jedes Mal kamen wir einander näher und jedes Mal lüftete er einen weiteren Schleier, gab meiner Blindheit Augen. Seine Augen. Seine Sicht auf die Dinge. Mein Herz schlug bis zum Hals, als ich erkannte, dass ich in ihm war.

*Vor mir lagen die weiten Felder und Wiesen der Prärie. Alles sah anders aus als sonst. Das Gras war weniger grün, der Himmel weniger rot. Der Rasen wirkte beinahe blau. Alles wirkte viel blauer. Es gab keinen Punkt, den ich schärfer sah als einen anderen. Nah oder fern spielten keine Rolle mehr.*

*Ich senkte den Blick und betrachtete meine Pfoten im Gras. Ich hörte das Rauschen der Halme, der Blätter, des Wassers im Fluss und wusste genau, woher jedes dieser Geräusche zu mir drang. Ein Käfer flog an mir vorbei und klang laut wie ein Helikopter. Überall zirpte und summte es. Vögel raschelten neben mir, flogen hektisch davon. Ich hörte das Rauschen ihrer Flügel, den Wind in ihrem Gefieder. Ihr Duft wehte mir an die Nase. Vögel rochen ganz anders als Gras. Als der Boden. Ich witterte morsches Holz von einem heruntergefallenen Ast. Schräg links vor mir musste ein totes Tier liegen. Ganz sicher eine Maus. Die Welt war voller Gerüche, so satt und schwer.*

*Ich drehte mich um und blickte zurück. Dort stand mein Wagen, der nach Metall und Öl roch. Ich sah Emily, wie sie mir nachsah. Ihr Duft war so einzigartig, dass ich sie überall erkennen konnte. Im Einkaufszentrum. In der Stadt. Unter allen Menschen, die es sonst gab. Ich atmete tief ein und nahm ihn in mir auf. Sie war ein Teil von mir. Ich jagte davon, jagte durch die Nacht, wie es meine Bestimmung war. Die Welt wurde dunkler, doch mir entging keine Bewegung, kein Geräusch und kein Geruch. Manches trug der Wind von mir fort, doch wenn er drehte, brachte er es mir wieder.*

*Ich sah hinauf zum Mond, heulte ihn an. Er schlug mich so in seinen Bann, wie ich andere in meinen Bann schlagen konnte. Sie taten, was ich wollte, und ich tat, was der Mond wollte. Doch eine andere Sehnsucht wurzelte tief in mir. Die nach meiner Partnerin. Ich wusste, dass sie auf mich wartete, atmete und war frei.*

*Ich folgte den Spuren anderer Tiere. Mein Bauch war gefüllt von Trauben, Brot und Wurst. Ich hatte keinen Hunger, verspürte keinen Drang, mich zu nähren. Aus dem Töten selbst machte ich mir nichts, tat es nie ohne*

*Grund. Und so ließ ich sie alle leben. Den Hasen, den ich zwei Meilen den Fluss hinauf witterte. Den verletzten Vogel links im Feld. Ich rannte nur, bis meine Seele flog, bis jeder Muskel in mir brannte, bis jede Zelle in mir satt war von der Wandlung des Mondes.*

*Dann rannte ich zurück. Zu dem einen Duft, der mich heimtrug. Ich spürte die Erde zwischen den Ballen meiner Pfoten, den Wind in meinem Fell. Ich ließ sie teilhaben an meinen Erinnerungen. Ich war sie und sie war ich ...*

*Ich war ich. Spürte sein Fell unter meinen Fingern. Spürte wie es wich und glatte Haut zurückließ. Ich küsste seine Haut, seinen Nacken und er zog mich in seine Arme und begrub mich unter seinem Körper.*

*„Emily", flüsterte er meinen Namen und seine Stimme klang rau, als würde sie erst neu erwachen.*

*Seine Lippen fanden meine. Ich zog ihn an mich, fühlte seinen nackten Körper unter meinen Händen. Er hielt meinen Kopf und vertiefte den Kuss. Ich schmeckte ihn, bekam nicht genug von ihm. Meine Nägel krallten sich in seine Haut. Am liebsten würde ich ihn mir anziehen. Nie mehr loslassen. Nie mehr teilen.*

*Hände berührten mich, entfernten meine Kleidung, bis ich nackt unter ihm lag. Haut auf Haut. Hart auf weich. Stark auf schwach. Seine Finger strichen durch mein Haar. Ich träumte von seinem Kuss auf meinem Hals. Er vergrub seine Nase in der Mulde zur Schulter, sog meinen Geruch tief in sich ein. Er konnte mich atmen, hatte es mir gezeigt.*

*Ich roch ihn auch. Herb und männlich. Wald und Moschus. Seine Hände wanderten meinen Körper hinab, griffen unter meine Hüften und hoben sie an. Mit einem sehnsüchtigen Stoß versenkte er sich in mich und ich warf meinen Kopf in den Nacken und keuchte auf.*

*Nie zuvor hatte sich ein Traum mit ihm so echt angefühlt.*

*„Oh, mein Gott", flüsterte ich und spürte ihn tief in mir.*

*Er blieb ruhig auf mir liegen, küsste meine Augenlider. Küsste sie wach.*

Als ich meine Augen aufschlug, schwebte sein Gesicht über mir. Sein Blick war verhangen, als würde auch er erwachen.

„Emily", flüsterte er noch einmal und bewegte dann seine Hüften, als wollte er ausprobieren, wie es sich anfühlte.

Ich sog zischend die Luft ein, als ich merkte, dass dies längst kein Traum mehr war. Schweiß glänzte auf seiner Haut. Ich prägte mir sein Gesicht ein, den Ausdruck darin, als er in mich drang. Stöhnend verschränkte ich meine Beine über seinem Po und hielt ihn ganz nah bei mir.

Der Boden drückte hart in meinen Rücken, gegen meine Knochen. Ich sah die Zimmerdecke über mir, den Kamin an meiner Seite. Wir lagen, wo wir eingeschlafen waren, aber wir machten etwas ganz anderes.

Er ließ sich Zeit, bewegte sich so bedächtig und ergründete mein Gesicht, als prägte er sich jede Linie ein. Seine Hände streichelten meine Haut und seine Finger tupften verliebt über meine Sommersprossen. Ich war noch halb im Traum, halb hier.

„Geschieht das wirklich?", flüsterte ich. Mit ihm war alles wie ein Traum und er machte jeden Traum zur Wirklichkeit. Ich spürte seinen Herzschlag an meiner

Brust, spürte ihn in meiner Brust. Wir hatten denselben Herzschlag.

Matthew küsste jeden Millimeter meines Gesichts. „Du bist so schön“, raunte er und verwob seine Finger mit meinen, spielte mit ihnen. Ganz leicht kreiste er mit den Hüften. Ganz leicht raubte er mir damit den Verstand.

Ich bog meinen Rücken durch, wölbte mich ihm entgegen. Seine Lippen küssten über mein Kinn hinab zum Hals bis in die Mulde, wo mein Puls klopfte, wo mein Herz für ihn schlug.

Ich wollte ihn spüren, so sehr, dass ich ihn darum bat. Ganz langsam glitt er in mich hinein. Hauchzart küsste er meine Haut, neckte mich mit seiner Zungenspitze. Er strich mir die Haare aus dem Gesicht und sah mir in die Augen. Jeder Muskel in ihm war angespannt, doch sein Blick ließ mich schmelzen. All seine Gefühle für mich standen darin. Ich erkannte, dass er am Ziel seiner Träume war. So viele Träume hatten wir bisher geträumt. Ich hatte nicht erwartet, dass der Beste davon in der wirklichen Welt geschehen würde.

Matthew begann, seine Bewegungen zu steigern. Die ganze Zeit sahen wir einander an, suchten und fanden uns, wurden eins. Ich wusste, er hatte nie zuvor mit einer Frau geschlafen, die seine Natur kannte, und ich wusste, dass ich keinen anderen Mann mehr wollte. Denn am Ende hatte er mich nur all die anderen Männer vergessen gemacht. Nicht sich selbst.

Mit jedem Stoß drang er tiefer in mich. Tiefer in meine Seele. Tiefer in mein Herz.

Er bewegte sich immer schneller und kraftvoller und ich hielt mich an ihm fest, weil ich mich an irgendetwas festhalten musste. Magie knisterte auf unserer Haut. Er küsste meinen Mund, streichelte meinen Körper, erregte mich bis zu den Zehenspitzen. Mein Atem ging keuchend. Das alles war so viel mehr, als ich erwartet hatte. Sein Körper lag auf mir, rieb sich an mir, Schweiß vermischte sich. Sein nackter Bauch berührte meinen, immer wieder. Ich sah zwischen uns hinab, sah ihn in mich dringen. Ich schloss die Augen, fühlte nur noch. Sternchen tanzten unter meinen Lidern.

Ich kämpfte gegen meine Erregung, wollte es auskosten, kämpfte und verlor. Der Höhepunkt durchflutete meinen Körper und spülte jede Zelle mit sich fort. Ich erschauderte und auch er war verloren. Als er kam, spannten sich die Muskeln in seinem Hals an, sein Blick wurde wild und satt und staunend. Ich klammerte mich an ihm fest, zog ihn an mich, wollte ihn nie mehr freigeben. Er nahm meine Einladung an und sackte auf mir zusammen. Ich hatte das Gefühl, dass er eine halbe Tonne wog. *Meine* halbe Tonne. Ich genoss jeden Millimeter seines Körpers, seiner Nähe.

„Emily“, murmelte er. Sein Atem ging schwer und keuchend.

Wir lagen eine Ewigkeit so da. Stille hüllte uns ein. Grau stahl sich ins Zimmer. Dann Lila. Dann Rot. Erste Lichtstrahlen kitzelten unsere Haut. Es war ein ganz neuer Morgen, ein völlig neuer Beginn. Wir waren angekommen in unserer Zukunft.

Langsam streckte ich erst ein Bein und dann das andere aus. Ich fühlte mich wie gerädert und köstlich abgekämpft. Wenn das mit ihm immer so war, brauchte ich kein Pilates mehr. Auch so spürte ich jeden Knochen und Muskel meines Körpers.

„Ich hoffe, du hast ein Bett“, neckte ich ihn.

Er stemmte sich auf seine Arme und ich bekam wieder Luft. Ich strich ihm eine verirrte Haarsträhne aus der schweißnassen Stirn. Dafür, dass er die ganze Nacht durch den Wald gelaufen war, während ich im Auto geschlafen hatte, hatte er deutlich mehr Energie in sich.

„Alles okay bei dir?“, fragte er.

Ich nickte erschöpft. „So oder noch viel besser.“

„Möchtest du ins Bett?“

Bei dem Gedanken konnte ich meine Knochen fast jubeln hören. „Auf jeden Fall.“

Er kämpfte sich hoch und half mir auf die Beine. Ich schaffte es kaum, gerade zu stehen und ahnte, von welchen Schwierigkeiten er gesprochen hatte, als er mir sagte, dass er nach dem Wolfsein Probleme auf zwei Beinen hatte. Allerdings rührte es bei mir von einem sinnlicheren Erlebnis her.

Gerade, als ich dachte, ich müsste jetzt laufen, hob er mich einfach auf seine Arme, als wäre ich so leicht wie ein Geist. Mir wurde klar, dass seine Art, kaputt zu sein, ganz anders war als meine Art, kaputt zu sein. Ich hätte nicht mal mehr ein Kuscheltier tragen wollen.

Er brachte mich völlig mühelos in die obere Etage, stellte mich unter der Dusche ab und drehte das Wasser an. Dabei wartete er, bis es warm wurde, bevor er mich und sich abbrauste. Als er mich zwischen den Beinen wusch, ging mir siedend heiß auf, dass er kein Kondom benutzt hatte.

„Oh nein“, flüsterte ich.

Wenn ich müde war und glaubte, bloß im Traum Sex zu haben, gehörte Denken nicht zu meinen Stärken.

„Was ist?“

„Wir haben nicht verhütet.“ Ich merkte selbst, wie

beunruhigt ich klang, und es war mir zum Sterben peinlich. Das war doch eigentlich ein Anfängerfehler, falls überhaupt. Oder für Leute, die zu viel tranken. Ich hätte nie für möglich gehalten, dass es mir einmal so sehr den Verstand ausknipsen würde, dass es auch mir passierte.

„Keine Sorge“, sagte er und küsste meinen Hals. „Bei Vollmond bin ich nicht fruchtbar.“

Ich runzelte die Stirn. Er hätte viel sagen können, aber das?

„Es liegt daran, dass ich dann meinem Wolf zu nahe bin“, erklärte er. „Mehr Wolf als Mensch, wenn du so willst. Selbst wenn du schwanger werden wolltest, könnte ich es in so einer Nacht nicht tun.“

„Nur bei Vollmond?“, hakte ich nach.

„Ja.“ Er küsste meine Nasenspitze. „Für morgen müssen wir uns was einfallen lassen.“

Beruhigt schloss ich die Augen und ließ mich von ihm duschen. Es fühlte sich gut an, dass er sich so um mich kümmerte. Er rubbelte mich mit einem Handtuch trocken und trug mich in sein Bett. Sein Schlafzimmer war ein heller Raum mit Möbeln aus dunklem Holz. Ich kuschelte mich an ihn, legte meinen Kopf auf seine Brust und mein Bein über seine. Mit den Fingern spielte ich in seinem Brusthaar und beschrieb kleine Kreise darin.

„Wann bist du vorhin eigentlich wach geworden? Wir hatten doch denselben Traum, oder?“

Er nickte. „Ich wurde im selben Moment wach wie du. Das kann bei Vollmond auch vorkommen, dass mein Körper schon wieder menschlich ist, aber der Wolf noch so nah unter der Oberfläche steckt, dass er einfach übernimmt. Nackt neben dir wach zu werden ...“ Er stieß die Luft aus. „Davon habe ich schon lange geträumt."

„Und wenn du dich sonst verwandelst?"

Er zuckte mit den Schultern. „Je öfter und je länger ich das tue, umso mehr beeinflusst mich seine Dominanz, und bei Vollmond am meisten. Dann ist mein Wolf am größten und stärksten. Mit dem wachsenden Mond wird auch er größer. Bei Neumond ist es andersrum. Aber dann ist meine Tarnung am besten und das Verbergen von Erinnerungen gelingt leichter."

Ich zog an seinem Brusthaar und er gab ein überraschtes „Au" von sich.

Ich sah ihn möglichst unschuldig an. „Das war wegen der Sache mit meinen Erinnerungen. Eigentlich hatte ich dir schon verziehen, aber du hast mich gerade wieder daran *erinnert*. Und außerdem ..." Ich küsste ihn auf die Schulter und wanderte mit jedem Wort näher an seine Brust. „... bin ich dir immer noch ausgeliefert. Diesmal ist es nicht nur mein Kopf, sondern auch mein Herz." Den letzten Kuss hauchte ich genau über sein Herz. Dann sah ich zu ihm auf.

Er schluckte nervös. „Ach ja? Du bist also verliebt?"

Ich lächelte, weil es ihm so viel bedeutete und er es nicht verbarg. „Ja." Dann grinste ich ihn an. „Und ich glaube, ich weiß auch, warum ich mich in dich verliebt habe."

„Und was war der Grund?"

„Es sind deine ganz besonderen Fähigkeiten", flüsterte ich.

Sein Blick verdunkelte sich vor Leidenschaft. „Meine Fähigkeiten?"

Ich nickte und biss mir auf die Unterlippe. Dann wiederholte ich mit einem Lächeln die Gründe, die er mir im Laden einmal aufgezählt hatte: „Das liegt an deinem tollen Weichspüler und deinen Kopfrechenfähigkeiten."

Er kniff die Augen zusammen und sah aus, als würde er mich am liebsten übers Knie legen. „Emily ..."

„Nicht zu vergessen das fehlende Spucken beim Sprechen." Dann machte ich einen Schmollmund. „Aber die symmetrische Brille vermisse ich schon ein bisschen. Du sahst damit so ... sexy aus. So ... wie ein echter Buchhalter. Ich bin froh, dass du dein Styling jetzt entschärft hast. Das macht mich ganz eifersüchtig, wenn die Frauen dich anstarren."

Er rollte mich herum und legte sich auf mich. „Wirklich?"

Ich nickte ernsthaft. „Aber du darfst den Weichspüler nicht wechseln. Bitte verwende keinen Taschenrechner und rede weiter normal. Zu viele Veränderungen vertrage ich nicht. Das könnte mich überfordern."

„Ich habe gut Lust, dich zu überfordern."

Ich lachte leise und zog ihn zu einem langen Kuss an meinen Mund. „Wetten, dass ich dich zuerst überlaste."

# EPILOG

Der Gewürztee schmeckte anders als jede Mischung, die ich kannte. Es war ein Aroma wie Kekse und Indien mit einem Hauch Abendluft. Inzwischen wusste ich, dass Jill eine Geheimzutat hatte. Sie hieß Magie.

„Was ist mit dir und Billy Bonnet?"

Wir saßen auf meiner Veranda und genossen einen Mädelsabend. Es war bemerkenswert, dass Frauen unter sich stets von Männern sprachen. Man konnte sie vom Treffen ausschließen, aber sie waren doch mit dabei.

Jill schmunzelte. „Warum nennt ihn jeder immer mit dem Nachnamen?"

Ich zuckte die Schultern. „Na ja, es gibt viele Billys, aber nur einen Rodeohelden. Es ist der Promifaktor. Also?"

Sie nippte an ihrem Tee und blinzelte mich durch eine Wolke aus heißem Dampf an. „Ich weiß nicht recht, er ist interessant, aber seine Seele ist alt."

Sie benutzte das Wort »interessant« bei ihm so inflationär wie andere das Wort »nett« bei Geschenken, die sie nicht brauchten. Ich wollte aus ihr gerne andere Adjektive für ihn herausschütteln.

„Du bist doch auch …“ Ich zögerte, weil man das Frauen so nicht sagte.

„Alt? Na, vielen Dank. Meine Kräfte sind alt, aber ich bin jung wie der Frühling.“ Sie tätschelte sich selbst die Wangen und hob angeberisch das Kinn.

„Also kein: Jillie Bonnet?“

Sie lachte. „Gute Güte. Jillie und Billy. Wenn du schon nicht damit aufhören kannst, würde es auch niemand sonst tun.“

„Eigentlich heißt er ja William.“

Sie grunzte wenig damenhaft. „Ja, nur dass die ganze Welt das vergisst, wenn sie von ihm spricht. Ernsthaft, dass er so berühmt ist, stört mich irgendwie. Reporter, Fotos, ich weiß nicht.“

„Werbung für deine vermeintlich esoterische Website?“, schlug ich vor.

Sie rümpfte die Nase. „Da wäre ich ein gefundenes Fressen.“ Sie winkte ab. „Das wäre mir noch egal, wenn ich ihn wirklich toll fände. Aber mir fehlt dieses Gefühl, dass ich ihn unbedingt haben muss, dass er zu mir gehören sollte. So wie Phil und Lory. Oder du und Matthew. Ich meine, du schwärmst sogar für deine Donuts mehr als ich für Will. Wo soll das hinführen?“

„Zuckerschock. Kalorienkoma. Übergewicht.“ Ich zählte es an meinen Fingern ab.

Jill schüttelte den Kopf. „Was sagt das über meine Gefühle für ihn aus, wenn ich glaube, dass ich ohne ihn besser dran bin?“

„Dass du Angst hast?“ Ihr entsetzter Blick brachte mich zum Schweigen. „Okay, dann nicht?“

„Ich kann mich weder für Ja noch für Nein entscheiden. Ist das nicht blöd?“

Ich lächelte und zauberte einen Umschlag unter meinem Sitzkissen hervor. „Möglicherweise hilft dir das bei der Entscheidung.“

Jill sah mich fragend an und machte das Kuvert auf, dann zog sie zwei Karten heraus und starrte sie an. „Das sind VIP-Tickets für die Rodeomeisterschaft“, sagte sie überrascht. „Woher hast du sie? Die kosten doch ein Vermögen.“

Und obendrein waren sie komplett ausverkauft.

Ich spielte mit dem Zuckerlöffel meiner Teetasse. „Die habe ich nicht bezahlt. Sie sind von Billy. Eine kleine Aufmerksamkeit.“

„Er hat sich bei dir gemeldet?“

„Nein, ich habe sie von Michael. Mit einem schönen Gruß von Billy, weil ich Rodeo so mag. Es sind zwei, damit ich dich mitnehmen kann. Aber es ist doch eigentlich klar, dass er vor allem dich dort sehen will und nicht mich.“

Sie atmete geräuschvoll aus. „Ich weiß nicht.“

„Zusehen, wie er die Meisterschaft gewinnt“, schlug ich vor.

Sie nickte vage.

„Zusehen, wie andere Frauen dich grün vor Neid anstarren“, fuhr ich fort. Das ließ sie grinsen. Nachdenklich fächerte sie sich mit den teuren Tickets Luft zu. „Du kannst sie natürlich auch als Fächer benutzen.“

Jill runzelte die Stirn. „Machst du Witze? Wenn, dann würde ich sie verkaufen.“

„Klar, du kannst sie verkaufen. Bloß, dass du das Geld

nicht brauchst."

„Auch wahr."

„Und dass es viel weniger lustig wäre, wenn du nicht hingehst. All die neidischen Blicke", erinnerte ich sie.

Sie sah mich aus schmalen Augen an. „Manchmal frage ich mich wirklich, wer von uns beiden eigentlich die Hexe ist."

„Mach den Test mit der kalten Ente, dann weißt du es."

„Sehr witzig. Keiner von uns wiegt so wenig wie eine kalte Ente, aber eine von uns ist ganz klar eine Hexe ... Und wenn dich jemand danach fragt, dann bist du das." Sie betrachtete die Karten. „Rodeo. Das war das mit Pferden, richtig?", neckte sie.

„Das mit den Knackpos der Reiter."

Sie seufzte selig. „Ich denke, ich habe vielleicht Zeit im Juli."

„Also zehn verrückte Tage im Juli? Du und ich? Und Billy als Zaungast?"

Jill nagte an ihrer Unterlippe. „Oh, Gott, ich muss völlig bescheuert sein, aber ich denke drüber nach."

„Weißt du, mir kam Matthew auch erst gar nicht *interessant* vor. Ich war viel zu lange blind für ihn." Mit dem Fingernagel kratzte ich am Tassenrand. „Irgendwie kann ich nicht glauben, dass wir hier so sitzen. Meine Freundin eine Hexe, mein Freund ein Werwolf, mein Nachbar mit einem Geist im Baum. Das ist alles so verrückt."

„Ist es nicht", fand Jill. „Das ist ganz normal. In meiner Familie würde das jeder für normal halten. Es kommt nur drauf an, wen du fragst."

„Ich habe auch noch was für dich", sagte ich und holte ein kleines schwarzes Samtkästchen heraus. Es war genau so eins, wie man es bei Juwelieren bekam.

Jill machte große Augen. „Du übst an mir hoffentlich nicht für einen Antrag bei Matthew."

Ich schüttelte den Kopf und schob ihr die Schachtel über den Tisch. Jill war selten sprachlos, aber sie wusste wirklich nicht, was ich ihr da eigentlich schenkte. Der Blick in die Zukunft war eben eine knifflige Sache. Ein anderer Blick war es nicht.

Sie klappte den Deckel auf und runzelte die Stirn. „Ist das eine rote Pille?" Das letzte Wort sprach sie eine Oktave höher. „Sieht aus wie ein Grippeding aus der Apotheke."

Ich schmunzelte. „Als du mir damals mit der Meditation die Augen geöffnet hast, dachte ich an dasselbe Erwachen wie Neo es im Film »Matrix« hatte, als man ihn vor die Wahl stellte, die rote Kapsel der Wahrheit oder die blaue Kapsel für eine unveränderte Sicht auf die Dinge zu nehmen. Du hast mich die Wirklichkeit sehen lassen und dafür bin ich dir dankbar. Vorher hatte ich nur ein halbes Leben. Ein falsches. Ich dachte schon, du hältst mir auch zwei Pillen hin, aber du hattest nur diese Steine herausgeholt. Ich wollte dir ein Andenken schenken, ein kleines Symbol."

Jill lächelte gerührt und drückte mich. „Ja, ich will", scherzte sie und steckte die Ringschachtel ein.

Wir verbrachten einen gemütlichen Abend und schließlich fuhr meine Freundin mit einem Bauch voll guter Laune nach Hause. Ich würde Wetten darauf abschließen, dass sie sich auf das Rodeo freute. Auf den Mann, der so irrsinnig war, sich freiwillig auf ein wildes Pferd zu setzen, dass das ganze Land ihn liebte.

Ich räumte das Geschirr in die Küche und schaute aus

dem Fenster in den Garten. Die Sommerhitze hatte die Stadt fest im Griff und alles lag unter einer Glocke aus Wärme und Windstille. Ich rieb über meine Arme und spürte einen dünnen Schweißfilm.

Dann musste ich lächeln, weil mir einfiel, was Matthew gegen Hitze unternahm. Ich würde mir keine Eiswürfel ins Badewasser tun, aber kühles Wasser klang verlockend.

Als ich vor der Badezimmertür stand, hielt ich kurz inne. Genau so hatte ich ihn kennengelernt. Ich hielt die Luft an und drückte die Tür auf. Der Anblick ließ mich schlucken. Matthew saß in meiner Badewanne und grinste mich an.

„Wie bist du hier reingekommen?“

„Durch die Tür.“

Ich schüttelte den Kopf. „Du bist ja schon wieder bei mir eingebrochen. Ich sehe gar keinen Mond. Und kein Fell ...“

Er winkelte seine Beine an. „Ich habe hier noch Platz drin. Du darfst auch mein Knie streicheln.“

Es war eine Anspielung auf meine erste Berührung, aber diesmal konnte ich mich bewegen und ging auf ihn zu.

„Ich bin wirklich froh, dass du reingekommen bist und nicht Jill“, gab er zu.

Ich lächelte. „Und was hättest du sonst gemacht?“

„Na, was schon? Ich hätte es sie vergessen lassen. Aber die Frau ist gefährlich und hat ein paar Fallen im Kopf. Ich bin froh, dass ich das nicht machen musste.“

Ich setzte mich an den Wannenrand und spielte mit dem Finger im Wasser.

„Mein Knie ist weiter oben“, informierte er mich.

„Ich bin längst nicht mehr an deinem Knie interessiert“, flüsterte ich und beugte mich zu einem Kuss auf seinen Mund herunter.

Er schlang seine nassen Arme um mich und zog mich zu sich in die Wanne, und obwohl das Wasser kühl war, fanden wir keine Abkühlung.

# ANNA WINTER

Anna Winter wurde 1982 geboren und lebt mit ihrem Mann und einer kleinen Tochter in Süddeutschland.

Schon als junges Mädchen war sie von Märchen und anderen Geschichten gefesselt, illustrierte Erzählbände für ihre Familie und begann, mit acht Jahren auf einer alten Schreibmaschine zu schreiben.

Sie hat unzählige Bücher gelesen und die Faszination für Worte nie verloren. Später schrieb sie Romane für ihre Freundinnen, die sie zur Veröffentlichung ermunterten. Inzwischen erfreut sich ein breites Publikum an ihren Büchern.

Sie schreibt bereits an ihrem nächsten Roman.

Bisher von Anna Winter erschienen:

„Lea – Untermieterin bei einem Vampir"
„Schattenherz – Fesseln der Dunkelheit" (1)
„Nachtkuss – Fesseln der Dunkelheit" (2)
„Tränenschloss – Fesseln der Dunkelheit" (3)
„Der Werwolf in der Badewanne – Eine Vollmondlektüre"
„Lucys Wunsch – Ein Winterroman"

***

*Eine* ***weitere Vollmondlektüre*** *mit Jill*

*und Billy Bonnet*

*ist für* ***Frühjahr 2015*** *geplant.*

***

# IMPRESSUM

Herausgegeben von
Alexander Pohl
IDEEKARREE Leipzig
Alfred-Kästner-Str. 76
04275 Leipzig
*www.ideekarree.de*

5711282R00241

Printed in Germany
by Amazon Distribution
GmbH, Leipzig